本書屬於“天津歷代文集叢刊”第一輯

蕭重集

（清）蕭重　著
魏淑贇　整理

天津歷代文集叢刊　閆立飛　羅海燕　主編

社會科學文獻出版社
SOCIAL SCIENCES ACADEMIC PRESS (CHINA)

「天津歷代文集叢刊」編輯委員會

總序

天津社會科學院黨組書記、院長　靳方華

文化是一個國家、一個民族的血脈和紐帶。只有堅持從歷史走向未來，在延續民族文化血脈中開拓前進，才能做好今天的事業。习近平總書記曾在聯合國教科文組織總部的演講中提出：「中國人民在實現中國夢的進程中，將按照時代的新進步，推動中華文明創造性轉化和創新性發展，激活其生命力，把跨越時空、超越國度、富有永恒魅力、具有當代價值的文化精神弘揚起來，讓收藏在博物館裏的文物、陳列在廣闊大地上的遺産、書寫在古籍裏的文字都活起來，讓中華文明同世界各國人民創造的豐富多彩的文明一道，爲人類提供正確的精神指引和强大的精神動力。」如果把中華文化比作一條融匯百川的大河，那麽天津文化就是其中一個不可或缺的支流。大哉天津，居内河外海要衝之地，共五方雜處貨殖之利，歷史肇造久遠，文化底蘊深厚。千百年來，天津人民在這片沃土之上，與時俱進，代代相傳，用自己的智慧和力量，陶鑄出彪炳史册的地域文明，並且還在持續地豐富着令全球矚目的天津精神。

源遠流長的傳統文化，堅實厚重的革命文化，開拓創新的當代文化，共同構成了天津文化的淵源脈絡和完整體系，並由之呈現出文運盛、文脈廣、文緣深、文藴厚、文氣足的特點。對此，哲學社會科學工作者理應勇於擔當，敢於作爲，充分發揮自身特長和優勢，盡心盡力、盡快盡好地完成兩個重要的時代課題。一是圍繞天津深厚的歷史文化，系統梳理天津歷史文脈，深入挖掘天津文化底藴，弘揚天津精神，豐富中華文化。二是圍繞天津鮮活的當代實踐，深入解讀天津現象，總結天津經驗，指導天津發展。近年來，黨中央、國務院又先後出臺實施《關於實施中華優秀傳統文化傳承發展工程的意見》和《國家鄉村振興戰略規劃（2018—2022年）》等。正是在這樣的背景下，爲貫徹落實黨中央、國務院與市委市政府的精神和要求，以及達成建設全國一流社科院和國家高端智庫兩面一體的奮鬥目標，天津社會科學院探索實施了天津文脈傳承工程。

開展這一工作，一是要講清楚天津文化的歷史淵源、發展脈絡、基本走向，講清楚天津文化的獨特創造、價值理念、鮮明特色；二是要挖掘天津豐厚的歷史文化資源，推動傳統文化産業發展，提升天津文化品格，增强天津文化認同度，展示天津優秀傳統文化魅力；三是要全方位搜集、搶救、保存、整理天津歷代典籍，建立起完整的天津地方文獻系統，爲文學、歷史、哲學、民俗、旅游、文化等不同學科的天津研究奠定堅實基礎，促進天津政治、經濟和文化的繁榮發展；四是要發揮天津社科院專業優勢，跨學科跨所整合「兩高」科研力量，打造和樹立天津社科院品牌，擴大和加强在全市全國影響力，在新時代新形勢下充分發揮新型智庫作用；五是要加强天津歷史文化研究、城市文化建設、文化資源開發等領域的學術團隊建設，培養一支多領域、跨學科、跨單位、創新性專業研究隊伍，將天津社會科學院打造成爲天津歷史文化研究、開發的全市基地和中心。

傳承和發展歷史文化的血脈，既要有對歷史遺産的把握，又要有對當下情勢的認識，還要有對未來趨勢的展望。實施天津文脈傳承工程，就是要通過全面、系統、深入地研究天津的歷史文化和當代發展，形成一批具有重大學術影響和社會效益的研究成果。與其他的同類工程不同，天津文脈傳承工程具有兩大特點。一是力求深層次的理論與實踐相結合，在工程實施中，强化實踐策論工作，求實踐中的學問、學問中的實踐，同時注重學科理論工作，與主流中的學理、學理中的主流。二是破除基礎研究和應用研究的學科壁壘，在工程實施中，立足傳統的文史哲等基礎研究，對接前沿的經濟、社會、旅游等應用研究，將基礎性的文獻整理、理論性的學術研究、應用性的調研對策，以及多媒介的傳播交流等環節，打通和接續起來，形成「一條龍」，實現「活化」。

天津社會科學院天津文脈傳承工程屬於人文社科領域大型學術研究與文化普及項目，主要圍繞天津歷代文獻整理、天津歷史人物研究、天津旅游文化資源挖掘、天津優秀傳統文化影視傳播四大板塊，開展「立體化」的整理研究和應用轉化，以期出版一批有品牌效應的叢書並建成可共用的天津文化典籍數字化資源庫，完成多項促進文化旅游深度融合的研究報告，製作系列有影響力的宣傳紀録片。

就其基本框架而言，「天津歷代文集整理」板塊，是從現存的近三千種的歷代津人著述中，選取三百種左右社會影響深遠、學術價值較高、旅游資源開發潛力大的稿本、刻本、鈔本，約六千萬字，進行標點、注釋等整理，彙編爲「天津歷代文集叢刊」，並進一步實現天津歷代典籍的全文數字化。

「天津歷史人物研究」板塊，是對有著述留存的衆多天津名人與群體的年譜、生平、思想、業績、貢獻、影響等，進行評傳式研究。爲避免當前某些「坐井觀天」和戲説杜撰現象，在經過整理的文獻基礎上，結合史料，從全國性和歷史性的雙重視角，進行學術性的深入研究，努力推出一批兼具文化厚度和精神高度，並在國内外有一定影響力的「天津歷史人物傳記叢書」，講好「天津故事」。

「天津文化資源挖掘與旅遊産業開發研究」板塊，是對傳統文化、革命文化、社會主義先進文化資源挖掘、旅游産業發展良性對接、深度融合等情況，展開全面調查和研究，「陣地前移」，直面新問題、新難點、新趨勢，獲取一手資料，完成《天津文化與旅游産業深度融合系列研究報告》，爲各級政府部門及相關單位的文化旅游規劃、政策和措施的制定、實施，提出具有可行性的參考意見、建議和對策等。

「天津優秀傳統文化影視傳播」板塊，是在整理歷代文獻典籍基礎上，結合天津歷史人物研究、旅游文化資源挖掘的成果，圍繞重大歷史故事和重要歷史人物，創作拍攝以天津優秀傳統文化爲題材的系列紀録片，以此多方位地展示天津豐厚的文化底藴和優秀的傳統文化魅力，提升天津文化影響力。

天津社會科學院把天津文脈傳承工程當作天津文化發展史上的大事來做，但其内容廣、任務重、難度大、時間長、參與人員多，四大板塊全部完成，需要扎實推進，久久爲功。順利完成這一工程，正確的思想、科學的機制、高效的運作尤爲關鍵。這就需要深化馬克思主義，特別是习近平新時代中國特色社會主義思想的指導，深化以人民爲中心的理念、實踐第一的導向，努力推動，形成政府、學界、大衆跨學科、跨部門、跨區域的聯動運行格局。

文運同國運相牽，文脈同國脈相連。歷史的河流綿延不絶，文化的力量生生不息。相信，天津文脈傳承工程必將不負使命，打造出天津智庫的新高地，不僅能充分發揮認識歷史、傳承文明、創新理論、資政育人、服務社會、對話世界的作用，而且可以爲推動天津經濟社會更快更好發展和實現中國夢，貢獻出更直接更强大的人文力量。

「天津歷代文集叢刊」序

天津這一地名，給人很多聯想。屈原《離騷》説「朝發軔於天津」，那是天上的銀河。地上的「天津」，也總與河流有關。歷史上的天津，也確實與運河的開通、南北航運的發達密切相關。後來有天津開埠，形成「南有上海，北有天津」的中國經濟大格局，這是經濟的天津。人們説天津有六百多年歷史，是從明朝建天津衛算起。從永樂時在此建衛所，天津就成爲軍事重鎮，「天津衛」在人們心中是一個深刻的記憶，這是軍事的天津。那麽人文的天津呢？在人們的印象中，這似乎很淡薄。人文積澱，天津確實没有豫、魯、苏、浙那麽深厚。但瞭解天津的人應該知道，天津歷史也一樣悠久。天津所轄薊州，就是一個古老且極具文化積澱之地。「教五子，名俱揚」的竇燕山，「半部《論語》治天下」的趙普，都是天津薊州人。發掘梳理後你會發現，天津的人文積累之豐富，是遠超一般人想象的。清人修《天津府志》，説：「雋、鮑騰聲於天漢，賈、高揚烈於有唐。降自元明，懷文被質者，史不絕筆。彬彬乎邦家之光矣。」近代人所著《天津志略》則説：「歷代之文存詩稿，多如恒河沙數。」民國時天津修志局曾徵書，據説所得頗豐。高凌雯對此感慨稱：「志局徵書，得鄉人詩集最夥，强半未刊之稿，曩所未見者也。藉非有此搜羅，幾何不令前人佳什盡就沉没耶？然既得之矣，更一覽而置之，無所表彰，則沉没者異日仍將難免也！」

爲使這些典籍不至「沉没」，搜輯整理前賢著述，展示天津深厚的文化積澱，傳承天津文化血脈，推動地方學術研究、歷史文化資源開發，瞭解天津，建設天津，一直是天津社會科學院學者致力的事業。前輩學者中，較早的卞僧慧一輩曾校點天津最大文學總集《津門詩鈔》，之後趙沛霖一代創辦文獻類刊物《天津文學史料》，及門鵠等先生又編纂《中華民族優秀傳統匯典》與《中國歷代文獻精粹大典》。今天的天津，已經成爲國内學術重鎮，天津社會科學院又是人才薈萃之地，天津的歷史文獻整理工作必須做得更好。新一代的學者，把做好地方文獻的發掘與整理，全面研究天津歷史文化，藉此爲天津經濟社會之快速發展，提供精神動力與智力支持，作爲自己的重要責任。閆立飛、羅海燕等有情懷、有志向的年輕學者，傾注大量心血，投入極大精力，從現存近三千種歷代津人著述中，選取學術價值高、影響深遠之足本、善本和孤本，匯輯、標點、注釋、補佚，編成「天津歷代文集叢刊」，並力求實現全文數字化。其所涉人物及著述，既有梅成棟等文學之士，也有王又樸等經學大家，更有徐世昌等政治名人，內容則涵蓋政治、經濟、軍事、歷史、哲學、文學、語言，及社會、民俗、文物、醫學、農林、科技等。其重要價值，自不待言。

近些年，各地都在整理地方歷史文獻，浙江有「浙江文叢」，江蘇有「江蘇文庫」，湖北有「荊楚文庫」，河南也在啟動「中州文庫」。與這些大工程相比，「天津歷代文集叢刊」規模没那麼大，却自有特色，自有其不可替代的獨特價值。經過整理者長期辛勤的勞動，成果終於結出，叢刊即將出版，這是一件可喜可賀的大事。在祝賀與喜慶之餘，更殷切祈盼政府與學界各方，能予這一工程以更多支持與援助，使歷代津人著述從歷史塵埃中，更快再現於世，並在傳統文化「創造性轉化、創新性發展」中發揮其作用。

是爲序。

查洪德

己亥年冬於天津

（查洪德，教育部長江學者，南開大學文學院教授、博士生導師）

「天津歷代文集叢刊」整理説明

本叢書計劃從現存的近三千種歷代津人著述中，選取三百種左右社會影響深遠、學術價值較高、旅游資源開發潛力大的稿本、刻本、鈔本等，加以標點、校注、輯佚等，並分輯出版。

一、以著者爲單位，各自成集。傳世有兩種及以上別集者，均按一種成書，歸於該著者名下。書名統一爲著者姓名加「集」字組成，如《徐世昌集》。

二、尊重底本，基本依據底本順序編排。不同底本，詩文分開者，則由整理者依據文體順序重新編排。

三、選取錯訛最少、收録較全的善本、足本爲底本，以不同源流的他本爲校本。凡改動處，均出校記。

四、底本之古今字、通假字，一般不做改動；異體字、俗體字、簡化字視具体情況或改爲規範的繁體字，或依從底本；筆畫誤刻，或明顯手民誤植者，徑改而不出校記；因避諱的缺筆字，由整理者補足。

五、全書採用繁體竪排，依據《中華人民共和國國家標準 標點符號用法》加以標點。

六、每部書基本包含七項内容，依次爲總序、整理説明、前言、目録、正文、附録、後記。

《蕭重集》序

清嘉慶與道光前期，是我國歷史上「至暗時刻」甲午戰爭的前夜。這一時期，各種矛盾進一步積累，社會動蕩加劇。同時，這也是文集在歷史上積累最豐厚的時段之一。天津相關的大量文集在這一時期涌現。這些作品勾勒了不同階層、不同群體的各種面貌。一些學者對這一時期文集的整理和研究做了大量的工作，但由於人數較少，有些優秀作品被提及的機會很少。《蕭重集》所收録的《剖瓠存稿》就是這樣一部被忽略的作品。《剖瓠存稿》被讚「悲憤似少陵，踔厲似柳州」，但是除了在「江梅妃」相關研究成果中被提及以外，很少出現。

天津社會科學院青年學者魏淑贇博士，畢業於南開大學。她孜孜不倦，長時間專攻文化史研究，出版了很有特色的專著和論文。近年來，她將文化史研究聚焦於天津，承擔了《蕭重集》的標點和校注工作，並在附録部分編纂了年譜。這對蕭重、天津和福建文化名人研究、莆陽的歷史風俗和風貌研究，乃至文化史、地方史的研究具有相當重要的意義。

蕭重是天津静海蕭氏家族的一員。明清時期，「蕭」是静海縣的「八大家」之一。蕭氏家族科舉入仕、擔任文武官員者皆有，且大多以清廉自守著稱。對蕭重的研究，豐富了天津地方史研究的一環。

蕭重工詩賦。就其現在的存稿來看，他對所見所感皆有所述。究其内容，可作爲研究清代文人間的交游習慣和地方的山水、風物、人情的史料。另外，對軍事行動的相關描述，可以作爲軍事文化研究的參考。《剖瓠存稿》整體格調稍顯壓抑，其中藴含的憂鬱氣質，不僅僅是蕭重鬱鬱不得志的心態表達，同時也是那時江河日下的年代的一個側面反映。蕭重作爲個體，是那個時代很大一部分文人的縮影。其交友圈，反應了當時的「文化圈日常」。對蕭重的研究，有助於推進對其時士人群體的時代特徵的研究。

衷心祝賀此部功力很深的學術著作之出版，並熱切盼望能看到淑贇博士在不久的將來出版更多的深受讀者歡迎的大作。

南炳文

二〇一九年九月

（南炳文，南開大學歷史學院教授、博士生導師，著名明清史研究專家）

目録

目録

剖瓠存稿卷二　三十六灣梅花書屋稿

剖瓠存稿卷三　三十六灣梅花書屋稿

剖瓠存稿卷四　小還吟

剖瓠存稿卷五　小還吟

剖瓠存稿卷六　浯江集

剖瓠存稿卷七　浯江集

剖瓠存稿卷八　鷺江游草

剖瓠存稿卷九　鷺江游草

剖瓠存稿卷十　浯江續集

剖瓠存稿卷十一　浯江續集

剖瓠存稿卷十二　絮萍小草

剖瓠存稿卷十三　倦還軒稿

剖瓠存稿卷十四　倦還軒稿

剖瓠存稿卷十五　絮萍續草

剖瓠存稿卷十六　絮萍續草

剖瓠存稿卷十七　絮萍續草

剖瓠存稿卷十八　建溪游草

剖瓠存稿卷十九　建溪游草

剖瓠存稿卷二十　建溪游草

剖瓠存稿　樂府

剖瓠存稿　左傳樂府

剖瓠存稿　莆陽樂府

附録

前言

蕭重（生於一七七九年），字千里，號遠村，又號三十六灣梅花主人、剖瓠子。廪生，直隸静海（今天津）人。蕭重卒年不可考，活動集中在嘉慶、道光時期。有弟、妹，一女，無親子。女兒出嫁後，先重而亡。博學工詩。曾七次科考受挫，自嘲「文章憎命一身閑」。

嘉慶十三年（一八〇八）春，蕭重參加召試，中二等第三名，得賜大緞二匹，充文穎館謄録官。同年五月十三，入館接辦《天禄琳瑯》、《全唐文》等書。此後五年，兩次銓選叙優，遂於嘉慶十七年（一八一二）選福建興化府莆田縣凌洋司巡檢。最晚在道光六年（一八二六），蕭重已經官至縣丞。道光六年（一八二六）、九年（一八二九），兩攝金門篆。後因「辦公賠累虧短官銀數千」，罷官。之後生活潦倒，「既去任，寓居浯江書院……吟咏其中。貧不能辦裝，島人或進薪米，始供朝夕」。著有《莆口紀聞》、《剖瓠存稿》等，《莆口紀聞》今不傳。

據民國《金門縣志》卷十五記載，蕭重「爲人寬厚愛人。金門地蹺確，常苦旱。重賦詩禱城隍，是夕果大雨，復依韻焉。詩學韓、杜。與諸生林文湘爲莫逆交，唱和交宴讌無虚日。書院課士，手自評閲。文人翕然稱之」。與《剖瓠存稿》的内容相印證，蕭重的士林交游十分頻繁，有宴飲、野足、書信唱和等多種形式。「三十六灣梅花書屋」和「客燕齋」是蕭重招待客人的地方。

對於這種生活狀態，柯培元認爲朝廷對蕭重「足慨」，但是聞蕭重因「山中民淳朴，政簡訟稀」，過着「植修竹爲籬、覆松毛爲屋，飲酒賦詩，幾不知塵世事」的生活，提出「酬國恩」是否只「區區以文章報耶」？他認爲「朝廷所以寵遠村者厚矣」，蕭重「亦知所以自處」。

《蕭重集》收録了《剖瓠存稿》二十卷，前有柯培元序、陸我嵩題詞、召試記和召試所做詩賦，後附《樂府》、《左傳樂府》、《莆陽樂府》共三卷。《剖瓠存稿》收録詩賦一千餘首：《蕭齋賸稿》一卷，《三十六灣梅花書屋稿》二卷，《小還吟》二卷，《浯江集》二卷，《鷺江游草》二卷，《浯江續集》二卷，《絜坪小草》一卷，《倦還軒稿》二卷，《絜坪續草》三卷，《建溪游草》三卷，《樂府》、《左傳樂府》和《莆陽樂府》各一卷。

整體來看，《剖瓠存稿》按時間順序編排，體現到空間的變化上，呈現出從鄉居、京城、外任途中、外任地到罷官後的居住地等一系列生活軌迹。内容包括作者的宦途見聞、友人唱和、生活和讀書感懷、咏誦景物、品評人物、禱神祇和猛獸等豐富内容。作品寓情於詩，將憂愁、失落、思念、傷感、憤怒、惺惺相惜、喜悦、激昂等豐富的感情淋漓盡致地表達出來，可謂事事時時皆可作詩。《静海縣志（同治）》卷六《儒林》評價《剖瓠存稿》：「悲憤似少陵，踔厲似柳州。」

《剖瓠存稿》多處瀰漫着比較陰鬱的色調，展現了蕭重精神和經濟的困頓。蕭重鬱鬱不得志於仕途，自傷「生不能、乘飛車，東訪赤松子。又不能、仗長劍，西出玉門關。復不能、上書北闕，拂袖歸南山」。且又經濟窘迫：「破屋且株守，度日如小年」，「客舍難謀十日餐，負郭曾無二頃田」。又感官位低微，自行想象同輩對自己的輕視：「同輩而今皆不賤，門施行馬冠貂蟬。絶少雙魚通尺素，應嗤此尉太酸寒。」他發出「早視富貴如浮煙」的無奈之言，感慨「莫嗤黄雀愚，知足常不辱」。蕭重以一首《剖瓠子歌》回顧人生：「少不能揚名顯爾親，壯不能挾策干爾君……飢不得飽、寒不得温、書不能工、學不能醇，惟與詩瓢酒盞結前因……酣嬉時遭官長駡，喧鬨每被天公嗔……不商、不賈、不仙、不釋、不工、不農、不士、不民、不隱淪，剖瓠子，爾何人？」

向榮草

序

士以文章受天子知，待金馬詔，校天祿書，可謂榮矣！乃區區謀升斗，儕於抱關。上之不得與玉堂諸公，賡颺國家之盛。次之又不得假手一邑，調鶴鳴琴爲弦歌宰。其亦遇而不遇乎？而或者曰：「朝廷嚴官，方以資格遞遷，所以曲成人材者甚微。且至而一命之榮，即爲洊升之階。士之能自樹立者，當思所以酬國恩矣。區區以文章報耶？」歲戊辰，仁廟幸泛津。禮臣以例，奏請召試蕭子遠村，以茂才膺上。上考，顧以例，僅授謄録官。久之，又出爲凌洋尉，亦足慨已！然吾聞凌洋在萬山中，三十六灣瀠洄其間，梅花接兩岸。山中民淳朴，政簡訟稀。遠村植修竹爲籬，覆松毛爲屋，飲酒賦詩，幾不知塵世事。然則朝廷所以寵遠村者厚矣。思昔先皇帝臨軒策士，恩遇之隆，始終如一轍。此《向榮草》所以拊膺流涕而謹志之也。元受而讀之，用贅一言以識。我國家培植士氣，而嚴官方，祖宗立法如此，其嚴且優也，而遠村亦知所以自處矣。道光六年歲次丙戌六月中浣，山左易堂柯培元拜譔。

題詞

花月關山筆陣開，早年獻賦動金臺。名場落拓人誰識，塵海滄茫我又來。歲晚稻粱愁雁侶，秋高苜蓿病龍媒。天涯翹首平津閣，獨向江湖惜此才。

字裏蟲天夢裏禪，齊梁宮體富新編。那堪流寓羅昭諫，況是悲秋沈下賢。皂帽遠山容浩蕩，金貂換酒與纏綿。

文章劫後誰知已，定有旗亭萬口傳。道光甲申二月之朔，恭臧弟陸我嵩初脱稿。

召試記

嘉慶十有三年春，聖駕巡幸淀津，閱視河隄，詔許海内士子迎鑾獻册。抵津門行在，彙而試之，循舊典也。舊例：大員子弟與俊秀貢、監生均不得與。於是都人士有志盛典者，於十二年冬，各取同鄉官印結，赴順天府學報名。彙送學臣劉大宗伯環之。於十二月二十六日，扃試于東四牌樓之報國寺，賦一抱翼鳳賦以賢才如鳳抱翼爲韻、試帖一賦得天寒有鶴守梅花得寒字。試者三百十人，入選者三十四人，列爲一二等。一等十人，龍汝言第一，重第六。所獻册，不拘體，不定額。龍汝言恭集《味餘堂御製詩》兩集，三疊，上下平韻。重擬作選體古賦一首。次年正月，津門鹾使者李如枚送到六十二名，督臣溫承惠送到十八名，皆許獻册。舊例：學臣預試後，赴保定會考。學臣札致督臣，約抵津就近彙考。三月十九日，學臣、督臣彙考于天津之問津書院，共一百十三人，賦一至人心鏡賦以題爲韻、試帖一賦得膏澤多豐年得多字。亦列爲一二等，一等八人。龍汝言第一，重第四。二十三日學臣、督臣率龍汝言等一百十三人，迎聖駕于天津西沽岸上。前排長几列所獻册，以次跪隄上。

是日微雨，遥望畫鷁，天邊中流容與，聖人張黄蓋坐船頭，旁列親王大臣四，指點雲山，天顔温霽。相近數十武，傳旨勿長跪，無污多士衣。二十五日，行在召試。黎明，僉祇候于召試房外。學臣持手摺，低唤名。教授官吕中吕，導以入。

人一几一凳，廳上列錦罽。六中二爲親王綿貝勒單，又左右各二。坐甫定，親王綿恩捧黄絁匣，啟鑰出銀光牋。朱書欽命題：賦一竹箭有筠松柏有心賦以題爲韻、論一損上益下論、試帖一賦得雨過潮平江海碧得平字。用白摺寫，不點，不勾，不起草，不改竄。日中，御厨賜湯餅。少選，又賜春橘二顆。以辰正入，未正出。次日，與試者集召試房候旨。午後，軍機抄出手摺，欽取二十人。一等六人，俱賜舉人。龍汝言第一。奉特旨：「龍汝言恭集御製詩，三疊，上下平韻，俱能穩叶，着加恩賞大緞二疋。」二等十四人，張廷選第一。重第三，各賞大緞二疋，充文穎館謄録官。翌日，學臣、督臣率龍汝言等二十人，送駕于蒲口北行在門外，行免冠泥首禮。聖人乘馬，顧而笑之。是役也，欽派閲卷大臣四：英和、戴衛亨、蔣予浦、戴聯奎，俱以師禮見。五月十三日，重與同取十三人入館接辦官史《天禄琳瑯》、《全唐文》等書。凡五年，兩得優叙銓選，得福建興化府莆田縣淩洋司巡檢。嘉慶十七年十一月十六日，臣重恭紀。

欽命賦題竹箭有筠松柏有心賦以題爲韻

披禮器之遺文，欣仁風之茂育。惟物性之蕃滋，狀人文之質樸。芸生有象，堅多節亦堅多心。造化無私，宜于山並宜于陸。千年楨幹後凋，傲霜雪之天。萬个琳琅高節，列篔簹之谷。超頑艷以掄才，對春風而種竹。爾其托體本虛，淩冬不變。羞蒲柳之先零，異蘋蘩之可薦。幾經盤錯，不易葉而改柯。百尺闌干，亦霧遮而雲冒。幽篁獨坐，憶淇水之平流。遠墅遥臨，望部婁而不見。層岩冷逼，貞哉澗壑之心。穉筍尖抽，美矣東南之箭。爰有輕筠，于焉歷久。亦有貞心，與爲共守。惟得地之攸宜，乃本天之獨厚。矗來幽谷，不市包以干時。挹彼貞操，實左宜而右。有因思夫竹箭之爲物也，生于山澨，種自江濱。郭外白沙，傍柴門之遠近。村邊緑町，繞茆屋以鮮新。牛渚人歸，蠟屐破穿林之迹。羊蔬夢醒，玉壺買有價之春。本來悃愊無華，應同文木。似此堅貞自矢，共識霜筠。又思夫松柏之爲物也，徂徠秀蘊，新甫靈鍾。曾榮蜀廟，亦受秦封。絶巘青環，烟霞變態。太陰黑入，雪霰交衝。養春雨于十年，欲作攀髯之想。剥霜皮于百尺，新看拓戟之容。香葉棲鸞雨，溜十圍之柏。陰崖夢鶴濤，驚五粒之松。乃者挺奇姿，標高格。傍長林，依廣陌。列名園，蹴怪石。孤蹤可覓，遥知處士之家。昭質無虧，共羨幽人之宅。翳葳蕤之俗態，不可無君。笑穠缛之時花，何能爲役？平分千畝，筮占易象。篬筤獨秀，三冬品重。魯論松柏是時也，肅氣摧枯，嚴氛拉朽。時序將終，凝寒莫受。披榛荒徑，霜殘鋪罽之莎。放眼寒郊，月冷垂絲之柳。彷彿青霄上處，烟色漫空。依稀白雪堆成，雲光如帚。羌外飾之悉捐，乃凡材所未有。我皇上欽崇學殖，芘蔭儒林。黜浮崇雅，淹古通今。敷榮遍乎草木，沾溉逮乎嶔岑。士習精純，儼松筠之可勵。民情暢達，統竹柏以俱深。寸草含暉，久切報春之志。三生願遂，全興向日之心。謹作頌曰：蔚矣皇圖，德流惠布。四野含滋，八方企慕。棫樸掄英，風聲作樹。沐化抒誠，抽毫獻賦。

欽命詩題賦得雨過潮平江海碧得平字五言八韻

洗出長空碧，朝來雨乍晴。渾疑江岸闊，恰是海潮平。山氣青連野，波光綠繞城。帆檣開楚粵，島嶼現蓬瀛。新漲三篙軟，遥汀一帶横。蛄葩揚處活，蜃市幻時清。蒼翠分湘浦，微茫擁帝京。梯航隆盛世，渥澤繪夷庚。

恭進聖駕巡幸淀津閱視河隄賦

維著雍執徐之歲，寎月之吉。瑞應駢臻，嘉祥既溢。拓迹開統，風同道一。皇上乃遍山川，勤望秩，雍神庥，廣治術。以豫以游，無荒無逸。前緒丕承，舊章祖述。是協靈辰，用占良日。星布雲敷，雷馳電急。統九有以含薰，奔八神而警蹕。于是陽子驂乘，攝提運衡。雨師灑路，風伯隨行。朱旗日暖，翠幰霞明。前驅魚麗，屬車塵清。燕山萃秀，易水停聲。巖筍與以鳳翥，砿鼉鼓以鯨鏗。柳欹斜以舞送，桃旖旎以笑迎。快蒸黎之茂育，欣畎畝之縱横。鳥處處以催種，民熙熙以知耕。草油油以含露，木欣欣以向榮。瞻璚光之晻藹，聽鑾響之和鳴。誠衢歌之載道，繪有象之太平。乃者歷華陽過涿鹿，望荆城淩柳宿。張錦帷，擁華轂，勢巍巍，斑肅肅，聲闐闐，容穆穆。羽蓋連雲，鑪香散馥。縩繚綃紈，翠縈紅簇。忽砰隱以陸離，恰蒙茸而繁複。建辰旒之太常，窮亥步于原陸。御珁弩兮重旃，燦朱旄兮青屋。惟星陳以天行，乃日沐而月浴。是時也，品物交和，陰陽暢育。民事勤勞，仁風捷速。同軌量與律衡，齊急舒于寒燠。覽固節之高原，度瓦林之斜矗。抵趙北兮燕南，駐朱輪兮玉軸。聖人于是致賚九扈。時乘六龍，神駿罷御，晝鷁相從。載瞻澤國，是展元戎。其地則滹沱以北，黑洋以東。雷溪異派，濡水旁通。衆流匯萃，烟霧溟濛。其水則滂濞沆溉，雲橈穹隆。灝溔潢漾，跳沫飛深。奔揚滯沛，洋洋溶溶。其魚則鮔鱒魼鰨，鰅魠鱅鰫。揵鰭掉尾，奮鬛乘風。萬鱗衆夥，游泳其中。其鳥則鵁鶄鸀鳿，鷗鳧雁鴻。駕鵝鶬鷖，守雌呼雄。引吭鼓翼，雲翥霄翀。天子乃選羽林，奮猿臂。輕禽飛，游梟刺。弧矢張，鳷鵲墜。別有文身之技，手格鱗蟲。漁舟泛翠，珊網開紅。月鉤雲餌，策鼇豢龍。效三驅于古昔，匯一念之淵冲。于是，命大丙以遄返，令庚辰以戒塗。汎蘭橈以容與，搖桂棹以舒徐。望蘇橋而延佇，傍禹廟而盤紆。攢飛翰以左列，整蒙公以先驅。耀飛揚之旌旆，列丹艧之舳艫。省芳郊于子牙之河，布嘉惠于丁字之沽。懿夫道本疏河，樓名望海。梵宇争輝，榮光焕彩。圓嶠遥臨，方壺宛在。則見夫海童宴設，江叟筵開。潮波汩起，汐浪徘徊。歊霧蒸晴，霠溕喧豗。天吴夜遁，罔象潛回。飛澇相硤，激勢交摧。崩雲屑雨，掣電驚雷。沙石之汭，巖坻之隈。水精之府，黑齒之臺。天琛水瑞，紛至沓來。百靈咸若，萬象無猜。擘洪波之廣麗，竭盤石之雄恢。戲窮溟于天沼，乃密邇于蓬萊。于是乎，離宫別館，高廊四注。夷巙築堂，累臺隱霧。璀瓅碧瑠，紆回輦路。青龍蚴蟉以周流，白象婉僤以停駐。步欄繞以相連，巖茇排以無數。紛惠圃而蘭畦，錯瑶花而琪樹。聽韶濩之遺音，列陶唐之妙舞。將東暢以膏流，阜南薰而惠布。固已四表，乂安八方。企慕矣天子。乃敲麗句，摛春華。思睿以絢，旨正而葩。包容宇宙，組繪雲霞。龍文已彎，鳳藻紛拏。惟聖聰之天亶，曠今古而靡涯。乃命群臣拜颺。中旨浮藻，聯篇英華繼美。鋪魚網以抽思，界烏絲而奏技。所以仰答乎絲綸，而揄揚乎。咫尺者也。則有舉行憲典，廣設詞場。彙征多士，含咀芬芳。修容乎禮義之圃，馳騖乎雲漢之章。咏華平于上苑，美朱草于中唐。盡忠孝以宣德，羌雍容以對揚。備昇平之潤色，擬宋艷而班香。蓋聖人握金鏡，而群材得效其微長。所以至化滂溢，庥聲遠揚。收驩還軫，分旆迴塘。車雷殷而風厲，馬鹿起以龍驤。皇極建而錫福，祖武繩而不忘。

靈祇之所保綏，蒼生之所平康。縉紳之所敷納，經綸之所弛張。行賚錫之盛典，銘勳庸于太常。迥超前而軼後，允咸帝而登王。謹作頌曰：於鑠帝德，四表光被。踐義履仁，敬天法地。海晏河清，雙岐九穟。穆穆聖皇，勵精圖治。克享天心，允諧輿志。大德曰生，大寶曰位。斯道實光，儀型畢備。兆民賴之，及億萬世。

自序

重寔人也。甫識之無時，先大父即以杜詩相授，曰：「此酒之麴，麥之種也。醞釀久，則香盈一室矣。寒暖和，則氣備四時矣。」迨至束髮授書，遂於吟咏之事有偏好。數十年來，七躓文場，一膺徵召，僭窺中秘，出就異官。雖浪得微名，而壯年豪氣澌然盡矣。回思曩者，雨夜花晨，酒酣耳熱，搥琴之句，擊缶之吟，隨手散去者，何可勝計？固蚓篴蛙鼓，無足重輕，然亦心血所存，棄之殊可惜耳。因繙掀舊篋，於蠹殘鼠齧之餘，得舊稿一束。略加删汰，彙而存之。嗣有所作，隨時附録。顔之曰《剖瓠存稿》。夫五石之瓠，剖之無當也，而人生之濩落，無所容者，略與瓠等漆園之論，殆爲吾輩發與。嗟乎，日月逝矣，歲不我與。曾幾何時，祖訓如在目前，徒增愧恧。乃復沾沾於斷楮零牋，殘膏剩馥。幾何不與草木同腐耶。閱斯集者，尚有以鑒其心焉，則幸甚。道光壬辰閏九月。

剖瓠存稿卷一　蕭齋賸稿

入秋雜感

其一

已往不可憶，倏然秋氣來。庭前有高樹，蟬聲一何哀。静坐百感集，負手起徘徊。人生駒過隙，歲月忽已催。願隨稻粱雁，高舉白雲隈。

其二

日暮出城門，盈盈立秋水。水中雙白鷗，見我軒然起。本無機心生，驚避胡爲爾？感兹常閉門，形影適增累。世無飛昇術，心羨純陽子。

其三

寒暑有遞更，榮枯如轉轂。毛遂處囊中，脱穎驚世俗。風雪卧袁安，輝光生茅屋。乃知學未優，伏處終碌碌。窮巷無車聲，慨然念空谷。

其四

涼夜常不寐，更漏忽已沈。户外促織鳴，凄然驚客心。遠砧互相答，幽杳不可尋。堅卧彊交睫，陶然閲古今。夢中矢壯志，高唱隴頭吟。

題嚴香府夢游天姥圖爲錢壽田明府作

天台對面鬱林麓，玉宇瓊樓矗繁複。謫仙酣醉夢游仙，兩腋生風跨岩谷。碧水生紋石齒涼，白雲似練山腰束。攀蘿直上九重霄，萬古雲山賸清淑。似夢非夢三千秋，人海茫茫任相逐。香府先生老畫師，銀爲鬢髮舟爲屋。興來落筆寫仙心，詩情酒味軒然足。梅尉風流墨色斑，琴堂揮灑苔痕緑。江北江南憶舊游，夢魂猶向岩邊宿。

題榕樹畫幅

巨材大用天所許，此樹青蒼歷今古。千年斧斲不能災，幹可十圍蔭數畝。南華老子本寓言，棟梁所棄任參天。投閑置散足生意，跨石臨流占地偏。霜蝕風殘青未了，濃陰滿地游人少。拳曲渾疑癡睡龍，迴翔剩有安巢鳥。陰森葱翠得天多，荆棘蓬蒿較若何？我披此圖三嘆息，吟成滿引金叵羅。

郊行

其一

轣轆行長陌，嚴寒雪未消。夕陽歸鳥背，暝色遠山腰。彈鋏前蹤杳，敲詩舊侶招。此身漂泊慣，何必羨題橋。

其二

乞食出門去，浮雲不蹔停。堅冰連地白，遠樹逼村青。風雨遲賓雁，關山滯客星。壯懷時棖觸，無復畏伶俜。

旅夜

其一

迢遞長安陌，村村落照斜。牛羊歸遠墅，雁鶩隱平沙。淺水小溪徑，疏籬老圃家。故人在天末？空寄隴頭花。

其二

獵食拚沈醉，多言四座傾。客情酬一飯，塵夢話三生。久乏囊中什，新翻陌上行。蒲牢疑地發，窗外已微明。

秋夜懷荻垞

往歲桑乾別，飄然賦遠游。謀生空拮据，底事久淹留？夢斷三更月，蛩吟四壁秋。故人今夜裏，何計遣離愁？

冬夜

其一

樂府歌成行路難，空嗟米貴坐長安。詩從愁裏連朝減，風到貧時加倍寒。杜老郫筒思丙穴，茅容雞黍憶辛盤。滿窗月影傒奴睡，展轉空牀漏已闌。

其二

嶽麓停雲隱翠鬟，有人昨夜唱刀環。途窮恥逐鸕鷀隊，食盡空餘鳥鼠山。夢囈懷人千里近，文章憎命一身閑。緑螺樽酒拚酩酊，多少塵緣未盡刪。

重陽前一日柬勵茂才介祉

紅茱黄菊眼前多，奈此閑愁棖觸何？積累相仍惟酒債，破除未盡是詩魔。鴻遥千里音書絶，節近重陽風雨多。月夜離騷休更讀，恐教山鬼下煙蘿。

贈王吉人小史

婪尾花間藉緑陰，相逢舊雨可憐人。試將活火烹新茗，如此濃陰似早春。臂上胭支堅後約，樓中楊柳話前塵。儘拚狂阮通宵醉，漏點因風聽未真。

送別王吉人

菰蒲細雨夜帆輕，載得離愁冒雨行。郫酒一壺人對影，滿隄官柳作秋聲。

奎山〔一〕觀海

我家距海百餘里，晨朝雲氣連天起。北地無山登眺愁，徘徊延佇蒼茫裏。時復登樓望漭滄，霧重烟疊兩茫茫。今年海曲成鶉寄，洪濤巨浸奎山陽。奎山上與浮雲齊，山根咫尺海之西。萬丈危岩通鳥雀，千盤絶磴跨虹霓。上有古寺剩頽垣，攀藤附葛陟其巔。氣閉目昏兩足泡，難於蜀道上青天。瞬息神定開雙眼，銀濤碧瀣連天遠。天光水色界一絲，水色較深天較淺。魚舟點點鏡集蠅，乍出乍没東風腥。暝色銜山海波緑，山僧啟户相將迎。石厂作魔鬼斧鑿，天爲屏障雲爲鑰。此行爲看日出來，何妨一夜且磁礴。下界雞鳴天欲曉，日上扶桑時正卯。跳天踔地紫雲開，犇雷掣電紅霞繞。黄人捧出珊瑚盤，珠光蛤彩射層瀾。須臾騰空三五丈，烟消霧散如彈丸。遥嵐浮拍小于舟，凌風欲作安期游。蜃市相傳時隱現，我緣未遇空遲留。下山駐馬傍山村，雜花亂石欹當門。主人雕盤薦海錯，經年家釀開芳樽。户牖蒼涼延海氣，擎杯細問瑰奇事。云有巨魚大萬牛，雙睛抉去神遺棄。土人拾骨架作梁，風摧雨蝕無損傷。又有游魚闊數里，目爲之眩口難詳。快覩異景聞異談，十觴不醉興逾酣。他年夜雨資長話，夢繞奎山古石龕。

【校注】

〔一〕奎山：山名，位於日照市新市區南五公里。因其一峰獨樹一幟，勢如筆峰，又名「孤奎山」。《日照縣志》稱之爲「一縣文峰」。清代進士丁泰登奎山時，題詩：「沙浦山無數，來斯刮目看。一拳稱砥柱，千古障狂瀾。人與星共聚，海隨天自寬。登臨莫長嘯，足底有龍蟠。」

登海曲〔一〕城望黄山寺

千山萬山堆白雲，上有古寺鬱蒼翠。俯揖群峰仰捫空，土人云是黄山寺。黄山盤踞邑城西，層崖疊嶂與雲齊。西北袤延百餘里，勾連石棧接天梯。山南一帶盡平田，仰看山寺山之巔。盤虵一徑斜通坤，大樹十圍直接天。我適來此歲云晚，獨立孤城鄉思遠。遐瞻古寺破愁顔，徘徊盈望真忘返。歸來痛飲意無窮，狂呼大叫天閶通。會當匹馬黄山道，斸詩絶巘期神工。

【校注】

〔一〕海曲：古縣名，漢置，爲日照市建治之始，治所在今山東省日照市西。秦至西漢，山東日照屬琅琊郡海曲縣。

題牛荻垞徵君詩卷

藐姑射山雲出岫，中有僊人舞長袖。飽餐玉液吸霞光，幻作玲瓏詩骨香。詩骨玲瓏參造化，絶世風流數荻垞。長歌短句大筆揮，天風吹墮天花飛。天花歷亂饒天趣，野鶴閑雲自來去。坎壈時纏落魄身，激昂自拾春郊句。憶君丱角快趨庭，蘇黄韓杜識儀型。風木徒存燼餘草，流離顛沛獨伶俜。北上幽燕矢壯志，南游嵩嶽恣奇氣。十年羈旅倍蕭條，一卷新詩更豪肆。異鄉握手索君詩，重聯舊雨慰相思。零金斷碧自編葺，硯冷殘燈右手胝。快讀君詩夜不眠，梧桐葉落空階前。淒清旅雁度寒渚，斷續吟蟲泣冷煙。冰雪肝腸燦花齒，前身明月澄秋水。羽衣翩翻入夢來，仙佛相將到階戺。瑶臺瓊屑落紛紜，九天咳唾散奇珍。巧奪天工神鬼嗔，作詩大叫君應閑。

鄒平道中

其一

撲面黄沙起，輕車細載行。草房幾經歲，山鳥不知名。暝色千峰暗，斜陽一線明。短籬槲葉緑，屈指計郵程。

其二

促裝近一月，小憩夕陽亭。老樹無情碧，群山不斷青。敗橋三岔路，古寺六朝僧。欲隱層巒曲，清閑嘆未能。

濟南雜咏八首

鵲華橋

鵲華秋色好，乘興一登橋。遠墅環晴島，孤峰插碧霄。霞光明塔角，雲氣束山腰。詩思年來減，何當破寂寥。

歷下亭

四面皆湖水，危亭立夕陽。櫓聲來舴艋，人影在滄浪。繞砌蒹葭老，穿雲荇藻香。新城秋興發，曾此賦垂楊。

北極閣

飛閣壓城上，明湖涵遠秋。山形揖千佛，島勢凌十洲。花港立飢鷺，稻田來小舟。振衣俯下界，擬與仙人游。

鐵公祠

萬古稱忠烈，先生鐵不如。心原澄白水，志可告丹書。太祖靈猶在，成王業已虛。巍峨剩空廟，苔蘚上階除。

趵突泉

急勢挾風雨，銀濤雪浪攢。三花從地湧，六月覺天寒。飛閣仙人去，聯吟石壁刊。我來游興足，啜茗傍闌干。

珍珠泉

浮沫濺飛瀑，盈池顆顆圓。此中皆玉液，何處覓甘泉。幻影牟尼串，春風玳瑁天。波瀾常不起，終古自涓涓。

千佛山

隱約佛頭現，城南一桁山。孤青盤石髮，萬笏幻螺鬟。舍利自明滅，曇雲時往還。秋來助清賞，岩磴菊花斑。

杜康池

良醞自千古，廢池懷杜康。苔侵石上字，水泛仙人觴。沈醉尚未醒，此人安可望？感茲貰美酒，綠波浮蛆香。

青州道中

其一

嚴寒才栗烈，向曉聽村雞。樹影疏難畫，山形近覺低。齊州留隱迹，魯道嘆遺黎。城郭衺延處，層崖日又西。

其二

敝裘寒意透，策蹇萬山中。小圃竹梢雪，孤村柿葉風。目迷沙磧白，面上酒顔紅。塵瘴緣何熾，昂頭欲問空。

贈別盧生

一曲江南弄，誰憐太瘦生？黄粱餘夢影，紫韻趁簫聲。柳色逾年別，梅花舊日盟。玉勾斜畔月，此日照離情。

得家書

見説家書到，開緘不忍看。怕聞詞慰藉，况是話艱難。千里鴻音續，三更鶴夢寒。孤雲對惆悵，何處是長安？

晤荻垞

明月正當户，傾談小院秋。關心惟舊雨，搔首又新愁。肝胆向誰是，榮枯安所求。海天好風物，且爲少勾留。

歲暮懷故園諸子

高戹室

別君已經歲，開篋見君書。明月滿小院，鄉心歸故廬。關山今隔絶，風雨近何如？翹望暮天遠，孤煙土大墟。

勵介祉

風雪冷衣袂，知君形影單。圍罏且嘯傲，乞米鎮艱難。酒興近何似，詩情想未闌。狂奴仍故態，獨自整辛盤。

沈鶴田

暫别尚相憶，况經春復秋。海風無日夜，山氣自沈浮。對此一盃酒，能無萬古愁？鄉關重回首，底事久淹留？

袁芷洲

文字本知己，况當昆季行。胸懷證秋水，風雨憶匡牀。得句向我笑，爲君一進觴。鶺鴒今判翼，烟月路茫茫。

宿鹽山

消息久隔絶，今番疋馬還。祇緣鄉路近，翻愧客囊慳。愁國三年困，離情一筆删。故人攜手處，應亦豁心顔。

晨起漫興

羈旅天涯百念空，小窗朝日照玲瓏。每貪杯後三更渴，自立春來十日風。庭草俄看隨意緑，山桃漸放可人紅。焦琴未肯無端奏，茗椀鑪香憶放翁。

登日照城

跬步未離三百里，兹游奇絶似曾經。雲從遠樹梢頭白，天在群山缺處青。丙穴嘉魚盈市買，午鐘荒寺隔溪聽。故園伴侣今離索，何日相携話性靈？

中秋微恙口占

客裏何堪病又侵，空齋閑寂漏聲沈。債多好友無温話，囊罄傒奴有冷心。古壁半欹新月上，疏簾不捲候蟲吟。匡牀怕作還家夢，獨對寒檠坐夜深。

除夕大雪偕潘璜溪王午亭魏杏樵守歲西城道院分韻得歲字

天半闢銀闕，瑶屑紛空際。須臾九重霄，細碎籠雲翳。令節客中過，牢落愁難制。良朋四五人，圍罏度除歲。典衣買青春，拚醉情難泥。射覆各分曹，鬬捷無乖例。浮白仰天歌，氣概堪一世。爬沙聽隔窗，爆竹聲不脆。古刹一燈紅，四壁懸薜荔。碧瓦碎鴛鴦，白玉裝階砌。姜被共一牀，誼氣聯棠棣。夢影忽清幽，晨光已開霽。

席上贈李菊如歌者

玉勾斜畔天斜月，幻出佳人花作骨。移來倩影到長安，仙風縹緲下雲端。雲端舊隊霓裳舞，燕瘦環肥安足數？瑶臺瓊屑落紛紜，一曲歌罷日斜曛。色舞眉飛觀不足，半閃秋波暈紅玉。鯫生旅食走京華，揩眼先看第一花。嗜痂自昔已成癖，冷落花晨復月夕。殷勤物色玉搔頭，一點癡情萬斛愁。雨打梨花門晝掩，吟風嘯月恣消遣。何當一夕敞華筵，飛瓊飛墮有情天。須臾輝光生滿座，玉蕊梅花香乍破。低眉軟語若爲情，花間嚦嚦囀鶯聲。自言家本揚州住，少小伶俜不知處。憶從束髮來都中，浮萍逐浪葉隨風。錦帕纏頭金纏臂，鮮車怒馬耽游戲。那惜長年善事人，韶華易逝可憐春。燕臺游子動凄慘，頻年淪落天涯遠。旅館蕭條旅夜涼，烏啼落木雁叫霜。感卿斯語愁端觸，爲飲一樽歌一曲。病鶴襹褷瘦不禁，江湖隻影契知音。明日朱門宴賓客，莫更逢人淒欲絶。

洋琴歌

莫春三月春争妍，落花歷亂柳飛棉。開樽對酒相酬酢，忽聞花底奏新弦。乍聽迥與琴聲别，非絲非竹淒欲絶。

繁音宛轉復低徊，江上琵琶共嗚咽。虚庭卓午静籟生，風播微颺烏無聲。切切嘈嘈斷仍續，異鄉孤客訴離情。倏如瀑練遥峰瀉，飛濛濺沫千尋下。又如沙場金鐵鳴，急走銜枚馳怒馬。低眉脱口發清商，新鶯恰恰澀銀簧。二分明月春無價，一串牟尼夜有光。歌吻清圓琴細碎，滿階花雨紛紛墜。長空疑有紫雲迴，短拍何須紅豆記。四筵凝注寂無譁，花影侵階日已斜。曲終障袖人前立，東風潑雨上桃花。銀壺貯酒黄金色，杯是珊瑚腕如雪。醉鄉風味足消魂，況復新聲動凄惻。我本秋風鈍秀才，經年抱刺心重灰。欻忽聽此煩襟滌，詩魔日夜爲徘徊。舉卮滿引賦長句，琴聲窸窣生庭樹。清谿寂寞水無涯，春去春來不知處。

題許魯泉詩卷

颶風卷地海雲立，波濤震撼蛟龍泣。忽看陌上麗人行，桃紅杏白春煙輕。筆補神工參造物，前身散誕疑仙佛。酒酣意氣薄雲霄，小紅低唱君吹簫。北游汗漫燕臺路，奚囊滿貯春郊句。錦韉邂逅許同游，與君勾當三春愁。快讀瑯玕霏玉屑，奇情綺思真雙絶。鴻雁不來烏夜啼，無言桃李夢成蹊。

夢游仙

縹緲五城十二樓，煙雲萬丈隔瀛洲。風生兩腋陟絶頂，琪花瑶草無春秋。振衣拂袂胸襟闊，曠觀世界如浮漚。遠勢三峰見華嶽，孤烟九點淩齊州。須臾置身千萬仞，徘徊欲去且復休。繡衣朱履仙人過，霽顔笑問來何由？仙境自古不易到，到者勿乃謫仙流。千樹桃花萬年藥，中有異鳥鳴鉤輈。相邀盤薄紅香裏，玉液瓊漿共唱酬。衛玠勸我飲，陽鳥遮我留。飛瓊揎舞袖，萼緑轉歌喉。五寸椹，三尺榴，龍肝鳳髓羅列皆珍羞。咳唾九天生珠玉，衣冠萬古笑蜉蝣。仙家自有長生樂，塵世原如不繫舟。人生百年一瞬去，對此慷慨忘繁憂。但願此夢無時醒，路出邯鄲清興幽。

九日

浪迹慚爲客，歸心返故鄉。關山留片夢，風雨又重陽。痛飲拚沈醉，單衣怯晚涼。長安悲落拓，身世兩茫茫。

新柳和韻

其一

張緒風流憶昔年，絲絲欵舞日暄妍。春回罨畫溪頭路，夢斷清明節後天。社燕一雙花徑外，胡姬十五酒鑪邊。蛾眉相對匀新黛，短髮垂垂半覆肩。

其二

長板橋頭又向榮，桃根桃葉碧雲横。新愁待啟葳蕤鑠，舊恨猶牽麯蘗生。喜見黃輕堪戲蝀，劇憐緑淺不藏鶯。朱樓十里珠簾隔，夜夜闌干伴月明。

其三

搖風曾拂灞橋驢，又向旗亭綰別車。碧玉佳期才有價，翠鬟新樣却慵梳。章臺舊雨愁無那，梁院輕陰晝不如。簑笠歸來垂釣者，柔稊折取貫溪魚。

其四

裙腰草遍大隄頭，低掠平蕪嫩緑抽。春色三分縈舊別，斜陽幾縷冒新愁。垂絲半醮鵝兒水，曉夢常關燕子樓。陌上花開韶景麗，香車緩緩踏青游。

春燕

其一

春色三分到緑楊，社前社後足徜徉。不堪公子經年別，又見佳人舊日妝。紅袖樓頭窺曉夢，烏衣巷口弄斜陽。剪刀風裏顛狂態，故壘重尋認畫梁。

其二

纔過上巳又清明，顛雨斜風與送迎。深院穿花春有伴，空梁照壘月多情。芹泥舊徑尋來熟，柳岸新烟掠欲平。合德椒房應見妬，莫教容易掌中擎。

其三

相逢依舊欵荆扉，小院春陰冒四圍。紅縷尚留前度約，青衿猶是去年衣。似曾相識來深巷，未免多情戀曉暉。繡幕珠簾春正好，等閑莫並伯勞飛。

其四

呢喃絮語盼韶華，妙舞翾翾倩影斜。緑墅青帘春十里，紅橋碧水路三叉。歸來熟徑空蛛網，佇見疏窗隱茜紗。珍重雙棲黃月照，鬱金少媍憶盧家。

東平訪友人不遇

廉纖細雨濕春光，壁壘芹泥問草堂。繞郭杏花含膩粉，沿隄柳色綴輕黃。兩行紫陌排新堡，無數青山上女牆。卓午再聽村雞唱，依稀風景似家鄉。

東阿道中

其一

亂山無數擁青螺，駘宕春風拂面和。羸馬柴車十日裏，看花一路到東阿。

其二

杏花如雪柳條青，萬里長途夢未經。回首鄉關動離思，一鞭殘照短長亭。

入江南界

山桃紅暈柳毵毵，麥隴沿溪漾蔚藍。一路半晴兼半雨，菜花天氣到江南。

下邳

邳下自名勝，行人此度經。水環千古碧，山割一樓青。細雨泥尚滑，郫醪醉未醒。高歌大風曲，野色遍郊坰。

渡黄河

一葦誰云廣，輕帆接混茫。黄雲低欲合，白日翳無光。北望雄三輔，西來界太行。不須歌樂府，此去有津梁。

高郵舟中

遠水天一色，晴烟泛緑蘋。小舟輕似葉，枯樹老于人。破網漁家利，山花柁媍春。魚肥兼酒美，未敢厭風塵。

渡江

鼓枻入瓜步，金焦束渺茫。水流南渡恨，花賸六朝香。高閣隱深樹，浮屠立夕陽。眷言懷往迹，煙靄莫蒼蒼。

姑蘇曉泊

姑蘇城外路，曲港繞迴環。野水平吞樹，亂雲倒挂山。高樓憑黛髻，濃霧隱螺鬟。貰酒澆愁緒，開窗一解顔。

石門

濕雲壓舩頭，遠水吞石齒。睡醒試開窗，對面峰巒起。麥隴聽鳩呼，桑陌喧蠶市。修竹大如瓠，脆剖鮮筍美。呼僮覓偏提，緑酒新浮螘。舟行一月餘，鄉國四千里。陶然適性情，歲月過加駛。

羅刹江舟中

江霧漫江似帷幕，小舟後向江千泊。潮頭萬弩射不回，澎湃奔騰驚險惡。岩土濕雲凝不飛，江皋細雨晴還落。富春山下好風光，柁娘簪花肆諧謔。啁哳鄉音譯未真，酸甜村酒濁難酌。竹篷如甕障四圍，黴濕蒸人到囊橐。十年塵夢繫江鄉，茲來不解南游樂。行行漸近閩江湄，蜑雨蠻烟愁寂寞。

須江舟次贈别傳千之孝廉

武林邂逅天將莫，箬篷兀坐江聲怒。與君相對徹宵談，神交半面渾如故。山形似欲笑留人，珍重天涯氣味親。詩成夜貯江千月，酒罷雲蒸頰上春。先生嗜飲無局束，我亦垂涎視醽醁。願把西湖作酒盃，糟邱拍浮波光緑。舟行十日布帆遲，悟境仙心足我師。諳别江下立釣磯，仙霞南望白雲飛。

剖瓠存稿卷二　三十六灣〔一〕梅花書屋稿

【校注】

〔一〕三十六灣：多指地處浙東四明山腹地的景點。在本書中特指「莆陽壺公山下白雲鄉」的「三十六灣」：「莆陽諸山，壺公爲之主。其分支爲城山，亦曰『穀城』，以其旁有黄石鄉也。距壺公七里許，環以國清湖，木蘭之水瀦焉。『三十六灣』者，湖中陂隴之舊名也。」蕭重「乃向郡中乞之，編荆爲垣，截杉爲柱，刳松爲瓦，縛篫爲棚，小構數椽。鄉人助之，不逾月而工竣。蘆陳几榻，顔之曰：『三十六灣梅花書屋』」。

梅花

其一

艾納濃薫第一花，繞籬倚石任横斜。鏡中妝靚佳人面，竹外枝横處士家。蠟屐尋來春有迹，銀雲碾出玉無瑕。青山睡醒匀螺黛，朝夕催人兩鬢華。

其二

罨畫樓臺薜荔牆，仙人縞袂契孤芳。晴看紅樹參差映，冷割銀雲細碎香。斷嶺迴峰餘積雪，敗橋流水駐斜陽。閒來無計排愁緒，小閤窗前憶故鄉。

其三

羅浮山下舊驚魂，雪北香南落照温。漢女明珠空曉夢，江妃凍靨綻新痕。尋詩客子青油幕，隔岸人家白板門。盡日置身圖畫裹，差强人意玉崑崙。

其四

漏洩春光卅六宫，無端怨緑更愁紅。半林雪散雙棲鳥，萬里關山一笛風。冀北星霜游子夢，江南桑苧美人工。狂奴故態仍如昔，倚醉拈花問碧空。

聚奎岩

小住僧寮悟佛緣，海濱寄迹此經年。蒼茫遠水疑無地，浩杳孤帆直接天。石壁斑爛蒸蜑雨，腥風霉濕釀蠻烟。鱖魚肥美村醪熟，鄉夢無端到枕邊。

白沙露坐

暝色蒼茫暑氣蒸，四圍山勢鬱崚嶒。驅蚊比户宵然艾，懼虎行人夜有燈。静坐竹簾花影合，閑吟苔砌露華凝。家山萬里空回首，欲脱樊籠嘆未能。

龍華寺〔一〕題壁

其一

燒葉煮新茗，蕭閑愧此僧。稼收平野白，門擁亂峰青。梵唱前村静，鐘聲下界聽。到來空萬慮，俛首問山靈。

其二

終古少人到，溪山帶笑迎。村僧無俗骨，斷澗咽寒聲。野鳥若相識，岩花不記名。嶺頭夾漈墓，再拜祝先生。

【校注】

〔一〕龍華寺：寺前身「虎洞庵」，創建於清代乾隆年間（一七三六至一七九五），坐落於普寧市區流沙約四公里遠的虎空山上。原建有頂庵、下庵兩座，頂庵供佛及提供僧人住所，下庵爲信衆留宿休息之處。

寄懷牛荻垞徵君

其一

鄉心縈繞暮雲邊，五載暌違路七千。潦到微官滯絶域，糊塗小事悔當年。無魚有客仍彈鋏，附驥何人早著鞭。滿面俗塵慚自誤，好憑尺素續前緣。

其二

海枯石爛憶前盟，覆雨翻雲任變更。舊事驚心惟避債，前塵誤我是多情。夢回清夜鄉關近，酒入空腸芒角生。細雨灑窗人獨卧，一聲旅雁過高城。

其三

白髮無端上黑頭，年華真似下灘舟。殷勤未擱江淹筆，侘傺還登王粲樓。蒼狗雲容增變幻，紅塵夢影足清幽。與君耐久成知己，人海茫茫貉一邱。

其四

阻隔雲山一紙書，剉刀今喜剖雙魚。經年春酒開樽日，久旱山城過雨初。瘦削吟肩仍想像，嶙峋傲骨未消除。空齋兀坐思君切，翦盡寒檠意有餘。

山行即事

其一

蠟屐人至歲云莫，肩輿欲陟白雲巔。土人山厂祀山鬼，小憩僧寮聽瀑泉。

其二

橘刺藤梢夾道生，勾衣有意礙人行。行來已到千峰頂，猶聽鐘敲上界聲。

其三

石磴盤紆往復還，多年古木蝕苔斑。村雞再唱日亭午，翠羽一雙飛自閑。

其四

小溪流水抱山腰，密箐叢篁隱石橋。路入羊腸人不見，夕陽紅處認歸樵。

其五

峰回路轉見山村，紅葉經霜凍有痕。驅犢牧童歸去晚，梅花無數繞柴門。

山村梅花歌

帶霧山旁黄葉村，寒流亂石枕柴門。野梅初花香沁骨，山前山後白雲屯。樵歌牧笛自來去，丹楓烏桕愁黄昏。可憐明月竟無主，太息美人空斷魂。蕭騷古木霜華重，寂寞空山落照温。我行正值十月後，扳援鳥道下天閽。玉顔零落委塵土，閑愁棖觸那堪論。山家石屋泥堊壁，黑甜夢境雙眸渾。暗香浮動檐風冷，行厨有酒喜盈樽。解衣磤礴衆香國，嫩寒紙帳涴霜痕。詰朝攜笻立花下，扶桑紅日升晴暾。

桃花片

莆陽春夏之交，海堧産桃花片。蛤屬也光嫩鮮美，味在江瑶西施舌上。同人分賦得七古一章。

桃花夾岸紅十里，墮落緑波之春水。水鄉異味所見稀，晨起無端動食指。匀圓細瓣鬬新鮮，買春已到更攤錢。彷彿，鮫宫剗却冰桃樹，繁英嫩蕊，逐浪到人間。又如，龍女唾壺新破碎，零脂賸粉，濺沫紛朱殷。海邦食物亦云備，通印港中鱗甲萃。飽飫西施舌，不厭鰣魚刺。争似嘗新滿貯水晶盤，蟹黄鱸白空肥膩。花信風來海氣通，酒酣高唱玉玲瓏。羊蔬有夢莫匆匆，依然人面笑東風。

梅妃故里并引

莆田城東二十五里江東鄉，爲梅妃故里。河干斷石半没蒿萊，土人謂之：「江妃墩」。錢翼堂明府用工部明妃韻咏之，擬和四章。

其一

水光山色掩柴門，遥指江妃昔日村。一斛珍珠增悵望，半輪新月冷黄昏。紅顔白髮空留恨，雪北香南幾斷魂。賸得梅花千萬樹，故宫幽怨向誰論？

其二

鱗次人家白板門，苧蘿合與並名村。香消凍靨春將暮，雲鎖荒苔日又昏。寂寞深宫曾掩淚，零星斷石爲招魂。

風清月白歸來未，好與梅花仔細論。

其三

勑選蛾眉到篳門，當年艷説水邊村。玉顔冷落芳春歇，香夢闌珊壁月昏。作賦才華投彩筆，釀花天氣殢妍魂。上陽別殿鴛鴦拆，白髮宮人掩淚論。

其四

寒梅繞屋水當門，生長名媛郭外村。宮掖才名光簡策，溪山雲氣變朝昏。春宵倩影慚留舄，月夜香風憶返魂。懷古試談天寶事，馬嵬坡下漫同論。

九日登平海〔一〕城樓

其一

絶磴扶筇上，滄波萬里平。黄沙迷望眼，白日淡孤城。雲樹懷鄉國，音書憶弟兄。長空數行雁，嘹嚦向人鳴。

其二

十里平沙迴，相傳古戰場。天陰聞鬼哭，心定笑雲忙。草木已黄落，蓬萊未可望。壯懷時悵觸，長嘯立蒼茫。

其三

海氣少晴晝，登臨眼界寬。每思陶令酒，自整孟嘉冠。蒼狗雲容幻，紅塵客路難。感兹重搔首，日莫倚闌干。

其四

揮手自歸去，荒齋小似舟。八年曾寄迹，三度此登樓。風暈半輪月，蛩吟滿院秋。濁醪拚盡醉，塵夢足勾留。

【校注】

〔一〕平海：平海衛，舊名南嘯，在福建莆田縣九十里，今隸屬福建省莆田市秀嶼區。因地處興化府之南沿海，且常有海嘯之威，故俗「南嘯」。明洪武二十年（一三八七），置平海衛，修築衛城，人稱「平海城」。

題風雨歸舟圖

急雨如注雪如磐，菰蒲風力相翻掀。小舟一葉載酒還，濕烟苦霧籠瀰漫。一憕玻璃碎復完，篙師扣舷如走丸。座中有客竹千竿，買春未到興未闌。瓜皮艇子下飛湍，青鞋箬笠來無端。開樽浮白雨聲酸，羊蔬夢覺地天寬。

題李香君畫像雨疊原韻

其一

六朝金粉賸歌樓，腸斷秦淮嗚咽流。未免魂銷金屈戍，可憐香歇玉搔頭。美人黃土尋常事，白髮朱顏特地愁。恨煞當年阮司馬，慣將法曲易邊籌。

其二

零脂賸粉化爲塵，一幅生綃見美人。柳色官橋無限恨，桃花人面可憐春。曾將妙翰勞名士，漫把中興怨武臣。回首莫愁湖上路，閑花野草倍相親。

其三

秦淮烟月暗妝樓，玉蕊瓊枝第一流。菊部新聲嫻度曲，菱花倩影憶梳頭。黃冠匆促無家別，紅粉飄零故國愁。復社已空龍友去，青燈相伴數更籌。

其四

凌波羅襪步生塵，羞作平康賣笑人。鴨緑溪光留倩影，鵝黄柳色駐芳春。枝梧有幸逢詞客，驅遣無端泣内臣。揮手大功坊下别，黄絁卞賽本鄉親。

題空山聽雨圖爲女冠玉井道人作

其一

雙修庵裏閉禪關，人似閑雲盡日間。消受維摩清净福，滿天疏雨下空山。

其二

叢蘭妙墨净無塵，細楷靈飛妙入神。一著黄絁真悟道，玉京仙子是前身。

其三

鉢雨幢雲悟眼前，相逢莫問第三禪。蓮花身現優婆賽，小住人間四十年。

其四

參破無生静息機，蒲團趺坐一燈微。牟尼珠顆八功水，都向空山作雨飛。

排悶雜詩三十首

其一

閩嶠十年一夢中，無端庭樹又秋風。官如蝨蟣何妨小，座擁琳瑯未便窮。潦草詞章慵索解，性靈文字不求工。心光一寸盧堂裏，兀坐無言聽候蟲。

其二

海上層雲欲盪胸，憑空雕飾玉芙蓉。愧無芳訊傳青鳥，那有閑情問赤松。捧劍雛奴傷物化，燒丹黔突任塵封。年來不作游仙夢，獨立斜陽倚瘦笻。

其三

箬棚椶薦緑蘿窗，庭樹陰森覆碧幢。筆不工書偏有債，心緣得酒最難降。尚遲霜信來宵夢，怕聽蠻歌異域腔。栩栩莊生身外蝶，疏花小竹影成雙。

其四

狂名久已畏人知，筆墨因緣自得師。桃李新陰工作賦，神仙小吏解抄詩。龍文甘自爲牛後，羊質由來笑虎皮。酒矢從今都懺悔，糟邱臺畔立多時。

其五

杜陵衣鉢授庭闈，半世饑寒壯志違。無貌誰憐羅隱惡，食言那得庾公肥。燕臺卅載風吹帽，嶽麓三年雪染衣。黽勉循陔潔瀡瀡，鄉關回首白雲飛。

其六

落拓功名一卷書，烏焉莫辨魯爲魚。才慚管蒯人争棄，夢到鄉嬛願已虚。太古何年分句讀，平生誤我是麄疏。菖蒲嗜好真成癖，準擬牛腰載五車。

其七

自斸端州紫玉膚，細磨墨汁作鵶塗。事非師古終何益，藝不成名衹自娛。戲海遥看鴻雁過，簪花笑倩美人扶。羊欣白練裙邊技，敵得當年小婢無。

其八

烏絲闌上句新題，入耳聲聲杜宇啼。衣鉢舊宗鄞縣北，冠裳不改夜郎西。麄才弄筆從人謗，剩稿堆牀與屋齊。好待歲除方餞歲，祭詩鵝鴨問山妻。

其九

登高逸興未全乖，作賦莊書玉篆牌。天上松筠親視草，江南橘柚笑盈懷。衡茅何福叨仙饌，樗櫟隨班拜御階。歸路擎來新賜錦，班斕古色艷長街。

其十

金櫃石渠錦繡堆，書生槖筆任徘徊。全唐絶代文章備，永樂當年典籍開。好東壬蟠歸正韻，爲讐亥豕費冥猜。一官闊海逃塵劫，夢裏鄉關首重回林逆之變余已出都。

其十一

夢到南天夢亦真，秋風秋雨正懷人。故交近作廉能吏謂金匱令齊梅麓，名士終爲放逐臣謂洪穉存先生。壯志每思留劍珮，歸心端不繫鱸蒓。他年泛宅吴江曲，也與天隨結北隣。

其十二

久拚猿鶴與同群，無那塵緣未解紛。夢逐梁園懷舊雨謂家謙谷明府，心依魯道佇停雲謂楊魯生刺史。蟬吟高樹真無賴，雁過孤城不忍聞。可惜中眉空志鵠，誰將血淚哭劉蕡牛荻坨屈抑副車。

其十三

憶曾風雪立程門，桀亘規攢細討論。魏照終慚寡學術，邴原尚未報師恩重受業于高如齋先生八年如一日。幸留雛鳳聲相和，能使飛鱣道共尊。回首於今二十載，小樓春雨白雲屯先生家集有春雨樓稿。

其十四

憶弟看雲獨倚闌，駕鵝東去雁聲酸。半生將過渾如夢，九品之餘愧説官。爲寄三歌收骨肉，好留千木咏團欒。家風我亦楊延慶，待覓珍肴結古歡。

其十五

鍾離故實忍輕删，塵網糾纏不暫閑。萬里人如分世界，十年我未唱刀環。長淮浪怒魚龍隔，故國雲開鶴夢還。爲報雙親仍健飯，遠懷應亦破愁顔。

其十六

飲虹樓上早秋天，遠翠蒼茫欲化烟。得句戲調名下士，無人不羨醉中仙。冠軍誰是前茅敵，鎩羽都成夙世緣。記否中元集福日，太清真訣落言詮。

其十七

十丈紅塵萬馬驕，幾番橐筆欲題橋。風雲際會真虛幻，香火因緣太寂寥。白塔寺前晴策蹇，黄金臺畔莫吹簫。桑乾嗚咽東流水，終古斜陽掛柳條。

其十八

欲殺相憐盡故交，黄金半笏爲營巢。一寒至此仍彈鋏，舉世無人爲解嘲。午夜空回丹篆夢，丁沽遠指白雲坳。如何塵網終難脱，萬里關山久繫匏。

其十九

人當燕趙易牢騷，説劍論文氣自豪。同輩半躋千佛頂，浮生真愧九牛毛。仙餘剩藥人争攫，爨有焦桐手自操。大火西流天已莫，東南芒角酒星高。

其二十

擊節狂吟白雪歌，謫仙佳咏奈愁何。青山謝朓家仍在，潭水汪倫句不磨。鸚鵡洲前烟草合，鳳凰池上亂雲多。石磯酒甕俱千古，想見當年醉緑螺讀太白集。

其二十一

懺除綺語悟空花，一卷楞嚴古墨華。怪底世人稱太衆，由來佛數亦恒沙。羼提都爲凡間食，檀那還祈處士家。明鏡有臺兼有相，圓通何處問靈芽觀楞嚴經。

其二十二

都鍊京研燦異光，才看張馬又王揚。齊梁衣鉢開駢體，沈宋精英此瓣香。八代雲章排筆陣，六朝金粉艷詩囊。吾宗亦有真名士，年少才華已擅場讀文選。

其二十三

低昂徐馬陋關荊，枯幹風枝細品評。怪石一拳小斧劈，敗橋半折瘦驢行。鮮妍花卉開春圃，罨畫樓臺襯古城。顛米濃皴摩詰樹，宋唐家數最分明看畫譜。

其二十四

故國關河夢已醒，殘山剩水嘆零丁。養親忍令頭先白，欲死其如鬢尚青。塞北軍中歌緑酒，江南天上駐文星。蘭成詞賦廉夫笛，往事淒涼不可聽讀梅村集。

其二十五

風雅將頹蔣趙興，隨園衣鉢共傳燈。天教紫府司香吏，來跨青蓮最上乘。倚馬雄文題碧落，畫眉彩筆艷紅綾。米顛醉墨張顛草，如此全才得未曾讀舩山集。

其二十六

庵號雙修衹自修，漫天風雨正颼颼。燦花有舌語名士，咒鉢無言一比邱。組織曇雲删綺語，摩挲慧劍割春愁。就中誰挾荆關筆，補畫蒼茫海上秋讀空山聽雨圖題咏續刻。

其二十七

屯田一曲覓知音，自掐檀痕細細尋。緑酒青燈留艷骨，曉風殘月雜仙心。圖成窠臼翻新調，配定工商費芳吟。試譜梧桐一葉落，嫩寒半夜隔簾侵看詞譜。

其二十八

曾拈斑管傳何戡，紫韻紅腔夢亦酣。婕拍新翻花十八，蛾眉淺畫月初三。燕臺細雨迷蒼翠，閩嶠閑雲阻蔚藍。何日雞林來大賈，爲傳此册到江南題鶯花記？

其二十九

小屋如舟陋不嫌，看花索笑也巡檐。試拈紅豆非工曲，爲避青蠅每下簾。結習未忘操不律，遣愁何計畫無鹽。多情最是天邊月，又向林梢啟鏡奩。

其三十

多少塵緣未盡芟，菜根滋味别酸鹹。黄泥白墮從人餽，紫筍花猪慰我饞。謁座漸忘持手版，吟詩敢自署頭銜？何時得遂歸田願，碧水如烟擁片帆。

剖瓠存稿卷三　三十六灣梅花書屋稿

莆陽海濱十二景

小嶼長橋

橫波一帶束平潮，萬古長虹亙石橋。帆影斜陽來欸乃，樵蹤細路去迢遥。苧衫藤笠人如畫，衰艸寒烟柳折腰。欲覓昇仙雙蠟屐，紅塵隔斷五雲軺。

塔林漁唱

鱸鄉蟹舍晚晴初，此樂陶然問老漁。鼓枻雙聲天籟發，扣舷一曲畫圖如。西風蘆溆饒蝦菜，新漲桃花上鱖魚。水調歌成閑拊缶，全家曬網話蓬廬。

蓼城蜃氣

烟幻樓臺霧幻城，憑空結撰勢縱橫。雲幢障日奇光燭，疋練懸空變態成。土語訛傳秦吉了，沙場舊築漢行營。桑田滄海須臾事，有客登臨百感生。

螺港秋潮

雪浪奔騰怒未消，秋來螺港漲新潮。水天一色雙丸小，金鐵皆鳴萬馬驕。卷地風腥龍沫濺，漫空雨濕蚌珠跳。憶曾羅刹江頭泊，强弩聲中夢影摇。

鯑江烟雨

挂席洪濤泛小艭，腥風霉雨暗鯑江。菜花嶼上烟如羃，榕樹闌邊客倚窗。岳瀆雲催青鳥使，珮環聲憶碧油幢。誰携水墨倪黄筆，爲畫江南舊釣矼。

門夾風濤

坤乾闢闔兩峰高，天遣雙鬟跨巨鼇。鬼斧開山通道路，神燈照夜束波濤。飛湲濺沫晴還雨，駭浪噴珠怒欲號。安得夸娥俱負去，洪流疏暢泛輕舠。

南嘯歸帆

孤城縹緲隔塵凡，烟水蒼茫夕照銜。泛宅何人泊遠岸，浮梁有客棹歸帆。櫓摇明月鄉心促，夢逐閑雲别恨芟。猶記洪濤掀地軸，隨風面面轉層巖。

黄岐夕照

柴扉白板駐斜陽，漠漠飛沙蔓艸荒。亂閃歸鴉千點黑，平分遠樹半林黄。數聲短笛横牛背，無恙征帆列雁行。鄉思不堪重回首，携笻人影立蒼茫。

青山疊翠

細匀濃緑仿荆關，幻出青青一桁山。魔女翘鬟來海上，瓊仙障袖到人間。佛頭隱現優曇色，石骨玲瓏壞蘚斑。雨後濃烟清欲滴，好尋蠟屐試登攀。

冲沁晚烟

行來冲沁夕陽天，正值人家飯熟前。荻火村墟籠暮靄，荳花籬落上炊烟。紅塵夢破空凡想，白墮樽開斷俗緣。遠寺蒲牢殷地發，數聲歸雁下前川。

美瀾晨眺

朝烟羃歷罥層瀾，海氣蒼茫釀薄寒。半臂輕棉便竹杖，一輪初日擁珊盤。晨炊已罷人驅犢，卯飲才過客倚闌。簑笠剛來垂釣者，晴暾背影卓漁竿。

新橋夜泊

暝色滄茫暗浦橋，維舟小泊永今宵。一星漁火明前渡，兩岸人家話晚潮。夜氣侵衣霜有信，濤聲到枕夢無聊。凌晨日上波光緑，欸乃聲中宿霧消。

次韻徐香垞太守咏懷興安古人十首

鄭南湖

昆季相偕去故都，蕨薇自分老江湖。滎陽道脈開荒徼，莆口薪傳仗大儒。學有本源扶墜緒，心無畛域恕浮屠。如林俊造絃歌俗，私謚三人合並呼。

江梅妃

柳妬娥眉杏妬腮，亭亭悄立玉階苔。六宫明月前魚泣，一斛珍珠吐鳳才。菊部猶傳中婦艷，墓門空賸野梅開。江村極目盈盈水，白鷺還隨返照來。

林夢復名蘊

王章目擊委蓬蒿，直與平原志並高。儘有危言驚幕府，恨無尺節捍江皋。狂奴痛詆頭非礪，烈士精忠舌抵刀。馬革藏身思報國，同時剛毅喜相遭。

歐陽四門名詹字行周四門助教

瓣香曾與德爲隣，那有閑情到錦茵。孝友文章高一代，科名鄉國第三人。汝墳江漢空羅韈，雲夢風烟憶角巾。福壽溪山餘落照，當年遺迹認難真。

徐正字名寅字昭夢

徐潭潭水尚清泠，昭夢當年迹暫停。詩集採龍雲作卷，溪名延壽翠爲屏。盛衰死後猶多感，陂堰生前亦慣經。一帶葭蒼兼露白，泝洄重問蓼花汀。

黄校書名璞號霧居子

品隲歐陽異義誇，斯人甘自老烟霞。儒冠翻作防兵具，宦海真成過眼花。江上星馳弭盗檄，山中霧隱著書家。當年蕊榜榮科第，尚憶團欒頂上紗。

黄文江名滔

河山破碎唱烏棲，避地名流手自攜。半壁屏藩孤鶴淚，數朝松檜夜猿啼。紅樓詩東當年折，赤幟文壇異日題。泉石故山應默省，鳳皇巖畔日平西。

蔡君謨

文章事業邁前賢，墨瀋餘光欲化烟。堂下花闌新命酒，袖中茶譜舊朝天。林檎葱蒨來青鳥，扶茘匀圓品絳仙。非類强顔攀族系，可曾家乘許同傳。

鄭夾漈

無意功名愛索居，里傳廣業結茅廬。人間邱隴深秋裏，世外雲屏落照餘。浪惡天吴猶返璧，雨晴童子尚攤書。九原倘見希齋史，精當還應嘆未如。

劉後村

絶代文章鐵硯磨，當年猶是假登科。人言可畏梅成累，謔語相侵鬼細哦。吴下英靈裁麗句，軍中若樂易悲歌。晚年自嘆雙蓬鬢，寄托情深感慨多。

重陽將届盆蘭作花邀同劉子石孝廉瑛林蓼懷進士軒開陳蘭士遠孫蘅皐輝會林篁石光璧三茂才蔡竹田畫士小集寓齋蘭士攜琴來爲鼓塞鴻一曲四座泠然即屬竹田爲作賓鴻留影圖各題詩其上李伯琴未與此會竹田爲補繪之

鴻鈞妙運丹青手，畫出人間烏兔走。蘆灰止水土摶人，滄桑變幻一炊久。人生聚散水上萍，忽漫相逢亦非偶。天涯海澨幾雲山，氣誼聯之共樽酒。小院新涼集主賓，幽蘭晚馥當窗牖。抱琴理七絃，射覆餘三耦。擊鉢鬭新奇，豁拳互勝負。西漢説詩東晉談，先生前行弟子後。座中飄然老畫師，雙瞳如炬筆如帚。胸藏邱壑腕通神，每貌一人引一斗。玉山朗朗三茂才，春風張緒王恭柳。艾軒高論後村哦，白髮蒼顔立兩叟。更有，糟邱臺下謫仙人，相如後至居賓右。遂使老成典型、少年丰采共一圖，蝨我其間傳不朽。吁嗟乎！百年夢幻泡影俱空花，一寸靈光當自守。泥中之爪雪中鴻，眼前景物屬吾有。

九日登薌林山夾漈草堂故址

去年九日，滯榕城烏石巖麓。偕朋登，千萬紙鳶蔽寥泬。閩中九月，作清明范公祠，字施公廟，丹青繪畫殊清妙。古樹蒼髯對客掀，老鴟白晝迎人笑。神光寺中啜茗談，海天空闊風吹帽。今年九日，薌林山結伴無人，自往還。石磴峆岈巨靈掌，烟嵐明凈仙人鬟。四圍榛橡龍拏爪，萬古莓苔豹隱斑。草堂無人夾漈死，荒基蕭摵生茅菅。相傳雨晴時，見童子曬書出。鬼神謊詭，儒家删抑。或精英所聚，歷劫常不没蠹魚，字飫鼠。蕫搬先生著作自不朽，安用睽車志怪驚人寰。君不見，馬鬣封平，古迹古本根葛藟。今無譜，鼠牙雀角訟，徒争魏瓦齊磚贋何補？我曾杯酒奠青山，以莛撞鐘布作鼓。大名如水地中行，奚必一邱一壑，争作死後溪山主？揭來登眺立蒼茫，柏緑楓青未著霜。却憶去年舊游處，烏龍江惡愁難渡。

觀徐香坨太守謔浪編題後

大荒之經爾疋注，奇文光怪紛無數。雨粟樓中鬼亦愁，然犀渚畔神爲怖。我思大禹鑄鼎象神奸，魍魎魑魅傾人寰。山欙泥楯窮荒徼，同律庚辰共往還。支祈防風異事不可僂指計，遂使吞蛇巨碣高峙岣嶁山。竊恐古人寓言十八九，未必神龍真見首。千奇百怪在人心，不若之逢隨地有。西方象教亦相仍，果報輪迴影在燈。摩什化身卅六相，犁泥地獄十八層。此亦爲愚人説法，不然古或無死，天可階而升。自古文人多好怪，載鬼一車兆睽卦。左氏屈原司馬遷，歷歷言之愁漏掛。要之各有精義存，信手拈來已垂戒。析津太史謫仙身，夢紅浴碧氣輪囷。芍藥闌前曾得句，珊瑚架上净無塵。眼光横掃廿一史，筆力倒卷三千人。偶寄閑情編謔浪，鬼神事迹妖形狀。千寶胸懷任昉情，田蚡枕簟中郎帳。繡虎能翻古臼窠，雕龍自創新花樣。妙緒盆傾百斛泉，名言霏屑何精當。飛頭之國捨身崖，小儒拘泥嗤豪放。夸堅有志嗣虞初，近人衹數留仙蒲。其餘數十家輩出，部婁松柏寒園蔬。斯編倘出紙應貴，雞林大賈來通都。世人勿以呆眼看，此即烏有先生傳。自言難覓續絃膠，買櫂南游恣汗漫。風裳水珮涣文章，茶槍酒陣來酣戰。坐令奇情綺思一發不可收，天衣組織天孫線。生平著作汗牛腰，此僅一斑窺豹變。他時捧誦大集盥薔薇，紫金丈六全身現。

雜咏莆陽名勝十八首

芳菲谷

即共樂亭，在州峰之麓。宋知軍劉韜榜其門曰：「芳菲谷」。蔡君謨、陳俊卿皆有詩。

州峰絕勝處，有谷占芳菲。花氣暗紅雨，人家住翠微。遠山橫黛髻，濕霧鎖岩扉。岸幘軒楹下，編年客未歸君謨詩：「私幸編年吾客在，使君樽酒未應空。」。

小西湖

明太守岳正所作。

鑿池涵碧溜，名士例西湖。忠直漢庭檻，清廉合浦珠。百年隨浪去，一字得師無。空臏泠泠水，斜陽泛鴨鳧。

越王臺

在廣業里環山之側，東越王郢弟餘善與郢相攻，殺帝。遣兵討之，餘善竄此山下。

餘善亦夫概，揮戈釁自開。至今廣業里，留得越王臺。竄逐消雄氣，跳梁召禍胎。風烟歸一埽，石礎牧樵來。

演嶼

宋少帝舟泊大峽江滸，爲元兵所迫。有白馬神忽演一嶼以蔽，帝舟遂免。

江滸舊無嶼，蒙塵此泊舟。蒼天遲後劫，白馬斷橫流。國演三年祚，神餘一簣謀。匡山風浪惡，灘盒倘相投邑志

李長者築木蘭陂。神僧馮智投盒波中，灘遂壅成。

舟痕石

在江口，趙真人嘗乘鐵舸至此。

仙人乘舸去，此地有舟痕。石腹裂如劃，苔衣碎可捫。金丹非鑄錯，鐵柱或當門。輕重間相較，毛車莫共論。

仙篆石

陳巖山上有石，面平如削，文如篆籀。方次雲詩云：「蟲文鳥篆不可議，如讀岣嶁神禹碑。」

蒼史留真迹，空山鬼夜號。字傳蝌蚪古，碑矗岣嶁高。闢地拏神斧，磨巖斷巨鼇。誰來競波磔，斯籀祇皮毛。

石室山

在城西三里，高僧涅槃曾隱於此。諺曰：「石室巖頭現，邑人多改變。」蓋山居坎水之地，星爲文曲，法不宜露。

宜隱不宜現，城西石室山。文呈天上宿，蘚蝕古來斑。坎虎離龍合，乘蘆呪鉢還。嵐光兼水色，掩映有無間。

梅花漈

相傳昔有人牧牛于此，遇白衣人叱之曰：「此仙人菜園，勿污吾水。」陳伯獻隱於此，名曰：「智泉。」縣令何南金作來蘇亭。

萬古梅花漈，幽居號智泉。有人驅牧豎，此地住神仙。亭臆東坡迹，詩刊正德年。绿雲環紫箨，點綴夕陽天。

紫霄巖

上有精舍、雷轟石、天臺橋、羅漢洞、石鼓、仙人冢等迹。君謨有詩缺其半，邑人周瑩續之。

精舍自幽勝，穹岩亘紫霄。雲開羅漢洞，鼓枕仙人橋。有冢埋風雨，無僧挂笠瓢。蔡詩周爲補，天籟響瀟瀟。

囊山

山形如囊，故名。僧涅槃塔在焉。

李賀騎鯨去，空遺古錦囊。石龕藏佛骨，岩路繞羊腸。檃括滄桑小，包容日月長。朗吟朱子句，雲海近蒼茫。

小姑潭

一名子魚潭，即古通應港，言通印者，誤也。

爲産魚名子，翻稱水曰姑。誤傳三印俎，美壓四腮鱸。河鼓星明滅，彭郎事有無。細鱗拚一醉，風味足清娱。

鬼巖

一名永興巖。上有懸瀑，舊有洞。因山鬼爲厲，張真人以石封之，患遂息。

鬼作攫拏勢，山猶瀑布懸。四時皆厲氣，萬古少晴天。米盜施神術，沙蟲悟野禪。携笻試登眺，淅瀝悸寒泉。

砮溪

上有仙人。巖巖上野橋，得者以爲瑞，鄭厚兄弟曾得之。按《七子詩話》，莆人黄徹號砮溪，或當居此。邑乘未載。

砮溪儕七子，詩話寫琳瑯。底事雙柑瑞，先爲兩鄭香。書叢今説鮑，墩姓豈隨王？譾陋邑人志，風騷苦未詳。

壺公山

《九域志》：「昔有隱者，遇老人於絶頂，見樓閣宫闕，迥非人世。曰：『此壺中日月也』。故名。」

芥子須彌幻，壺中寓此公。千層雲毋障，八面鯉魚風。袖石征衫緑，憑軒海日紅。我來空萬慮，徙倚白雲中。

轂城山

古名「城山」。好事者因北有黄石鄉，故易其名。上有松隱、竹隱、梅隱三巖。林艾軒講學于此，名人詩刻甚多。

城山如簣覆，一桁翠屏開。古迹明元宋，名巖松竹梅。求仙多臆説，望海上高臺。欲搨擘窠字，摩挲幾度來。

雙髻山

山有五峰，側視爲二，故曰：「雙髻。」正視爲五，故亦曰：「五侯。」自郡城視則爲三，故又曰：「筆架。」

巖麓時時變，多名固不妨。八門環壁壘，九面誤衡湘。蒼狗浮雲樣，青螺少婦妝。何當招惠遠，重與話滄桑。

八瀨溪

在城西北十里，旁有九龍廟。溪中産奇石，圓潔可玩。縣令何南金有記，並題：「玉界瓊田，銀濤翠浪」八字。

別有藍田境，清溪合衆流。九龍祠廟古，八瀨荻蘆秋。袖裏文登石，人間上峽舟。銀濤掀翠浪，猶爲使君留。

佛日山

在囊山西北，上有聖壽寺。勝受塘故址，今爲放生池。

到此空凡想，優曇現日華。幢雲迷古寺，鉢雨浄平沙。曝有黄棉燠，陰看紫竹斜。歸僧來遠寺，衣上帶流霞。

山中雜述

其一

小住深山裏，閑情事事幽。短檐明瓦覆，古砌細泉流。樹暗簾櫳影，風生枕簟秋。賓鴻遵遠渚，各有稻粱謀。

其二

滿目閑花草，幽居莫復朝。緑餘慈姥竹，紅到美人蕉。綺思年來減，香魂久未招。睡餘清晝永，拈管慰無聊。

其三

叢篁兼灌木，笻竹上山行。路有千盤曲，田無半畝平。披簑巖下宿，叱犢水中畊。作息安農朴，猶存太古情。

其四

異俗難勝紀，獉狉習未消。醫方多問鬼，社鼓不迎貓。野草收爲藥，高松劚作樵。震天喧爆竹，巖厂祀山魈。

其五

嵐氣蒸微瘴，清晨散異香。蛇牀蟠石腹，鬼草斷人腸。豹虎宵争出，鵋鶀晝不藏。傳聞深谷裏，時有緑毛僵。

其六

晨烟籠宿靄，亭午見微曦。高樹來焦嘴，空山叫畫眉。雨暘無定候，寒暑異時宜。昨日重陽節，人人苧葛披。

其七

茅屋無村落，巖門聚幾叢。牧童赤脚婢，山鳥白頭翁。斧劈苔衣裂，雷燒樹腹空。負囊來健婦，水碓在溪東。

其八

各自食其力，男畊女荷樵。緑簑千磴滑，紅葉一肩挑。伐竹然爲炬，漚麻曬過橋。歸來話明日，愁絶雨瀟瀟。

其九

城市負薪去，長街遂隊趨。野花中婦髻，新火大官厨。短綆穿錢母，空囊貯荔奴。幽詩圖畫裏，繪此土風無。

其十

雨過山如沐，苔青竹樹蒼。奇峰蹲虎豹，落日下牛羊。鳥曳尾三尺，蜂攢陣兩行。閑懷聊寓目，巖豁小排當。

其十一

聲聲行不得，高樹鷓鴣啼。白髪侵雙鬢，青山感獨棲。歸心空倒挂，生事寄偏提。倚杖門前立，千峰日又西。

其十二

一官今十載，風土漸能諳。世事蒙皮虎，生涯作繭蠶。燕雲遲塞北，鴻雪夢江南。閑譜閩中俗，它年助茗談。

苦蚊戲作

燕頷虎頭飛食肉，餘威幻出蟲達族。蠻烟蜂午瘴侵人，么麽小醜紛相逐。北方寒燠順時宜，榻無帷幕窗無縠。溽暑炎歊六月天，蚊生三五旋藏伏。咏物空傳白鳥羞，憎人祇有青蠅屬。饞軀買櫂走南荒，人語相傳蚊最毒。何期盡日作雷鳴，跋扈飛揚圍我屋。塵海雲翳滿大千，孽龍鱗甲紛滕六。短塵揮來臂欲僵，單衫披處肌生粟。睫納鷦螟學佽飛，氣凌蝨蚤誇賁育。晝不能堪夜更多，寒仍未減暑尤酷。恍如游蜂失舊窠，黄雲障日迷雙目。又如壯士入重圍，白羽環身叢萬鏃。豈無虀紛碎掌中，絮飛未斷櫻桃續。薰以稻殼爇以蒿，涕泗横流到僮僕。由來肉食餉生人，爾乃以人償口福。將毋朱粲張訓妻，身化萬千謀果腹。不然猶溯混沌年，飲血茹毛仍其俗。我仗佛天爲翦除，捨身崖下無殺戮。緑章深夜叩帝閽，五斗米盗手亦束。千創百孔聚一身，癢處頻搔指爲禿。十年三千六百日，計啖我血盈半斛。終日呼號猶未足，人到天南蚊之鵠。噫吁嚱！人到天南蚊之鵠，胡不陶然一醉傾醽醁？

贈林蓼懷山長即以送别

佛果前身幻金粟，華嚴樓閣三十六。玉皇案吏蓬萊仙，謫居人世雙瞳緑。元機秘鑰閉重扃，心光一縷遥相燭。横推筆力鼎千鈞，倒瀉詞源珠萬斛。先生著作已等身，説詩匡子談經伏。皺金嚼鐵爛如泥，肝雪腸冰森似玉。昌黎丹篆文通花，夢中滿貯便便腹。侍郎膽破殘燭殘，大羅宴罷曲江曲。分符權重古諸侯，百里春風扇蔀屋。文人自古拙于官，白首爲郎嗤太俗。生平强項懶折腰，歸去來兮戀松菊。蒼碧硯寒生凍雲，烏皮几在消清福。正及放翁存稿年，問天欲把離騷續。長鯨掣海天爲掀，夸娥肩山地亦縮。飲河之鼠蛀書蟲，望洋驚悸迷雙目。瓣香直欲五體投，摇華已快千回讀。時將毳飯誤蘇髯，偶感霜螯憶陶穀。黯然消魂話别離，魯酒一樽客不速。曠代寥寥祇數人，蒼茫今古愁雲覆。賓鴻西北入斜陽，烏龍江上山如沐。

湘蘭九畹圖爲蘭士題

短衣不掩脛，無語契孤芳。名士皆香草，騷人例楚狂。三纍清夢足，九畹細風涼。浩劫驚魂石，常留太古蒼。

海濱雜述

其一

海澨嗟行役，衝寒聽曉雞。雲開雙眼闊，浪湧萬峰低。斷隴堆螺殼，平沙没馬蹄。夾門天下壯，矯首問丹梯。

其二

寥落孤邨裏，謀生亦自忙。海苔乾作腊，番薯曬爲糧。密線縫魚網，濃烟煆蠣房。夕陽山下路，時復見牛羊。

其三

石屋依巖麓，晨朝自往還。水竿懸淺井，風磨轉空山。樹古拏龍爪，牆低蝕蘚斑。趁墟歸去晚，烟月閉柴關。

其四

巨浪排空下，人乘一葉舟。風波真閱歷，天地小沈浮。仙境迷三島，齊烟隘九州。我來消浩劫，身世附輕鷗。

其五

紺宇琳宫矗，平波啟鏡奩。聖神千載後，仙佛一身兼。籟静龍吟細，烟消蜃氣恬。孤帆欣利涉，既濟叶爻占。

其六

拾級升階祀，罏中裊篆烟。衣冠投五體，俎豆歷千年。象叶離爲女，功侔石補天。居人扳族系，異迹付謡傳。

其七

八九吞雲夢，乾坤任簸揚。雙丸隨跳盪，一氣湧蒼茫。螺港秋潮怒，鯑江夜雨涼。檐風鳴謖謖，翦燭坐僧房。

其八

竟夕不成寐，濤聲到枕衾。家山千里夢，風雨十年心。世外滄桑小，樽前感慨深。半生空落拓，慚愧二毛侵。

題湄嶼〔一〕廟壁

其一

廟貌巍峨跨海湄，遥空閃爍見靈旗。慈雲身現西來佛，老樹風回北面枝。自古帆檣叨芘蔭，于今俎豆肅威儀。揄揚翻令規模狹，叱鬼縛龍獨炫奇。

其二

坤輿正氣靖波瀾，涉險人忘道路難。仙蜕移山開石竇，神燈如月擁晶盤。威加蜃鱷千年伏，網漏鯨鯢一面寬。神聖依然聽劫運，漫將擒縱等閑看。

【校注】

〔一〕湄嶼：即湄洲島。湄洲島因形如眉宇，故稱湄洲，亦名湄嶼。自莆田在南朝立縣後，湄洲島即屬於莆田縣，今爲福建莆田市秀嶼區湄洲鎮轄島。

湄嶼阻風

城中風爲城所障，風來城外恣奔放。海天寥闊杳無垠，今古狂風掀駭浪。黄雲萬里裏飛沙，黑霧千層簇疊障。海童江叟慶筵開，天吴罔象俱神王。雷電喧豗鬼亦愁，鯨鯢跋扈龍無狀。共工撞到不周山，至今缺陷留人寰。巨靈鑿破混沌竅，大塊噫氣争相宣。大荒之經莊列語，陸離光怪紛相傳。方壺圓嶠巨鼇背，太行王屋夸娥肩。鴻鈞造化氣所運，坤軫乾符待斡旋。宇宙動摇天欲裂，銀濤噴激森冰雪。傳聞颶母是雌風，雄伏雌飛何太烈。由來地道以女成，水乃地屬應一轍。水神自古號天妃，鞭撻風婆起岩穴。坐令日夜舞風幡，踔地跳天氣凜冽。我昨渡海天仍暖，微風習習波聲緩。水色澄清膩半篙，曦光滉漾明雙眼。帆檣亂掣紙鳶絲，島嶼遥呈墨鴉點。何期小住到僧房，一夜朔風吹地轉。塵埃淅瀝灑牀頭，翻書引睡門常掩。我非子安過馬當，偶藉神風躋盛歘。又非竊載仙蜕歸，懸崖爲界華夷限。蝨蟣縻人已十年，長宫傳檄相差遣。愚民辛苦自謀生，那忍搜羅到雞犬。此行端爲觀海來，波濤拓我詩懷開。焚香籲神威少霽，鮫宫重現金銀臺。今我蒲帆占利涉，日斜風定望蓬萊。

學殖荒落拈管茫然書以志嘆

饑人偶得千鍾粟，旱苗著雨鷹獲肉。枯腸偶得五車書，渴驥奔泉羊蹴蔬。文人每以嗜古傳，曹倉鄴架各垂涎。夢吞篆籀韓吏部，身到嫏嬛張茂先。讀書萬卷光萬丈，浣花詩聖青蓮仙。我從束髮授書籍，菖蒲嗜好性所偏。六朝五代唐宋格，啜其甘旨却腥羶。麥飯藜羹腸胃薄，齩金嚼鐵齒牙堅。曾翻陌上《黄鶯曲》，戲擬長安《白馬篇》。何當淪落天涯久，腹笥便便剩空瓿。偶然覓句費苦思，狂搜大索終烏有。軍無糧餉虎難擒，字有神仙蠹已朽。似曾相識亡是公，依稀憶得支離叟。漫將捨命嗤方干，敢以讀書傲歐九。欲恢舊業手頻乂，海濱絶少藏書家。斷碧零金喜創獲，烏焉亥豕相紛拏。直視論衡爲秘牘，令人笑未讀南華。書生不改寒乞相，貪食蛸蚌拚腹脹。驢脚瘦硬胡可鞭，抵死精神寄三上。蓼蟲食蓼鼠搬薑，平生結習苦難忘。書神酹汝一杯酒，魂兮歸來認故鄉。

神籤

殺青劈緑竹筒盛，長跪摇成擲地聲。訴出心情無隱匿，查來章句最分明。吉凶有兆神光燭，呫囈全消夢影清。趨避後今依片楮，不須漂泊問君平。

佛燈

琉璃净業湛清華，吐穟燈懸古佛家。四壁輕烟籠貝葉，一龕冷焰浸蓮花。與凡世界融纖翳，放大光明絶點瑕。十八餘層黑暗地，也分星火照蟲沙。

蒲團

右肩偏袒證如來，趺坐蒲團閱劫灰。太極有圜如示範，圓靈無鏡本非臺。菩提纓絡全身現，杞柳桮棬至道該。小草何緣皈佛果，青燈丈室卧塵埃。

神幔

掩却龕中丈六身，黄絁幾幅翦裁新。拓開世上沙蟲影，障斷人間孽海塵。自有圓光懸日月，都無色相現金銀。

風掀霧卷慈雲冪，香火氤氲午篆匀。

木魚

石鼓今無舊隕星，何年刳木作魚形。敲殘百八蒲牢夜，誦遍三千《伽葉經》。荇藻侵簾知月朗，鉢盂咒雨帶龍腥。池涵功德堪游泳，楊柳柔條浸膽瓶。

疏稿

文字西來體未全，疏詞也拜九重天。與人祈福消檀那，爲鬼謀生爇紙錢。丈室雕盤堆諫果，孤園祇樹叫寒蟬。緑章深夜膝投地，好結空花未了緣。

剖瓠存稿卷四　小還吟

小還吟并引

自巳春，廨宇朽蠹，移居郡城，閲三年矣。今春麄，爲修葺，舉家遷還。雪泥鴻爪，轉眼成空，還仍未還也。顧何日得大還耶？作《小還吟》。

淵明歸栗里，倦鳥飛初還。東坡滯嶺表，白鶴居新遷。一適田園興，一迷瘴海煙。苦樂各殊趣，其中有天焉。我昔來閩嶠，行岑盈一肩。有廨榖城下，低檐覆數椽。掃徑理荒穢，蹇偃挾書眠。破廟卧窮衲，時參有漏禪。雙親隔萬里，寤寐相縈牽。一朝板輿到，歡呼廳事喧。山妻亦隨侍，弱女立牀前。隣人紛笑語，慶我室家全。蝸居苦湫隘，入夏炎威扇。帳中蚊蚋集，衣上蟻蜂緣。秋冬北風起，淅瀝窗櫺穿。落葉飛滿案，庭樹號饑鳶。乃爲卜居計，假館郡城偏。甚愧太守厚，兼逢令尹賢。高樓連大厦，美蔭憩鳴蟬。樽罍泛醽醁，車馬填街塵。勞勞亭下人，三載張空拳。空拳亦何濟，萬事驢磨旋。廢然今思返，故我仍自憐。新拓地一丈，手葺茅三間。風雨藉虧蔽，甘旨供新鮮。海濱祀鯨鱷，河上調鷹鸇。自愧薄宦薄，仍殫綿力綿。沽雲渺天末，有夢誰爲傳？豈曰不欲往，援手無飛仙。破屋且株守，度日如小年。天地有清籟，焦琴一再彈。拊心長太息，吟就小還篇。

古詩

其一

東坡在黄州，躬畊數十畝。自號東坡翁，遂傳後人口。江湖有散人，吴下耽詩酒。自稱天隨子，安恬意所取。古人多寓言，此理誰能剖。今人學古人，期在翻窠臼。如何好名人，别號隨時有。未退已稱閑，不老先署叟。新詩孰與傳，傳之亦難久。千秋百世名，請看誰不朽。

其二

自有文字來，已歷數千載。宇宙之精華，早被前人採。曹倉杜庫中，賸有糟粕在。間出掞天才，擷精啜其醨。如何鈍根人，摇頭彊索解。夏蟲乃語冰，井蛙輒謗海。彈指現華嚴，望氣心先餒。堂粤尚未窺，嘵嘵詡真宰。君看傀儡場，矮人不知矮。

其三

然蔑毁鄉校，見拒鄭國僑。意欲藉人言，得失可均調。吾謂直拙計，枉自增喧囂。平居倡議人，安辨鸞與鴞。偶有私意存，是非將混淆。曾參能殺人，桀犬可吠堯。草間持政柄，醲就澆風澆。所以五季衰，紛紛起詠謡。

其四

聖賢出處際，退易而進難。如何欲作相，輒啖蘆菔丸。勿抑躁心萌，學力究未殫。詩人例恬澹，熱中乃方干。作詩投顯要，語語命欲拚。命亦值幾錢，徒令人齒寒。千古功名心，頗累端人端。念兹淡如水，閑雲鑠亂山。

其五

古法今難行，井田與車戰。古文今莫識，禹碑與籀篆。岐陽石鼓文，坡公讀未半。先秦盛漢來，曾無譜可按。

斯相或逞才，洨長多臆斷。鍾王倡俗書，後世觀者便。將及二千年，相沿久未變。近人紛學古，偏旁妄改竄。滿紙蚓虵蟠，美人戴鬼面。以此矜博聞，何異奔而殿。

其六

人生有所求，夢寐思不已。猝然偶得之，欣欣顔色喜。事過念亦平，所得須臾耳。見慣習爲常，萬事遼東豕。得隴仍望蜀，求漿冀置醴。妄念或相乘，左右無一是。所以釋氏言，無生亦無死。守此清净心，古潭照秋水。

其七

名臣負奇冤，千古一武穆。囊沙與量沙，皆自招怨讟。惟公天日心，坦白森冰玉。爲願兩宫還，遂罹三字獄。檜也本庸奴，希旨逢君欲。智勇既無雙，慘禍亦所獨。何物一書生，料事神於卜。脱口衹數言，聞者心爲肅。此亦宋遺民，淪落依岩谷。可惜資敵人，坐使中原蹙。

其八

明珠或彈雀，不如一丸泥。干將或補履，不如兩錢錐。儲才各有待，利用自有宜。棄長録所短，易地良者誰。清泉煮藜藿，易牙謝弗爲。篝火鑄鐮鎩，和兑巧莫施。所以丞相平，錢穀數不知。

其九

前人事貴創，後人事貴因。自非賢哲流，孰能與更新。荆公富學識，博洽壓群倫。詩文逼漢唐，不愧古詞臣。一朝持政柄，執拗性難馴。初欲變科舉，青苗復病民。人狂心已喪，徒爲正士嗔。日日談經術，經術適誤人。

其十

歐公在試院，賦詩適性情。誰知召謡諑，謂鑒士不明。東坡遭譴謫，吟咏無意成。乃復被羅織，顛連累一生。吟詩即招嫉，令人意未平。作詩恐廢事，此見勿乃傖。國風多憂怨，時見輶軒行。歲功有代嬗，不閉蟲鳥聲。如何捫其舌，勿使天籟鳴。

其十一

刀翦製衣裳，斧斤伐樹木。得心復應手，奏效乃捷速。如何柄自持，首尾俱畏縮。翻欲責成功，連番事督促。空張拳亦無，白戰手先束。誰家巧婦人，能炊無米粥？延望岑樓上，寸木高於屋。

苦旱戲作

陰陽忌伏愆，化機有程限。宜雨而恒暘，歲功缺其半。譬彼病疫夫，不遺亦不汗。脊膂寒負冰，頭顱熱炙炭。寸脈棼亂絲，四肢僵枯幹。猝遇岐黄家，投藥先疏散。因勢利導之，頂上醍醐灌。暘然血氣和，坐使腰脚健。人身一天地，此理重可按。年來冬徂春，無雨兼無霰。川澤少氤氳，原隰遭煅煉。平疇龜坼匀，滄海桑田換。崇朝占同雲，微雨飛如線。殷其雲電屯，釋然風水涣。旱魃果何神，能爲彼蒼患。轔轔阿香車，昨日奔而殿。渴虹飲涸泉，泉枯無可嗽。勿亦天違和，若藥弗瞑眩。安得秦越人，回天技獨擅。不然孫思邈，昆明助龍戰。妙運調劑功，直將位育贊。造化本小兒，鍼砭良所便。如逢病暍翁，贈以蒲葵扇。如遇中酒人，以水噀其面。脱然起沈痾，倏忽風雲變。滂沱洗山川，霑溉周郊甸。民瘼日以甦，神力如操券。

題崧浦草堂詩稿爲萊莊司馬作

峰泖有詩仙，珊珊玉骨秀。舉手擷雲霞，紛紜貯懷袖。飛下大羅天，清光遍宇宙。氣辟十萬軍，胸羅廿八宿。三寸不律操，日與古人鬬。古人心已降，誰敢偏師救。管城壁壘堅，武庫琳琅富。水上發大聲，石破天爲漏。有時艷而新，環燕失肥瘦。有時清而癯，奇礓遜皺透。春縈桃李繁，雨急雷霆驟。紆回珠轉丸，舒卷雲生岫。下士鼠飲河，望洋失所守。見獵喜心生，自忘其謭陋。徐凝瀑布詩，翻被坡公宥。方干求進章，敢爲使君壽。略分見性情，傾談恕紕繆。自問十年來，曾得幾回又。

重三日雨中接牛荻垞來書詩以代柬

山城春來久苦旱，連朝細雨飛如線。打門傳到故人書，檐外濕雲凝不散。十年病翮困樊籠，芳草萋迷魂欲斷。開緘字字入心脾，萬里關山如覿面。熱腸苦口類箴銘，舊恨新愁紛藻翰。坐使天涯落拓人，未經卒業顔先汗。紅塵回首憶京華，故友如雲皆不見。魏照伶傳吴質愁謂魏杏樵、吴筤谷，司勳淹逝奇章怨謂杜太占、牛魚川。枯守一編王子猷，名場困躓空挖拏謂王尢塢。我曹人厄亦天窮，鶴例遭烹琴入爨。先生下第似劉蕡，我亦懷讒逢衛瓘。世無曾鞏亦疑蘇，古有田蚡欲殺灌。埋頭自愧九牛毛，箝口甘爲三語掾。故交從此絶糟北，一榻清風看物换。未除結習苦吟哦，人生識字真憂患來書勸以節酒慎言、勿廢吟詩。仄聞今雨阿同生，氣吐虹蜺光掣電。路出東瀛偶未逢，尺書却寄相依戀。窮愁措大老江湖，謬語愧君相引薦。約略平生氣味親，性僻嗜痂人所賤。爲歌萬事轉頭空，眼前努力加餐飯近有王少尹霖亦號遠村書來，致荻垞之札，且極道渴慕。蓋荻垞嘗言之也。作詩贈之。長安景物近如何，尚有良朋夜談讌?月明人静子雲居，多少清詩珠玉璨。天南游子富新編，寥窣寒蛩鳴小院。會當手寫寄微之，蠻觸戈鋋争地戰。風風雨雨逼清明，硯冷燈昏雙目眩。且書細字作長篇，看取年來詩境變。

喜雨四章

其一

造物今年太慳悋，土槁泉枯置不問。半陰半晴兩月餘，鳩鶵狂呼礎未潤。東風一夜送微涼，雨聲淅瀝響空廊。

好爲林巒施膏沐，鞭起惰龍如叱羊。

其二

年年春雨苦不住，今歲黃塵坌似霧。海風日夜作牛鳴，席卷濕雲不知處。者番一戰勝風婆，雷公電母爭撝訶。郊原露足澤腹滿，縱有狂風奈爾何。

其三

未到清明三四日，阿香車上揮鞭抶。雲軿縹緲皂旗張，天公號令今方出。豌豆新花麥吐芒，閩南三月正栽秧。憑將一尺如酥潤，贏得三秋炊玉香。

其四

蚯蚓長吟蝦蟆叫，街頭屐齒衝泥淖。菰蘆短笴刺春泥，烏笠綠簑閑理釣。江鄉士女鬧清明，路滑溪漲棹船行。相逢對語青油幕，關卜明朝半晌晴。

題韋蘇州殘稿并引

偶購得《了凡綱鑒》，舊書也。評隲丹黃，頗不紕繆。而後幅襯紙，乃《韋蘇州集》割裂，零星殆不可讀。亟爲易之，得詩九十六首，不完者數十首。補綴成編，戲題長句。

單衫破帽來窮叟，一束殘書易升斗。蠹紙參差鬼蝶翻，牙籤剥落蠹魚朽。通鑒一編袁了凡，掊摭雖陋傳已久。海濱正苦無藏書，易以半緡資餔糗。開籤奕奕燦丹黃，持論謹嚴筆不苟。青綠斕斑變墨痕，姓名未署知誰某？信手繙來卷未終，清詞麗句盤珠走。揩眼重看碎玉牋，韋蘇州詩卷八九所葺詩八、九兩卷較多。截長補短襯殘編，割裂詞章無對偶。慘似車分斯相身，傖如腰斬唐詩手。憶昔風流刺史才，南池樂燕集賓友。春潮帶雨渡横舟，千載名齊王孟柳。試從乾道溯紹興，搜括遺篇問耆耉。太息素繒竟碎裂，可憐完璞遭擊掊。殷勤補綴棼亂絲，欲添過鳥難開口。吉光片羽數十篇，以指畫肚窮根肘。猶賸零金斷碧詞，郭公夏五嗟何有。入手紛紛甲爪鱗，掉尾神龍空見首。君不見，太白遺集太玄篇，曾覆酒罌與醬瓿太白集覆酒甕見西堂雜俎。

三月十六日雨後郊行入野寺小憩遂訪李伯琴小飲而歸

其一

凌晨散曦光，一雨郊原緑。青山笑迎人，松檜何芬馥。野田似罫方，細路如勾曲。練影界山腰，潺湲鳴碎玉。敲火拾枯枝，且瀹山中淥。

其二

野雁聚圓沙，閑鷗依淺渡。飲啄得其時，渾忘弋者慕。我行無定程，佳處輒延佇。山色與溪光，擷之入詩句。照眼一痕明，前汀立白鷺。

其三

行行上陂隴，野寺劚石竇。仄徑蝕莓苔，僧比孤松瘦。階前響山泉，石破泉穿溜。萬偈空翻瀾，譯語無師授。結此清净緣，一瓢聯可漱。

其四

既雨溝澮盈，春波緑如酒。佩我平生壺，尋我謫仙友。到門無剥啄，掉臂上堂走。入坐少寒温，欣然笑開口。世事何足道，且復引一斗。

寄懷牛荻垞徵君

一別動十載，人生能幾何？酒酣肝肺熱，慷慨爲君歌。憶昔少年日，萬卷胸中羅。文成若翻水，舌辯疑懸河。涇渭盡藏納，軒然揚大波。低頭視餘子，碌碌焉足科。逢君樹旗鼓，往往迴琱戈。君才雋而逸，君詩冲以和。蛟螭雜螻蚓，自媿疵瑕多。收斂入静細，賴君爲滌磨。追隨近兩紀，風雨時相過。我行或跛倚，規臬繩其頗。我志或陷溺，棒喝醒其魔。熱腸成苦口，瞑眩蘇沈疴。嚴師兼畏友，金石勤劘磋。京華聯研席，嶽麓尋陂陀。共指天邊月，同眠廳上莎。平生重然諾，生死矢靡它。君抱終天恨，顛連廢蓼莪。石田謀餬口，歲月傷蹉跎。而我亦濩落，蝨蟣壺山阿。斗升羞嫪戀，鑿枘乘臼窠。慚愧玉川子，窮愁困蔦蘿。燕月望緬眇，閩山鬱嵯峨。相思不相見，兩地一轗軻。春風鳴雙鳥，毋乃天所訶。詩人例愁苦，古語理則那。念此自低抑，不敢輕吟哦。鷽花好風物，感嘆空掩婴。黄梅連夜雨，庭樹紛婆娑。惝怳君入夢，須眉認不訛。探懷出詩卷，的的珠翻荷。譚龍説劍餘，驚我髩毛皤。醒後翻成笑，槐安劇南柯。披衣坐當户，蚊蝱類飛蛾。簷花懸歷落，苔髮濕鬖髿。短牆緑薜荔，積潦生蚪蝌。荒山少佳醖，薄劣黄茅醝。未儲真一酒，那得容顏酡。酸寒溧陽尉，蹇偃愁雲窩。顛倒忘手版，懶殘輕弁峨。世味嚼蠟看，况虞矰與罾。故園豈不好，歸計空透迤。但羡田家子，南阡披緑簑。飛面細雨細，何由淚滂沱？炎方瘴癘地，静夜鳴黿鼉。網罟猶羈絆，刀環枉摩挲。安能假羽翼，騰身等飛梭？榕海辭畫鷁，桑乾追明駝。痛飲長安市，對君舞傞傞。

七哀詩

高如齋師諱廷立名場落拓餬口硯田五十餘以明經終重負笈相從八年如一日

我師賈董倫，醇茂世無雨。立行模古人，跬步衆所仰。少年作詩文，丰骨干雲上。波瀾及老成，浩然氣善養。

一代有宗盟，滕薛徒争長。文章憎命達，顛躓空悒快。俗耳濫笙竽，那識鐘鏞響。坐是日困匱，塵土生盆盎。我來立程門，麗雜氣麄莽。先生歛抑之，面斥無褒奬。竊比泥就甄，居然驥受鞅。堂奧慚未窺，八年負函丈。餞驅出里門，夢繞青藜杖。鱣堂集訓狐，哲人逝泉壤。山頹木亦壞，天道何其爽？幸有嗣法人，玉山行朗朗。

高翼風先生名肇培乾隆己亥舉人負才縱逸中年罹禍幾不測房師鉛山司寇力救之獲免遂放情山水暮年卒於家

青蓮跨鯨魚，遨戲滄溟界。千年復歸來，影落瀛津外。先生遂挺生，異世償詩債。仙心雜鬼才，銀潢落高派。我每讀君詩，低頭輒下拜。所恨相逢時，童心尚矇昧。仄聞長者言，此翁曾困憊。狂言凌大猾，蜚語中要害。逮繫庭尉中，豺狼怒相對。愛才熊司寇，力救命始貸。因之汗漫游，山川助光怪。還家已暮年，謫仙仍故態。淹忽遂長征，蓬山逐舊隊。著作多淪亡，晚交非我輩。盎盎春山雲，珊珊蒼水珮。他日酒罌邊，應憐珠玉碎。

牛對峰先生名曾受字令宜乾隆庚寅科舉人司鐸大名未五十而卒嘗自言學杜三十年下筆才有斤兩今讀先生詩乃知斯言信不誣也

大鵬奮羽翼，鯨鱷失其群。神龍露甲爪，雷電張吾軍。先生江海才，叱咤無古人。談笑皆妙諦，毫端泣鬼神。青年掇科第，傲睨輕時珍。折節讀書史，衆議徒紛紜。作詩三十載，浩氣蟠輪囷。曹劉見嗣響，李杜得彊隣。酒酣歌樂府，侘傺多悲辛。雙鳥困吏部，一官就廣文。板輿潔脩瀡，色笑春風春。方期珪瑁薦，雲路登要津。玉皇遽相召，案吏仍前身。蕭蕭滏河水，風雨摧青蘋。我生嗟已晚，髫丱交嗣君。跽誦燼餘草，淚下爲沾巾。

杜謌堂先生名昌言放情詩酒多所凌折年五十餘以明經終

阮籍多白眼，灌夫亦罵座。古之傷心人，顛狂時間作。先生抱異才，名場屢折挫。男呻復女吟，毷氉愁無那。高歌遏行雲，湛輩焉能和。字字青琅玕，隨風散咳唾。饑來不堪煮，那得消寒餓。平生富貴交，不見軒車過。走肉與行尸，圍爐正高坐。詩人例窮愁，萬事驢旋磨。遂令慷慨士，痛飲日高卧。我昔登君堂，新詩丏切磋。殷勤誘後生，傾倒顏爲破。妙緒何紛綸，高談震庸懦。豎子竟成名，斯人終坎坷。一杯酬九原，宿草黄泥涴。

牛松山先生名曾承己亥舉人性坦易榮辱不繫于懷嗜飲醉時啼笑間作而于人無所忤爲香河司訓卒于官

春山發笑容，閑雲自舒卷。下有幽人宅，虛室門常掩。幽人耽嘯歌，出入無拘檢。濁酒壺自傾，新詩翰頻染。怡然寡所營，不傲亦不諂。朋儕四五人，脱粟時相欵。醉後縱豪談，名言見精湛。軒然臨大敵，持重無不敢。先生少也孤，所歷飽危險。中年博乙科，名譽世無忝。老來性冲和，萬事歸平澹。我昔覲光儀，開樽拂華簟。盡日飲醇醪，紅螺浮碧瀲。風雨潞河湄，離悰最悽慘。何當箕尾騎，今古愁雲黯。萬里隔關山，年華嗟荏苒。

袁芷洲選士名世芳余姑母子襁褓失父母隨其祖作憶先生于黔南二十歸刻苦自勵癸酉以冠軍拔萃後三年病疫歿

翠羽墮彈丸，修竹逢樵斧。兩間多恨事，咄咄將誰語。芷洲騏驥姿，髫齡失恃怙。與我中表行，少小各分處。我住雄州城，君踏黔南土。同生庚子年，兩地隨其祖。歸來二十餘，相見淚如雨。几硯共追隨，名場共期許。愧君十倍才，莫敢當旗鼓。果然一戰勝，拔萃驚儕伍。方期步青雲，家風羨繩武。云何瑚璉器，竟作芙蓉主。新婦甫三旬，衆雛未離乳。血淚灑黄泉，天傾那可補。遠人得報書，急痛如折股。迢遞隔雲山，何由奠粔籹。

勵介祉茂才名承錫字純齋號介祉弱冠以冠軍補弟子員伯氏某以祖蔭令粤東父子往依之與父先後歿伯氏罷官去兩柩留滯不能還家中弱妹妻女相依爲命

欲歌忽吞聲，紛紛淚如霰。閩粤共一天，夢魂不相見。昔年暫别君，秋風坐旅店。此後竟永訣，思之腸欲斷。却憶十載前，曾入君家唁。嫂姑掩面啼，幼女牽衣戀。酸鼻復慘心，欲語聲先顫。明知事已非，猥説傳聞贋。引睇羅浮雲，早儲歸柩願。適然走南荒，斯志宜可踐。誰知千里隔，綿力空扼腕。獅吼召禍胎，全家已星散。旅櫬委荒陬，父子魂相伴。古冢何壘壘，紙錢飛爛漫。故交空自多，無復村醪奠。悲歌者誰子，得勿顔多汗。

游尊山寺用蘇長公清虛堂韻

灘頭白鷺立平沙，林端乳鵲聲啣啣。卓午微聞鐘磬響，古牆斜出佛桑花。炎歊火繖蒸晴日，追涼却到志公家。樹影清圓初地静，龍蛇滿壁誰塗鴉？翠竹蒼松森地籟，白蓮丹荔紛天葩。道人丰骨清如鶴，汲水自瀹龍團茶。龕中艾納香重爇，飯後僧雛鼓不撾。古琴無絃挂石室，郭索大蟹慵搔爬。百年此境不易得，未畢婚嫁空咨嗟。提壺勸飲鵑催去，瀫城山畔飛紅霞。

螺港觀潮

其一

久嗟燕地客，十載海邊行。沙起日無色，潮來岸有聲。遠帆天外矗，飛雪眼前生。咫尺蓬萊路，風波苦未平。

其二

一線通甌粤，孤帆跕跕過。大荒淹日月，深夜吼鼉鼍。風浪已如此，征人將奈何。村醪聊復醉，感嘆鬢毛皤。

鯉山寺

仙鯉成龍去，空留古石龕。斷碑蹲贔屭，老屋卧瞿曇。雷雨供詩料，滄桑入茗談。倚闌閑矚目，逸興滿江潭。

頹山

一峰勢攙天，半壁裂焦土。劃然見中分，斗落失撑拄。斷齶雄千夫，谽谺卧萬鼓。疑自洪荒前，誤遭巨靈斧。又如蓬萊守，夜半亡其股。笙媧今不作，缺陷誰能補。我來山下行，驚悸髮爲竪。作詩告山靈，微命未敢賭。

黃林阻雨

黑雲海上來，亭午翳晴日。狂風與之俱，中有蛟龍泣。飛雨入窗斜，霉氣侵衣濕。屋漏仰見天，移牀坐還立。濕薪抱衾裯，村酒欣足給。沙岸老漁歸，披簑而戴笠。

海邊漁者

日落莫潮生，沙洲浩無岸。跣足攜罾來，泥痕没雨骭。前行入平波，漸露身之半。千百動成群，點點鷗鳧亂。如豕負塗歸，魚苗細于線。過涉滅頂凶，此理無人諫。

秋懷四首

其一

大火已西流，炎方仍溽暑。清風昨夜來，四壁秋蟲語。絺衣坐庭中，銀河耿牛女。驀然念西方，美人在何許？寂寞斷音書，況乃投縞紵。我心思奮飛，迢遞關梁阻。咄哉亦何爲，歲月不我與。

其二

庭前有高樹，柯葉何盤紆。侵晨宿鳥散，亭午清陰鋪。好風從西來，浮雲與之俱。颯爽消煩溽，怡然得自娱。長安多熱客，車馬争馳驅。揮汗逐日走，聳肩負山趨。擾擾何足道，且復佩我壺。

其三

我生日蕭條，雅與秋相似。世事纏綿之，亂絲胡可理。下士聊沽名，小人適近市。面目非本來，矯飾安足恃。

平生性支離，逐熱夙所恥。何能狥物情，變化如橘枳。泠然對秋風，棖觸情難已。

其四

秋燕辭我室，秋蟬鳴我林。秋氣清我簟，秋風拂我琴。我心如止水，不受外物侵。適然感時序，侘傺生悲吟。物情皆有覺，客思况難禁。緬懷韓吏部，得酒且開襟。斯人久不作，千載誰知音？

放歌

生不能，乘飛車，東訪赤松子。又不能，仗長劍，西出玉門關。復不能，上書北闕，拂袖歸南山。彩筆昔曾千氣象，明珠萬斛如湧泉。紅塵奔走緇塵涴，殘盃冷炙空蕭然。客舍難謀十日餐，負郭曾無二頃田。翦翎鎩羽，上干造物忌，窮鬼揶揄錢神慳。傭書過五載，捧檄來南天，斗升戀嫪腰頻彎。當年手葺《三都賦》，此日頭銜九品官。同輩而今皆不賤，門施行馬冠貂蟬。絶少雙魚通尺素，應嗤此尉太酸寒。敬謝故人珍重好眠食。天涯客子，早視富貴如浮煙。

縱酒

少年意氣復何有，破除萬事無過酒。半榻時邀麯櫱生，一樽間酹支離叟。解衣盤礴開大瓶，胸中雲夢吞八九。雅集沈酣攜玉壺，短歌獨速拍銅斗。侘傺悲涼喚奈何，淳于一石未爲多。古今世事安足道，且須滿引金叵羅。黄雞啄黍秋正肥，烹雞炊黍醉斜暉。君不見，淵明曠達伯倫癡，知章放誕謫仙奇。吾將節其糟兮歠其醨，十日中山醒未遲。

搔首歌

搔首復搔首，春無糧、罌無酒，出門乞食羞開口。自比棘猴騎土牛，人道醯雞鬭芻狗。萬里路、十年走，石勾衣、荆刺手，狼跋前、鬼疐後。蝨蟣場中成駢拇，鶬鶊枝上嗟枯朽。九重閶闔足官守，黄金印繫何人肘？窮愁措大困泥塗，自顧形骸傷老醜。羊何爲而觸藩？魚何爲而在笱？珠何爲而抵鵲？賦何爲而覆瓿？搔首問天天曰否，君不見李廣數奇、卞和不偶，盗跖考終、顔回夭壽。古來缺陷自相仍，此咎歸天天不受。且須棄爾千金帚，自唱高歌自擊缶。秦時明月楚王風，人間清福年年有。

逐梟篇并引

小還吟舫傍隣樹陰森，干霄百尺。雨過月明，輒有梟集其上，竟夜號呼。僮僕輩以瓦礫投之，去而復返。如是者，閲數年矣。閩俗不之怪也，余憎其惡聲類鬼，作詩逐之。

鵂鶹鵂鶹，爾何不上阿閣，去占鳳凰巢？尔何不向銀河，去駕烏鵲橋？又何不飛騰入九霄？風雲大漠千盤高。徒然晝伏夜行，類空倉之鼯鼠；藏頭畏尾，學寄寓之鶬鶊。月明人静三更後，長鳴庭樹聲何驕。適從何來遽集此，令人入耳心忉忉。既殊鱣堂翔鸖雀，亦非李氏名伯勞。胡爲乎瞰我室、窺我寮，向我呼、背我號？盡褫僮奴魄，群驚草木妖。狎鷗海上人長往，射鴨堂前夢不牢。髣髴洞庭半夜叫山鬼，依稀巴陵三峽啸猩猱。我讀蒙莊齊物論，禍福之來隨所遭。作賦賈生未曠達，奏符尹子徒喧嘈。懶嘗異味羲之炙，頓憶秋風介甫嘲。欲作訓狐射，繁弱無人操。欲效柏騫禳，巫陽何處招？無端手淬鸊鵜膏，寒芒三尺燭花摇。聞雞壯志空自負，驅蠅盛氣旋復消。不若乞靈五色毫，楮風墨雨森霜刀。頭風且愈况爾曹，癘鬼已遣君其逃。皤然斂迹歸蓬蒿，空庭落木風蕭蕭。

剖瓠存稿卷五　小還吟

長至前十日王愛園明府按部至黄石邀同幕中諸友飲於穀城山〔一〕下之尊山寺翌日徒步探梅花猶未吐遂訂後約紀以小詩用坡公與客游道場何山得鳥字韻

海澨十年餘，潦倒一官小。山色與溪光，收拾度歲杪。雙旌駐使君，清節千雲表。餘事作詩人，襟期窮浩渺。蓮幕集名流，琴樽興未了。寸柬走伻招，斗室清芬繞。連翩山寺游，絶境探幽窈。古屋畫龍蛇，喬木環池沼。丈室維摩龕，爐烟籠悄悄。放眼閲滄桑，會意忘魚鳥。園蔬不厭村，濁酒惟愁少。夕陽山下來，紅葉驚原燎。即景索枯腸，佳味羞荼蓼。酒罷憶寒梅，詰朝事輕矯。蠟屐走郊原，時豐鮮流殍。十里探遥林，不見游蜂擾。樹樹淺含苞，微頳映修篠。美人夢未回，那得丰姿嫋。夙願未全酬，興與雲山杳。計日靚新妝，嫩寒破清曉。

【校注】

〔一〕穀城山：又名「青山」，在莆田縣東南。因黄石主山、山頂舊有石城，有古石刻「城山」二字，得名「穀城山」；又因山形如植冠，山上多植松，其色青，故又名「青山」。宋代理學大儒林光朝曾於此講學。其景色被稱爲「穀城梅雪」，爲莆田二十四景之一。

梅花未放詩以促之用鳥字韻

閩南如嶺南，十月陽春小。古梅枕山坳，翠羽翔林杪。笻竹步郊坰，目斷煙雲表。玉蕊尚蓓蕾，妍魂空浩渺。負此驢背興，詩魔殊未了。歸來耽酴醿，香夢時縈繞。舉首屬太空，抽毫問幽窈。輕霜抹玉闌，明月印清沼。如何倩女魂，此際仍悄悄。雲天酹緑螺，星使煩青鳥。報以百斛珠，聘錢未爲少。水涸小橋横，山枯野火燎。天籟響松杉，朔風吹荻蓼。但見虬龍枝，撑寒太夭矯。玉蝶尚逡巡，游蜂成凍殍。刻楮促輕裝，莫怪狂夫擾。翩然御風來，明妝出翠篠。珊珊萬玉妃，含笑風情嫋。十里幕銀雲，仙境紅塵杳。解衣共盤薄，酣醉無昏曉。

梅花漸放用坡公松風亭韻

十年汗漫梅花村，一度花開一斷魂。打窗落葉戰風雨，酒懷詩思無朝昏。美人不來香夢杳，拄杖獨探江妃園。三十六灣湖上過穀城山下國清湖有三十六灣，路逢溪叟話寒温。青鳥銜書遞芳訊，方池璧月升清暾。冲晦山人開紙帳，華陽道士欵柴門。掀髯一笑玉齒粲，珊珊丰骨清無言。急唤山僮掃荒徑，殷勤先酹花前樽。

再用前韻

雌風盲雨暗江村，倩女逡巡未返魂。天爲詩人闢香國，冰霜洗却雙眸昏。新妝乍靚木蘭渚，小隊分列離支園。江妃古墓宿白鷺，千年香夢猶清温。三隱岩前留宿靄穀城山有松隱竹隱梅隱三岩，雙髻山外挂晴暾穀城山東北有山名雙髻。襄陽學士灞橋客，騎驢冒雪來敲門。銅官醉尉射鴨罷，穆如相對真忘言。砭骨沁心香可嚼，紙窗竹榻傾芳樽。

傒奴取梅花巨幹栽之盆盎中沃以清泉經宿已有生意戲作此詩用坡公和秦太虚韻

揠苗無功苗已槁，宋人之見真絶倒。樵青腰斧向寒林，唐突名花花不惱。横斜古幹一肩挑，花孕蓓蕾時尚早。劚雲斫月心膽麄，補短截長位置好。玉妃一夜返香魂，雲光入牖塵如埽。文登之玉高麗盆，仇池僭效東坡老。穀城山邊千萬株，土人不貴閑花草。虬枝斑駁蝕青苔，人工儘可奪穹昊。

瓶供梅花再用前韻

膽瓶貯水能蘇槁，挈瓶之智堪傾倒。垂簾不受風露侵，窗外游蜂空懊惱。定州花甆白玉膚，汝窰哥窰辨已早。凌晨斗室閉香魂，棐几無塵自清好。歲朝圖上繪折枝，華光妙技煙雲埽。珊瑚筆架玉辟邪，廣平賦手才華老。皓齒清眸相對閑，洗斝開尊莫草草。銅瓶計日杏花妍，玉妃聯步歸清昊。

題鄭松谷觀察聊以拙齋稿爲令嗣研庵孝廉作

天地有至文，陰陽窮其變。性情有真宰，楮墨綜其貫。弄巧拙之機，守拙巧乃見。崇雅不黜浮，所得仍未半。江淹夢彩毫，吏部吞丹篆。精思入窅冥，吉光時一現。三山鄭孝廉，才華珠玉燦。示我拙齋集，堂構承一綫。再拜爇名香，讀之雙目眩。如行山陰道，林巒勞顧盼。如下觀音碥，送險魂猶顫。糟粕還古人，取境歸平澹。斷水刀頻揮，補天石早鍊。聊以拙名齋，事迹詳家傳。農部樹宏猷，豫章釐信讞。遺愛媲前賢，生祠在郊甸。泠泠沅江水，移節清風扇。稂莠不兩存，恩威憑獨斷。律己以真誠，跬步必實踐。所以寓微言，不自諱拙宦。本此發心光，詩唐文亦漢。廿略風未漓，三絕名久擅。睨彼時世汝，古朴別真贋。下士豆爲瞳，三復顔增汗。學拙拙不成，敢以巧自炫。寸莛撞蒲牢，讕言古所賤。

題汪淑莊女史遺照

夸娥負山山爲遷，精衛填海海不乾。真誠苦志貫金石，莫以成敗論神仙。兩間正氣鬱必吐，不但鍾男亦鍾女。在男爲忠女爲節，巾幗鬚眉照今古。淑莊女史女中英，左芬失步道韞驚。早習三從備四德，貞心摯性本天成。兩番刲肉拚生死，前爲慈親後夫子。箭笞峰頂鶴籌添，莒隧城頭雉堞圮。人間莫覓返魂香，寄生獨活斷人腸。苦雨淒風摧玉骨，一朝二豎入膏肓。力疾吟成撒手去，望夫山下泉臺路。女嫛季弟淚填膺，手把丹青寫寒婺。近逢仲氏締心交，顛末劇譚珠淚拋。開卷星芒驚户牖，鴻文巨製揚清標。前塵重憶十年夢，鰥生也抱鍾離慟。蛟龍吼怒阻長淮，秋蘋一掬無人供。

寓齋微恙晨起述懷仍用鳥字韻

放懷天地寬，幻影蘧廬小。人生如寄耳，今古一芒杪。後劫遇蒙莊，先機問華表。棋局尚未竟，黑白終茫渺。蝸角兩蠻觸，争鬭無時了。插脚入塵中，全身困縛繞。此路阻且長，此境深而窈。灌莽雜叢薄，莫覓忘憂沼。壯志尚營營，勞心空悄悄。可憐涸轍魚，太息樊籠鳥。侘傺藴閑愁，量之萬斛少。朝來染寒疴，臟腑如煎燎。披裘莫禦風，食薺疑嘗蓼。二豎何么麽，其勢强哉矯。家山萬里餘，大懼成流殍。自檢草木經，不使庸醫擾。一汗乃脱然，春雨蘇乾篠。維摩共一龕，烟篆爐中嫋。鄉思忽縱横，夢逐關梁杳。負負復何言，攬衣坐清曉。

續緗雲詞爲蘅皋孫茂才作

緗雲組織芙蓉錦，彩虹渴向澗邊飲。玉骨珊珊最少年，頽唐履屐貌如仙。腹貯琳琅十萬斛，如椽大筆春花簇。壺公山下白雲鄉，木蘭之水流湯湯。代有才人紆青紫，我爲郎君屈一指。莘老舊交秦太虚，南豐今雨陳無己。揮毫覓句暮復朝，射覆開樽豪興毫。譚笑羨君頭角異，玉樹瓊枝瑚璉器。青燈展卷再來身，繡陌看花意中事。招提兀坐歛吟魂，月白風清客欵門。索我新詩笑語温，它年定可張吾軍。愧我才非馬使君，漫把蕪詞續緗雲。

寄呈家謙谷刺史三十韻

尺水少迴瀾，寸莛無切響。男兒不得志，瑟縮空悒怏。却憶廿年前，壯氣多鹵莽。嶽麓陟嵬峨，溟渤窮漭瀁。旅食走京華，蠻觸紛争長。三黜志未隳，千人吾欲往。金盡裘亦凋，依人嘆俯仰。風雪歲將闌，識君在函丈。許坐春風中，皓月襟懷朗。鳥語間蟲聲，時時辱激賞。秋蛇雜春蚓，往往蒙褒奬。收我放逸心，抑我浮華想。導我繩墨中，期我雲霄上。劉乂任攫金，張籍欣抵掌。畏友亦嚴師，投契真無兩。甚愧青眼青，襬褷困羅網。君今酬主知，中州施教養。治術本經術，蒸然惠澤廣。洛陽賢刺史，迹與昌黎仿。買羊沽酒餘，不廢盧仝饟。河鳩忘化鷹，土鼓群擊壤。政聲隨日化，僚寀争規倣。而我滯閩南，濩落縻塵鞅。雞肋笑微官，蝨蟣誰爬痒。曰歸尚逡巡，欲住無憑仗。力薄愧肩山，俗悍嗟調象。浮沈魏國瓠，饑餓狙公橡。家山萬里遥，塵土埋書幌。何日辦行幐，澄江盪雙槳。舊雨話通宵，一醉神爲爽。

賀牛荻垞生子兼自解嘲

中年視少年，筋力分强弱。無兒與有兒，人生異悲樂。我年四十五，早衰齒髮落。有女方及笄，無兒矧望穫。徒令椿萱庭，抱孫念無著。君年四十七，丰骨清如鶴。嘉木少騈枝，一綫千鈞託。琴瑟悵乖違，樊籠脱束縛。宜男賦小星，辛苦甘藜藿。庭虛珠樹花，目佇丹山雀。天意屬詩人，蘭徵啟繡幕。曠世麒麟兒，呱呱錦綳絡。稺齒阿羅殊，明珠小德若。頭角看峥嶸，雲霄待騰躍。書來告故人，慶比兼金攫。故人爲破顔，命酒頻斟酌。酒酣語家人，家人亦歡噱。可惜萬里遥，虚此湯餅約。喜極妬心生，皇然暗自度。同逾不惑年，君厚我何薄。天道空渺芒，予懷自脱略。我躬今不閲，遑恤再三索。嬌女解承顔，德容殊不惡。膝前樂有餘，堂上歡能博。况有弟多男，璨璨聯枝尃。阿買張吾軍，昌黎未寂寞。無聊自解嘲，且作屠門嚼。引睇燕山雲，雛鳳恣磁礴。有子萬事足，敢爲徵君譴。寸束賀奇章，弄麈書未錯。

寄呈張太鴻明府三十六韻

彩禽弄毛羽，隣樹轉光風。小鳥啄場粟，哀鳴泣路窮。一集喬枝上，一棲灌莽叢。咫尺不相見，迹與千里同。憶昔謁君日，庚辰歲欲終。相看共傾倒，日坐春風中。新篘綠酒綠，舊雨紅燈紅。慷慨話京國，意氣無諸公。别來經歲月，蹤迹各西東。要津首善地，談笑揮絲桐。愛才端士習，除莠安農功。報最去南紀，榮攝刺史銅。幽蘭與岩桂，含笑迎花驄。問道訪故人，握手惜匆匆。送君山之麓，岩岫青冥濛。嗟我命磨蝎，金盡裘蒙茸。榕城復于役，束縛入樊籠。狂雲妬佳月，佐之以豐隆。驅遣引疾去，棄我竹枝弓。此舉亦良得，歸田灌韭菘。誰知轉念差，又作下車馮。頭顱增毷氉，爨釜常虛空。雙親逾七十，萬里隨飄蓬。弱女已許人，關山阻難通。欲歸路渺渺，欲住心忡忡。我後仍嘯鬼，我前更啼狨。大瓠不貯水，小技徒雕蟲。感嘆夜不寐，頭白將成翁。君今治近邑，四境慶年豐。官閑眠有夢太鴻句，名句占詞雄。酸寒溧陽尉，銅斗歌未工。草間獨速曲，何以諧九宮？頗念綈袍故，不自愧愚矇。監河侯不遠，涸轍待飛濛。智井波已竭，言呼山鞠窮。大可一笑粲，籬鷃追冥鴻。

山中夜讀

其一

風起撼庭樹，愁人仍未眠。春回五九外，月計十三圓。覓鹿不尋夢，聞雞慵著鞭。青燈伴黃卷，好結古因緣。

其二

坐擁烏皮几，殷勤手一編。奇文搜剩義，細字感殘年。動與古人會，難爲世上妍。南華秋水意，何處覓蹄筌？

山中近有虎患作詩逐之

四山風尖草木勁，猛虎逡巡下荒徑。吏民倉卒棄弓刀，掉頭如入無人境。夫男走避媍閉門，牛羊雞犬無餘剩。血迹荒塍尚帶腥，爪痕敗壁仍留印。我方濫竽此山中，欲往捕之力不勝。自從司户撤防兵，虚器難操尺寸柄。枉讀昌黎祭鱷文，慚無古治劓蛟刃。炎方畏鬼復信神，焚香轉爲豐年慶（土人謂：「年豐則虎出。」）。酒酣壯氣忽縱横，頓起當年攘臂興。唾壺擊缺告山靈，楮風墨雨從寬政。肆虐幸逃斧鉞誅，抽身莫縱豺狼性。太平有象不關渠，急隱深山如律令。

隣家獵犬爲虎所食因作是詩

山家有犬今韓盧，捷追毚兔猛擒狐。朔風獵獵卷平蕪，主人挽箭挾琱弧。嗾之摇尾爲前驅，日莫歸來毛血污。飽食貼耳傍門閭，荒山寂寞歲云徂。有虎白晝來通衢，走避不遑矧敢呼。犬不量力捋其鬚，攫之而去充朝餔。主人捶膺泣路隅，如失右臂折雙趺。我笑此公勿乃愚，爲談因果立斯須。物情報復理難誣，多殺應有殺機狙。恃强吞噬誠千誅，捉生逐肉誰之辜？不登鳥獸遠庖厨，古人之論非拘墟。戒殺縱不師浮屠，悦口惟宜豢與芻。勸爾賣弓買耰鋤，籬邊小犬吠蓬廬。烏飛兔走機心無，笑他野弋與山虞，帶牛佩犢胡爲乎？

黃雀篇

黃雀避網羅，逡巡野田曲。渴飲溪畔水，饑啄場邊粟。元鳥顧之笑，若曹何碌碌？我具青雲姿，將儕鸞與鷟。

尔本鍛羽材，合終溝與瀆。黄雀得聞之，嗒然自慴伏。位卑敢言高，遠害即爲福。同棲枳棘叢，一念分寒燠。竚君青冥上，翔步登仙籙。元鳥氣揚揚，軒舉出幽谷。孰知鷙鳥最，高坐窺我肉。略施觜爪威，微生幾不禄。倉皇復倉皇，仍返舊巢宿。昔矜羽毛豐，今困藩籬觸。慘顔對黄雀，中心積怨讟。黄雀轉依依，相慰還相勖。天道忌滿盈，物情有報復。憶我三年餘，自愧前車覆。君豈未之聞，而仍事徵逐。願從旡妄占，得隴休思蜀。冥冥天際鴻，矯矯雲中鵠。未遇廣莫風，疇能躡其躅。芹泥春徑香，聊復依茅屋。莫嗤黄雀愚，知足常不辱。

讀長慶集新樂府

詩亡以後新聲起，脂韋隨俗而已矣。先生大力挽頹波，倒瀉詞源萬斛水。古節古音勾物情，神之聽之心和平。玉琴瑶瑟自播拊，不問人間笛與箏。

負薪女

溪女負薪來，濕茅雨中束。顔色何淒涼，欲語聲難續。兒本採薪人，終歲山之麓。久雨斷樵蹤，十日絶饘粥。無計覓晨炊，自撤岩邊屋。豈不畏露處，饑腸如轉轂。遑敢望三餐，一飽良已足。此語不可聞，聞之淚盈掬。搔首問青天，胡不哀煢獨。轉自愧何人，飲醇而食肉。

新正九日雨中邀汪竹莊上舍李伯琴州尉臧午亭參軍陳蘭士選士孫衡皋茂才曼雲和尚載酒汎舟木蘭陂下假山家小樓噱飲以木蘭之楫沙棠舟分韻得棠字

其一

勾當春無賴，閑情寄渺茫。小橋垂古柳，微雨泛沙棠。世事滄桑劫，神功南北洋木蘭之水分溉南北洋田築陂障之。天公裂風景，十日翳晴光。

其二

約略花消息，春陰到海棠。舩如天上坐，人是酒中狂。引手敲詩句，彎腰度石梁。斜風兼細雨，漸瀝濕衣裳。

其三

到此悸心目，洪波界碧塘。三乂分石齒，萬派倒銀潢。溪瀨流曲折，煙雲接混茫。有魚肥可釣，何必羡如棠。

其四

一角樓如畫，來過潭北莊。緗桃餘賸粉，仙李蔭甘棠樓主人爲築陂李長者裔。躡屐春泥滑，開樽緑酒香。溪山烟雨合，潑墨寫滄浪。

次韻臧午亭得木字

溪山如故人，適與目相觸。細雨點清波，掩映春衫緑。石齒漱溪流，聲訝廬山瀑。欲繪烟雨圖，臨風懷尺木。

次韻陳蘭士得楫字

溪寒未可蹇裳涉，賴有參軍具舟楫。滿天烟雨下汀洲，有人喚渡迷桃葉臧介福以後至不得同游。酒仙詩伯坐篷窗，片雲頭上疑相壓。新漲隨潮夜夜添，飛泉似練山山接。林端泥滑竹雞鳴，屐齒翻來岸邊躡。三十六陂界滂滄，跳珠濺沫濡雙睫。小樓罨畫出林梢，九曲闌干空翠疊。衝泥冒雨扣柴荆，溪女迎門開笑靨。主人延客敞軒窗，萬派濤聲風雨挾。呼僮爇火開大瓶，射覆聯吟矜巧捷。道旁村叟望還疑，沙上閑鷗馴不懾。赤壁游蹤道士鶴，濠梁樂意漆園蝶。鯫生本是支離人，放浪形骸心意愜。此游非醉亦非狂，滄桑變態恣收攝。悄帆滿載白雲歸，也似髯公泛清霅。

余既與竹莊諸君作木蘭春泛越日愛園明府約作重游余適以事未果竹莊赴焉明府作長句相示和之

神君暇日耽詩酒，四境春風扇花柳。邀賓續作木蘭游，溪光似練雲如帚。憶昨陂下泛輕舠，銜泥登岸欸衡茅。疲暮歸來洗韡韈，雨窗夢繞白雲坳。連朝陰翳忽開霽，神君攜酒來遨戲。岸上時聞布穀鳴，樓頭又見詩人醉。歸帆載月破溪烟，譚龍詩虎酒中仙。吹笛擊鼓黃樓下，世無此樂三百年。我時痛飲卧齋閣，疏慵慚負雲山約。姤煞汪倫興再酣，拚將謝客屐重著。詰朝快讀輞川詩，碧水青山有令姿。一百五日遲春到，三十六陂琢句奇。溪山勝境隨時變，乘興之游兩足羨。晴固欣然雨亦佳，我與神君各得半。

余既和愛園續游木蘭之作復用坡公百步洪韻作詩二章一以遺愛園一以寓竹莊

其一

三十六陂東洪波，波穿石齒如穿梭。當年人力得神助，石沙萬古争相磨。西南之水東北注，劃爲雙港横危坡。一泓匯作千頃碧，中有鳧鷺蒲與荷。使君來游立陂上，笑指積溜生盤渦。却憶錢妃李長者，此功不下禹疏河。年湮代遠沙磧壅，何人荷畚爲爬羅？導流需用萬夫力，巨石細載煩牛駝。爲民百世謀樂利，見義勇爲無委蛇（時明府方議修木蘭陂。）報功祠下坐懷古，剔蘚搜苔認擘窠。後者無繼前無偶，敢與網罟争詹何。日斜再拜登舟去，循吏所爲神不阿。

其二

半篙新漲鴨頭波，野鷗似雪魚如梭。憶昨冒雨刺小艇，閑情欲以詩相磨。詰朝雨晴君又去，兩游赤壁如東坡。玻瓈一幀開明鏡，時光尚早無菱荷。溪山舊識先生面，煙巒迎笑水旋渦。曠觀王隴話名勝，瀾翻舌底驚懸河。重登小閣共檠薄，官厨酒饌看紛羅。主人供客具芻豢，不炫珍異割紫駝。罷樽乘興泛明月，扁舟容與波委蛇。黄樓舊雨戀魂夢，白雪新詞翻臼窠。鲰生作詩羡且妬，楮風墨雨如君何？會須痛飲逐君去，灞陵醉尉休相呵。

讀古今諸家詩集各題一首

太白

采石濤聲鳴劍鼓，中有吟魂澹容與。偶來江上吸長鯨，時向雲中麾白羽。藐姑射山之神仙，朅來青海路漫漫。紅塵浩劫重遨戲，相逢一笑三千年。

工部

阿犖披猖阿瞞走，中土陸沈嗟不守。乾坤破碎骨肉殘，萬緒悲涼老耽酒。麻鞋敝衣再朝天，國士相看房與嚴。瀼水東流自今古，江草江花送暮年。

昌黎

峭壁崯岈怪石很，嵌空亭榭著難穩。劃然一聲門徑開，神工鬼斧空鋤墾。筆陣長驅日月奔，夢中丹篆手重捫。聱牙箝口不易讀，中有元和正法存。

東坡

蜀山齾齾蜀江碧，大峨仙人司玉局。前如蒙叟後華嚴，蓮花妙偈滄浪曲。嶺南七載剩餘生，月淡蝦蟆分外明。胎仙軒舞琴三疊，絃指泠泠大蟹行。

梅村

愁紅慘緑傳幽艶，往事傷心淚如霰。悽然一曲賀新郎，草間偷活平生憾。古來忠孝不兩全，原心之論且從權。

遭逢寶與鐵崖異，白衣宣至錦衣還。

漁洋

明湖瀲灩玻瓈水，萬派靈源瀉石髓。入耳泠然琴築鳴，正始之音有如此。南施北宋據詞壇，先生掉臂踞其巔。格調應齊韋孟柳，鬱輪袍曲已逃禪。

西堂

吴宫美人骨已槁，幻出青青原上草。頻年寂寞怨東風，倩影妍魂空懊惱。文章難與命爭衡，淚灑青衫鬱不平。鹽嫫歡呼袖威泣，人生何必擅傾城。

清明日醉吟十首

其一

人生蹤迹泥鴻爪，太息輕塵棲弱草。大樽濩落無所容，駒隙流光催我老。閩南一十二清明，鏡裏相看白髮生。家山回首七千里，一曲刀環調不成。

其二

子規啼罷鷓鴣叫，大醉掀髯仰天嘯。欲覓飛車訪赤松，縹緲蓬山不可到。醒來身世兩茫然，雨雨風風欲暮天。一蟻可憐寄大磨，莫拯風輪任左旋。

其三

勾當閑愁蒔花木，階下幽蘭檻外竹。蕭齋鎮日少人來，茗椀鑪香伴幽獨。空梁紫燕話呢喃，釀花天氣舞翩翾。應笑主人太寂寞，紙窗竹榻夢江南。

其四

美人家在湘江曲，欲往從之山水複。青鳥高飛錦鯉沈，停雲落月愁成斛。感兹痛飲讀離騷，興酣起舞天爲高。雙雙橘柚珊珊珮，擬駕雲軿戲漢皋。

其五

阿誰手挽天河漏，細雨瀟瀟侵户牖。樹上鵓鴣不住啼，入春兩月無晴晝。自寫新詩寄故人，木蘭春漲碧粼粼。舊游瞥眼成追憶，煙水芒羊夢不真。

其六

我有生綃織玉線，量之徑丈光如練。蒲帆草閣作横圖，董巨荆關今不見。戲拈秃管紀清游，琴師酒客伴登樓。繪出溪山幪幢畫，他年舊雨話滄洲。

其七

故人餉我新篘酒，欲啟大瓶頻呼婦。鰣魚亂賤不論錢，睡起扶頭引一斗。半生拍浮此中過，右臂偏枯可奈何。天冬漉罷真一熟，不見當年春夢婆。

其八

三十六灣烟景暮，溪山罨畫江村路。拄杖閑行過小橋，牧童野叟紛來去。梅花已謝李花開，緗桃紅雨暈青苔。江東渭北人何處，擊節狂歌歸去來。

其九

野棠花外天將暮，紙錢歷亂隨風去。道旁翁仲卧蒼苔，不知其下何人墓。一抔黄土嘆同歸，萬古傷心丁令威。試向壺公山頂望，年年惟見白雲飛。

其十

孟郊戀嫪稱窮者，竹弓射鴨銅山下。獨速歌成曳短篴，清泉白石供陶寫。我本天涯落拓人，一生坎壈纏其身。欲住無憑歸未得，自敲銅斗話酸辛。

三月三十日偕臧午亭參軍臧介福上舍陳蘭士選士載酒游石室岩〔一〕

綫路不可輿，攝衣跨石磴。十步足九停，蹣跚立不正。松杉覆緑雲，苔蘚封幽徑。白汗類翻漿，數折得奇境。古寺嵌陰崖，梵唄聞鐘磬。山僧啟竹房，短衣不掩脛。瀹茗意殷勤，竊問游人姓。到此煩溽消，身世皈清净。小憩更探幽，歷歷尋佳勝。浮圖閱劫灰，鈴鐸無餘剩。龍舌與虎頭，怪石名誰命岩上有龍舌、虎頭二石。嶔岈欲攫人，其勢剛目勁。縱目矚雲山，漭瀁嗟難竟。水天界一絲，深淺交相映。風帆破浪行，點點蠅集鏡。俯視盡平疇，卓午烟光靚。萬瓦簇魚鱗，山城自繁盛。闍浮一漚耳，何事勞奔競？滄海幾桑田，戲劇如優孟。舉酒酹山靈，窮通非所禁。我客山水人，心迹差堪證。共賦招隱篇，暢此疏狂性。落日下牛羊，晚景催歸興。臨去百回頭，長嘯溪聲應。

【校注】

〔一〕石室岩：位於福建省莆田市城廂區龍橋街道下磨村大象山。石室岩寺内的靈霄寶殿，又稱淩雲別殿，通稱天帝殿，主祀玉皇大帝。「石室藏煙」爲莆田二十四景之一。

咏荔山莊

江山自有餘，亭榭隨心著。勝境與高人，相遭兩澹泊。小墅郡城偏，丹荔環池閣。循吏育人才，講席宗濂洛。纍纍絳紗囊，不負薰風約。先生應聘來，丰骨雲中鶴。静籟正清泠，心香自領略。不飲但孤諷，空外天花落。偶然招畫師，幪幢開岩壑。淡墨寫紅雲，寸心良所託。我昨登君堂，清樽對斟酌。醉後墮冠纓，萬古一槃薄。

宣和御筆神霄玉清萬壽宮碑并引

碑在興安郡城元妙觀壁上，邑人罕有知者。李伯琴榻以見貽，因作是詩。

宣和天子真天才，縱横筆陣風雲開。當年艮嶽鐵鑄錯，至今斷碣埋蒼苔。道君心契道家事，金簡玉篇祈上帝。目稽鶴馭三千群，手製龍章四百字。銀勾鐵畫體何工，淋漓濡染來天風。大中祥符仍故事，詔令率土同尊崇。江山萬里供揮灑，太清樓上無愁者。染翰問成鸜鴿圖，傳神戲把鷹鸇寫。耶律既滅金漸强，前門拒虎後進狼。君臣謀國昧大計，猥以元妙干穹蒼。靖康之變古所恥，青衣行酒顏多泚。坐使龍沙悲馬角，遂入羊群棄牛耳。此時籲天天不聞，銅駝荆棘怨王孫。風馬雲車渺何許，以淚洗面空悲辛。絶技曾誇擅場手，可惜爲君才未有。零金斷碧棄人間，星霜剥蝕誰爲守？當日海濱興化軍，玉清萬壽亦鐫珉。地僻未遭兵燹劫，雙勾點畫仍鮮新。李君好古耽金石，攫得殘碑珍拱璧。自屑隃糜榻硬黄，鸞漂鳳泊驚魂魄。睇觀别是一家書，凌蘇黄米陋君謨。帝王筆力自天縱，神龍夭矯游清都。得之狂喜夜不寐，以指畫肚窮殊致。回首芒羊五國城，滄桑人海浮雲逝。

讀鄉先達邊長白先生餘生録書後

米脂縣令膽如斗，先機欲試回天手。鑿傷龍脈斷龍頭，戾氣消沈勢難久。破軍星子皇來兒，袞冕有神授阿母。乃祖乃父占佳城，傳聞異物環相守。殺人亡命去甘州，闖王遂嗣迎祥後。車箱峽復潼關原，大難不死命非偶。河山澒洞鬼神愁，殺戮黔黎到雞狗。盧顛洪蹶雁門殂，紛紛獻土顔何厚？居庸以外無堅城，太息思陵下殿走。當時勢焰太披猖，豈比狐鳴成小醜。一朝覆敗走中州，九宮山上遭擊掊。如湯沃雪火消膏，土崩瓦解歸烏有。豈真成祖示靈威，勿抑伐墳功居首。伐墳事在壬午春，先生仗義摧枯朽。碎焚黑骨腊白蛇，破卵餘殃及鷇殼。功成身退返家園，賊氛尚作風雷吼。甲申之歲天地傾，沐猴冠者拖黃綬。僞官緹騎入門來，白髮孀親窺户牖。全家八口痛生離，頭上青天矢不負。跛舍相從一月餘，瀕死不死十八九。誓以齏粉答君親，拚將義烈酬師友。賊勢衰殘守者疏，逾垣跳出逋逃藪。晝伏宵行間道歸，倉卒不知家在否？冒雨重登萱草堂，悲喜兩忘心自咎。相對渾疑是夢中，面目淒涼顏色黝。一生萬死賊中來，感嘆黃童泣白叟。逾時痛定憶前塵，記録餘生義有取。始入虎穴探虎子，終捋虎鬚脱虎口。奪馬豈逢馬上兒，登車未遇車中婦。天爲蒼生報大功，此功屼嵂齊岡阜。

讀徐香垞太守遂州樂府題後并引

余以《莆陽樂府》呈閲先生，遂出舊作相示。來書云：「《遂州樂府》一册，其詩本不足採。緣見尊製《莆陽樂府》，竊喜所見略同，不禁自獻其醜耳。」受而讀之，題長句二十韻。

謫仙昔作神仙吏，崇龕山下鳴琴地。訟庭無事長青苔，縣譜閑情題緑字。樂府皇皇五十篇，節奏真堪被管絃。恢博肯居長慶後，精嚴早踞鐵厓先。茶陵創造西堂古，鏗金鏘玉多名語。歗傲無端泣鬼神，酣嬉作勢來風雨。名媛高士棟梁臣，佛迹仙蹤山水人。寸管不持兩可論，片言已定百年身。梅山之屋旗山水，流傳往往成詩史。珊瑚筆架墨雲蒸，玉臺新咏安足比。前年五馬莅興安，録曹何幸遇乖厓。平生性僻耽歌咏，前席論文禮數寬。懷古吟成莆陽曲，自敲銅斗歌獨速。海潦雖懸見則同，掀髯一笑垂青目。遂繙舊篋出球琳，小溪逸事託清吟。精光時溢澄心紙，絶調應羞爨尾琴。第一山頭煙景莫，船山舊雨今何處？口沫長賡白雪詞，眼穿不見赤岩樹。海天雲霧界滄茫，竽木重逢傀儡場。甚愧琵琶鬧腰鼓，高咏一篇酹一觴。

重過沙溪驛

溽暑泉南地，肩輿往復還。夢隨青鳥去，心與白鷗閑。怪石很當路，頹雲低壓山。余懷正渺渺，獨酌一開顔。

鑠院中秋夜與柯易堂明府小飲醉後乘興踏月登明遠樓放歌紀事

玻瓈一檯開明鏡，銀幕障天天無縫。玉妃十萬下清都，霓裳縹緲聞三弄。何人倚醉仰天呼，臣本高陽舊酒徒。名姓久驚座上客，生涯還佩平生壺。鑠院槃薄半月餘，酒懷侘傺緇塵污。碧落青雲夢有無，蒼涼萬斛瀉明珠。登樓長嘯驚棲烏，狂歌顛舞記糢糊。醉倒欲倩姮娥扶，此宵此月真不孤。旁人掩口爲胡盧。一代數人不多見，天公應恕此狂夫。待覓徐黄董巨丹青手，爲寫狂生踏月圖。

題松陰趺坐圖

松聲謖謖松風涼，有人趺坐閱滄桑。弱不勝衣貌如玉，便便腹笥貯琳瑯。偶因浄業叅禪理，澄懷照徹澄潭水。怡神沁骨寂無言，冰雪肝腸蘭蕙齒。紅塵滌盡緇塵空，了無纖介横胸中。以心印心指喻指，今吾故我都消融。翩翩公子青雲客，昔日詩人今禪伯。僧耶俗耶兩不知（用佛經太僧易經太俗語），頭上雙丸去如擲。

題卜小塢少尹楚江聽雁圖

漢江之水，一去不復回。白雲終古空徘徊，中有嗷嗷失群之鴻雁，悲鳴嘹嚦清且哀。亦有隨陽意，其如伴侣乖。

朔風獵獵歙黄埃，銜蘆飛去江之隈。爪痕泥印，埋没經劫灰。萬古傷心事，骨肉嗟崩摧。雁行零落天一涯，衡陽塞北惆悵夕陽頹。咄哉卜小塢，磊落瑰奇才。少小隨親，走萬里楚山楚水，踏破青芒鞋。皋魚慟後偏親在，隻身捧檄閩江來。伯也滯漢陽，菽水潔南陔。浮雲縹緲日脚墜，延頸西望生烟霾。痛失右臂淚盈腮，板輿迎養攜童孩。全家十口，欣喜相追陪。上自慈親下幼穉，含飴嬉戲盈庭階。淡雲疏雨江城夜，孤鴻長唳過空齋。寒蛩聲斷燈焰炧，淒其離緒。悵觸人間懷秋聲，聽罷心爲碎。楚些歌殘夢不諧，急覓丹青寫幽意。淚痕和墨，斑駁濕蒼苔。駕鵝飛緩鶺鴒急，是處青山骨可埋。勸君懷抱及時開，笑被彩衣學老萊。陟岡之慟奚爲哉？

次韻沈夢塘孝廉來夢亭留别四首

其一

游蹤宦迹兩浮萍，舊雨聯牀愬短亭。閩嶠雲封千嶂白，吴淞夢翦一燈青。蘚紋斑駁尋詩徑，竹影横斜決事廳。寄語江鄉老桑苧，東南新聚酒人星。

其二

繡虎雕龍舊擅能，戲拈湘管寫吴綾。鄉心悵觸賓秋雁，詩境清泠入定僧。佳節相逢頻命酒，新交共話記燒燈。天涯氣味親如許，勉步邯鄲力未勝。

其三

年來塵夢太惺忪，握手論交意萬重。紫陌何人飛叱撥，青都有客擷芙蓉。歸心共憶魁三象，旅食愁聽夜半鐘。一曲刀環歌水調，計程應已過殘冬。

其四

故國芒羊繫我思，十年心事杜鵑知。鳥因擇木飛常倦，雲爲還山去轉遲。尚有琴尊邀勝侶，不堪升斗罄餘貲。何年飛夢逐君去，共話重陽風雨時先一日重九，集柯易堂寓齋，即景聯句卅二韻。

剖瓠存稿卷六　浯江集

十一月十一日于役鷺江偕傅達夫别駕柯易堂明府游白鹿洞虎溪厓紀事二首

白鹿洞

攝衣入山門，苔蘚自太古。左折陟山腰，怪石堆岩廡。幽壑來陰風，重棉慄雙股。其半爲僧寮，厓㕓開牖户。石榻浄塵霾，粉壁圖龍虎。山僧瀹茗來，村野不解語。小憩更探幽，峆岈卧萬鼓。石厂嵌方龕，白鹿如童羖。想當混沌初，曾經巨靈斧。仰窺一線天，缺處雲爲補。半世染緇塵，兹游清肺腑。攜手歷巉岏，賴有同心侶。

虎溪厓

仄徑穿白雲，怪石當路很。懸厓薜荔紅，勝境徐相引。登頓腰膂疲，飛泉咽渴吻。數折得奇觀，百丈横石筍。其形如虎頭，横引山作枕。吮血復磨牙，勢吸滄溟盡。唇底折腰行，颯颯崖風緊。稜層萬丈岩，咫尺蒼穹近。摩厓劖擘窠，飛動逾鷹隼。險怪夢未經，心悸口亦噤。作詩報山靈，鹽嫫塗脂粉。歸來卧繩牀，夜闌眠不穩。

歲除日柯易堂明府航海而來書此志慰即以贈别

海堧歲莫朔風緊，負地掀天泣蛟蜃。撝呵颶母鞭冰夷，十萬貔貅擁劍盾。晨起扶頭呼酒來，蕭齋几席堆塵埃。遐陬寂寞少人到，延賓館下生青苔。忽報故人航海至，掀髯一笑崑崙墜。倒履出迎不暇冠，海風颯颯歙衣袂。握手相看似夢中，天涯兄弟一尊同。况當餞歲屠蘇在，興酣意氣無豐隆。千家爆竹霹靂走，知己相逢盃在手。燈燭光前愜古歡，劇談往事空諸有。頑奴觸壁睡欲僵，坐客當筵氣不揚。十觴不醉感子長，世人誰恕狂生狂？海天雲霧界芒羊，使君今日爲急裝。巨舟萬斛涉重洋，譚笑真同一葦航。陽侯退舍罔象藏，一夜神風送馬當。

新正九日感懷四首

其一

去年曾泛木蘭舟，雨雨風風特地愁。阻絶溪山勞遠夢，朅來人海嘆浮漚。斷碑古柳成塵迹，烏笠紅衫憶舊游。差喜李頎仍在座，一龕燈火話滄洲同游者七人，惟李伯琴在座。

其二

梅花雪壓穀城山，望斷晴湖卅六灣。碧海書空青鳥去，紅塵路阻白雲還。鳩鳴遠墅朝扶杖，雁落平沙夜掩關。忽漫驚心節物换，自傾春酒破愁顔。

其三

筆陣曾當曳落河，半生歲月苦消磨。疏狂自笑秋風客，蹩躠偏逢春夢婆。夜静簷烏唬壁月，詩成山鬼泣烟蘿。故園尚有殘松菊，何日言歸荷笠簑？

其四

小住浯江兩月餘，微官索漠似閑居。良朋乍到愁言别，舊業都荒懶著書。山色蒼茫開畫本，海風日夜撼蓬廬。年來病肺煩醫藥，準擬塵緣盡埽除。

浯洲諸生見和感懷之作用前韻奉酬

其一

盃水均堂汎芥舟，那堪心迹藴閑愁。半生作掾羞三語，四海浮家笑一漚。呵壁問天虚壯志，攜筇載酒暢清游。夜深自展孤衾宿，飛夢蒼茫過十洲。

其二

回首江南謝朓山，扁舟小泊緑雲灣。鱸魚蒓菜秋風起，碧落紅塵客夢還。肺病經年思國手，心光一縷叩禪關。空齋鎮日無餘事，展誦新詩爲解顔。

其三

連宵急雨倒銀河，兀坐閑將破硯磨。吟榻蒸濡生鼠婦，海風澒洞吼猪婆。燈前濁酒看雄劍，檻外疏桐罥女蘿。風俗尚餘淳朴在，東菑攜手荷烟蓑。

其四

論文揮麈笑談餘，且共詩人賦索居。望遠已空千里目，傳箋漫假一編書時向林茂才借書。鴻泥是處常留迹，人境隨時好結廬。敬謝清詞霏玉屑，年來鄙吝盡消除。

牧馬王廟歌并引

浯志載牧馬王陳姓名淵，固始人，來島中牧馬，有奇術。客來市馬者，每十馬之外贈以一。及渡海，則仍十也。殁後頗著靈異，土人立廟祀之。浦邊某氏女，因祈蠶得雙繭，願爲神配，入廟而逝。明嘉靖間，倭夷寇料羅屠掠甚慘。忽大霧七日，空中聞劍鼓聲。比晴霽，倭舟盪散。鄉人夢神告曰：「吾憫生靈塗炭，已得請于帝矣。帝遣大將軍衛青、飛將軍李廣相助驅倭，大戰七晝夜。幸賊氛蕩盡，吾手亦被傷。」鄉人驚醒，集衆入廟，見神腕血痕宛然，遂大神異之。縣令聞于朝，得邀封典，并祀二將軍，迄今血食不替。群呼爲恩主。公所謂大小將軍者，則衛與李也。事雖近誕，詩之以備異聞。

中州男子精奇術，偶到天南事芻牧。狡獪生嫻相馬經，風流死唱求凰曲。神聖所爲乃若此，矜奇炫異駭鄉里。山家小女貌如花，雙繭俄成一夢耳。愚夫愚婦拜神前，願芘神庥千萬年。一朝海上賊氛起，孤城萬竈無炊煙。忽濃霧漫天地，劍鼓聲中蹴鐵騎。七日蒼茫霽色開，犬羊盪散蛟螭避。神來夜與鄉人語，我叩天閽籲帝主。遣來大將知姓名，曾破匈奴拓漢土。風馬雲車列戰場，鯨鯢螻蟻盡消亡。爲全衆命殲勍敵，手腕猶存代斲傷。朝來驚異告比隣，擊鼓鳴鉦更賽神。守土上聞邀祀典，茅屋並祀兩將軍。廟貌至今傳不朽，歲時伏臘村翁走。豈真姻婭戀衾裯，神仙眷屬從來有。强魂毅魄足神祇，静女應將彤管遺。似聞古語分明在，能捍大患則祀之。

大小將軍廟歌并引

土人報殲倭之功，爲兩將軍立廟。目衛爲大將軍、李爲小將軍，蓋因青封侯、廣數奇也。戲作是詩。

爲神亦仗官階好，鄉人之見真絶倒。胏附峥嶸飛將窮，海畔將軍分大小。憶昔四道擊匈奴，車騎驍騎同馳驅。斬將搴旗功蓋世，侯家奴子握銅符。鉗徒面諛醉尉罵，一起牧羊一受射。北平千騎導張騫，定襄一語嗤周霸。得者爲雄失者雌，當年此論孰倡之。滄桑變幻千載後，巫覡猶陳軒輊詞。茅屋一間傍岩竇，海風陰翳無晴晝。喧呼伐鼓曳雲旗，婦孺競唱迎神咒。臆説荒唐等稗官，姑妄言之理未安。古今顯晦榮枯事，大都應作如是觀。

題畫小詩八首

鶡

鶩性本天成，銛利矜觜爪。胡不擊鴟梟，貰此單飛鳥？

鸜鵒

翦舌亦能言，樊籠貪食肉。何如集枯枝，坐待田禾熟？

白鷺

月白浦風清，素質羞冰玉。常依君子花，不羨宛央宿。

鴨

绿頭毛雨鮮，忘機太閑暇。銅斗已聞歌，竹弓聊可射。

雁

無書寄故人，蘆汀印泥爪。何不翥青雲，排字奪天巧？

鶉

妖夢蔡京愁，春風田鼠化。如何圖畫中，飲啄花叢下？

松鼠

鼯鼪曳長尾，绿木亦穿屋。無心入空倉，秋雨葡萄熟。

狸奴

睡足錦氍毹，烏圓掉修尾。目注蝙蝠飛，雙睛翦秋水。

榕樹賽神辭并引

浯江丞署西偏，有古榕，枝幹盤紆，蔭可一畝。相傳日久爲神前官，立廟祀之，朔望禮焉。剖瓠子酹以酒脯，而爲之辭曰：

老日無光太陰黑，霹靂燒殘苔蘚蝕。千年蹇偃卧荒陬，恥向人間就繩墨。怪石谽谺斧劈皴，霜皮斑駁天衣紋。飽餐沆瀣全天真，六丁下視驚輪囷。緑章青簡叩帝閽，如木居士册爲神。人海滄桑浩劫身，螭蟠蠖屈春復春。鬚髯冠劍屹當門，盡日閑庭罥緑雲。緑雲陰翳接堂廡，惠我清風消溽暑。天涯客子白髮新，負手徘徊感羈旅。月落烏啼山鬼語，四壁烟蘿竄鼯鼠。神之來兮澹容與，神之去兮挾風雨。挾風雨、海天蒼。鸛鴿清晨噪，鴟梟白日藏。乾鵲營巢背太歲，元蚼封穴避危牆。人生禍福胡可量，古來智者安其常。呼僮開甕羅酒漿，迎神一曲歌伊涼。大巫小巫拍銅斗，輿臺下走同趨蹌。蘭旗裊裊朱旛揚，碧天青海路芒羊。寓言却憶漆園吏，酹神三爵神勿忌。棟梁無分保天年，我亦不材人所棄。

海濱于役六首

其一

南國麥秋早，黃雲十里平。野翁荷鍤立，山鳥向人鳴。歲月雙丸駛，身名一粟輕。家山矯首望，棖觸不勝情。

其二

太武山前路，谽谺不可行。懸流經兩壯，線路與雲争。坎壈仍前度，艱危過半生。亡羊已如此，焉用戀浮名。

其三

潮退泥仍滑，肩輿去路賒。蜂窠堆亂石，鴻爪印平沙。一塔出林表，滿畦開菜花。炊烟羃殘照，茅屋兩三家。

其四

落日萬山暝，蒼茫海國春。怪禽聲類鬼，斷碣立如人。暫假山家宿，空悲客路塵。年來參佛果，事事付前因。

其五

蹇偃荒祠裏，喧嘈夢不成。半間奴隸共，一榻鼠鼯爭。纖月正當户，故人空復情。吟髭撚欲斷，風雨送潮聲。

其六

肺病已如此，鬢斑將奈何？高歌玉連瑣，滿引金叵羅。事業愁中盡，關山夢裏過。那堪滄海上，静夜吼鼋鼍。

海濱于役醉後放歌

去年，在莆陽壺公山下白雲鄉，三十六灣風景足徜徉。刺船載酒泛明月，木蘭煙雨青茫茫。其夏去榕城，琴師劍客氣縱横。游遍鼓山、烏龍水，醉叱蟾烏使倒行。窮冬來涪島海壖，日夜嘑殀鳥。頹雲横壓料羅山，黄沙漠漠行人少。今春歷海濱，撲面飛緇塵。俗事苦役役，淹留七尺身。兒童指點齊拍手，鬼物揶揄笑開口。荒陬寂寞不可以久留胡爲乎？鎮日醯雞鬬芻狗。北望界關，河東歸、阻洪波。美人披荔帶女蘿，欲往從之愁嵯峨。願册醉鄉侯，莫夢槐安螘。衣冠傀儡氣昂昂，未省閻浮一劇耳。我思乘楂浮海、披髮入山，世間羅網空糾纏。仰視天地宇，俯閲古今宙。痛飲讀離騷，起舞自爲壽。人生蹤迹雪泥鴻，浮萍逐浪葉隨風。山坳水曲，是處可以樂吾樂。焉用酒酣耳熱，忼慨悲途窮。短歌懊儂，長歌惱公。撑霆裂月，敲碎孟郊之銅斗。海風浩浩天空空。

倪竹泉觀察索觀詩稿敬呈三十六韻

時鳥鳴春風，候蟲咽秋雨。天籟發自然，人間那得譜。詩人藴心聲，滄海流今古。空山泣鬼神，巨刃驅龍虎。萬象受陶鎔，化工每退處。堂堂數十家，力挽千鈞弩。列朝迄昭代，代有騷壇主。我公嵩嶽姿，聲華重藝圃。豸冠莅海堧，敝俗移椎魯。鷺島鬱嵯峨，巨浸開門户。文星一照臨，鯨鱷俱奔沮。引手障狂瀾，餘事親毫楮。詩道日頽靡，大力相撐拄。薄海仰宗風，鈞樂聞仙吕。桃李沐春膏，譚言揮玉麈。黄河天上來，丹篆夢中吐。愛士更憐才，今之韓吏部。重也北荒人，蝨蟣閩江滸。崔尉結習深，路曹歸計阻。寒竽澀未工，逐隊疲腰膂。刻苦事吟哦，河魚膏自煮。薰風渡海來，跽獻新樂府。擘窠得大書，鴻秘輝楹廡。窮冬捧檄至，再拜聆温語。下士獨速吟，含笑頻索取。蚊蝱亦營巢，蝸角猶争土。蠻觸與鷦螟，瑣細知無補。憶昔識之無，皮骨學杜甫。堂奥慚未窺，敢弄班門斧。甚愧青盼垂，逾格相期許。細寫烏絲闌，荒蕪愁肺腑。瓦缶遇黄鐘，雷門持布鼓。翱走浞亦僵，高風今快覩。文彩雙夗央，金針乞度與。病鶴立瑶階，宛頸惜毛羽。襹褷復襹褷，起爲羊公舞。

楝花

其一

楝樹參差出短垣，麥天晨氣鳥争喧。輕飛玉屑三千斛，獨殿花風廿四番。彩鳳何年來紫府，芳隣昨日竪朱旛。冷淘槐葉休相擬，好繫冰絲祭屈原。

其二

細瓣紛紛落地遲，剛逢四月秀葽時。護花誰繫金鈴子，酹月應呼玉練槌。排日陰晴春事了，漫天紅紫絮風吹。

旁人錯認丁香樹，百結千頭罥髩絲。

合題王荃心參軍夢婕園雅集東瀛轉帆二圖爲柯易堂明府作

碧眼參軍冰雪姿，澹抹濃皴古畫師。運租使君滄海客，撐霆裂月今詩伯。我識兩君有後先，一在午春一酉年。參軍橐筆去海外，王宰真迹紛流傳。使君捧檄來閩嶠，柯亭玉笛調清圓。巨舟萬斛重洋路，乘風波浪來東渡。詩人名士締心交，一代高風託毫素。夢蝶園中雅集圖，譚空説有掀髯須。濠梁妙悟滄浪咏，群仙栩栩游清都。東瀛轉帆更豪縱，社燕秋鴻遞相送。掉頭又過屏翳宫，珠光寶氣壓舩重。參軍畫筆蓋有神，使君詩句久驚人。提携東海珊瑚樹，傲睨南荒蝨蟣臣。手剖雙魚姤且羡，小琉球外添佳讌。當年曾攬五都珍，此會偏遺三語掾。楝花風裏釀微寒，今雨舊雨思無端。翦燈賦罷丹青引，短榻卧游天地寬。

大嶝遇雨

浯江旱魃近爲虐，四月五月南風惡。老魃疲癃恣貪惏，小魃狡黠嫺騰躍。殃氛類聚天地昏，雷公電母遭束縛。坐使田疇龜坼匀，遂令溪瀨魚轍涸。春來隙地墾數弓，緑意焦枯到叢薄。欲覓虎頭起伏龍，慚無鴻筆駈靈鼉。卓彼雲漢紛天章，炎歊火繖赤烏燦。何當于役海之濱，天容水色交鎔鑠。千盤百轉到山村，巨浸四圍天宇廓。假館荒祠仰見星，容膝之地張帷幕。行厨有酒可澆愁，呼僮爇火且斟酌。興酣浩氣與天通，横風吹雨聲磅礴。去馬來牛想不分，行縢短榻繄誰託。猬縮鼠伏夜三遷，淋漓簷溜停還作。天公自古厚詩人，不負東坡拾瓦礫。海潦雖懸事則同，蔬豆今年欣有獲。歸途計過太武山，嵐翠林烟滿郊郭。鹿柴榕徑濕青苔，賞雨買春坐小閣。不用黄金四目揮雕戈，老魃小魃斂迹歸岩壑。

劉心香太史見題浯江集次韻奉答

其一

海國芒羊湧怒濤，詩人到此興偏豪。斗山喜愜三年望，聲價新增十倍高。舊雨停雲鄉思苦，香南雪北客心勞。

黃樓僭擬髯秦賦，慚愧鯫生末坐叨。

其二

玉貌霜髭破笑顏，春風座上識仙班。高人自古慚爲令，下士於今久抱關。吳楚兩雞紛角觸，乾坤雙鳥自綿蠻。

羅浮山下梅花月，清夢年來已盡刪。

其三

蓬山聲望重南閩，白雪青雲許致身。往事元都懷夢得，春風花縣憶安仁。歸餘琴鶴能醫俗，坐擁琳琅未算貧。

提唱東南今四載，無言桃李滿江濱。

其四

落拓名場一局輸，長安夢斷酒家胡。蠅頭聊且安微細，烏尾何當嘆畢逋。酹酒每思明月近，吟詩常與歲年俱。

蕭齋四壁增光耀，拜賜先生萬斛珠。

署齋八咏

榕徑

老榕何盤紆，垂蔭可一畝。因之構小軒，濃綠侵窗牖。六月作秋聲，炎氛埽以帚。客至輒披襟，斟酌新篘酒。

鹿柴

故人海外來，遺我一雙鹿。西南度地偏，夏木清陰覆。細編鹿眼籬，小築魚鱗屋。牆外有芭蕉，清夢酣然足。

蕉屏

芭蕉如翠屏，排列古牆隈。風影大垂手，雨聲小忽雷。空齋坐相對，緑意侵苔階。擘窠作大書，棐几絶纖埃。

竹柵

此君何可無，醫俗豈在多。數竿補花缺，疏影相婆娑。書遲青鳥使，人住緑雲窩。解衣而盤礴，静籟生庭柯。

楝隖

青楝羃繁陰，手葺留春隖。花風陣陣來，落子紛如雨。小屋小于舟，兀坐間揮麈。時呼玉練槌，酹月成賓主。

苔礓

斧劈露横皴，雷燒留斷股。雕劖疑鬼工，屹立無寸土。苔紋蝕斕斒，險怪卧癡虎。我欲鐫短銘，粗材未敢取。

豆圃

戴笠迎朝熹，荷鉏立明月。黄州蘇眉山，栗里陶彭澤。大飽未敢期，我力當先竭。連宵沛甘霖，良田欣有穫。

瓜畦

半畝種瓜田，甲坼經時雨。支蔓匝平陂，纍纍帶子母。非關慕邵平，芥蔕鬱難吐。落拓滯南荒，請學爲老圃。

寄贈黄秋江參戎渡臺剿匪

昔與將軍别，梅花嶺上香。今與將軍遇，鯨波海外揚。將軍古名將，九尺鬚眉蒼。戟轅一握手，未暇傾衷腸。分甘餉食物，大勺酌鵝黄。地主誼未盡，肥羜先飽嘗。軍令星火急，夜半促歸裝。歸來掩關坐，舊雨聲蒼涼。鷺島駐旌節，鵬塤方跳梁。竚看奮虎威，驅鱷如驅羊。手執丈二殳，支祈走且僵。策勛膺上賞，大笑傾壺觴。

寄贈崇石溪將軍渡臺剿匪

五虎門前陣雲走，軍聲夜半傳刁斗。羽檄紛紛星火催，銀濤似練雲如帚。千里重洋一葦航，將軍免胄坐艅艎。後勁前茅整以暇，海風浩浩山蒼蒼。丈夫襟抱隘一世，青海天山蓄壯志。把酒酣嬉燕趙歌，援琴慷慨幽并氣。即今手執丈二殳，鯤身鹿耳爭馳驅。直入龍潭取龍子，爲殲天狗張天弧。草檄磨盾書生願，鞅掌簿書人所賤。登高矯首望旌旗，酒氣縱橫詩筆健。颶風須洞浪如山，罔象挾輈屏翳還。想見佽飛逞絶技，輕刀手定安平關。

題東瀛磨盾圖爲張雲嵒賦

男兒四十參戎事，橐筆重洋矢壯志。書生際遇此一時，陣馬風檣助奇氣。一紙書來告故人，墨痕狼籍氣輪囷。乘風破浪掉頭去，不負昂藏七尺身。虎頭食肉諸生耳，獨捽文成類翻水。軍書蜂午筆鋒揮，能刳蟆腸探虎子。歸來飲至繪横圖，弓衣盾鼻血糢糊。請纓已遂平生願，三寸毛椎丈二殳。原野腥風掀地軸，大鬼跳梁小鬼哭。蜃鱷潛身避劍鋩，烏鵶磨吻啄人肉。詩胆從教百倍增，毫端應作戰場聲。鯫生性僻耽吟咏，自愧南山遜北征。

紫石硯詩并引

林秋泉茂才，見隣家以方器飼雞雛，諦視乃古硯也。亟易歸，滌去泥滓。色深紫，背有方凹，作水波紋硯面。墨池因水蛀鑿成有蟾蜍七八枚，皆剥落不完整。旁有銘云：「含金玉之姿，抱風雲之思。神之所至，惟爾能御之。」末署「元章」二字。爲賦此詩。

端州石硯橢而窪，米翁書畫舊傳家。滄桑變幻兵燹後，漂零委棄同泥沙。籬根栅下污塵垢，盆盎相偕飼雞狗。寶氣何當辱溷藩，文光時復衝牛斗。林君好古意有餘，易得當年紫玉膚。滌盡土花銘識出，二十一字元章書銘欵計二十一字。拭目驚看喜創獲，光氣輪囷動心魄。天將神物畀詩人，大慰平生嗜奇癖。摩挲萬遍右手胝，硬黃榻本行相遺。龍尾鳳咮空傳世，争如此硯奇蹤奇。我來南州得數硯，馬肝省識君謨面。更有蘭亭雕刻工，曲水流觴細于線。信手紛紛贈故人，石田枯渴春復春。觀君古硯精光異，乞得餘波筆有神。雷燒雨蝕苔皸壞，劫灰閲盡皮骨在。鯫生未敢學襄陽，瞥見此石猶下拜。

七日曝書

敗屋一間尺有咫，插架連牀貯書史。蠹殘蟲蝕費經營，况復蒸濡從地起。海堧黴濕四時同，土花暈上烏皮几。卷軸孄媥繪水雲，丹鉛變幻餘青紫。閩中古少十年書，櫟園名論獨倡始。華林有略困鼠偷，石室藏經埋馬矢。我書多假自故人，荆州趙璧差堪比。日夕殷勤手一編，菖蒲羊棗甘且旨。送遲已負攘雞愆，脱空肯蹈亡羊恥。今年七月七日晴，火傘曈曈難逼視。赬虬夭矯赤烏翔，碧落無雲一萬里。呼僮抱帙晒庭前，斷碧零金自料理。手胝口沫汗流珠，旁人竊笑癡如此。中年誓讀死前書，補拙以勤庶有豸。天匠手揮修月斤，陋儒心慕雕蟲技。郝隆仰卧腹便便，解衣盤薄而已矣。

大嶝行寓郜塾也有榕根魁星甚奇古戲題此詩

天巧鍾于人，地巧萃諸物。閩江多古榕，盤根類蠖屈。多年精液結成形，面目鬚眉看彷彿。或現南海身，或幻西來佛，或蹲若猸狖，或猙若夔猶。虎文豹變勢無雙，牛鬼蛇神狀非一。地下應無象教經，泥中竟有搏人術。我來海外得奇觀，鬼斗一星供岩室。仄聞奎垣象兩髀，十有六星光彩溢。文昌武庫佐天行，後人臆説多失實。遂令魍魎魑魅主文衡，手握朱衣點額筆。木雕泥塑遍寰區，焦面突睛鬭奇逸。争如此像具輪囷，天然雕飾非丹漆。翹足蛇蟠壬，撑臂虎挾乙。書香銅臭兼，鬼斧神工密。踔天跳地太梟張，吮血磨牙真强倔。我思古人題作木，居士婦孺跪拜福。難必焄蒿悽愴之精，聰明正直而壹。矯舉以祭昔所譏，神之格思由静謐。勸君莫炫巧以驚人，務返躬而自怵。心齋自足禱神祇，胡爲乎？對此塊然木偶甘屈膝。

祈雨詩并引

夏秋之交，久旱不雨。屢禱不應，作此投之城隍。

司命之神職已古，下界城隍備官府。巍峨廟貌祀春秋，調劑陰陽恤病苦。今年浯島天地昏，黄雲十丈揚焦土。池魚涸死飛鳥藏，兩月雷霆暗不吐。黑甜鄉裏大羊癡，火繖雲中小魃舞。平疇藷蕷無孑遺，遠渚鷗凫困煬煮。嗟予海上蝨蟣官，焚香籲天天不語。青衣步禱拜階墀，人力已窮神道補。前人下策近矯誣，刑鵝暴尫鬭龍虎。爲民請命仗爾神，深夜緑章叩帝主。下民多戾有常刑，玉石俱焚義何取？微官曠職降之災，閭井何辜罹網罟？伏惟精力格天心，叱咤雲軿揮電斧。殀氛沴氣一掃空，高原下隰流膏乳。歡呼白叟偕黄童，手奉銅匜戛社鼓。維時再製報功詞，跽進馨香薦肥羜。

龍神

驕陽煽虐重陰閉，然雲燒樹烹天地。驪珠穩抱懶欠伸，嗟爾龍神久熟睡。當年魚服好遨嬉，此日鯨波甘引避。豈真水府弛威權，抑或晶宮罷官吏。云何斂迹畏祝融，雷公電母皆遷棄。坐令旱魃肆跳梁，吮血含沙樹赤幟。皇然帝命作雨師，爪牙鬐鬣驚神異。頭角崢嶸飛將才，幽明洞澈仙家器。胡爲慴伏曠厥官，血食人間司底事？願君赫怒類丹淵，不然索祭如波智。挾輈作勢御豐隆，掉尾含嗔招屏翳。滂沱三日沛甘霖，澤潤生民拜神賜。北荒下士攝微官，揭來窮島身如寄。言之無狀意乃誠，詩人戇直忘猜忌。此區區者當畀余，監河升斗欣沾被。儻仍蹇偃事鼾眠，緘虎刑鵝拚一試。

謝雨詩并引

投詩後二日夜半，雷雨大作。四郊沾足，用前韻謝之城隍。

束香籲神已非古，况以蕪詞干地府。折腰屈膝兩無憑，墮此下策心亦苦。惟神赫奕肅威靈，幽明一例來守土。救災恤難芘蒸黎，内外剛柔不茹吐。幡然鑒我方寸誠，喚醒商羊爲起舞。昆岡無復玉遭焚，河鯉不愁膏自煮。陰陽水旱造化權，下士何由贅言語。有請不拒亦偶然，貪天之功將何補？彭城老守垂訓詞，渡河奚若無蝗虎。念此轉自凜冰淵，敢肆誇張失所主。嗟爾醜類太冥頑，每以乾餱事攻取。小懲大戒廑天心，甘外仁帡罹罪罟。請看昨夜倒銀河，蜚廉列缺揮刀斧。乾坤震盪示恩威，老農瑟縮兒投乳。甘澍欣逢喜報功，再向雷門持布鼓。粢盛豐潔薦肥甘，鰥生餘惠分羔羜。

龍神

帝牖重扃誰啟閉，喧豗澒洞掀天地。動揺敗壁撼檐牙，一夜蒼黄那得睡。攬衣起坐手加額，從此炎歊應遠避。雷犇電掣萬馬驕，大奮神威舞天吏。回思前夕酹蕪詞，兩日無靈拚已棄。何當激怒挽天河，破碎秦關拔趙幟。有求未應計已窮，會逢其適事良異。惟神出入洞幽冥，九重倚畀經綸器。恕余狂戇鑒余誠，海堧一旦傳奇事。幻形曾未到昆明，投盒無端類馮智。甘霖三尺溢平疇，浙瀝餘膏尚陰翳。瓜畦菜圃潤枯焦，閭閻鼓腹皆神賜。歡騰崩角曳雲旗，荒陬萬古精靈寄。微官遑敢忤神祇，痛癢相關忘所忌。犧牲肥腯謝前愆，再拜還祈神覆被。沴殃胥化釀天和，墨雨楮風矧輕試。

有北平公子以所藏鴻秘見示不下數百種窮兩日之力始得遍觀作此貽之

北平公子人中英，作書作畫意縱横。昂藏七尺目如電，令人望氣識幽并。平生嗜古有奇癖，枕藉牙籤擁百城。秦碑漢碣收藏富，魏瓦齊磚鑒别精。牛腰綑載千金值，駝背封緘萬里行。今年鷺島識君面，桑梓意氣忻相傾。酒酣慷慨話今古，勝讀萬卷錫百朋。邀觀秘笈圖書府，葡萄異錦裝吴綾。手不停披目未瞬，珠光玉彩紛晶瑩。窶子新來五都市，目不暇給心魂驚。饑人忽夢飯甑滿，饞涎流溢情難名。勸君什襲藏篋笥，渡海恐有蛟龍争。

九月二十六日與友人游鷺門〔一〕萬石岩

仙人叱石石不動，常與游人留勝境。礧砢萬鼓卧層崖，大者如屋小如甕。海畔諸山無寸膚，厜㕒突兀相伯仲。兹山險怪不可名，破碎苔衣裂蘚縫。天公位置出新意，五丁六甲操神柄。七竅鑿成混沌死，蓬萊守者失其脛。谽谺巀嵲萬萬古，滄桑浩劫閻浮夢。我來海上已經年，鹿洞虎溪飽佳勝。譬彼禽慶五岳游，缺一每覺情難竟。天高風急雁聲來，故人杯酒耽吟咏。湖海豪情四座同，山靈有約探幽徑。詰朝肩輿入深山，跬步欹斜立不正。直窮上界俯滄溟，天容海色交相映。老僧跏趺誦華嚴，詩人慷慨歌商頌。更尋幽窅牽薜蘿，萬轉千盤下岩洞。石罅潺湲琴筑鳴，静籟泠泠滿清聽。岩風凛栗難久留，入險出險雲相送。歸來午枕夢羅浮，此樂人生幾回更。

【校注】

〔一〕鷺門：厦門的古稱。

補重陽詩并引

重陽日，于役海濱，簿書倥傯，未暇作詩。閲月少閑，友人以菊花見餉，爰集同人，作詩補之。

舉酒邀明月，明月成賓主。開牖納清風，清風作伴侣。詩人狡獪丏天工，未來可借去可補。今年九月節候殊，霜信較遲菊未吐。況復風煙暗海堧，芻狗醯雞鬭雀鼠。游魚見網輒驚奔，狡兔有窠翻退處。跋涉馳驅一月餘，虚擲時光孤令序。七尺江湖放浪身，升斗無端事索取。潦草弓刀呵殿行，野馬受羈猳繫組。已分移文愧北山，空餘別賦悲南浦。緇塵撲面泥涴衣，無病呻吟徒自苦。泉南十月小春天，故人叢菊開老圃。呼僮荷鍤欵柴荊，斸得秋光帶煙雨。器貯田家老瓦盆，名標儋耳新花譜花有名大蘇黄者。興酣綺思發奇情，欲挽蟾烏迴步武。不借魯陽戈，不振羲和旅。一任笙媧袖手呼不前，仗此心光一縷，上叩清虚府。左携譚龍右詩虎，解衣槃薄花前語。髯翁大笑淵明舞，世無此樂三百年。擊筑彈箏揮玉麈，回首長安春復秋。蕭辰蕭寺聽粥鼓，菊花爛賤不論錢。澹紅香白堆簷廡，即今奔走滯江關。每值佳辰懷故土，何當飛夢逐明駝。陶然亭上重延佇，招邀琴師酒伴共。迫隨爲道，年來海上多奇舉。

菊花

其一

薜荔牆連白板門，秋風秋雨鎮消魂。羞編熱客金泉埒，合住高人黃葉村。去燕來鴻清夢杳，苧衫篠笠夕陽温。
知心不遇陶彭澤，冷淡生涯莫與論。

其二

野竹編籬障四圍，斑斑駁駁燦朝暉。常留東晉遺民格，愛著西天壞色衣。岩桂有香都斂避，庭蘭無語暗皈依。
涪江郫縣淹留客，白髮蕭騷尚未歸。

其三

爛漫疏紅間嫩黃，惺忪片夢破重陽。衡茆家世留清節，荆布裙釵藴古香。不分趨炎翻藥圃，未能免俗佩萸囊。
江鄉滿目閑花草，纔到秋來已促裝。

其四

瘦影離披豁醉眸，細傾竹葉酹糟邱。蒼蒹白露深秋色，野服黃冠大隱流。愧乏清詞追栗里，誰移佳植到炎州。
江南賸有天隨子，作賦登高意未休。

其五

獨對秋光擘蟹螯，天教秋興屬吾曹。劇憐工部悲巫峽，僭學歐陽讀楚騷。香草美人空寂寞，梅兄礬弟遜孤高。
麄才染翰吟佳色，自笑禪枯妄和陶。

太武山〔一〕

閩山多露骨，肉少膚無寸。嵯岈戈戟列，剥蝕鋒鋩鈍。兹山卓兜鍪，髣髴旌麾建。仝勢壓浯江，橫空排組練。列缺與天吴，曾此來酣戰。石腹磨鯨牙，旄頭落羽箭。烈士玉拄頤，猛將銅爲面。防風骨專車，共工額百鍊。想當争鬭時，倉卒遺其弁。至今岩上雲，詭譎日千變。驚風動地來，萬馬蹴雷電。左右揖滄溟，潮頭走一綫。登兹翻百夏，東瀛事鼓煽。醜類外生成，么麽甘罪譴。矧此島中民，攘奪久習慣。誅之殊可矜，貰之虞滋蔓。柄無尺寸操，何以相督勸？舉酒酹山靈，雄名爾獨擅。便當驅丁甲，蜃鱷勤屠剸。澆俗返淳朴，神武答天眷。絶徼亦堯封，荒陬皆禹甸。胡乃負峨冠，貽譏三語掾。

【校注】

〔一〕太武山：又稱太姥山、南太武山，位於福建龍海縣東南海濱。與金門的北太武山是「姐妹山」。

平林鄉寓齋題壁

其一

不負山靈約，來看萬笏青。招雲歸澗壑，岸幘揖滄溟。怒浪藏蛟蜃，平原感鶺鴒。搔頭還自念，塵夢未全醒。

其二

小住煙村裏，低簷罥蔦蘿。宦情因病減，酒力入詩多。山色下殘照，海風揚大波。壯懷時悵觸，高唱隴頭歌。

剖瓠存稿卷七　浯江集

太武十二景詩

冬至月課浯江書院諸生，擬作示之。

海印岩

絶巘擘窠書篆籀，將軍免胄製奇文。雲烟滅没雷椎繞，波礫縱横劫火焚。巨刃摩天開石壁，神龍奮爪裂苔紋。李斯變體陽冰格，璽册應封太武君。

玉几岩

月地雲階一桁平，誰憑此几瞰蓬瀛。欲攜麈尾丹房宿，怕觸烏皮錦里情。章草新銘留翰墨，爛柯殘局問楸枰。天然位置岩扉外，多少神工斲得成。

浸月池

玻璃一㡧湛晴波，瀲灩無塵受月多。霓羽笙簫驚罔象，水晶宫殿住姮娥。游魚歛避清光直，顧兔猜疑素魄訛。八萬三千操斧匠，齊抛桂樹覓珊柯。

眠雲石

石不能言最解眠，白雲深處輭于氈。夢酣太華真難醒，定入生公懶問禪。出岫無心供枕席，叱羊不動亦神仙。黑甜鄉裏滄桑變，未識人間魏晉年。

偃蓋松

棟梁無分老荒巒，博得游人偃蓋看。儘有枝柯撑雨雪，可憐鱗甲受摧殘。炎歊日影猶堪障，只尺天門未敢干。韋偃畢宏久絶筆，倩誰爲寫怒濤寒。

跨鼇石

此石當年怯受鞭，靈鼇竊負翠微巔。千鈞横壓夸娥背，百尺高擎贔屓肩。髀肉凍皴餘瘦骨，蘚紋斑剥碎連錢。據鞍顧盼荒山裏，望斷蓬萊歷劫仙。

石門關

天開雙峽作岩門，怪石谽谺虎豹蹲。一罅分來紅日影，平空劃斷白雲根。陰晴變幻無朝暮，煙霧迷漫自吐吞。寂寞荒陬人迹絶，誰將閶闔問乾坤？

古石室

石广陰森鎖寂寥，到來心迹息紛囂。一龕燈火攤書卷，四壁雲蘿挂笠瓢。世上紅塵飛不到，山中白社夢相招。它年重與山靈遇，自啟岩扉采藥苗。

蟹眼泉

清洌甘芳沁齒牙，中泠第一漫相誇。烹煎雅稱團瓢屋，投贈新來處士家。宿酒乍醒思郭索，幽琴未歇聽爬沙。

胸懷澹定原如許，自瀹龍團誦法華。

倒影塔

海外奇觀現化工，浮圖倒影日方中。何人擬掬波心月，有客虛疑杯裹弓。水底魚龍應避舍，崖前鈴鐸正搖風。大千世界迷真幻，譫語驚傳百歲翁。

千丈壁

危崖千丈森如掌，疑是神工巨斧開。地僻罕逢呵壁客，時平誰識勒銘材。孤撐天際經雷火，獨立塵中閱劫灰。擬作擘窠鐫斷句，自慚下吏本駑才。

一覽亭

盪胸決眥陟危亭，萬里歸心入窅冥。村落依微衰草白，烟霞滅没遠山青。恒河浩劫身如寄，滄海奇觀夢未經。我欲臨風發長嘯，雲端恐有衆仙聽。

十二月初二日于役列嶼舟中望金門廢城嘯卧亭諸遺迹晚宿荒祠感而作此

天外疑無天，島中復有島。遥嵐列屏障，點點如拳小。魚龍夜夜鼓洪濤，今朝一舸山之椒。回頭却望金龜尾，嘯卧亭前莫烟紫。浮圖遠勢立斜陽，千年浩劫閱滄桑。金門自昔據形勝，孤城百雉賸頹牆。沙汀如帶雲如練，倏忽晴陰變昏旦。當年鯨鱷肆跳梁，此日蟲沙久消散。我來汎煙波，四望青銅磨。旅雁飛且止，老魚行復歌。土人踏水如平地，竹竿作筏恣遨戲。忽驚鹵簿下前陂，長年奔走兒童避。嗟尔愚頑，乾餱以愆。悍然不顧，長絙繫牽。我雖蝨蟣，性却腥羶是日有餽食物者，却之。稽古讀書四十年，斗升戀嫪東南偏。譚龍說劍具真諦，蕭騷髩髮悲華顛。鄉關回首六千里，腐儒粗糲甘且旨。可憐同輩盡貂蟬，不恤臣朔饑欲死。夜半宿荒祠，濁醪斟酌之。高吟動四壁，與隸皆驚疑。若曹畜眼未見有，貌似官長心則否。相憐欲殺盡吾師，殷勤自惜千金帚。敗屋仰天見星月，蕭然四壁風侵骨。孤檠無焰月三更，醉擁寒衾夢吴越金龜尾，金門地名，在廢城西南。

列嶼海堧多石子圓潔可愛拾來數百枚作詩紀之

八萬三千修月匠，齊揮玉斧斫瓊瑶。零星雲骨落人世，半留海澨半山椒。補天無分埋荒草，日炙雨淋野火燎。滿地纍纍散異光，如拳如卵如羊棗。未得仙人服食方，朝饑相對看應飽。却憶髯翁彈子渦，袖中東海一盃小。呼僮掇拾不厭多，歸來一一親摩挲。高人下拜未爲顛，竪子叱羊羊正眠。一拳已具峰巒勢，幾經滄海成桑田。鯫生本是支離人，一生肝胆抱輪囷。石不能言意最親，相要永結三生因。故園尚有烏皮几，便當細載還鄉里。廿年湖海贋空囊，遮莫歸裝誤薏苡列嶼本名笠以山，形似笠得名，上人訛作列。

繆芮橋二尹見題浯江集次韻酬之

吾年四十七，羈迹荒陬外。歲時少橡栗，輒被狙公怪。斗室僅容膝，風月依然在。門虚啄木敲，書防蠹魚害。陳編見古人，私臆相殿最。手寫數十家，殘燈暗公廨。莳行得清蔭，種花留晚馤。濁酒一以傾，虚涼沁脾肺。有時欵詩人，尊罍亦麄備。有時餞令節，雞黍成佳會。詩擬過高軒，帖臨争座位。整冠持手版，綰綬束腰帶。喜與盧仝游，却少王弘輩。新詩斬關來，銛鋒辟前隊。水上發大聲，匉訇驚醉尉。瓦缶遇黄鐘，愧恧烏能耐。閩嶠十三年，閱其良可慨。今朝逢大敵，笠貫輈亦汰。何當覯歡顔，圍爐坐相對。人識四十賢，珠貽三百琲。感此憶春明，日征月斯邁。旗亭畫壁時，酒酣唾壺碎。酣嬉慕周秦，譚笑輕曹鄶。壯氣漸消磨，見獵甘恬退。故態倏忽萌，爬疥心同快。舌撟尚波瀾，眼明祛靉靆。

歲莫寄懷柯易堂明府五十韻

磁石可引鍼，琥珀亦拾芥。氣類自相感，豈緊煩紹价。憶昔識君時，新秋涼正戒。一語知然明，把臂交稱快。酣嬉倒鉼罍，歡洽傾肝肺。高情見古人，盛氣驚時輩。倒篋出新詩，纍纍珠百琲。格居僧俗間，味在酸鹹外。西方人可懷，東海風斯大。不鄙孟郊窮，恰喜盧仝怪。秋風鏁院來，抵足眠公廨。夜登明遠樓，長歗答天籟。伴侶羨神仙，輿臺疑鬼魅去利鏁院共事，夜半登明遠樓看月。翌日，與隸輩争傳昨夜有鬼。余兩人聞之，竊笑而已。聯吟踏月詩是夕，余作踏月詩，易堂和之，戲題涴壁畫余以紫筆寫竹壁上，易堂題之。藏事出棘圍，正值重陽届。褰君薜荔裳，曳我茱萸佩。險韻鬬尖乂，四座迴旌旆。張君與沈子，共結金蘭會重九日，小集易堂寓齋，與沈夢塘、張敏齋聯句，遂訂金蘭。小春十月交，同時賦行邁易堂以渡臺運穀，余以攝篆浯江，同日出省。題詩太平驛，怪石雲根在余題壁詩，有「怪石與雲争」之句。易堂激賞之。連轡抵興安，壺山青晻靄。古寺宮人斜，酹酒香煙藹。往迹感銅駝，山門留玉帶興安鳳山寺，爲余舊寓。寺後即南朱宮人斜。我來金門島，君去鷺江瀨。兩地潮汐通，相過一至再。君將涉重洋，運米充糧糒。而我住絶徼，寂寞荒齋内。除日具雞豚，全家謀餞歲。閽人報君來，屣倒冠纓墜。殷勤覓屠蘇，洗盞拚一醉。功令星火急，信宿征帆挂易堂去歲除日來，新正三日登舟去。離思結層雲，陰晴互顯晦。引睇料羅山，遥與東瀛對。首夏轉帆來，相持悦情話。朱明五月朔，送我忽垂淚。暫時小別耳，胡乃肝腸碎？孰知萬里外，椿庭此時背五月一日，易堂在鷺江送余至河干，執手大慟，方怪其過情。一月後，凶問至，蓋于是日膺大故。性之所感，發于不自知也。月後凶問來，匍匐歸裝憊。微官羈職守，執紼躬弗逮。從此成遠別，北望空長喟。今年歲又除，思君百事廢。欲作岱岳游，雲軺未許貸。欲緘尺素書，金鱗未可膾。夢影阻關河，愁城無限界。相違已半載，悵觸情難耐。海風澒洞來，魚龍紛變態。熹微寒日薄，黯澹愁雲壞。别緒逐鴻冥，壯懷隨鷁退。馬嘶憶其群，鶯鳴求其類。聊成擊缶吟，拉雜聲一概。

除夜祭詩

星斗横天夜將午，匉訇爆竹喧雷鼓。新詩一卷酒一樽，椒花柏葉俱登俎。大唐司户賈參軍，歲除此典時一舉。桑乾回首望并州，長安落葉驚風雨。行吟驢背費推敲，千載詩人心獨苦。我本幽燕不羈人，濁醪曾酹昌平土。饑驅南紀負年華，未忘結習親毫楮。拮据誰憐破卵鳩，辛勤自笑搬蘆鼠。燈殘硯冷鬼神愁，邀月爲賓風作主。留題那計碧紗籠，覓句空慚白玉麈。森如束筍富牛腰，每遇愁城勇可賈。半生湖海此閑身，性命相依吾與汝。采蘋行葦忠信昭，魂兮歸來莫余侮。無本爲文膽似身，僧清僭與韓豪伍。詩汝前來盡此觴，天花歷亂空中舞。

易堂明府寄晉齋太守書云歸途過杭囊適空謀一醉飽不可得竟出湧金門徘徊西湖岸上掬湖水飲之清澈肺腑此境未易得也

湧金門外波如濺，遠山眉黛西施面。畫船簫鼓競豪華，天涯有客悲窮宦。千金散盡杖頭空，旗亭斗酒無由辦。負手徘徊岸上行，澄波照影須眉見。折腰一掬飲寒泉，清可湔腸甘可嚥。經年閩嶠繫匏瓜，每遇貪泉面輒汗。歸途飽飲西湖水，肺腑清涼珠玉濺。尺書却寄不勝情，佳話翻令故人羡。我曹本是不羈人，謂富者殃榮者幻。小兒造化出新意，簸弄名流飽憂患。狂奴故態死不除，旁人哂笑兼悲嘆。别出奇計破愁城，此軍未許刑人殿。美譚馳報二千石，同調竟遺三語椽。作詩寄君君勿悲，孤山梅鶴腸應斷。

夜坐排悶作歌九首

其一

我生之初命不偶，南北奔馳牛馬走。憶從毁齒受書籍，先入之言時在口。華林略與石室經，麄知大義十八九。

自謂青雲可致身，誰知白玉遭擊掊。嗚呼一歌兮歌可憐，臨風舉首望青天。

其二

二十而冠食牛氣，茂才舉應鄉中試。嫁衣花樣簇新鮮，紆紫拖青真芥視。文壇覆敗卧衡廬，壯志猶思戰場利。餘子碌碌安足言，黄貍黑貍等閑事。嗚呼二歌兮歌莫哀，東流逝水無時迴。

其三

南涉黄河中陟岱，胸襟開拓無遮礙。筆底翻掀湧怒濤，氣辟俗儒三舍退。趵突泉邊逢羽仙，太行山下尋詩派。三年轣轆賦歸來，鞭絲帽影鶯花界。嗚呼三歌兮歌思狂，長安烟月費評量。

其四

行殿春風瑞靄黄，書生獻賦擬長楊。拜擎異錦飫仙饌，齒頰七日防風香。雛伶進酒親串賀，新詩傳誦諸侯王。長安少年争識面，與古名士相頡頏。嗚呼四歌兮歌紀實，江淹曾攫郭璞筆。

其五

瑯環福地張華夢，萬軸牙籤充畫棟。白玉狻猊金辟邪，鯫生橐筆會供奉。飽閱人間未見書，天禄琳瑯自典重。五年自笑傭書傭，蓼蟲薑鼠成何用。嗚呼五歌兮歌未闌，白雲多處是長安。

其六

一官落拓江南道，蕭條行旅風吹帽。半壁河山識故人，六朝金粉供詩料。要離冢畔醉濁醪，羅刹江頭發長歗。西湖西子遠相招，濃妝淡抹嫣然笑。嗚呼六歌兮歌正長，浮雲身世兩茫茫。

其七

無諸城南荔子丹，壺公山下蔗漿寒。桄榔樹影婆娑舞，下有人歌行路難。行路之難在平地，笻枝斷折烏鞾寬。

頭銜手版時自笑，鼕鼕衙鼓趨晨參。嗚呼七歌兮歌入拍，六州之鐵難鑄錯。

其八

浯江海外懸孤島，匉訇四面洪波繞。南襟鷺嶼東澎湖，太文太武一拳小。全家一載寄荒陬，坐對雲山數歸鳥。訟庭無事長青苔，冠蓋稀疏送迎少。嗚呼八歌兮歌聲低，夜闌人静風淒淒。

其九

丈夫不願學楚囚，興來聊復賡齊謳。江南冀北不稱意，掉臂遠來天盡頭。村酒酸甜且盡醉，蝙蝠薰鼠皆珍羞。頭顱如許不歸去，斗升戀嫪空悠悠。嗚呼九歌兮歌已歇，夢魂飛度關山月。

雨窗排悶二首

其一

海國羈棲歲月徂，蠻烟蜑雨翳蓬廬。吟詩尚帶幽并氣，揩眼慵看城旦書。十四年來春夢短，八千里外故人疏。何當投劾幡然去，半畝荒園自荷鋤。

其二

濁酒深盃手不停，鈞天廣樂夢曾經。不堪回首争名地，忽漫驚心送客亭。細雨又蘇春草緑，閑雲不礙遠山青。棲遲賴有團瓢屋，自折梅花浸膽瓶。

三月二日帶兵海上雨夜命酒聽廖隊長譚臺灣用兵事

四座且勿喧，聽君説臺灣。掀髯引一斗，慷慨氣無前。臺灣古號小琉球，番民間處山之陬。自隸版圖百餘載，番人退處居民稠。邇來番人判生熟，生者射獵，熟者居民屋。閩人粵人與官人，役使熟番如婢僕。熟番羝羊，生番豺狼。深林邃谷，生番潛藏。居民愚之侵其疆，往往獸鬬遭殘傷。更有莠民，生成自外，通彼語言，教之機械。狡兔三窟本自營，逋逃之藪於焉在。守令束手看，將軍心膽寒。一二執法者，纔力徒空殫。初時小醜萑苻耳，猛不勝寬伊胡底。去年鹿港煽妖氛，雞豚細故殺機起。延及中港逮三灣，如火燎原莫嚮邇。赫然震怒梁溪公，六月渡海迴南風。列缺冰夷夾畫鷁，牙旗繡纛驅豐隆。桓桓貔虎軍威壯，旌旄所指誰能抗？如湯沃雪火消膏，芟鋤非種嘉禾暘。辟以止辟順天心，刑期無刑孚衆望。百夫之長丈二殳，裹糧負甲爲前驅。賞罰嚴明士氣奮，目稽其事言非誣。我聞此語崑侖碎，恨不相從磨盾鼻。憶昨鷺島拜行輧，巍巍峨冠簪孔翠。即今花門剺面警西方，犬奔豕突肆跳梁。安得我公，身率征東舊部曲，手馘樓蘭縛鬼章中港三灣，皆臺灣地名。

山村小雨

泥滑竹雞叫，提壺春鳥鳴。雲濃山欲隱，雨細海無聲。馬上軍持挈，溪邊略彴横。不知緑底事，常此負歸畊。

短歌行

牧刀欲剸東海鯨，要令巨浸息潮聲。握拳欲搤南山虎，免使深林恐行旅。少年豪氣死不除，半生瓠落空嗟吁。用違其才等與隸，骯髒猶存不平氣。天地局脊可奈何，低眉袖手發悲歌。歌罷仰天忽長歎，多情明月還相照。齒搖目暈白髮新，醉來肝胆尚輪囷。覆氈艸檄平生願，可憐三語來作掾。君不見，疏庸自廢三廣公，睡魔無事常矇矓。

送春詞

勾芒倒曳青旛走，東皇返轡慵迴首。鵓鴣聲停杜宇嘑，花魂草夢歸烏有。主人祖帳意殷勤，茗椀爐香酹盃酒。殘紅滿地衆緑生，逝水東流挽以手。一百五日廿四番，天教風雨摧花柳。逐臣去國褫旌旄，棄妾還家冷箕帚。人間天上苦別離，欲訴衷腸箝在口。我生何爲在荒陬？今雨舊雨遲良友。陽關三疊唱離筵，歲月催人到衰醜。今年肺病卧蓬廬，海風日夜鼃鼉吼。扶笻强起立階除，變朱成碧嗟已久。拈毫戲作送春詩，詩成欲寄支離叟。噫歔欷，今年送春去，明年春又來。我友二三子，各在天一涯。安得如春去却回，鬬花九十日，日日相追陪？共爲平原河朔之痛飲，解衣盤薄無嫌猜。黯然惜别胡爲哉？

送春

其一

連翻青雨卷歸旗，夢醒穠華去不辭。滿引三春婪尾酒，低吟四月秀葽詩。紅么骰冷撝蒲齒，白打場生碧蘚皮。玉勒珊鞭俱寂寞，不堪回首擷芳時。

其二

鶯簧蝶拍已三終，寂寞虛皇卅六宫。迎向東郊青仗下，送歸南浦緑波中。穠桃艷李經年別，慘碧愁雲下界同。春去春來一夢耳，等閑催我欲成翁。

其三

烏笠紅衫白板橋，香魂零落不堪招。烟花無主天將老，鶯燕相逢語漫驕。樓上陽關折柳笛，夢中寒食賣餳簫。美人名士英雄淚，灑向東風恨未消。

其四

勞勞臺下飽經過，逝水無情漾緑波。青鳥使空天外信，紫雲回歇夢中歌。酒當酹别酸寒甚，客到臨岐感慨多。鴻雁不來春又去，堂堂歲月苦消磨。

贈蔡生

我有澄心堂紙光如練，不數浣花老人之素絹。裁量八尺作横幅，要與墨君親覿面。咄哉蔡少霞，傳家工染翰。隃麋一斗筆一束，塗抹竹蘭貌梟雁。壞苔瘦石斧劈皴，蒼蒹白艸荻花岸。興來潑墨寫淋漓，月露風雲眼中見。昨朝持畫索題詩，展卷觀之雙目眩。爲拈秃管賦短章，欲丐餘波向石硯。颶風三日海水翻，故入天末音書斷。走伻欵户致新詞，雨葉雲梢乞運腕。仄聞作畫類作詩，詭譎瑰奇千萬變。秪工形似不工神，能事猶然未得半。憶昔我友嚴香府與王春波荃心，縑素流傳海内遍。吾家尺木亦擅場謂印川公，揮毫往往爲直幹。風霜落拓那堪論，墓生宿草晨星散。天留醉眼閱滄桑，兩載識君氣精悍。明窗大几净無塵，楮墨因緣勞繾綣。願君筆如帚，願君目如電。超乎象外得環中，懸之四壁清風泠然善。

滇南錢小南客觀察署與予曾未識面疊和送春詩見寄仍次前韻答之且訂交焉

其一

海天晨氣擁雲旗，濁酒深盃醉不辭。老我久無丹篆夢，愧君先辱錦囊詩。那堪鳳味憐龍尾，漫著牛衣對虎皮。

太息神交無半面，篝燈共話定何時？

其二

銅斗輕敲曲未終，鸞笙飛下蕊珠宮。疏簾清簟薰風裏，裂月撐霆碧海中。塵世光陰雙鬢短，天涯氣味兩心同。與君爛漫成知己，共屑隃麋賦野翁。

其三

回首丁沽七二橋，故園魂斷不堪招。菰蒲細雨輕帆濕，楊柳微風駿馬驕。茅店聞雞頻按劍，旗亭貰酒共吹簫。年來漸醒春婆夢，塊壘都憑酒力消。

其四

盡日空齋少客過，多情好月浸簾波。忽驚磊落青雲士，疊奏蟬聯白雪歌。飛將英風今日見，名流結習古來多。吾儕性僻從人笑，半世年華墨與磨。

以蟹眼泉水餉錢小南繫之以詩

八萬三千修月户，功成無事揮斤斧。艸泥郭索斸成形，至今石罅流膏乳。橫行之勢高拄天，濺沫飛潀歷寒暑。陰崖徑仄少人到，時有饞蛟取渴虎。當年兩派瀉明珠，碧落雙丸共容與。滄桑變幻陵谷遷，劫火燒殘一目瞽泉本兩派今湮其一。泠泠孤月浸方諸，太息蓬萊失左股。天留玉液在荒陬，水經未注茶無譜。譬彼高人嬾出山，虛名浪得知無補。我來浯島動經年，自掬寒泉湔肺腑。茗癖曾分調水符，歌聲未遇濯纓侶。竹罏石銚活火煎，清福紅塵應未許。只慚戀嫪負斗升，此境何堪聽衙鼓。海邦近日聚詩人，滇南名士千鈞弩。詞源萬斛涌洪波，勿乃舌焦脣亦腐。餉君一勺潤詩腸，楮墨狂喧蕉葉雨。回首江南憶舊游，每飲名泉懷陸羽。風花過眼總成空，注茲挹彼究何取？即今落拓滯江湖，飲水徒甘心自苦。蕭齋日夜事吟哦，獨速酸寒候蟲語。君才十倍不可當，飰顆山頭慚杜甫。海潦雖殊意氣同，剖瓠爲樽難自舉。先生未肯罄瓶罍，賤子何由致樽俎。會須一舸溯伊人，屋漏懸河共傾吐。

抄選元十六家詩題卷端

銀光入牖金人現，白翎雀子追鴻雁。馬尾人背不見敵，混一中外邀天眷。龍蟠虎踞十三朝，人文濟濟工詞翰。滄海横流宋祚移，遺山崛起風雲變。獨將一木支金源，門户已開興國彦。王孫芳艸遍天涯，脂韋難作諸賢冠松雪未列入。子卿高節郝陵川，祖風未艾傳一綫郝伯常。清容居士起東南，鴻朗高華珠玉璨袁伯長。朔方間氣入中原，中丞風調凌霄漢馬伯庸。繼者金臺與雁門，一官落拓星霜換乃易之薩外録。九轉丹成羽翼生貢仲章，雨淋鶴耳人争羡張仲舉。浙東一郡兩碩儒，珠聯璧合堪同傳黄晉卿柳道傳。堂堂之陣正正旗，虞楊范揭高名擅虞伯生楊仲弘范德機揭曼碩。鐵笛吹成紫鳳聲，松江春老波知溵楊廉夫。更有羽士竝逸民，畫意仙心多汗漫張伯雨王元章。開卷渾如過五都，望洋無際空三嘆。斗室無人夜氣凉，冉冉群仙夢中見。羽衣珠履白氎巾，招邀飽飫青精飰。臨分笑解紫微壺，贈我置之緑玉案。古今同調能幾人？慷慨悲歌淚如霰。

鷺門晤小南賦贈

若有人兮滄海珠，騰身跳入壺公壺。天邊青雀幾時到，世上白龍安足屠？深慚不律負縑素，竚望如意摧珊瑚。長魚竪尾老蛟泣，御風仙客來清都。

倪觀察夫人輓詩并引

夫人任氏，竹泉觀察嫡配也。觀察未通籍時，四方餬口，夫人以鍼指養親。及官京師，太翁不欲遠行，夫人在家晨昏代職甘旨無少缺。翁遘疾，醫人束手，夫人刲股和藥進疾，頓瘳，延算者九年。後觀察蒞閩，夫人隨勷家政，內外肅然，八年如一日。今夏，以舊疾發，卒於署。

宇宙有正氣，鬱爲孝與忠。忠孝匪兩塗，所遭分異同。伊古瑰奇人，高節極夐隆。當其在平素，談笑何從容。猝然臨大事，浩氣掩長虹。戕生奮不顧，卒成不世功。勝天乃人定，轉念非英雄。此詣士人少，矧茲巾幗中。滇南山水窟，靈秀古所鍾。挺生任夫人，正氣填心胸。相夫致通顯，里閈欽高風。養親潔脩瀡，井臼留芳蹤。猶然分內事，未足震頑聾。仄聞乙丑歲，沈疴遘阿翁。纏綿將不起，束手嘆醫庸。望望長安陌，萬里無飛鴻。回天少秘術，血淚殷丹楓。咬齒穿齦齶，刲股揮霜鋒。作湯和藥進，二豎去匆匆。奇方奏奇效，至性與天通。鬼神呵護之，延齡且保躬。倘令天下士，此念能擴充。殺身而成仁，澆俗返熙雍。陋儒事章句，開士談虛空。忠孝昧真諦，所見隣兒童。合忠以成孝，萬古女之宗。生爲人中鳳，歿爲澗底松。即今跨鸞鶴，手握青芙蓉。非刼乃其游，無爲怨蒼穹。摛詞奠桂醑，再拜慰我公。庭槐綠蕭摵，原艸清蒙茸。却望天姥峰，崔巍齊華嵩。

不如歌

千將補履不如錐，韓盧捕鼠不如貍。人各有能有不能，由余祖背辭築城。公綽迴轅避薛滕，用違其才鮮厥成。君不見，五石樽、魏王瓠，三年葉、宋人楮。濩落無所容，雕劖亦何補？不如乞閑身，淮南作賈人。白璧交公侯，黃金買笑顰。不如躡芒履，汗漫游山水。或逢白玉蟾，儻見赤松子。空中幻境蜃樓現，不如煙簑雨笠行芳甸；低眉袖手卧荒陬，不如拋却雞肋營菟裘。此區區者不余畀，一官偃蹇匏瓜繫。風濤澒洞不可留，鎮日淹留岸上舟。迢遞關山，芒羊雲樹。杜字聲聲，不如歸去。

蕭齋坐雨六首寄劉心香太史錢小南上舍

其一

久雨苦不住，簾波浸蘚皮。暗流瓜蔓水，濕壓豆花籬。紅日類遷客，青天成漏巵。海雲仍斷續，愁殺弄潮兒。

其二

霧氣暗蘿壁，潮聲翻水車。淹留無主燕，零落可憐花。積翠壓檐重，奔雲牽竹斜。短重沽酒路，泥滑不分乂。

其三

去國七千里，浮家二十年。關山仍間隔，湖海且留連。漫譜思歸引，慚無負郭田。蕭條孤館静，聽雨一淒然。

其四

出門應有礙，扃户自攤書。官似黄楊厄，心同綠竹虚。乾坤容醉客，風雨撼吟廬。淅瀝空堦響，繩牀夜静初。

其五

故人渺何許，落落似晨星。亦解愁無益，翻疑夢有雲。音書雲外雁，簑笠水邊亭。不斷檐前溜，燈花一穗青。

其六

却憶鷺門島，詩人我欲降。精思天可補，健筆鼎能扛。望重立都觀，才高羅刹江。緘詩分寄與，急雨送輕艘。

小南見題拙集次韻答之

雷推挾雨銀濤走，霜刀霏雪金鱗剖。中有曲江尺素書，置我盧王之前後。君本蓬萊散秩仙，簸弄南箕挹北斗。我亦長楊獻賦人，年華荏苒嗟空負。相逢各有百年愁，一卷新詩一樽酒。杖策時來逐客書，懸河漫啟談天口。小劫消除百萬千，舊交零落十八九。可憐一代此數人，磨蝎坐宮命不偶。碧落淒涼紫玉簫，紅塵寂寞白雲帚。枯魚過河羊觸藩，斂氣低眉袖雙手。夢中朝莫等蜉蝣，眼前齬齟何雞狗。首夏招提徹夜吟，海氣滄涼侵户牖。思鄉懷友共沾巾，倒峽決渠甘頫首。老我風塵學殖荒，肘後醫方誤楊柳。長鑱無地劚伏苓，異艸何緣得薜茝。頭風一汗已全瘳，跌宕酣嬉真我友。憶昔長安陌上行，車聲轣轆雷霆吼。琴師劍客盡名流，貰酒旗亭旨且有。即今湖海二十年，如許頭顱嘆衰醜。鏤肝雕肺苦吟哦，蕩然腹笥成空瓿。辱君把臂許入林，松柏青青蔭部婁。雲龍上下願追隨，射鴨堂前名不朽。

小南見和坐雨六首次韻答之

其一

鴻篇隔海賁，朗朗照烏皮。詩國見飛將，愁城撤短籬。不眠且兀坐，有酒正盈卮。獨速拍鍋斗，長歌踏浪兒。

其二

客有釣鼇者，大波翻水車。群空北郭友，目斷長安花。小謫嘆蓬梗，苦吟當日斜。我文慚諛墓，一笑問劉乂。

其三

我衰君及壯，不自解忘年。行止共濡滯，往來空蹇連。新吟前出塞，古意上留田。商略半生事，兩情各黯然。

其四

一葦杭百里，雙魚來尺書。雨餘藤薦滑，籟静竹窗虚。呼酒酹君夢，好風吹我廬。多年老客媍，那得髩如初。

其五

霉濕侵衣桁，躔分好雨星。雷車喧碎響，水鏡翳圓靈。寂寞延賓館，蒼涼送客亭。海雲白似雪，界斷遠山青。

其六

斗室蕭然坐，愁魔𢝊未降。壯心石不轉，塵事鼎難扛。明日渡滄海，重來見曲江。泗洲風可乞，輕駛看飛艭。

次韻答謝心香太史見和坐雨六首

其一

雨晴風轉劇，駭浪滯瓜皮。且共鹿眠柴，愁看筍過籬。故人隔碧海，何日倒金卮？待得乖龍睡，應呼解水兒。

其二

忽拜瓊瑶賜，如翻錦繡車。縝雲開嶺色，細雨落檐花。把袂心先許，升堂徑不斜。附庸邾莒小，未敢鬭尖叉。

其三

却憶然藜火，回頭已隔年。舊交空夢斷謂易堂，今雨忽雲連謂小南。夫子容芒屩，鯫生佃甫田。春風倘許坐，北面亦欣然。

其四

身名既牢落，敢廢死前書。剖瓠材何用，題橋願已虛。海風仍撼壁，山月正窺廬。細字迴環讀，龍泉洗眼初。

其五

嵯峨鷺門島，芒角燦文星。修月有編户，擘山推巨靈。停雲新得句，喜雨合名亭。矯首芒羊裹，玉屏一髮青。

其六

平西工頌體，簿尉曳兵降。九曲珠能貫，千鈞鼎可扛。鼓錘鎔漢魏，擊鉢走蕭江。隔海傳箋到，雲龍擁畫艭。

題小南識密齋稿

冰夷踏輪鼉鳴鼓，河伯娶媍龍嫁女。珊瑚寶焰射晶宮，十萬鮫人淚如雨。輕盈綽約鬬穠華，揚州煙月杜陵花。虹橋罨畫波似澱，蟬鬌鬅鬆臉若霞。三軍夜半傳刁斗，健兒拚命提戈走。短後之衣縵胡纓，腰繫髑髏好身手。籜冠野服貌支離，倚杖看雲信所之。經霜古柏青銅幹，壓雪寒梅白玉枝。君詩此境無不備，觀之兩目不暇給。昌丰堅瘦既無倫，荒怪雄豪又拔幟。半生湖海識詩人，準今酌古存其真。我詩主氣君主格，好與細究五花譚八門。

爲張雲岩釐訂詩稿漫題長句

憶昔早年，薄游三山二水之名區，六朝金粉蒨麗而清腴。鍾阜朝光碧，晻暍雨花夕。照紅模糊，采石燕子磯；勢踞險絶，舒王蔣侯廟。貌鬱盤紆山川間，氣代有、詩人出。譬之江海儲明珠，維持名勝萬古留。形模我友金陵客，肝腸冰雪如。曠懷閱今古，浪迹走江湖。清詞自比劉賓客，浩氣直逼蕭東夫。陌頭折楊柳，架上横珊瑚。奇情洞月脇，險語捋虎鬚。前年，故人案上見佳什，謂是江南名士今或無。座中一人抵掌忽大笑，亭亭玉立神采何清癯。惝怳失所主，急起牽其裾。把酒悦情話，盟言載素書。自述家世，白下故廬。隨親遠宦，鄉夢久孤。投身竟入蓮花幕，嗜痂有癖仍鵶塗。僻性時來同輩笑，苦吟真與世情疏。我聞此語拍案，擊碎玉唾壺，爲君滿引十觴餘。吾曹所貴，結習未忘耳。隨人俯仰蹀躞胡爲乎？維時海月侵綺疏，清言沁心如醍醐。賤子掀髯君頷首，以膠投漆良非誣。兩載詩筒日還往，春鳴雙鳥秋啼烏。今夏，劍潭歸橐，載得詩盈寸；鷺江浯島，兩地勞雙魚。小齋如艇燈如豆，欻忽清芬生座隅。雙眸昏耗，鬖鬆自拂拭；四壁淒涼，風雨相吞屠。伯生遇明善，直筆爲芟除。點金或成鐵，塗碧已變朱。平生雅慕僧齊己，一字未穩如追逋。掩卷忽思金陵之故都，江花江草約略未應蕪。何當與君共汎瓜皮槳，秦淮煙月槃薄酒家罏。君歌楚些，我唱吴歈。旗亭畫壁，痛飲争懽。呼紅兒、雪兒、桃花、杏花，鼓瑟吹笙竽。緑羅衫翻，酒污白練裙。醉墨濡一幅，酣嬉淋漓。主客夢游圖，旁人莫解；吾輩樂其樂，相與猜疑。驚詫騎鯨仙客，遨戲飛雙舄。

榕林主人招同友人小集賦此倡首

名園類高人，例不居城市。鑿險復縋幽，與遯亦同指。榕林獨不然，盤紆人境裏。細路轉通衢，煙巒鎮清美。入門踏苔蘚，静籟含宫徵。奇礓似獸蹲，芳墅連雲起。朝迎旭日暾，莫挹餘霞綺。其北峰嵯峨，其南檣櫛北。屋基因樹爲，閣勢去天咫。平臺臨曲沼，亭榭互相倚。峭壁削陰崖，盤陀列方几。老榕如老龍，攫拏勢未已。青蓋罥濃陰，枝柯盡連理。人巧藉天工，廿四景堪紀。主人今涪翁，風雅聯橋梓。持盈得謙吉，守約知坎止。好客集名流，户外常滿屨。酒伴偕琴師，彈棋亦評史。留題記雪鴻，歷歷皆佳士。客夏我來游，披襟坐階祀。小别忽經年，滄波飄又駛。重上君子堂，殷勤爲倒屣。咄嗟羅山海，緑醑甘且旨。座客四五人，積唐萃知己。射覆勝厥曹，拇戰摩其壘。酣嬉而淋漓，舊夢重聯矣。擎杯語諸君，歲月東流水。人生良宴會，能得幾如此？敬謝禽慶翁，未遺向平子。槃薄各解衣，莫靳雕蟲技。清吟紀兹游，再來庶有豸。摩挲認舊題，墨光變青紫。

大嶝泛海往還兩日夷險頓殊作此紀之

昨日顛風翻海底，怒濤去天尺有咫。舟子捩柁不敢呼，坐客瞑眩嘔欲死。我時僵卧爲之起，但見白黿倒竪如檣尾，長鯨一掣三萬里。舟困旋流不能艤，百人捉艇頽波裏。扶掖而登濡襪履，倘一失足魚腹矣。幸達彼岸僮奴喜，驚定始覺一身水。今日薄莫天無風，遥嵐一抹夕陽紅。輕舟穩貼盪雙槳，一碧萬頃磨青銅。落霞孤鶩倏明滅，雲氣突兀千夫容。平空結撰山水、人物、鳥獸、魚龍千萬狀，彷彿荊關、董巨圖畫蓬萊宮、蜃樓海市。勿乃即此景，下士何幸忽相逢。須臾片月升於東，金蛇蜿蜒炫雙瞳。青光烱爍忽破碎，珠泡點點，宛與流螢同。微風徐來波瀲灎，對此渾欲忘豐隆。天公號令龍君纛，今何鎮定昨何暴。閑將物理細推詳，舒慘陰陽安可料。會逢其適亦偶然，夷險無煩爲賀弔。君不見，世途詰曲在眼前，壯士長歌行路難。牧劍斫地悲無端，不如高卧且加餐。一杯濁酒樂陶然，大醉不知塵世事。夢中跨鶴遨戲，清都紫府辭人寰。

夢別太武山

午夢黃粱一炊久，山靈幻作支離叟。拄杖敲門道姓名，白髮蒼顔啟笑口。爲言邱隴荷品題，從此微名傳不巧。離雲別雨暗浯江，挽留無計空束手。蟹眼泉尤受賜多，再拜輸君淚一斗。主人長揖呼使前，此德鯫生遑任受。讕言狂語世人嗔，君乃愛之忘其醜。遂起天涯惜別心，三疊陽關賦折柳。感恩知己出風塵，石爛海枯期不負。行厨草草具離筵，一掬秋蘋一樽酒。解衣盤薄兩忘形，夕照銜山日在酉。呫囈喃喃譯未真，依稀共惜千金帚。海風澒洞庭樹喧，主人夢回客亦走。開眸四顧笑頷頤，好名之心山亦有。

種桃篇爲劉心香太史作

種桃仙人霜髯鬢，手種蟠桃三百株。浩劫歷盡歲年徂，重來人世飛雙鳧。名場芥拾青紫紆，大羅宴罷曳華裾。詞采艷奪紅夫渠，吟成芍藥清而腴。況有名師足楷模，酒仙詩聖人争呼。逸氣豪情與世殊，碧落紅塵夢境符。春風座上酣醍醐，無雙國士秦與蘇。瓣香常佩紫微壺舩山給諫教習庶常，佇看拜賜驪龍珠。金蓮撤炬歸直廬，草就招徠贊普書。無端小謫辭京都，郎官星耀東南隅。文人作吏等齊竽，往往遇事多拘迂。公也聽斷并刀如，巨刃割雞綽有餘。

亦有奇文逐鱷魚，萊公竹影青扶疏。虞翻宅畔雲模糊，閭閻擊節歌無襦。究竟淵明習未除，琴堂逼仄難久居。五斗折腰羞自污，歸去來兮返里閭。半生宦味秋園蔬，牘有文望播江湖。更饒玉樹森珊瑚，榜花子舍開瓊葩。行見接武游天衢，先生家居德不孤。東南講舍聘大儒，出其餘緒來操觚。海邦文運爲之舒，北荒下士詩腸枯。葦簫竹籥聲烏烏，登堂再拜謁潛夫。殷勤不棄駘與駑，許我把臂入林俱。我亦程門立雪徒，前塵共話各長吁。咄嗟卒辦郇公厨，譚言娓娓貌清癯。酣醉升階不用扶，小別經旬佳讌虛。壽介親庭六月初，鴻文下畀瑛瓊琚。淋漓翰墨大筆濡，東望泥首微忱抒。是月既望公懸弧，曲江詩人新告余。風塵下吏海濱趨，不克親擎九節蒲。私心惴惴如逃逋，戲拈桃核裹泥塗。隔海遥擲青山膚，好待結實大如瓠。擘桃進酒煩麻姑，爲君再寫香山圖。長篇祝嘏蕪詞蕪，博得樽前一笑無。

夜坐感懷

狂奴故態未全除，軟飽三盃一枕餘。按拍低吟親製曲，挑燈細校手抄書。滿階竹影風停後，四壁蛩聲夜静初。水複山重渾見慣，不將淚眼泣枯魚。

七夕日于役大嶝嶼假館村塾命酒獨酌次小南寄懷韻

書生不解事，乃挾潁叔輈。跋前復疐後，倉卒又新秋。如繭全身縛，空思蠟屐游。衣冠假優孟，鍼芥難相投。恐負此夕景，呼樽且自酬。仰觀天宇净，大火方西流。初月升不高，清光遍九州。蒼茫萬頃碧，倒浸古山丘。興酣時起舞，忼慨多煩憂。壯志未全灰，衰顔迴不侔。天南地低濕，鼉黽日爲儔。下士沾微禄，焉敢薄荒陬。勞勞十五載，霜雪盈我頭。匝旬三渡海，風浪使人愁。破屋隱深樹，静夜鳴鵂鶹。溽暑尚酷熱，無須衾與裯。俛首鄉井隔，極目江天幽。舉觴酹雲漢，未暇夢莊周。此邦富賈舶佳醞亦可求。塵事苦羈絆，逡巡爲少留。脱冠不束帶，差喜無督郵。閻浮一劇耳，雙丸去悠悠。太上何盈絀，愚者膠其舟。赤松與黄石，清福前生修。醉語類呫囈，汗漫難爲收。烏鵲飛且鳴，銀潢渡女牛。衆星如螢火，熠耀互沈浮。對此憶良友，牖户同綢繆小南時寓浯署。室中有病嫃，能爲供客謀内子適病。榕陰敗葉下，澈夜談不休。虚此乞巧會，拙疾何時瘳？郎君我知己，身世可與籌。來日盪雙槳，芒羊豁遠眸。探懷出此什，握手道所由。笑問紅塵客，頗有此樂不？

却寄王午亭嵯辛

小别十五年，遠道六千里。人生能幾何，蹤迹適如此。憶昔長安游，握手訂知己。竝轡踏紅塵，連宵酣緑螘。下榻飲雪軒午亭齋名，春風隨杖履。家無擔石儲，供客膾魴鯉。武陵俠少場，棹臂執牛耳。碧落與紅塵，夢境清且美。文壇飛將軍，飲羽推絶技。細字寫黄庭，價貴洛陽紙。公侯争延致，名譽世無比。指顧攝丹梯，拖青更紆紫。那知脱略懷，科名等敝屣。遂偕駑下材，落拓如一軌。同病轉相憐，鮑叔知管子。石爛滄海枯，盟心證白水。下士受微官，奉檄來南紀。窮冬成遠别，勞君治行李。從此隔關梁，折梅無驛使。薄宦負故人，中心積媿恥。前年興安守，解后須江沚。歸來向我言，君今爲禄仕。仙霞鬱嵯峨，停雲半空起。夢魂飛不到，北望徒徙倚。寄書半浮沈，郵筒安可恃？天末攜全家，尚遺向平累。廑念到雙親，何以成人只？去年致君書，囁嚅心自揣。君爲慨然曰，兹事易易耳。此後三寓書，未得麈琱几。新秋走刻期，帶愊述端委。君壻住我家，將逾半載矣。讀之汗浹背，顔赧心自喜。北向亟再拜，感嘆淪肌髓。會當遣奴迎，卜吉成嘉禮。椿萱心既慰，兒女事良已。一諾重丘山，今之古人是。臨風涕泗横，寂寞窮荒裏。斗升久雞肋，歸棹倘可理。訪君西湖上，慷慨談燕市。交道今已衰，中流君是砥。作詩柬同人，交君自隗始。

夜坐口占二首

其一

牆外擊柝村犬吠，倚枕起坐愁未眠。況兼一夜雨如注，助以四壁風蕭然。桐葉蕉葉紛碎響，石牀石几湔清泉。詩成寄與西齋客，好共槃薄新涼天。

其二

大不如前情汗漫，卧聽疏雨滴空廊。青燈熒熒暗古壁，碧梧葉葉翻清商。雄雞再唱窗影白，檐花亂落晨雲蒼。呼僮荷鍤斸鞭筍，玉糝羹中帶土香。

移花

種竹醫俗氛，種栝洗醉耳。古之磊落人，寄托都如此。我昔渡海來，破廨荒陬裏。何以慰詩魂，花木自料理。山茶高及檐，盆梅尺有咫。脱巾坐其下，緣酒新浮螘。清閑熱客嗤，僻性畸人喜。新秋代者至，俗事良未已。移寓紫陽祠，竹梧鎮清美。詩人林茂才，雅與行婆似。文酒日盤桓，脱略成知己。西風送雨來，雨過土膏起。乃唤老園丁，揮鉏墾石齒。藝此茶與梅，譬語甘棠比。憶我一載餘，濫竽吁可恥。君以愛見原，我懼名成累。舉酒酹花神，莫厠間紅紫。餘瀝灑黃壤，咒橘毋變枳。

浯江諸生爲繪送别圖繫之以詩作此答謝即以志别

其一

蟻磨風輪共轉旋，鴻來燕去任推遷。千場未醒癡人夢，七筆難勾宿世緣。客賦歸與勞悵望，生如寄耳漫留連。

天涯艸艸催離別，衰柳斜陽古渡邊。

其二

冠裳濟濟魯諸生，揮手争看撰杖行。老我登雲久失路，慚君立雪太多情。龍文虎脊它年器，蟲臂鼠肝此日盟。太武太文山色裹，提壺聲和杜鵑聲。

其三

島嶼芒羊一粟浮，此邦文物擅風流。鈞天共叶紅塵夢，小海争傳白雪謳。勸爾賣刀先買犢，慚余誤筆竟成牛。遣懷詩句塗鴉墨，百幅重留域外州。

其四

秋雨秋風最慘神，鳳山歸夢續前因。百千萬劫佛招手，三十六灣梅笑人。潦草遂成天際別，殷勤莫浣陌頭塵。畫圖一幅開岩壑，珍重它年舊雨親。

中秋前三日登虛江歗卧亭 亭爲俞大猷爲千户時所建〔一〕

勝境不可負，攜笻瞰杳冥。滄桑幾塵劫，天地此孤亭。落照半空紫，遥山一桁横。倚闌莫長歗，恐有老龍聽。

【校注】

〔一〕歗卧亭：在金門島西南端，因明代抗倭名將俞大猷而來。俞大猷駐守金門時，曾在南盤山石壁上題刻「虛江嘯卧」四個大字。後人作歌曰：「嘯于斯，卧于斯，流芳百世肇于斯。」

剖瓠存稿卷八　鷺江游草

竹泉觀察招游白鹿洞以即席分韻四字賦詩得席字

頹巖谽谺嵌空碧，石厂作軒跨其脊。隱囊紗帽俯滄溟，浪湧雪花大如席。我公逸興忽遄飛，招邀畫史攜詩伯。溧陽醉尉鎮酸寒，末座叨陪永朝夕。海天風物入新秋，爛漫留髡飲一石。斜陽閃鑠映酡顏，桐竹青葱薜荔赤。暝色蒼然棟牖涼，倚醉高歌拓金戟。譚龍詩虎共酣嬉，玉斝琱盤共狼籍。感恩知己萃一身，略分忘形爲此役。衆裏笙竽十五年，微官苦似黄陽戹。何當賞識到駑駘，乖厓重爲都曹惜。海枯石爛舊銘心，飲食教誨真逾格。重陽風雨暗離筵，無計扳援恨空積。願操不律待行幐，佳水佳山共刻畫。好待裝成主客圖，名香一瓣叨親炙。

晨起寄感六首柬小南昆季即以志別

其一

海邦不羈客，十五度重陽。近事悲歧路，中年感異鄉。遠山天一握，孤嶼水中央。犯曉倚筇立，清風作嫩涼。

其二

蘭衰菊未秀，節候海邦殊。喚醒晉徵士，招回楚大夫。壺觴共傾倒，風雨從吞屠。吟興不可遏，自磨青玉膚。

其三

不作窮途哭，支頤看碧空。客真修月匠，我亦信天翁。塵世夢難醒，浩歌曲未終。島雲江樹外，一一見冥鴻。

其四

行與錢郎別，西江下水船。浮生如寄耳，此别轉淒然。煙靄翳遥嶺，脊令飛遠天。海風無日夜，珍重試輕棉。

其五

我亦思歸客，臨分唤奈何？詩從今日減，淚比古人多。努力加餐飯，冥心問斧柯。青雲身可致，慎勿感蹉跎。

其六

慘澹秋風起，蕭騷落葉飛。那堪今夕别，頓使古歡違。後約在青瑣，前程穿翠微。棣華開燦爛，聯袂拜庭闈。

九月十日竹泉觀察招集榕林爲補重陽之會即席賦呈四首

其一

高閣際天半，登臨眼界開。颶風挾雨過，鯨浪卷山來。身世蓬雙鬢，滄桑酒一杯。長安直北望，歸計尚徘徊。

其二

小謫紅塵裏，經今十五年。谿山如舊識，麴糵結新緣。薄宦錐無地，狂歌劍倚天。蓬山咫尺耳，世網漫相纏。

其三

落拓長干尉，今成爨尾琴。憐才到下走，薦士有新吟。無事三堂酒，感恩一片心。秋風壯行色，江上白雲深。

其四

略分論文字，招邀數舉觴。百年能幾遇，兩度補重陽。旅雁下遠渚，歸帆破晚涼。鷺門吟賞地，花木藴幽香。

普陀巖題壁

卯飲酣嬉日卓午，肩輿登頓山之股。鷺門名勝普陀巖，怪石皴開大小斧。佛桑花似杜鵑紅，野鳥綿蠻作人語。老僧聾啞雛僧癡，瀹名殷勤奉官府。我讀莊生齊物篇，未知有我焉知汝。投筆大笑海茫茫，方丈蓬萊在何許？

題劉心香太史自怡悅草堂詩卷後

其一

少海珍珠錯落圓，罡風吹墮大羅天。君應飽飫青精飯，我亦聊分玉版箋。

其二

顔渥丹砂霜染鬢，種桃仙客住元都。閑攜壁上金鵶觜，不按腰間玉鹿盧。

其三

宦游一曲定風波，江草江花奈若何？要與西崑争變體，名香一瓣爇維摩。

其四

春花秋月鎮關情，玉筍仙班太瘦生。投老一編親手録，果然五字築長城。

其五

燕雲嶺海寄遐思，弔古懷人酒一巵。想見吟髭撚欲斷，半規殘月夜闌時。

其六

彭澤歸來徑未荒，紅塵舊夢熟黄粱。高人名士神仙果，清福從今未可量。

其七

提唱東南玉局翁，宏開絳幄納春風。林行婆與翟夫子，槃薄酣嬉紫翠中。

其八

慚余簿尉太酸寒，文酒因緣締古歡。一卷琳琅欣盥誦，閬風習習步虛壇。

漁虎行 并序

海堧有虎泅浪而渡，中流力竭，撲上漁舟。漁者戕之舁入市中，觀者如堵。剖瓠子見而哀之，爲賦長句，命曰：《漁虎行》。

陰風慘澹天無色，於菟誤入蛟龍國。山靈海若馬牛風，牙爪雞收鬐鬣功。過涉之占將滅頂，不比山中百獸恐。漁人三五坐困之，也與英雄失路等。世上危機那可防，白龍魚服豫且傷。挺而走險急何擇，驚麏駭鹿同奔忙。平生磔鷙身輕矯，撲上漁舟人盡倒。鄰船叢集奮魚叉，已伏争先豔其腦。舁來市上萬人看，斑紋破碎血肉殘。已死猶存裂眥勢，腥涎污穢酸風酸。君不見，山人足魚澤足木，太平景象膺多福。又不見，返風救火虎渡河，神君瑞應叶謳歌。讕言爲紀漁虎事，它年補入五行志。

題畫

爲躭泉石癖，寫作卧游圖。山遠樹如薺，徑危人騎驢。一灣溪罨畫，十里雲模糊。欲蠟沙棠屐，吾將問阮孚。

閱沈夢塘桂留山房詩集題後

其一

來夢亭前話別離西秋夢塘來閩，陸萊臧明府葺三山署來夢亭欵之，恩恩三度閱秋期。一聲不到送書雁，兩地同添感舊詩。肝膈共傾心似水，頭顱如許髩成絲。一斑未足窺全豹，此是嘉州初發時。

其二

柯亭讌集餞重陽，木末風生楝牖涼。獨據詞壇揖韓孟，傳觀樂府詫張王重陽集柯易堂明府寓齋，即席聯句。夢塘出示《三國樂府》，余亦以《左傳》、《莆陽樂府》兩册貽之。秋鴻社燕蒼黄别，薊北江南道路長。不負溪山前度約，又來海國卸輕裝。

其三

京研都錬自成家，刀是昆吾劍莫耶。彈罷空侯如怨訴，歌成敕勒長風沙。蘭言共結三生石，椽筆争看五色花。别後精思應更進，鯫生遑敢鬥尖叉。

其四

溟渤芒羊湧怒濤，一官潦倒滯江皋。久無壯志看雄劍，賸有歸心折大刀。萬斛閑愁天地狹，三生舊雨夢魂勞。何堪翦燭南窗下，讀罷新詩首重搔。

寒夜述懷八首呈心齋司馬索和并柬

中宵兀坐，萬慮紛乘。月明如畫，燈燼不花。避債無臺，澆愁斷酒。勉操不律，妄刻無鹽。譜就八歸，聊當九辨。倘邀大疋，不鄙小言。竚聽鸞笙，答兹蛙鼓。

其一

鼠肝蟲臂費經營，自笑年來困管城。樂府争傳莫打鴨，梨園競唱喜遷鶯。三千丈髮搔仍短，卅六宫春夢不成。昔日曾爲大隱客，不堪回首杜鵑聲。

其二

美人家住白雲窩，欲往從之歧路多。帶荔披蘿山鬼笑，撐霆裂月海童歌。古來好語都成讖，世上殘棋已爛柯。袖手低眉消萬慮，堂堂歲月眼前過。

其三

翡翠鮮新下碧塘，空城小試艾如張。當年尚有童心在，往事都隨夢境忘。下里謳吟空掩抑，名山事業要商量。五窮環繞昌黎伯，新鬼蹣跚故鬼殭。

其四

投老猶思丈二殳，西陲烽火正糢糊。覆氈草檄中山潁，射馬擒王董澤蒲。謾詡書生能仗劍，從來壯士恥爲儒。無端戀嫪依升斗，十五年來嘆守株。

其五

迢遞關梁客夢寒，登山臨水望長安。焦桐漫譜思歸引，敝屣空嗟行路難。不見盧敖真面目，可憐優孟假衣冠。多情最是天邊月，夜半高擎白玉盤。

其六

曾與梅花結近鄰，壺中日月幻前身。還山賸有烏皮几，招隱慚無白氎巾。如此須眉成毾㲪，敢誇肝胆尚輪囷。平心細數年來事，都坐酸寒負故人。

其七

忼慨悲歌氣莽蒼，空懷結客少年場。七千里外嶙峋骨，五十年中磈礧場。何事塞翁偏得馬，那堪歧路竟亡羊。拈毫自譜無生曲，結習於今尚未忘。

其八

叔度襟期世莫儔，稻粱親爲雁鴻謀。甘霖潤物枯魚活，大藥回春病鳥瘳。顧我兩樽徒五石，荷君九鼎已千秋。讕言長語無倫次，半爲銘恩半遣愁。

心齋司馬以勘蠔石記事見示讀過書後

身無鱗介行無足，海水精液充其腹。寄生石上與石合，敲石剜却心頭肉。夫男媍女海之隈，筠筐擔得蠣房回。當門亂積剔殘殼，布種還憑燒後灰。海堧短石查牙豎，碁布星羅各有數。魚復重開八陣圖，蜑人共納三時賦。泉南山海勢凶頑，民習爭鬥相摧殘。椎刀豪末輕生死，積屍污穢腥風酸。自古蠔石十倍利，强者時侵弱者地。弱者不甘鳴之官，官長徘徊苦無計。籲天無靈逞私忿，秉把持梃操白刃。仇敵相持歷歲年，牛羊雞犬都成釁。天教絶域駐春陰，河東叔度今來臨。片言折獄萬人服，宰官身具菩薩心。即今蠔石之訟鍾與張，牽牛奪牛紛蒼皇。公也命駕自行部，擘畫此界分爾疆。渙然冰釋群俛首，誠能感人心固有。五雀六燕平如衡，百結千頭掃以帚。金雞亭邊記事珠，楮風墨雨相吞屠。它年補入循良傳，一事可以例其餘。

家大人手諭浯江寓舍梅花盛開白者變爲淺紅賦詩紀之

其一

敬謝寒梅樹，殷勤蘊古香。嗤人仍故態，代我慰高堂。雪凍胭脂頰，霞明薜荔牆。綺窗縈旅思，中夜起傍徨。

其二

留滯經三月，不知節候更。荒齋春有信，吟榻夢難成。醉態老居士，童顏太瘦生。升沉今未卜，我欲問梅兄。

其三

舊住買春屋浯署齋名，今移客燕齋浯江寓舍西軒顔額。冰心傲霜雪，艷骨老荆柴。蛺蝶戀珠幌，珊瑚綴玉釵。著花思老樹，丰致自然佳。

其四

愧我微官縛，循陔願屢違。藉花誤杖履，飛夢戀庭闈。白雪歌應變，紅塵事總非。何時板輿奉，舞皺老萊衣。

禾洲十六景并引

《鷺門志》舊載八景，前人題咏甚夥，然挂漏尚多，不足以盡一方名勝。今秋僑寓禾洲，忽忽三月，客况無聊，逐日攜笻蠟屐結山水之緣。因取游蹤所歷者，增擬八景，統成十又六景，各作長句紀之。歲莫寡營，藉作消寒之具。譾陋之譏知所不免，采風者諒焉。

洪濟浮日洪濟爲禾洲主山上有觀日臺

第一山頭曙色蒼，頳霞十丈擁榑桑。龍君步障芙蓉飾，羲仲車輪瑪瑙裝。照澈閣浮消蜃氣，劃開渤澥走鴻荒。蓬萊閣上曾延覽，一樣彤雲散異光。

篔簹漁火在城北一灣如帶漁利最饒

近疑燐火遠疑星，點點漁家隔浦燈。萬箇篔簹環曲港，三更笞箵下寒汀。甜鄉夢破圓沙雁，冷月光分腐草螢。

乘輿夜游慵秉燭，瓜皮艇子泛清泠。

陽臺夕照 陽臺山高聳爲諸山之冠

朝雲莫雨總荒唐，百丈煙嵐帶夕陽。山外山留丹鳳羽，夢中夢渡赤城梁。倒翻峭壁江波紫，斜透疏林木葉黃。無數落霞呈變態，遥空暝色鬱蒼蒼。

萬壽松聲 萬壽巖四面皆古松

萬壽巖頭松萬樹，挾風戰雨作龍吟。悲歌變徵漸離筑，絶調移宫中散琴。静籟泠泠吹醉耳，寒濤謖謖滌塵襟。半空靈果紛紛墮，六月炎歊暑不侵。

虎溪夜月 虎溪在白鹿洞之北兩山相接上有石厂可翫月

虎氣騰空一鏡圓，波光瀲灩月當天。靈源占斷清涼界，净業參成解脱蟬。夕汐朝潮從吐納，停琴把酒共留連。山君省識嫦娥面，夷羿奔妻劇可憐。

鴻山織雨 即鎮南關兩山相夾風雨如織

雨師風伯學天孫，織就七襄水墨痕。玉線遥空拖萬縷，冰絲上界繅三盆。雲羅密布江千樹，霧縠平鋪郭外村。螮蝀在東人莫指，青紅一帶束雲根。

五老淩霄 即南普陀五峰森列如畫中五老

游河五老千餘歲，尸解飛昇住磵谿。上壽恰符天地數，高峰真與嶽嵩齊。氣凝雲物都成瑞，勢接星躔欲聚奎。誰著毘盧冠對坐，蒲團午夜聽天雞。

鼓浪洞天 海中小島村舍田園具備有寺曰瑞晄庵

島中有島島孤懸，一握清虚古洞天。黃葉亂堆巖磴滑，白雲牢鎖石門偏。地疑菊水人多壽，徑入桃源客自仙。

它日向平婚嫁畢，來攜竹簟枕琴眠。

金榜釣磯唐陳黯字場老下第後先隱終南後徙禾洲金榜山有釣磯遺址

不將捷徑誤終南，來卧禾洲古石龕。自昔高人多釣叟，從來隱者愛茅庵。一竿風月成圖畫，半世生涯託蔚藍。況有等身傳著作，潢溪佳話漫輕談。

山石棋枰朱公山上有石楸枰傳爲仙奕處

機心豈爲神仙設，巖上仍留古石枰。已有苺苔侵界畫，難將黑白計輸贏。爛柯自笑全盤負，賭墅從教後代爭。試問長安局竟否？臂鷹牽犬鎮縱橫。

石泉玉液石泉甘冽無比

陸羽行蹤未到閩，石泉湮没海之濱。千秋品與中泠亞，一掬清含太古淳。石銚竹罏烹蟹眼，盲風雌雨皺魚鱗。閑情欲補茶經注，細字書成鏤翠珉。

醉巖天界即天界寺有泉可釀酒故名明倪涷塑九仙人像

酒星沉醉墮人間，幻作東南半笏山。一洞清甘流玉液，九仙酩酊駐酡顔。壺中歲月從拋擲，夢裏滄桑亦等閑。不識中山千日冢，麴生魂魄幾時還？

萬石鑠雲萬石巖石狀甚奇詭有石鐫鎖云鄭成功剌鄭聯處也其左有象鼻峰

可憐蠻觸據蝸牛，爭地殺人鬧不休。怪石倒垂香象鼻，危巖横斷孽龍頭。滄桑消盡沙蟲劫，泉壑真便杖履游。弔古心殷詩胆壯，壁窠大字寫銀鈎。

中巖玉笏中巖山門題歡喜地有亭祀澎湖陣亡將士俗名將士亭直上有玉笏二字

忠魂毅魄署山靈，玉笏平臨將士亭。致命共皈無量佛，酬庸可補太常銘。都將戰艦千人血，散作寒燐萬點星。

猿鶴沙蟲漫惆悵，澎湖近日海波渟。

太平石笑太平巖有石作開口狀鐫笑石二字

石不能言偏解笑，嫣然啟齒欲如何？疑調浮世紅塵客，似賞陽春白雲歌。可有生公重説法，相逢讓水一旋渦。山僧相對俱歡喜，自翦雲衣補薜蘿。

鹿洞梵音白鹿洞在虎溪之南僧寮踞絶頂静夜誦經聲聞數里

何年白鹿遺仙蜕，古刹猶傳鹿洞名。粥飯僧寮塵夢少，鐘魚佛地夜風清。三千貝葉諸天雨，百八蒲牢上界聲。入耳泠然消萬慮，欲尋惠遠話無生。

耳痛

中年血氣衰，五官疾時有。齒摇與目眩，徐來猶任受。少日多耳疾，脱體亦已久。侵晨忽奇癢，自左横連右。撥似玉釵股，埽以鵝毛帚。砉然中要害，痛若肌膚剖。簇簇萬鍼芒，殷雷動地吼。屋然刺在背，不異瘍生肘。眼前胡旋舞，頦下車輪走。呼僮防回顧，啜茗難開口。入夜乃轉劇，呻吟達户牖。熱惱中如焚，憎嫌到雞狗。一豎遷其居，毒蠆叢聱叟。瑟縮卧繩牀，兩頬承以手。想因聞根雜，貽此剥牀咎。蟻動久無聲，雞冠亦可醜。平生晚聞道，肯使污塵垢。户外啄木敲，鄰家餉社酒。

許烈婦詩

文彩雙鴛鴦，比翼芳塘曲。一朝喪其雄，雌者吞聲哭。豈惟吞聲哭，捐生意乃足。相彼共命禽，載紀貞媛録。華亭許氏門，有媜如冰玉。父兄儒者流，家世青箱族。三從與四德，姆教閨中熟。二十賦桃夭，其葉蓁蓁緑。藁砧和以諧，杵臼莊而肅。三日作羹湯，懽忻到奴僕。乃翁諸侯客，待掣廣文牘。遠游方歸來，二豎適相觴。藥餌試溫涼，茶湯驗寒燠。一日十二時，夫媍忘櫛沐。純孝上格天，安吉幸可卜。夫也坐憂勞，膏肓疾入腹。父出子旋殂，妻存夫不祿。羽鍛同林鳥，枝摧連理木。昊天胡不弔，百身悲莫贖。乃翁痛子亡，遄返舊茅屋。喪子中年後，酸辛那可述。顧謂媍青年，嫡嗣宜先續。爾夫既有子，冰霜共鞠育。再拜謝阿翁，欲語舌先縮。大恐傷翁心，隱忍雙蛾蹙。七七四十九，吴風薦水陸。垂涕列几筵，蘋蘩酹醽醁。崩城長痛餘，畢命縑一幅。先是語家人，弟將諧花燭。庭闈未寂寞，甘旨事堪屬。留此未忘身，恐蹈偷生辱。片石心不轉，一劫碁終局。阿翁得聞之，感嘆中如轂。卜瘗龜屢焦，權厝先塋麓。緘愁寄閩南，泣告老同叔。謂家門不幸，何以遘貞淑？謂家門之幸，何以凋骨肉？聞者皆動色，受者實增恧。堂堂許太守，家書掩淚讀。泫然丐故人，爲文表芳躅。烈北上虞曹，銘署雲間陸。山川蘊寒碧，楮墨流清馥。精衛填東海，秭歸悲西蜀。作詩獻采風，靜籟生修竹。

後不如歌并引

春間偶感時事，作《不如歌》一篇。語質而意淺，尚覺未盡所懷也。夜雨無聊，戲作《後不如歌》以足之。

佛經太僧、易經太俗，不如離騷、宜歌宜哭。國風不淫、小雅不亂，不如南華、亦真亦幻。平生識字憂患積，不如一丁換兩石。窮年餍飫古人編，不如大烹易小鮮。一丁劣、兩石優，大烹斥、小鮮留。紛紛悔吝何時已，正坐名心未全死，猶存結習即塵根。但涉語言皆後起，不如掃榻坐、不如掩闌卧。案無一卷陳，門無一客過。不知古往今來，文章事業爲何物？但覺輪雞環兔，晝夜不息，如旋磨。

讀鍾忠惠公體仁全集書後名化民字維新萬曆進士曾上建儲疏歷官左都御史

古來理學見諸事功者，宋有朱子、明陽明，其餘徒託空言耳。坐使道統經濟，判爲兩塗難合并。武林中丞起明季，善養胸中浩然氣。謂仁爲心象太極，義禮智信如指臂。坐而言者起而行，整頓乾坤數大事。起家縣令陟僉都，體仁一念終身俱。德懋懋官功懋賞，小者修橋大建儲。萬曆之末國事蹙，憂危竑議妖言誣。含沙射人拜廷杖，二衡擯斥公無虞。政聲已奏張堪績，封事猶陳鄭俠圖。仁者全體見大用，名臣自古屬醇儒。著作等身傳後世，饜心切理清而腴。尼山文章性天道，一綫未墜須公扶。即今二百餘年後，裔孫攜之客海隅。銀光繭紙精采溢，中有萬顆驪龍珠。焚香細讀，肅然爲起敬，如披紫陽綱目、王氏良知書。吁嗟乎，當時東林講學諸碩彦，大抵各持門户見。不知身心性命有要旨，體立用行當實踐。樹黨不尤顧憲成，求勝空嗤沈一貫。

凍雨謡效昌谷體

羲和鞭日日不動，笙媧補天天留縫。龍王嫁女龍母送，倒卷珠幢跨白鳳。帝移海水遺天吴，江山侵入玻璃壺。麻姑愁嘆洛妃泣，三十六宫春有無。

讀坡翁集感賦

前身謬説是毘耶，忠孝天生古作家。陽羡買田成畫餅，焦山借地亦曇花。吹簫人去秋將老，載酒堂空日已斜。竟用便爲賢宰相，腐儒俗子漫疵瑕。

剖瓠存稿卷九　鷺江游草

度歲詞

昌黎爲文送窮鬼，不過一時游戲耳。藏園復題迎窮圖，未免已著迹象矣。我今不送亦不迎，去固欣然來可喜。六鑿未破即塵根，七勾不除乃俗累。斯語未竟聞客來，笑謂先生勿乃鄙。妄伸長喙議古人，君胡祭詩中夜起。

除夕元日連飲心齋司馬處用坡翁岐亭韻

天公慰三農，沃以膏乳汁。逡巡日月藏，淅瀝乾坤濕。除夕祭詩罷，津津如有得。忽然食指動，獵飲渴喉急。竟登司馬堂，主人具鵝鴨。筵前樺燭燒，檻外紅雲羃。酒陣困長圍，幟倒漢家赤。驚座有孟公，横眠慚太白。詰朝復見召，重整頹冠幘。簷溜綴明珠，顆顆鮫人泣。屢舞更傞傞，禮儀愧多缺。公開萬間厦，容此疏狂客。酒醒賦新詩，韻借坡公集。

新正四日赴友人約再疊前韻

感神夢羊蔬，顛僧酣米汁。我本飲食人，狼籍車茵濕。新正三日雨，出游那可得。故人折柬招，赴約肩輿急。奴如負塗豕，客似浮波鴨。欵户落簷花，簾影冰絲羃。匝徑苔蘚蒼，緣牆薜荔赤。團坐六七人，掀髯浮大白。浩氣逼青燈，嚴風墮烏幘。拉雜縱豪談，可歌亦可泣。拇戰酒兵降，劍擊唾壺缺。天涯羈旅身，浪迹江湖客。更闌冒雨歸，作詩志雅集。

友人以詩就正三疊前韻規之

學詩取精義，如醢啜其汁。不妨工部愁，所忌許渾溼。抉擇或未當，楚失齊詎得。一念貴精專，名心勿太急。墮落野狐禪，春水争鵝鴨。正路舍弗由，邪魔眼前羃。莫隨拙畫工，信手塗青赤。莫聽盲目人，侈口談黑白。縱無封侯骨，思戴將軍幘。法上僅得中，藉免岐塗泣。能擅古人長，乃補今人缺。君儲十倍才，矯矯詞壇客。敬獻芻蕘言，多讀前賢集。

友人招飲四疊前韻紀席間事

交道久愈真，如噉蔗之汁。騏驥頭昂昂，牛羊耳溼溼。湖海嘆漂零，人失亦人得。差喜本性存，俗事非所急。吟詩趨正宗，奴視杜荀鴨。醉倒輒橫眠，地藉大爲羃。慷慨氣無前，傖子面徒赤。敬謝賢主人，猩脣間熊白。座客恣粲薄，酣嬉墮巾幘。偶成擊缶歌，恥作秋蟲泣。行年將半百，大衍其一缺。眼底來惡濁，哀此脂韋客。三更肩輿歸，悵觸千端集。

顧夢庚明府招飲五疊前韻

醉客卧糟牀，饞人夢肉汁。久雨乍晴霽，蘚砌泥猶溼。冗士困愁圍，楚弓那可得。忽逢賢令尹，招飲星火急。真摯類買羊，酸寒慚射鴨。蒼然暝色來，燭影輕煙羃。射覆各分曹，敗者顔爲赤。談空復説有，守黑能知白。放浪脱形骸，不冠亦不幘。更漏譁不聞，階下瓶笙泣。湖海四十年，齒髮今殘缺。欣逢有脚春，眷此無家客。泚筆製蕪詞，補入題襟集。

心齋司馬招飲觀劇六疊前韻

春風能風人，如飲醇醪汁。太羹有至味，頓使枯腸溼。飲食亦細事，所貴心相得。三堂敞華筵，小部檀槽急。吉語喜遷鶯，懽聲莫打鴨。低唱復淺斟，步障重重羃。砌下小桃花，艷奪胭支赤。揚觶對紅粧，自笑霜髭白。談龍説劍餘，四座驚岸幘。優孟假衣冠，裝點古歌泣。曲傳浮世緣，巧補天公缺。大笑絶冠纓，十日平原客。歸來雞已鳴，慚感紛然集。

同人招飲七疊前韻

香爇鷓鴣斑，盃傾琥珀汁。紛綸山海羅，爛漫衫襟溼。投轄三孟公，摯情難再得。洒兵立堅壁，刁斗傳呼急。雪夜入蔡州，軍聲亂鵝鴨。元夕奪崑崙，華筵雲正羃。酡顔兩頰紅，燭影雙行赤。詩虎遇談龍，意氣壓元白。酸寒溧陽尉，自岸風前幘。時發不平鳴，不作無聲泣。喝月使倒行，萬古無圓缺。聊成紫芝歌，莫笑蒼顔客。它年成美談，藉以昌吾集。

苹華觀察招飲觀劇八疊前韻

菜花寒不香，漆樹老無汁。旱田坼焦土，震霖焉能溼。羊悲歧路亡，馬笑塞翁得。推食世鮮逢，况復謀綏急。砌下叩頭蟲，闌邊短脚鴨。同戹覆載中，日月無私羃。堂皇開綺筵，燈火上元赤。小部列笙歌，桃紅雜杏白。略分減威嚴，皮冠易小幘。暖律扇春和，不使孤寒泣。病烏困樊籠，襹褷羽毛缺。九品强名官，萬里常爲客。奇樂衿創獲，名在歐陽集。

繆芮橋二尹兩和懺酒詩且以破戒爲勸九疊前韻酬之

平生嗜麴蘖，如蠅酣密汁。斷之兩月餘，臟腑焦不溼。欲下馮媍車，自計亦良得。況有同岑子，緘詩勸飲急。春回起蟄蟲，水暖先知鴨。人生適意耳，肯受局中羃？遂破邴原戒，淋漓雙頰赤。是處柳眼青，誰家郎面白。重謁醴泉侯，高卓參軍幘。君詩如醇醪，能使人歌泣。憐予故態萌，曲爲弭其缺。名教尚無乖，莫哂槽邊客。殘編覆酒罌，竊比青蓮集。

自題三十六灣梅花書屋圖用坡翁海州石室韻

莆陽諸山，壺公爲之主。其分支爲城山，亦曰「穀城」，以其旁有黄石鄉也。距壺公七里許，環以國清湖，木蘭之水瀦焉。「三十六灣」者，湖中陂隴之舊名也。莆地故多梅，而三十六灣爲最。花盛時，綿亘十餘里，望之如雪，綴以緑波、青嶂、茅舍、槿籬。鄧尉孤山，未應多讓。獨惜其僻處荒陬，人罕至耳；且無園亭、寺觀可供游憩。荒煙蔓草中，惟見樵人、牧豎、饁婦、畊夫而已。余壬申歲司户其鄉，經過山下，顧而樂之。詢諸土人，始知其地曩隸榷司，今無主矣。乃向郡中乞之，編荆爲垣，截杉爲柱，剡松爲瓦，縛簟爲棚，小構數椽。鄉人助之，不逾月而工竣。麄陳几榻，顔之曰：「三十六灣梅花書屋。」休假餘閑，嘯咏其中。郡中同志及一時詩僧、詞客，日夕相過從，十二年如一日。南遷以來，忽忽三載，每憶前塵，芒羊如夢境，不識香雪海中花無恙耶？嗟呼！柳絮沾泥、飛鴻印爪，盛衰興廢之故，非鯫生所敢逆覩也。乃乞劉藜仙孝廉圖之，而志其顛末，并繫以詩。道光戊子二月二十四日。

壺中仙人舊游處，亂流合沓江郵路。穀城横枕國清湖，山坳水曲迷煙雨。十里梅花卅六灣，瓊枝玉蕊紛無數。鯫生薄宦挈全家，白雲多處安堂宇。團瓢恰卜艾軒鄰，柴門正對江妃墓。時招詞客翦冰紈，偶酹花神傾緑醑。葺茅覆瓦竹編籬，邀月爲賓風作主。一樹梅花一放翁，嫩寒清曉窺巖户。笛裏春風紅頬兒，牆頭膩粉縞衣女。天然勝境小排當，青鳥翩翻玉蝀舞。酣嬉槃薄十餘年，清寒僭與逋仙伍。可憐升斗太縻人，乞食言詞拙不吐。坐使維鳩占鵲巢，促我南陬聽衙鼓。回首前塵似夢中，曖曖斜陽下平楚。一幅生綃寫此圖，憑仗墨君能解語。此圖寫意不寫形，雪泥鴻爪都如許。長安舊雨盡輕肥，今我胡爲在塵土？會當負郭攜鉏犁，烹宰雞豚祀田祖。手種梅花三萬株，中間著我須眉古。此願未遂且逡巡，自搦霜毫慰遲暮。

題嚴香府徵君所贈山水畫幅用坡翁煙江疊嶂韻

徵君畫學文衡山，細皴薄抹生雲煙。樹分遠近石向背，慘澹經營歸自然。絶巘淩空開霽景，虛堂挂壁飛寒泉。平橋疏樹入逸品，此境彷彿游斜川。憶昔共踏春明路，夢紅浴碧氣無前。詩成雪壓瓊瑶地，酒罷雲蒸瑇瑁天。蒼松翠竹歷霜霰，羞與凡卉争春妍。豐城作客空談劍，陽羨無心去買田。閩南薊北各分處，不見先生二十年。遠道思君君思我，中天古月空娟娟。辛巳之秋游屐過，倉皇未得聯牀眠。手緘此幅遥相寄，喜從畫裏晤癯仙。爾後音書成斷絶，騎鯨歸去辭塵緣。裝池珍重故人意，爲賦夢雨停雲篇。

自笑

自笑酸寒尉，勞筋漸不支。病多仍愛酒，貧甚轉無詩。世事蛇添足，身名豹有皮。故人書斷絶，何地寄相思？

花朝心齋司馬招游白鹿洞五首

其一

微雨釀春光，花朝乃薄霧。主人清興發，邀客尋春去。峨峨海畔山，鹿洞仙所住。攀蘿陟其巔，雲壑争奔赴。仄聞形家言，東南此門户。時清官吏閑，登高來作賦。

其二

白鹿去不返，石室生古陰。小語輒響答，泠泠山水音。我來先衆客，躡屐上遥岑。俛視六合洞，曲徑幽而深。摩厓嵌擘窠，日久莓苔侵。佇立不能去，曠然懷古心。

其三

巍巍大雄殿，高踞山之麓。風吹佛骨寒，彌勒端而肅。厓凹竄蒼鼠，座下僵白鹿。不知何仙人，曾此留芳躅。無地可借問，山僧太麁俗。游女忽如雲，我心無所屬。

其四

危亭敞虛窗，遠墅炊煙起。海氣盼芒羊，歸帆小于螘。縱横列珍羞，有酒甘且旨。揚觶酬封姨，莫妒間紅紫。四座湖海人，意氣青雲裏。且覆手中盃，人生行樂耳。

其五

主人適後至，溪山帶笑迎。乃復整盃勺，談笑春風生。酒行既無算，觥政亦分明。慷慨懷古迹，滄桑幾變更。飛泉漱間石，不異琴與筝。暝色蒼然來，子規林外鳴。

清明

其一

無端四十九清明，歲月蹉跎暗自驚。楊柳隄邊驄馬去，棠梨花下麗人行。江南草長鶯飛日，冀北留餳禁火情。顧我全家羈海國，不堪重聽杜鵑聲。

其二

杏酪榆羹懶自嘗，旅懷棖觸滯他鄉。人驕妻妾來東郭，我具樽罍酹北邙。白打錢分春社後，朱闌夢憶少年場。雙雙燕子營新壘，不是盧家舊艸堂。

其三

平蕪盡處緑雲屯，罨畫溪山白板門。舊雨空懷桃葉渡，新煙又鎟杏花村。紙錢燒破陳人夢，瘦蝶招回旅客魂。荷鍤閑行原野外，緑簑青笠夕陽温。

其四

春明夢影記模糊，挏酒筵開喚酪奴。晴雨又過寒食節，人煙宛似上河圖。三千丈髪慚青髩，廿四番風長緑蕪。自爇爐香試新火，疏窗小几讀陰符。

醉翁石歌

三萬六千場醉客，飽飫霞漿吸雲液。頹然踞坐山之巔，一夜仙風吹作石。不是方平叱所成，笙媧搏土留其形。彷彿劉伶畢卓羽化遺仙脱，不然瑤宫謫墮酒旗星。心肺寒僵屹不動，千年未覺游仙夢。幕天席地閲滄桑，漫比荒阡卧翁仲。君不見，南普陀，聯翩五老來游河。又不見，虎溪巖，於菟昂首摩青天。竝此應成鼎足勢，由來至巧輸天地。次公狂態未全除，采石吟魂正沉睡。壺中日月等飛梭，石翁石翁奈爾何？中山千日有時醒，與君滿引金叵羅。

短歌行書箑贈王香汀明府

近花丞相嗔，愛酒長官罵。不嗔不罵轉相憐，嗜痂有癖君其亞。嗟余三載滯泉南，自笑鮎魚緑竹竿。萬間廣厦受覆芘，雲林竹泉觀察叔度心齋司馬相後先。南風吹冷紅塵夢，解后逢君鄉誼重。流水高山古調彈，蒓羹鱸膾歸心動。三津迢遞近神京，七十二沽春水生。扁舟一葉紅橋畔，曾隨鷗鷺訂心盟。歲月催人雙鬢改，蝨蟣場中舞傀偶。握手殷勤借問君，故園舊雨今安在？燈前拉雜縱豪談，略分言情未禮删。楝牖陰森海氣寒，碧玲瓏曲唱刀環。

題朱韻松參軍邦江送別圖次自題元韻四首

其一

滿江秋色促裝時，賓主東南餞别離。閩嶠參軍仍愛酒，揚州幕客例能詩。蒹葭露冷征鴻急，穲稏灰寒去燕遲。回首緑楊城郭外，紅橋煙月繫相思。

其二

一代詞華翰墨香，六朝金粉舊平章。詩人作畫清如許，名士爲官小不妨。草草尊罍留客住，堂堂歲月逐人忙。陽關三疊成佳話，七載于今尚未忘。

其三

蓮幕風清棨戟門，十年決策歷朝昏。覆氊曾草便民疏，下筆能爲有物言。萬里薄游成練達，一行作吏息紛煩。苔岑省識荆州面，攜手欣開北海樽。

其四

落拓天涯暗自驚，斗升戀嫪負歸畊。曾憐麴蘖眠千日，都爲酸寒誤一生。薊北江南游歷遍，鞭絲帽影去來輕。當年也買邗江櫂，塵夢猶聞欸乃聲。

三月十二日温陵旅舍寄答繆芮橋二尹

乍暖乍寒春暮天，温陵羈客愁未眠。今年春雨太無賴，何處落花不可憐。簷鳥噪晴空瑣碎，嶺雲歸壑仍留連。緘詩珍重故人意，目送斷鴻夕照邊。

温陵阻雨

其一

夜雨又連曉，行人將奈何？低檐雲似墨，澆砌水生渦。篋已無可典，詩仍不厭多。解裝重埽榻，倚枕夢陂陀。

其二

海國全家寄，萍蹤少定居。提攜三尺劍，綑載一車書。難挽春將去，自慚人不如。南雲空在望，未得賦歸與。

其三

世味和蠣盡，蕭然旅思清。酒將詩作敵，愁與病相爭。天地如此醉，江山空復情。冰絲飛不斷，淅瀝似秋聲。

其四

簷鳥聲俱噤，庭花落已殘。多愁天所賦，行路古來難。北雁没孤影，南風生薄寒。河魚膏自煮，長鋏未輕彈。

落花

其一

狡獪東風瑣碎愁，穠華漂瞥去如流。美人黄土埋香夢，名士青春感舊游。我所思兮空寂寞，客胡爲者尚勾留。芳心掩抑難爲别，一帶紅牆繞畫樓。

其二

婪尾盃深酒不辭，含情脈脈賦將離。已隨瘦蝗銷殘粉，尚有游蜂戀故枝。緑幘從今紛熱客，朱旛自古怨風姨。盛衰榮瘁尋常事，不是愁人總不知。

其三

香泥涴徑溼嫣紅，卍字闌西小閣東。自分凡姿非國色，敢將薄命怨天公。零星斷夢斜陽裏，縹緲殘魂細雨中。垂柳依依如惜别，故教飛絮舞迴風。

其四

舊雨空懷碎錦坊，玉勾斜畔促輕裝。百千浩劫都成幻，廿四番風爲底忙。喚去劇憐鶯語滑，啣來空賸燕泥香。明年彈指韶光麗，湘管重拈譜衆芳。

竹泉觀察覲旋寄呈五首

其一

迢遥飛夢逐征車，雨雨風風半載餘。階下劇憐不舞鶴，轍中尚有望蘇魚。萬間覆被春無量，一路鶯花錦不如。此日元旋重叶吉，甘棠清蔭正扶疏。

其二

又別東華十丈塵，中和節後返雕輪。菜花天氣陰晴幻，柳色官橋斥堠新。鷹服珠還行舊部，鴻毛風順頌賢臣。萬人矯首青雲上，崩角懽迎有脚春。

其三

江山無恙得重臨，依舊渠渠夏屋深。御座香煙猶滿袖，公門桃李喜成陰。八年海國無襦頌，一曲薰風解愠琴。五老須眉虎溪月，似曾相識濟時心。

其四

垂楊夾道促鳴騶，薊北江南暢此游。太武頌宜頒樂府（時西陲報捷張逆就擒），治春詞又續揚州。躡雲無路空延佇，鍛羽經年誤去留。遠志自憐成小草，春風拂處緑陰稠。

其五

蹩躠閩南十六年，桀驁下走受恩偏。深慚薄命陳無已，敢厠悲吟沈下賢。略分曾叨文字飲，望塵先擘衍波箋。新陰待駐長林外，僥倖枝頭抱葉蟬。

讀藍鹿洲平臺紀略書後

篝火狐鳴亂民亂，攻城據地風雲變。天開殺運顯奇人，頤指手揮平大難。奇人亂民竝世生，應劫應運天所成。電光石火倏消滅，豐功偉績後人驚。當日全臺爲賊有，柘黃袍覆朱鴨母。陣馬風檣七日中，鯤身鹿耳摧枯朽。芟除餘孽事招徠，湯網曾將一面開。力排衆議渾身膽，筆富千言倚馬才。桓桓將軍虓虎樣，砥柱中流廉恥將。如魚得水弟佐兄，功成袖手還相讓。驕兵悍卒俱感恩，三十六島無豪民。玉趾行飛海上舄，白衣本是山中人。書生經濟乃如此，管樂平生應自比。晚年不遂赤松游，講學綿陽將老矣。

喜晤劉心香太史四首

其一

午枕夢初破，微聞剥啄聲。故人惜久别，攜手話平生。舌底波瀾闊，胸中磈礧横。殷勤相問訊，何計破愁城？

其二

許厠春風座，浩然不世情。三更授藜火，五字築長城。牢落種桃客，酣嬉荷鍤行。溪山舊相識，含笑對先生。

其三

詩酒東南局，多年舊主盟。鷗邊波入畫，燕外雨初晴。鉛槧一生事，江湖萬里情。候蟲依砌下，勉强作繁聲。

其四

冗士無著處，羈身海外城。龜毛時自刮，蝸角看人争。舊雨喜聯袂，新篘正滿罌。天涯此知己，慷慨證詩盟。

浴佛日晨出訪劉心香太史過謝燭亭處小飲復招同廖正初茂才散步至榕林别墅主人治具留飲漏二下始歸紀事四首

其一

谿山雖有情，出門意恒嬾。薄言訪詩人，躡屐未容緩。惜此經年别，叩門通悃欵。啜茗縱豪談，四座春風滿。君自三山來，俗事紛在眼。且復誦新詩，白頭搔共短。

其二

歸塗訪鄉人，卯飲到亭午。脱略忘主賓，瓜壺盡登俎。昂昂廖茂才，解作黄秦語。燒春浮大白，慷慨論今古。利器初發鉶，身名慎所處。嗤彼浮世間，飢鳶戀腐鼠。

其三

酒闌游興發，徒步脱巾冠。肺疾今小愈，散此腰脚頑。海邦魚鹽藪，雜還市聲歡。道旁列書肆，簡陋無足觀。土音掉脣舌，似笑參軍蠻。徑轉得佳勝，林壑供槃桓。

其四

主人聞客至，呼僮掃落花。雨洗緑篠净，稚筍抽新芽。咄嗟具柈榼，清樽泛流霞。浩然感身世，漂泊如浮槎。簾外月窺人，樹影侵階斜。盡此須臾景，子規聲勿譁席上聞子規。

示女

緹縈篤至性，道韞工文詞。文詞涉浮艷，至性無磷緇。傳家有庭訓，女職在盤匜。餘事習鍼黹，識字非所宜。汝幼受姆教，女誡夙所知。垂髫明大義，稍長嫻禮儀。南船與北馬，萬里長相隨。而翁晚無子，兩鬢已成絲。千鈞託一綫，子職汝兼之。佐母操井臼，數米供扊扅。祖父及祖母，抱孫心漸移。效彼阿羅樣，傳我樂天詩。

兀坐

其一

兀坐北窗下，心空那用安。半間巖屋小，四月袷衣寒。誰謂雀無角，不知豬有肝。故人相慰藉，努力爲加餐。

其二

四海無家客，雞栖暗自憐。静疑僧退院，貧賸盜留氊。鄉國七千里，風塵十六年。卷簾看細雨，身世感茫然。

其三

細雨久不住，滿山鳴竹雞。碧添新草色，紅溼落花泥。笠屐何堪假，鉼罍嬾自攜。閉門謝塵事，冥飲對山妻。

其四

性僻耽詩句，酸寒窮孟郊。百回讀不厭，萬卷手親鈔。珪瑁那堪薦，雲龍空解嘲。高歌銅斗曲，島可共推敲。

其五

紛然百感集，拈管作鵶塗。滿引酴醾酒，高張主客圖。半生嗟荏苒，萬事付盧胡。未得消寒餓，空談税硯租。

廖正初招飲疊岐亭韻

君遲九烈神，染衣儲柳汁。我如住溢池，北人常畏溼。羈旅共它鄉，薜苫心相得。劇憐陳無已，瓣香情孔急時正初以師禮相待。相過輒小飲，葫蘆當蒸鴨。談古舌翻瀾，論文眼去羃。侵晨長鬣來，招飲寸柬赤。冒雨出南關，嶺上停雲白。殷勤一握手，脱略忘巾幘。得偕禽慶游，不作楊朱泣。新交氣誼親，舊雨音書缺。一代不數人，昂昂青雲客。階前有梧桐，鸞鳳翩然集。

疊前韻送友人歸揚州

小雨釀黄梅，石壁流汗汁。痛飲讀離騷，不知衫袖溼。慷爽具豪情，西南朋乍得。相逢方恨晚，鄉夢催人急。君隨碧海鷗，我戀銅官鴨。皤然返故山，不受紅塵羃。維揚古勝地，廿四橋闌赤。一舸載全家，遠水連天白。心定浪俱恬，科頭慵裹幘。午枕夢魂清，子夜魚龍泣。湖海五十年，身名兩無缺。世味已飽經，今作還鄉客。親朋慰遠歸，杖履紛紜集。

述夢篇寄懷崇石溪副戎

輭飽三盃便一枕，黑甜鄉裏心旌穩。故人覿面慰平生，天涯似有風相引。爲言不見已三年，歲月催人太淒緊。飛星過漢葉隨波，尺一稀疏謝不敏。軒然黄氣發眉間，颯爽英姿過秋隼。它人漫作孟公驚，我輩應爲河朔飲。主稱會面稀，呼僮具槃匜。高歌玉連瑣，滿引金屈卮。一代數人能幾見，相逢傾倒復奚疑。憶昔榕畺初把臂，慷慨激昂不一世。逢人爲我競詩名，唾壺擊缺崑崙碎。徐陵筆架柯亭笛，一時聲價俱無敵謂徐香坨太守柯易堂明府。文酒酣嬉樂歲時，歘忽東瀛馳羽檄。將軍飛舸仗琱戈，一面曾當曳落河。飲至酬庸膺上賞，徙薪曲突功居多。秋風寓我書一紙，副以新詩清似水。朗吟猶作戰場聲，陣馬風檣撼階戺。從此牙旗建浙西，越山迢遞閩山低。我懷君時君憶我，望而不見風淒淒。嗟我三年來，進退無一可。運似黃楊厄，身被春蠶裹。低眉歛手臥荒陬，彷彿獮猴騎土牛。欲住無憑歸未得，揶揄路鬼聲啾啁。那期夢中與子重攜手，脱冠落幘，抵掌談九州。維時日影下簾勾，夢回客去不可留。扶頭呼酒更拍浮，真耶夢耶勞冥搜。真固欣然，夢境亦可喜。作詩却寄，藉消兩地之離愁。

毘陵行寄贈錢小南

毘陵山光紺而碧，中有千載詩人魄。毘陵水色清而丰，中有萬里孤飛鴻。草長鶯飛花滿路，此間不可無君住。楝風荔雨夏初臨，此時不可無我吟。與君半載不相見，子舍西江侍寢膳。春來北上過毘陵，壻鄉重到應留戀。及時仗劍赴長安，莫便買田滯陽羨。君才不愧萬斛舟，我命自甘三語掾。勸君勉爲時世妝，名士詩腸饑欲斷。憶我江南汗漫游，毘陵山水舊勾留。時出偏師撼詩國，譚龍酒虎皆低頭。即今落拓閩江滸，疲驢破帽銜風雨。愁來怕聽鷓鴣聲，興到聊爲鸜鵒舞。自笑酸寒負友生，濩落大樽難自舉。羨君壯氣欲食牛，羨君神力能搏虎。麄繒大布踏槐花，千金之帚千鈞弩。勝齊一戰有南陽，愆可贖兮過可補。我作毘陵行，君在毘陵道。誦我詩所云，應非君所料。溺者必笑痛者呼，我爲斯語近乎迂。此詩莫使高人見，恐遭掩口而盧胡。

劉藜仙孝廉爲作梅花書屋圖賦贈二十六韻

作畫必文人，能得畫中理。象外悟環中，不知筆落紙。蘇子譏兒童，論畫以形似。莊生多寓言，可以參妙旨。解衣而槃薄，乃是真良史。所以古畫家，歷歷皆名士。孝廉騏驥姿，歘忽紆青紫。玉立何亭亭，英異世無比。詩文得家傳，氣宇澄秋水。餘事染霜毫，獨捽成絶技。偶然摹小景，酷肖營邱李。倪迂黄大癡，腕下供驅使。便面與横圖，煙霧參差起。書卷氣盎然，醖釀知深矣！我有梅花屋，三十六灣裏。往歲覓畫師，可憐遘俗子。橋連白石牀，壁壓烏皮几。巖户矮於人，何以便杖履。陋邦少名流，改作念中止。那期維夏初，重遘賢橋梓。老泉我所師，疋不東夫鄙。研光寫小箋，敬丏趨庭鯉。殷然不我遐，濃皴點石髓。寫我意中圖，意外心狂喜。君豈以畫傳，畫善乃如此。珍重文字交，忘年自隗始。

心齋司馬爲題梅花書屋圖次韻酬之

其一

團瓢小屋署梅花，滿貯江鄉幾縷霞。山意多情留過客，萍蹤無定類浮槎。陽春白雪應難和，明月清風不用賒。爲問國清湖上宅，年來零落屬誰家。

其二

目斷夕陽山外山，投林倦鳥尚知還。命遭磨蝎從淹滯，技擅雕蟲亦等閑。載酒曾過青澗曲，尋詩偶到碧溪灣。名香半炷攤書坐，啄木丁丁似叩關。

其三

人間清福漫多求，畫裏谿山好卧游。已荷萬間開廣厦，敢希一斗博涼州。嫩寒清曉吟魂冷，鏤月裁雲筆力遒。笑我年來詩思減，酸寒恐爲故人羞。

其四

回首前塵似夢中，天涯賴有一樽同。百朋已自堪千古，三語焉能送五窮。此日飽餐壜屑飰，它年拚棄竹枝弓。

好風吹墮霓裳曲，雪北香南海日紅。

快晴篇爲張太鴻別駕作

積雨溼乾坤，羲和久藏匿。排日倒銀潢，棟牖昏無色。冗士坐穹廬，身世愁逼仄。煙火斷樵蘇，戾㕽炊不得。太息雲中龍，胡不遺餘力？侵晨枕簟涼，有風來自北。榑桑旭日紅，陰霾去無迹。簷溜綴牟尼，閃鑠明窗隙。僮奴走相報，故人飛鳧舄。欣喜問所由，云自三山驛。行將渡東瀛，海外膺繁劇。聞之握髮起，顛倒沙棠屐。先生我葭莩，累世傳清白。宴飫大羅天，身是青雲客。煌煌郎官星，熠耀東南國。當年不舞鶴，謬被羊公識。薄宦滯天涯，偃蹇悲窮戹。一朝重攜手，罄此三年積。雨過怒潮平，山海同一碧。吟成快晴詩，薄言永今夕。

送太鴻明府履任渡臺用坡翁與程正輔游白水山韻

白鼉竪尾巨魚縱，鵬墺窈窱龍吟弄。東南天險界華夷，駴浪驚濤時澒洞。使君酹酒薦牲牢，艅艎萬斛如飛鞚。芒羊一望水連天，蠻煙蜑霧壓舩重。黑洋朝日挂銅鉦，赤嵌孤城閉鐵甕。平心涉險險俱平，蜩螗天吴潛不動。此行霖雨及蒼生，雲霓之望番黎共。前年殺運靖跳梁，蟻封已醒槐安夢。毘那近日染華風，官去官來慣迎送。先生撫字著循聲，煦物陽春能解凍。雙旌計日涖遐陬，桄榔林外祥雲湧。天香桂子報秋風，清聲更有丹山鳳。

石蘭堂詩刻題詞

采石吟魂呼不起，杜陵野老吞聲矣。昌黎峨眉去不還，後世詩人多似螘。劍南以後慚離披，遺山崛起撐持之。遂將門户啟元明，元人逼仄明差池。其間亦有兼人勇，擱捽篇章少完整。時代各異風會殊，信陽北地空雕蛹。皇皇昭代闢鴻蒙，南施北宋倡宗風。漁陽秀水遵大路，意外涉趣中藏鋒。談龍客作小兒語，秋宵唧唧鳴寒蟲。此外操觚稱大匠，鉛山居士船山翁。曰查初白曰沈歸愚曰袁隨園趙甌北，驪龍甲爪各稱雄。上下一千數百載，别裁僞體交推崇。要之性情具真諦，唐花燕石難爲工。芥洲老人古作者，一郎白首躭騷雅。博物家風嗣茂先，琢句高名齊子野。天才縱逸學力深，泚筆能追正始音。李杜韓蘇得嗣響，不隨世運爲升沉。賤子葭莩共桑梓，生晚未及隨杖履。江南薊北肆遨游，斗山聲望時盈耳。冷風吹我客炎州，長君巽政如中牟。鄉人薢茩鄉情重，巨集一編付校讐。彷彿饑人聞飯至，更似奔泉快渴驥。口角流沫右手胝，三月聞韶忘肉味。吁嗟乎，詩人舉世學西崑，詩道千年蝨處褌。願將此集拓之萬本散天下，維持正道袪旁門。

快哉謠

炎敲火繖蒸長夏，燒樹然雲無晝夜。滂沱澒洞洗山川，十萬頳虬齊税駕。山田五月薯蕷焦，田家得雨如逢赦。我雖無田亦快哉，披襟徙倚南窗下。解愠風來溽暑消，疏簾清簟真無價。回思赤烏影蟲蟲，行人病暍居人怕。芒羊不見閶風臺，瞢騰似中含沙射。龍君天矯乍行空，小魃蒼黄各避舍。物窮必反蠖必伸，百日之澤一日蜡。開樽高唱快哉謠，四壁清風便枕藉。

屋漏十六韻

吟罷快哉謠，溼雲莫淰淰。輭飽困三杯，嫩涼便一枕。陶然到羲皇，妥貼心旌穩。中夜忽驚寤，五體覺寒甚。屋漏滴繩牀，衾簟俱流瀋。蒼黄覓衣巾，淋漓類蛙黽。挑燈昏不花，呼僮聲亦噤。急點時打頭，瑟縮形堪哂。斗室況容膝，無地將身隱。故物賸青氊，覆牀手自引。空外倒銀潢，蛟龍絶韁靷。展轉遂達晨，那得曲肱寢。乃知身世間，安與危相近。杜陵戒快意，其語精而審。鰥生晚聞道，遇事恒凜凜。作詩寄我懷，簷花落未盡。

竟夜不寐遣懷四首

其一

曾操鉛槧賦長楊，二十年來客異鄉。醉後作書多錯落，夢中得句半遺忘。身原似寄生涯薄，老不饒人歲月忙。回首長安紛舊雨，貂蟬驄馬姓名香。

其二

嘒嘒新蟬噪緑楊，全家小住水雲鄉。長絙漫把流光繫，浩劫難令結習忘。米盡傒奴辭我去，官閑筆債促人忙。零金斷碧勤收拾，四壁氤氳發古香。

其三

維摩示疾肘生楊，悟到無何別有鄉。經卷藥鑪原不設，詩瓢酒盞未能忘。自憐磨蟻隨人轉，怕聽林鸎唤客忙。斗室齋心無箇事，一簾花雨静焚香。

其四

不唱皇荂唱折楊，刀環一曲爲思鄉。新愁瑣碎真難遣，舊夢依稀未盡忘。萬里鱗鴻空間隔，半生蟣蝨笑匆忙。年年飽啖炎方荔，好燃髯翁一瓣香。

心齋司馬招同劉何雨山長小集署齋疊岐亭韻

甘瓜沃霞漿，丹荔融蜜汁。風來簟自涼，雨過礎猶溼。使君公事餘，怡然心自得。招邀文字飲，向暮走伻急。餺飥佐蒸豘，陋彼鄭公鴨。四面敞軒窗，不用重簾羃。髯劉矍鑠翁，半醉童顔赤。水部整威儀，舉觴雙眼白。酣嬉論今古，粲薄慵簪幘。泥飲話閭閻，久絶孤寒泣。珊網羨重開（席間議賓興儀注），玉盤原未缺。自慚鎩羽才，廿載窮途客。滿引金屈卮，茫然百感集。

快雨二首

其一

赤雲蟲蟲榴火燒，深林鳥呼婆餅焦。忽有横風吹暴雨，似傾銀漢翻秋潮。鮫人洒淚紛玉箸，龍女投梭織冰綃。有客僦屋鴻山下，坐聽急點喧芭蕉。

其二

我有軍持容一斗，投之階下收飛泉。琴聲筑聲太拉雜，蟹眼魚眼從烹煎。客子兀坐却羽扇，故人索句分蠻箋。一霎嫩涼侵枕簟，陶然夢入羲皇年。

雨後夜坐三首

其一

雨餘消溽熱，小几正堪凭。螢少魚分焰（海魚入夜輒發青光），蛾稀蟻撲燈。有懷人似玉，無分酒如澠。自笑生涯薄，蕭然退院僧。

其二

嫩涼生小院，夜氣更淒清。蘚砌碎蟲語，稻畦群蛤鳴。長安萬里夢，海澨廿年情。據案攤吟卷，燈前白髮明。

其三

竟作鷦鷯寄，可憐蟣蝨身。低檐蚊作陣，暗竇鼠窺人。小劫隍中鹿，前程爨下薪。拂牀鄉思劇，飛夢到三津。

次韻心香太史春草四首

其一

芊眠一色緑雲垂，駘宕和風宛轉吹。金縷曲中春入破，玉勾斜畔夢醒遲。宿根得氣生機活，小劫還魂舊雨知。瀲灧波光南浦外，含情欲賦別離辭。

其二

被隄鋪徑亦臨流，拾翠人來取次收。珠勒王孫垂繭綬，玉腰奴子夢羅浮。紉蘭爲佩三纍怨，采艾懷人一日秋。逐境悲權緣底事，欲攜鴉嘴薙閒愁。

其三

古原蓊藹接長隄，一帶平蕪似翦齊。履屐當年梁苑北，夢魂何日謝池西。光風閃閃浮鴉背，薄劂茸茸襯馬蹄。似聽聲聲行不得，鷓鴣飛處夕陽低。

其四

階除雨過嫩涼餘，踠地湘簾感索居。緑髮劇憐今若此，青春難駐更何如？經年榮瘁無人問，小徑荒蕪嬾自鋤。

極目天涯芳草遍，不知底處著吾廬。

六月望後一日陳雪航孝廉招集同人載酒游虎溪巖〔一〕以曲徑通幽處分韻得曲字

燃雲燒樹炎敲酷，况復紅塵事徵逐。偷閑半日欵僧寮，巖罏清風消暑溽。孝廉假地聚詩人，放浪形骸無局束。履屐頹唐四五人，解衣盤薄山之麓。仰觀山勢矗稜層，猛虎磨牙睅雙目。輪囷巨石狠當門，薜荔莓苔隨意綠。雛僧瀹茗髮垂肩，狂客縱談酒在腹。僧厨行厨錯雜供，食蔬食筍兼食肉。晶盤海月上窺人，自申及戌酣情足。東炬歸來夜氣涼，羊腸仄徑繚而曲。

【校注】

〔一〕虎溪巖：位於廈門，巖頂的石溝被稱爲「虎溪」。虎溪巖間有古寺，稱東林寺，又叫玉屏寺。相傳寺内慧遠和尚送客不過溪，若過溪，虎就吼叫，故名「虎溪」。虎溪巖「虎溪夜月」爲廈門八大景之一。

立秋後一日重游虎溪

其一

載入招提境，新秋暑未消。肩輿攜勝侶，擔酒過溪橋。仄徑客緩步，方袍僧折腰。鐘魚亭午静，上界古香飄。

其二

巖屋依山厂，僧居境自殊。疏花翻撻末，很石卧於菟。洒脱江湖客，豐腴蔬筍厨。海雲頭上黑，歸路雨如珠。

立秋後一日朝游虎溪食蔬素甚美向夕竹泉觀察招同繆芮橋二尹小集署齋疊岐亭韻紀事

新秋暑未退，夾背流汗汁。迎曦到上方，狼籍葛巾溼。僧厨具筍蔬，至味天然得。四座湖海人，大勺傳籌急。一龕坐曼陀，午篆裊金鴨。蕭然俗慮空，桐竹清陰羃。酣嬉到日斜，節署符飛赤。青州舊從事，奴隸皆衣白。長揖謝同游，重整參軍幘。升階感殊恩，銜結時欲泣。餘醒尚未醒，乜斜禮多缺。棋叟復詩人，脱略紅塵客。一石獨留髡，海雲四山集。

哭劉心香太史四首

其一

海氣變晴晝，滿空飛壞雲。音塵嬰浩劫，天地喪斯文。午枕尚入夢，秋聲不可聞。拊牀一長慟，雙淚墮紛紛。

其二

提唱東南國，巍然古杏壇。龍蛇驚歲噩，桃李泣春寒。塵世夢纔醒，平生事已完。惟應笑摩什，神咒太無端。

其三

亭亭看玉立，膝下繞丹雛。久藝科名草，能爲君子儒。鄉情諸友摯，旅櫬兩兒扶。撒手應無撼，黄公覓酒罏。

其四

愧我託知己，詩盟亦酒盟。三年逢大户，五字困長城。不分庚申守，翻來辰巳驚。差强人意者，猶及殮先生。

七夕後一日雨中心齋司馬招游榕林賦呈二十韻

頽雲挾山行，横風吹雨斷。神仙惜别離，淚點紛如霰。司馬走伻招，榕林共游讌。肩輿冒雨行，僮奴泥没骭。到門仄徑滑，入座溼衣换。佳客湖海人，豪情俱汗漫。劉君氣慨慷，家世龍曾豢。馮翁與潘子，蓮幕清風扇。亞之偕鍾期，異曲堪同傳。最後尹參軍，丰采精以悍。緊我蝨其間，毷毿都曹掾。主人具食單，珍錯開生面。如將臨淮兵，旌旗俱改變。如啜南皮粥，咄嗟驚立辦。飽餐箸未停，痛飲爵無算。森嚴立酒監，揎袖來酣戰。迴環運觥籌，負者奔而殿。海氣送新涼，簷花尚淩亂。颸風作復停，桐竹修枝颭。鳥鵲噪聲低，塡橋力應倦。

劉竹心沈寶四渡臺候風促舟訪之小飲而别

其一

晚潮隨日落，一水望迢迢。小艇自浮拍，群山覺動摇。白雲留不住，今雨鎮相要。五老峰當面，風前舉手招。

其二

高艑如夏屋，短榻列蜂房。促膝頻移座，論心各舉觴。雲霞看變幻，天地與低昂。百感紛然集，長歌託渺茫。

浯江農人以瓜壺醬豉隔海見餉感而作詩

其一

豈有恩曾及，經年尚未忘。果然空芥蔕，即此是壺漿。斯道野人重，厥心土物臧。田家風味好，豐潔薦高堂。

其二

冗士掩關坐，微聞廳事譁。高風如送酒，秋令恰宜瓜。事與去思類，餐應努力加。臨行重相囑，好護手栽花。

送心齋司馬

其一

欲別翻無語，溪山響杜鵑。後時應有待，歧路轉相憐。遠水數行雁，秋風八月天。暑消寒已戒，珍重好裝棉。

其二

力疾走相送，早涼應中人。雲端翔健翮，爨下泣勞薪。升斗謀生拙，詩文見道真。者番成小別，寂寞苦吟身。

紀行詩十一首

同安

銀同于役到，斜照罥炊煙。舊雨復今雨，詩緣亦酒緣。雞栖今若此，虎尾劇堪憐是日，與人失足，幾不測。把袂難爲別，離雲古驛邊。

宿福清栖廬禪院

肩輿入古寺，儂矣病參軍。四壁竄蒼鼠，一龕卧白雲。佛光初地見，蟲語下方聞。力疾坐深夜，爐香細細薰。

歸路宿三角埕前年題壁詩已被寺僧塗去矣

已有滄桑感，三年兩度過。籠紗既無分，握槧欲如何。涼意入枕簟，秋風老芰荷。從來詩酒興，歲月半消磨。

重渡烏龍

澄江杭一葦，渡口兩三家。金碧凋殘寺，紅藍開野花。遥峰明古戍，宿雁起平沙。尚記來時路，破船如缺瓜。

興安鳳山寺贈别曼雲住持

老衲意何摯，參寥嗣法人。全空蔬筍氣，牢守性情真。話别吐長喙，留題證宿因。曼陀花雨落，應爲爾沾巾。

留别徐禹功别駕

一别忽三載，忻然握手懽。關山久隔絶，鬢髩已凋殘。奴下兩行淚有舊奴隸禹功處，豬存一片肝禹功以豚蹄見餉。臨行聞一語，彷彿勸加餐。

留别門人孫蘅皋茂才

桃李成蹊徑，孫郎最少年。緗雲當日續曾爲賦續緗雲詞，妙墨此時傳蘅皋爲題梅花書屋册子。我髩已如此，君文更斐然。不須悵離别，努力嗣青氊。

留别門人陳虞之孝廉陳蘭士選士

鉛槧有飛將，吾門拔幟才。夢曾吞篆籀，籍已隸蓬萊。白璧一雙在，黃肩兩石開。程門徑尺雪，欣喜復追陪。

題店壁

彳亍泉南路，酣眠白板牀。音書遲一雁，風雨近重陽。逆旅感身世，行厨羅酒漿。幸逢知己在，小住卸輕裝與張毖堂同行。

重九日于役浯江晤杜别駕飲於客燕齋

客燕齋中逢九日，八年舊雨喜重聯。黃沙白草秋容澹，野戍孤城日脚懸。杯酒情懷成結習，滄桑歲月任推遷。紅茱紫菊無消息，兜起鄉心各黯然。

客燕齋題壁

前年九日繪圖補，去年九日鷺江滸。今年九日長風沙，客燕齋中感羈旅。人生蹤迹水上萍，雪爪鴻泥類如許。紛紛近事更難論，跳擲醯雞鬥雀鼠。今夕何夕遇故人，八載離悰聯舊雨。海天空闊雁聲哀，漠漠間雲封太武。登高無興且銜杯，落帽風生冷牖户。多情皎月解窺人，我所思兮在何所。

剖瓠存稿卷十　浯江續集

修葺署齋買春賞雨之屋易其額爲載印鴻泥之館繫之以詩

載印鴻泥爪，滄桑太感人。破窗多漏日，折棟久爲薪。我本雞栖客，難容蝸寄身。蟄蟲思坯户，運甓未辭辛。

悼竹

買春屋裹客，曾與此君盟。不分經年別，徒增嘆逝情。留雲應遘劫，醫俗轉戕生。擬奏招魂曲，珊珊戛玉聲。

藝菊

到眼燦如錦，秋花渡海來。筠筐泥未拆，瓦缶手親栽。新月半簾碎，輕霜數朵開。詰朝板輿到，敬獻北堂杯。

重葺棟隖夜坐四首

其一

小屋如舟小不妨，揭來兩度閲滄桑。閉門雅稱陳無己，縮地何勞費長房。留熟客斟缸面酒，祭新詩爇海南香。

麄官解覓閑福分，結習由來未盡忘。

其二

繩牀竹几草團瓢，杖履頹唐暮又朝。霜意闌珊猶有菊，雨聲淅瀝最宜蕉。長安迢遞關梁隔，海國羈栖歲月遥。大好江山留客住，卧聽落木響蕭蕭。

其三

落月停雲渺碧蘿，堂堂歲序隙中過。左輪旋轉既如此，右臂偏枯可奈何時方病臂。苦憶金貂賀監酒，誰憐銅斗孟郊歌。蕭齋静夜挑燈坐，手拓吟箋遣睡魔。

其四

鉛槧終朝手未停，且將陋室續新銘。舊巢又到銜泥燕，腐草重飛照字螢。髩影年來隨意白，山光夢裏向人青。感今懷古無聊賴，怕聽孤鴻下遠汀。

棟塢坐雨詞

一間矮屋團瓢小，竹几繩牀位置好。海風挾雨打窗來，落葉滿階溼不埽。有人落拓滯天涯，兀坐擁書事幽討。蝴蝶無端入夢頻，蓴鱸悔不知幾蚤。毷氉須眉蟣蝨場，蒼臂黄牽鎮紛擾。湧隨吴楚鬥醯雞，争似家園刈茶蓼。弟妹迢遥各一方，北風班馬南枝烏。鴻雁不來之子行，今雨舊雨知音少。青海芒羊去路賒，白鷗浩蕩閑雲渺。我欲陳書叩金闕，才薄難追封禪稿。我欲仗劍出玉關，時平不見出師表。更欲裹糧躡屐蹻〔一〕，往從赤松禽慶游。滫瀡南陔方待供，婚嫁向平仍未了。九轉腸迴十二時，去留無計中如擣。簪花的皪綴明珠，且覓壺觴自傾倒。

【校注】

〔一〕底本脱「蹻」字，現補。

逃牛篇并引

鶩門有屠牛者，槌牛倒地，瀕施刃矣。牛忽躍起，奔入壯繆廟，跪神座前，滴淚作乞憐狀。鄉民收之，屠踵至，怒詈鄉民盜牛，勢將用武。衆憤，縛屠送官。官杖屠，而捨牛於普陀寺。

石槌槌牛牛倒地，白刃如霜拼一試。牛忽躍起肆狂奔，鋋而走險驚魂悸。昂頭掉尾御風行，孟賁夏育難與争。投身長跪神座下，滴淚似欲祈餘生。鄉人創見憐觳觫，屠子追來努雙目。負氣全無懺悔心，可謂人而不如畜。悍然壞臂奮屠刀，衆怒縛之如縛猱。擊鼓鳴官抒義憤，屠也大杖焉能逃。此牛應已具佛性，蓄之佛地皈清凈。冥報輪回事渺茫，道塗傳説駭聞聽。爲染霜毫賦此詩，非儒非墨亦非癡。樂生畏死情之正，君不見，雄雞斷尾憚其犧？

竹泉觀察招觀平番略傳奇即席賦呈余曩製院本譜蕭雲仙事

其一

自招檀痕自擘箋，居然急管雜繁絃。封侯骨相淹殊域，横草功名出少年。絶調争傳金絡索，吾宗真有肉飛仙。命宮磨蝎尋常事，贏得奇蹤萬口傳。

其二

牢愁漫寄衍波牋，錦瑟新調五十絃。壯不如人孤舊雨，貧仍作掾負中年。雲邊鴻雁雙行字，夢裏邯鄲一枕仙。

銅斗歌殘傷歲莫，自慚小技竟流傳。

閲黃徵君仲則兩當軒詩草書後

其一

一代才人氣吐虹，曾拖白袷謁群公。二千首内悲懽雜，五十年來際遇同（君曾應淀津召試）。北上幽并消壯志，西游關輔逐長風。遺編傳世資良友，莫謂書生死後窮。

其二

我亦長楊獻賦人，廿年淹滯海之濱。田園心事紅塵繞，簿尉頭銜白髮新。中壽先生悲拱木，麄才賤子愧勞薪。祭詩合設徵君位，一掬寒泉薦白蘋。

書卷施閣詩卷後

岳正倒好只大膽，折檻披鱗無不敢。及於寬政戍窮邊，寒盡春生百日返。當年簪筆隸詞垣，夢紅浴碧氣無前。平生大節自期許，不願區區文字傳。黔陽三載閲山水，羅施群鬼供驅使。雕劖造物風雨愁，彷彿蛟龍蟠筆底。同時亦有峨眉翁，旗鼓相當鬥兩雄。借月祭詩競創格，江南薊北留奇蹤。隨園去後江無色，慭遺一老推甌北。孫（淵如）楊（蓉裳）吴（穀人）趙（味辛）起聯翩，舊雨仍憐黃仲則。天頑地洞要人驚，一疏真成萬古名。臣心愚戇根天性，主恩寬大荷生成。歸來汗漫江湖老，布韈芒鞋隨處好。掩淚高歌殿上行，抵死羞存封禪稿。君詩季孟視蘇黃，際遇亦復相頡頏。不遭禁錮文章福，一代直臣楮墨香。

祭詩

祭詩不願豐，詩以窮而工。祭詩不忍嗇，詩乃心之色。未祭我，先祭詩，撚髭呵凍書青詞。已祭詩，仍祭我，椒花柏葉傾白墮。餞臘有粥，祀竈有糕。我祭我詩，一杯濁醪。嬾祀錢神，不送窮鬼。我祭我詩，四更先起。徇僂罄折低簷前，雨雨風風又一年。逝水東流去不返，修蛇赴壑箭辭弦。落拓江湖亦何有，晨星散盡聯牀友。惟我與君日相守，役使蟾烏午馬走。性命相依稱耐久，詩爾來前引一斗。月地花天，慎勿輕孤負。君不見，昔年華屋今蓬蒿，萬頃腴田無半畝。又不見，北邙山下冢纍纍，誰酹生前一杯酒？今夕何夕，共此燈燭光。大醉掀髯開笑口，不知階下神荼鬱壘未窺牖。

除夕懷心齋司馬

去年除夕在鷺門，海風吹雨溼黄昏。衝泥欵户没韡韈，不速之客閽者嗔。登堂四座盡驚起，主人大笑開芳樽。今年除夕在浯島，十日頹雲壓樹倒。蕭騷凍雨打窗欞，院静厨寒客來少。餽歲慚無筒底錢，祭詩賸有牀頭稿。人生聚散亦何常，輪雞環兔紛蒼黄。歲月堂堂駒過隙，來日苦短去日長。海上萑苻奮螳斧，捕捉封狐薰黠鼠。雪消紅日火消膏，有蜮含沙氣亦沮。計日君看薊北山，暫時我聽泉南鼓。下士家貧戀斗升，古人誼重投縞紵。憶曾小别立江干，殷勤握手勸加餐。尺書來往無閑日，東西相望海漫漫。聞君欲赴榕亹去，載酒拏舟拚一晤。何期到日君已行，寂歷斜陽挂疏樹。虎溪鹿洞尚依然，恨不留君三日住。此别應須隔歲年，再來恐復傷遲暮。苦將行色問同人，云有伯倫伴叔度與劉竹心同行。舊雨今雨兩無緣，棖觸衷懷向誰訴。歸來兀坐斗室中，懷人望遠心忡忡。南飛烏鵲北飛鴻，元禽西去伯勞東。逝將振袂乘長風，四方上下逐雲龍。駏蛩之願未得遂，天涯病鳥困樊籠。

雨後大風

連朝盲雨挾雌風，羲和不敢攖其鋒。深夜緑章叩帝牖，禁錮雲師驅雷母。風姨倔强不肯降，掉地掀天勢更張。嚴威撼壁紙窗透，初日慘澹寒無光。砌下老梅不敢放，紇千凍雀拳枝上。不知薊北燕南，雪深幾十丈？隄柳園桃可無恙？兜起鄉心倍惆悵。

泰山黄河篇

山莫登泰山，水莫涉黄河。泰山高以危，黄河之水揚其波。君不見，日觀峰、何崔嵬，雞鳴一聲曙色開。五松林立大夫拜，諸峰羅列兒孫排。又不見，崑崙源、何激壯，砥砫中流接天上。榮光千載兆禎祥，太行十幅開屏障。大山宫小山，以水思濟水。一簣功漸成，千年清澈底。山有朽壤可奈何，河決瓠子水旋渦。曇花泡影倏消歇，丘垤行潦興悲歌。丘垤行潦亦不免，覆巢之下無完卵。危崖駭浪胡不知，勒馬補船吁已晚。我昔曾過泰山岑，三宿未敢謁元君。飢驅也喚黄河渡，低聲怕觸蛟龍怒。行險僥倖彼一時，往者不諫來可追。嶮巇風波慎勿輕，嘗試酹酒神明一懺之。

望太武山

别山已經年，山靈應黯然。重來又三月，登高望山色。煙鬟澹冶笑開顔，似欲問我何時還。谽谺岌嶪屹相向，我喜兹山尚無恙。欣然覿面識故人，故人依舊涴緇塵。水味仍留蟹眼瀑，雲光盡作魚鱗皴。鴻漸爲襟紫帽帶，芒羊巨浸環其外。將軍樯具卓兜鍪，樓櫓勛名盛冠蓋。奇蹤十二近如何？苔侵蘚蝕歲年多。我今縱筆爲長歌，摩厓大字鐫擘窠。更薦溪毛進盃酒，願與此山同不朽。不知摻蛇之神心肯否？

王荆公緑端硯歌硯爲丁寶臣所貽作卷荷式背鐫七言律詩一首

卷荷一葉含古香，端州徑尺青琳琅。七言五韻銘其背，銀勾鐵畫森精芒。當年勢焰堪炙手，沙門善神環左右。力排衆議事更張，譚經垢面復囚首。黨同伐異各紛然，乃結千秋楮墨緣。重氈包裹行萬里，至今寶氣驚蟬聯。青苗法行天下怨，此硯當時伴几案。助惡有罪胡可逃，爰書未許從輕斷。石不能言暗自悲，恨不牛後遭人嗤。平生功過應相抵，草就臨川文與詩。臨川詩文不可没，鍾阜山形共凹凸。游人空訕野狐精，前身合有謫仙骨。磨盡龍賓秃兔毫，書成苟束富牛腰。圓池盡日流膏乳，軒然腕底興波濤。緑玉千年涴泥滓，蟬腹枯焦鴝鵒死。我今買自泉南人，勿抑曾隨福建子。因人賤物論乃苛，彤管微吟静女歌。白珪之玷尚可磨，佇看屋漏供懸河，一日與爾三摩挲。

老梅

見説支離叟，來依偃蹇人。手中緑玉杖，衣上青苔皴。久斷孤山夢，能回瘴海春。蕭齋静相對，莫厭酒沾唇。

山茶

長鑱斸砌石，藝此曼陀羅。茗具堆牀滿，春妍上頰多。遺珠應共惜，少態莫相訶。位置梅花側，游蜂莫浪過。

蠟梅水仙

蜜脾花有婢，婢亦學夫人。佛國幢相引，仙娥韈絶塵。黄香傳小字，白月悟前因。孿弟梅兄在，芳情分外親。

盆梅曲

誰斷羅浮仙人之右臂，更截大庾山靈之左股。若非三百六十鱗蟲長，定是八萬三千修月户。爭奮雷椎揮電斧，老幹輪囷辭故土。烏金古色尚斕斒，碧玉新枝饒媚嫵。蘚蝕苔皴歷年久，伏波將軍歲寒友。嶺南驛使折以手，南昌仙尉去作吴門卒。孤山、洞庭、揚州，灞橋玉照堂前亦何有。昨遣溪奴隔海購香魄，到來一勾新月恰黄昏。障以江東苧布青油幕，貯以定州花瓷白玉盆。紫筍花豬相對開，芳樽絶少；丁丁啄木來敲門，酒酣却憶。木蘭陂上壺山麓，三十六灣梅花之書屋。玉屑銀雲十里春風馥，攜笻蠟屐，盡日看花看不足。夜來一枕清夢飛相逐，江妃墩外，瀲灩江波緑。

晨起獨酌

花夢已惺忪，天容尚沉睡。提壺不住啼，勸我宜薄醉。四面敞軒窗，輕寒仍屓屭。溼霧罥林梢，熹光不到地。平疇紛笠簑，遠墅吒牯牸。白鷺一行飛，界破遥山翠。舉頭矚天外，今古愁雲積。人生百年耳，五十一半費。酌我金叵羅，酣嬉懷杜蕢。

螺杯曲

方諸侵月月成水，銀蟾汩没洪波裏。桑田變海海揚塵，老蚌輪囷抱珠死。酒星謫墮海之堧，吹嘘蜃氣蒸蠻煙。雷椎電斧聽驅使，斲成酒器形如拳。旋紋細理繚而曲，青雲盎盎温如玉。太陰精液蘊奇光，至今猶帶苔花緑。故人贈我亦有意，非陶非冶天然器。楊釋伽骨煽妖氛，月氏王頭饒鬼氣。爭如此杯天巧藉，人工月夕花朝便。遨戲小者貯三升，大者容一斗。緑如苔之髮，黄似佛之手。張錬師奔月卮，蘇東坡玉卷荷。物以人重物乃傳，果然金石與同堅。大樽剖瓠桃劈核，與爾共結糟丘緣。我持此杯酌東海，蓬萊仙客應相待。豪吞狂吸，恐被天公罪，清淺仍留一勺在。我攜此杯赴瑶池，虎頭西母迎階墀。飛瓊萼緑調竹理冰絲，當筵爲製祝釐詞。游仙夢境真寥廓，瞢騰醉語天花落。醒來幻影墮蓬廬，右手擎杯還自酌。

西螺柑歌

西螺臺灣地名産柑最美味在福橘之上惟不能行遠故不敢入貢官臺灣者以筠筐内遺號爲珍品

漳州密柚福州橘，厥包錫貢稱佳實。西螺柑來齊壓倒，直竝交梨儕火棗。自隸版圖二百年，猩猩狒狒紛戈鋋。生番熟番貌麄醜，薯蕷爲糧椰作酒。山川靈秀萃此相，毘耶佛果參優曇。種疑真蠟國中到，味較波羅蜜更甘。建春山下滄桑變，宜都郭外秋光澹。天教佳植徙荒陬，未許中原人覿面。南風吹渡婆娑洋，緑筠籠裹貯鵝黄。扶頭小試擘橙手，蜜脾分瓣侵人香。入口甘芳清沁齒，經年肺病爲之起。葡萄蘋婆安足論，十八孃應稱婢子。此邦此果世間稀，未能行遠空歔欷。它年夜話詩鄉里，廿載南游口福奇。

剖瓠子歌

剖瓠子，爾何人？少不能揚名顯爾親，壯不能挾策干爾君。曾獻長楊賦，無命爲詞臣。曾過細柳營，無分謁將軍。飢不得飽、寒不得温、書不能工、學不能醇，惟與詩瓢酒盞結前因。日操不律事孤諷，日攜偏提買青春。得即投囊李昌谷，死便埋我劉伯倫。酣嬉時遭官長罵，喧鬨每被天公嗔。坐使北轅適楚，東首入秦。右旋蟻磨，左轉風輪。磨蝎坐命，坎壈纏身。襬褷憐墮羽，蹭蹬無縱鱗。剖瓠子，爾何人？噫欷歔悲哉！籲天兮不聞渡迷兮，無津羝羊觸藩羸其角。孤桐入爨樵，爲薪胡爲乎？平生倔强性，抵死不能馴。吟一篇、酬一樽，敲僧舍、餞花神。厨無煙火釜生塵，轉謂歌者非樂富者貧。有時醉卧草爲茵，有時高咏天無雲。有時脱帽露頂忘冠巾，有時披風抹月摘星辰。

言能拒楊墨，氣恥識金銀。不受嗟來食，不作封禪文。不負花月債，不入權貴門。不商、不賈、不仙、不釋、不工、不農、不士、不民、不隱淪，剖瓠子，爾何人？

涪江厲王廟歌

豬兒揮刃豬婆死，猘犬紛紛助狼子。江淮保障睢陽城，睢陽一破江淮傾。天生二公爲防扞，許能固守張能戰。凛然犬義洽人心，孱軍餓卒一敵萬。羅禽掘鼠閉孤城，煮妾烹僮謀一飯。貔貅部曲雷與南，手殘一指面六箭。尹子奇傷計莫施，令狐潮退顏多汗。眼前不見救軍來，齘齒齦穿頸亦斷。願爲厲鬼殺盡賊，至今尚戴閻羅面。憶曾跋馬過中州，祠前再拜幾經秋。南荒亦有雙忠廟（北地爲忠廟），靈旗閃鑠風颸颸。云爲一方司旱潦，歲時伏臘羅珍羞。滄桑往事從頭數，喚起冰夷擊社鼓。祝公毅魄鎮鯨波，東南此地當門户。敲殘銅斗起長嘆，按劍四顧悲無端。傾囊欲購六州鐵，百鍊千錘鑄賀蘭。

落梅詞

一夜風聲撼庭樹，梅花亂落紛無數。游蜂尚繞故枝飛，群蟻争馱殘片去。孤山處士小游仙，何日重來伴鶴眠。華光老人淚沾臆，殺粉調脂盡不得。高歌一曲風落梅，白雲片片空中飛。梅花酹汝一杯酒，客懷棖觸花知否。

述懷

入世五十年，三十年奔走。筋力漸已疲，文章遑不朽。少壯曾幾時，鬖鬖到衰醜。吁嗟骨相窮，所遇恒不偶。懷哉復懷哉，孰爲司其咎。憶當束髮時，祖訓循循誘。學易驗三庚，讀書窮二酉。四始與六藝，奧旨親爲剖。諸子與百家，大鳴答小扣。耳濡目染間，薪傳識所受。曾言雪覆麥，亦喻麴成酒。醖釀抵深醇，根基自凝厚。本此製爲文，不知筆在手。本此吟成詩，了無箝在口。京華肆遨游，嶽麓陟岡阜。抱藝恥雕蟲，論交到屠狗。結客少年場，談笑輕曹耦。獻賦明光宮，聲望驚童叟。小敵羞中眉，廣場乃掣肘。秋風七躓餘，遂棄千金帚。落拓走南荒，低心更俛首。迢遞關山遥，蹉跎歲年久。豈惟舊業荒，餘事多孤負。仄聞道路言，親故凋八九。徵君與茂才牛荻坨高卮室，未知安樂否？骨肉亦乖違，矧乃同袍友。有弟守田廬，生涯困轂㲉。有妹字鄰州，辛勤操井臼。天遠駕鵝飛，浪怒蛟龍吼。拭目盼南雲，昂頭望北斗。兩地有同情，念之顔色忸。所幸十年前，板輿迎父母。荆妻亦偕來，弱女侍左右。興安復泉南，晨昏奉樽卣。風土漸相宜，園花偕岸柳。蔬菜亦麄備，秋菘問春韭。每食必盡器，偶飲亦傾瓿。堂皇懋椿萱，共羨岡陵壽。且喜且自慚，松筠蔭部婁。坐此上官憐，畀地供脯糗。浯江荷量移，攘臂嗤馮婦。秋風渡海來，自子又及丑。今春風雨多，傾洞摇總牖。壞砌蝕莓苔，頹牆篆蝌蚪。暗竇穴鼯鼪，低簷喚鵊鴾。池草藝菤葹，醫方遲薢茩。木榻積新詩，螺杯灩陳醙。故人期不來，酣歌自擊缶。何時挈全家，曰歸力畎畝。溪山尋舊盟，伏臘速諸舅。此願倘能償，褊心亦何有？

對雨詞

山雲白于綿，海雲黑似墨。封姨繅成絲，天女爲之織。山雲擁山來，海雲挾海到。姱娥負而行，陽侯爲之導。白耶黑耶了不分，山耶海耶同一雲。亂舞龍子成童勺，倒翻玉女洗頭盆。山靈海若合兵戰，以水濟水誰能諫。留春小院水侵門，沽酒奚奴泥没骭。冥想長安陌上花，穠纖綽約臨風斜。啼妝委墮胭脂溼，不知零落屬誰家？曦光半晌不可借，孰倒銀瓶向空瀉。舊雨芒羊今雨稀，不堪回首西窗夜。

燕九日憶京都舊游

咬春已罷屠蘇酒，燈市場空一日後。聯袂西行出便門，今朝令節逢燕九。朱輪翠幰競豪奢，帽影鞭絲好身手。霍家養子竇家奴，指點銀瓶笑開口。半酣調戲酒家胡，輕擲十千飲一斗。如雲如荼游女游，艷冶夭桃間新柳。書生也踏輭紅塵，招攜三五同心友。白雲仙觀晻白雲，云有仙人下方走。馬上時逢白面郎，橋邊未遇黃石叟。一年一度暢清游，酒伴詩人記某某。自別京都歷歲時，每遇佳晨重回首。氍毹須眉傀儡場，車似雞栖馬如狗。何當挾杖逐明駝，黃金臺下尋儕偶。漸近豐臺芍藥時，年華荏苒嗟空負。

剖瓠存稿卷十一　浯江續集

喜晴

鳥雀聲俱樂，羲和命駕來。山如酲乍解，花亦夢初回。書籍趁時曬，窗寮盡日開。羈人無箇事，倚杖獨徘徊。

閩南十二月詞

正月

爆竹聲中起夜半，湯餅一盂貯銀線閩中元旦，皆食索麪。晨朝有客欵門來，紅桔一雙當見面。兒著新鞋女簪花，元宵爭到外婆家。踏月走橋過十六，歸去各攜蔗一束。擊蘖社鼓正迎神，堆柴如阜連天焚。神輿二尺旗一丈，騰身直奔火山上。焦頭爛額居上座，曲突徙薪無一箇閩中橘多，書作桔，取吉字義。餘俱土俗。

二月

土地生辰陣百戲，刲羊刣豕祈年歲。家家媍女靚新妝，結伴來看傀儡場。官吏迎神放衙蚤，皂隸輿臺都醉倒。紅圈票捉七子班，登場一曲菩薩蠻。村童拍手溪翁笑，共説豐亨先有兆。布穀催人盡日啼，來朝麥隴攜鋤犁。百花生日匆匆度，寂寞花神無廟住閩中不重花朝。

三月

上巳已過清明來，桃花亂落李花開。楊柳稀疏野棠少，君何翁仲顏如灰君何足翁仲皆銅人，前人已借用。紙錢飛上桄榔樹，上冢歸來踏青去。東風吹暖海濱天，齊披單袷脱輕綿。不識當年有介子，千竈萬竈炊煙起。屈指天妃生日近，家家釀熟梨花醞。長年三老意更誠，廟前擊鼓敲銅鉦。

四月

楝花風裏鵓鴣鳴，雨笠煙簑陌上行。閩南四月麥秋蚕，立夏以前餅餌飽。秧針簇簇刺平田，一行白鷺銜溪煙。水車轔轔龍脱骨，山田惜水過珠玉。注兹挹彼疆界分，緣疇如罫稻如雲。老農傴僂向隴畝，日炙風吹顏色黝。溪邊洗足暮歸家，短牆開滿布田花閩中謂野薔薇爲「布田花」，以其布田時放也。

五月

榴花如火空中焰，蜿蜒龍船急似箭。袒裼裸裎于我側，令人却憶江南樂。秉杷持梃争上流，跋扈翻爲屈子羞。萬人拚命作兒戲，夫豈當年競渡意？我欲召募數千人，編入澎臺水犀軍。殺賊定能一當百，樓櫓勛名垂竹帛。可憐抱布老蚩氓，龍船鬥罷仍分秧。

六月

緑榕樹下行人歇，赤鳥蟲蟲群苦喝。筠筐擔得荔支來，絳紗囊貯丁香核荔支核小者，謂之「丁香核」。大官不暇問蔗漿，手擘冰肌十八孃。楊梅盧橘味薄劣，此果壓倒江南鄉。羈人口福亦曾有，廿載楓亭驛邊走。一年一度木蘭游，小摘嫣紅向樹頭木蘭陂兩岸皆荔支樹，新摘者謂之「樹頭鮮」。更有蓮花開並蒂，香氣侵人狀元至莆田泮池瑞蓮，爲高掇之兆。

七月

瓜果筵前作普度，滿街人鬼紛無數。天尊集福下方來，道場水陸争喧豗。乞將巧樣製荷燈，神燈熠耀鬼燈青。

神常苦飽鬼苦餓，此月鬼神皆並坐。東家豐盛賽西家，堆麪爲山肉作花。婦孺老幼崩騰拜，願得終年少災害。衆鬼貪惏神不嗔，鬼願作鬼不作人。

八月

白露前後秋風涼，閩人未脱葛衣裳。冰輪皎皎海邊出，銀蟾玉兔交輝光。秋閨思媍樓頭看，私祝戍臺班蚤换內地戍臺兵，一年一换。千家萬户擣衣聲，空庭如水促織鳴。蚤稻收成晚稻緑，老農抱襆田間宿。薯芋如椀蔗成林，更有纍纍荔奴熟。此月風光殊不俗，崖桂素蘭香滿谷龍眼一名「荔奴」，白露後大熟。

九月

寥泬無邊雁有聲，紙鳶界破青天青。烏石山前風眞颶，百丈牽繩麄似臂。登高乘興看菊花，孄媥秋色爛如霞。鴻鵠銜子來荒徼，洋種叢叢盡娟好。園丁擔過游蜂隨，凝煙泫露溼人衣。開軒如逢高士到，佐酒更有霜螯肥。却笑殊方異節候，重陽彷彿清明後閩中多以九月啟紙鳶，重陽尤盛。

十月

花會場開共喧閧，破廟孤墳爭乞夢。婦姑詬誶兄弟乖，告之以夢俱和諧。平時夜行猶秉燭，乞夢昏黑一身獨。平時單行頗畏鬼，乞夢拚却一身死。邪魔入骨心志昏，恨不刳肉祝錢神。錢神道旁揶揄笑，窮鬼胡爲落圈套。銀鐺牽縶受官刑，不知癡夢可曾醒花會閩中賭名盛於十月？

十一月

梅花枝上冬無雪，凍雀窗前啼欲絶。葭灰吹琯蘭根蘇，家家繪出消寒圖。粔籹盈盤共祀先，花豬紫筍俱登筵。喧闐爆竹如迎歲，喜團入口先人惠。兒童村塾抱書歸，媍返母家夫送之，東鄰西舍過大節閩人謂冬至爲大節，織者暫停工者歇。此亦昔時百日蜡，劬勞終歲焚香謝。

十二月

臘月八日不煮粥，地分南北各殊俗。祀竈亦無餳與糕，雞魚鹽豉青芎苗。二十四日陳諸室，復較長安遲一夕。竈神升天奏玉皇，小臣後至中恐惶。階前舞蹈天顔喜，嘉乃小心賜以醴。歲除之夕神歸來，風馬雲車霽色開。舉家更進屠穌酒，團坐無言把歲守。

以龍泉窑瓶貯梅花贈武鎮軍繫之以詩

將軍好武兼好古，見我膽瓶手摩撫。識名道是龍泉窑，口贊不絶心暗許。憶昔山僧贈我時，輪囷不辨官哥汝。揭來彈指過十年，茶鐺酒榼相儕伍。閩中花事比江南，春風秋月香魂貯。鴻泥山館少人來，寂寞花枝涴塵土。欵逢知己賞鑒精，詰屈寒梅花盡吐。蕭齋曾此伴吟詩，閑物從兹欣得主。挈瓶小智昔所譏，剖瓠大樽誰共舉。持贈應同寶劍看，背嵬軍中氣如虎。

偶檢案頭國朝名人集及近人詩戔各題一截自竹泉觀察以下則又兼懷人矣

其一

天然古色見斕斑，力厚思沉未可攀。都爲長篇太修整，教人錯擬白香山吴梅村。

其二

縮長使短神乎技，舉重如輕氣亦雄。浄洗鉛華歸大雅，唐賢三昧在胸中王漁洋。

其三

氣象巖巖岱嶽巔，諸峰羅列小如拳。杜韓把臂髯蘇笑，一代何人更比肩宋荔裳。

其四

靄靄春雲灩灩波，條風駘宕扇微和。敬亭煙雨黄山雪，都入先生宛轉歌施尚白。

其五

五字長城得替人，歌行亦自擅專門。自拚兩廡豚無分，吟罷風懷枉斷魂朱竹垞。

其六

艷説登科李謫仙，檀槽法曲競流傳。催花羯鼓生花筆，詩格仍追天寳年尤西堂。

其七

平時俛首兩新城，北宋南施共擅名。格調卑卑才力薄，放翁門下小門生李容齋。

其八

細筋入骨似秋鷹，多少功夫鍊得成。邊幅微嫌太局束，康莊大路讓人行黎媿曾。

其九

諺語方言盡入詩，吞針咒鉢老禪師。華嚴樓閣曇花影，入定低眉却未知趙甌北。

其十

山外山中不定身，趨承桀戟亦勞神。全編删却三之二，也合金源作逸民袁簡齋。

其十一

鼎足詩名衆所誇，力能引手拔鯨牙。耘菘麄淺隨園率，畢竟三家只一家蔣心餘。

其十二

氣摧山岳語排空，南北當時角兩雄。究竟三朝新媍耳，漢廷老吏尚推公邊隨園。

其十三
平生艷福已無倫，一事難傳莫便嗔。君自工書應失笑，羊家婢子學夫人王夢樓。
其十四
澄江浄練比清詞，氣少幽并也自知。鐵板銅絃合束閣，廣場生旦最相宜黄仲則。
其十五
多多益喜少仍佳，艷此天花亂落才。折檻荷戈心胆壯，崑崙源外漏刀回洪稚存。
其十六
筆挾風雷氣亦奇，撐霆裂月撤藩籬。偏師制勝無莊語，壓卷端推題壁詩張船山。
其十七
土飯塵羹嗜若飴，毛將安附已無皮。銀光繭紙裝池好，裀褭災梨紗帽詩陳梅岑。
其十八
畿輔詩人兩頡頏，永平申叟滿城張。昌黎筋骨髯蘇氣，北地宗風尚未荒張石蘭。
其十九
讀書萬卷行萬里，老筆縱横乃擅場。可惜耆年天不假，未能入室僅升堂李介夫。
其二十
廿載文章千日酒，一龕燈火六朝僧。燼餘艸内多佳句，衣鉢真堪嗣少陵牛對峰。
其二十一
雙管如飛目十行，便便腹笥貯琳琅。美人香草詩人旨，惆悵吟成迸斷腸高翼風。

其二十二

杜陵野老吞聲哭，滿腹牢騷藉酒澆。晚學西崑更幽艷，綠波春水赤欄橋杜諤堂。

其二十三

愛才真有古人風，酒罷高吟氣吐虹。一曲蕪詞妾薄命，瓣香敬爲曾南豐倪竹泉觀察。

其二十四

萬花如錦住清都，親見娜嬛福地無。結習未忘應自笑，朗吟還佩紫薇壺徐香坨太守。

其二十五

依傍全空見性情，斂金嚼鐵費經營。江南詩派應無恙，尚有雲間陸士衡陸萊臧司馬。

其二十六

麗句清詞邁等倫，休文衣鉢得傳人。蕭齋種得千竿竹，賞雨招君共買春沈夢塘孝廉。

其二十七

五斗何堪久折腰，歸來黃獨已無苗。閉門堅卧春風到，檢點詩瓢又酒瓢林蓼懷進士。

其二十八

薊北閩南遠別離，霸才無主昔曾規。長安誰是齊名者，珍重旗亭畫壁時許魯泉孝廉。

其二十九

別來十七度春秋，雙鳥無緣一處囚。妙語如仙仍記否？美人春店看梳頭牛荻坨徵君。徵君耆髭，詩有「春店美人嗔不起，自來窗下看疏頭」之句。

其三十

春柳吟成衆口傳，竹枝格調又新翻。年來西子湖頭住，詩思何如飲雪軒王午亭大使。

其三十一

一字爲師記得無，夢中得句半模糊。如何竟荷君家鍤，去覓黄公舊酒罏劉心香太史。余有句云：「夢中得句半遺忘。」太史云：「『遺忘』二字易作『模糊』，當更佳。」。

其三十二

墮馬羞爲時世妝，三分入木九回腸。平生心折嘔心子，手擘吟箋貯錦囊柯易堂明府。

其三十三

已聽循聲歌召杜，更操健筆繼韓蘇。故人尚有耽詩癖，何日重張主客圖黄心齊司馬。

重葺署齋用梅村韻二首

其一

呼僮荷鍤劚新苔，移得梅花砌不栽。雨意連朝如有約，春光一月不曾來。酒瓢漫挂題詩壁，書屋兼名避債臺。望遠懷人空佗傺，半生襟抱向誰開？

其二

竹影蕉陰覆緑苔，當年曾記手親栽。一官傳舍初無定，前度詩人今又來。階下蟻封營壁壘，眼前蜃市幻樓臺。歸巢怕有銜泥燕，故把虛窗盡日開。

自檢舊稿覺十年前作可存者十無二三書以自怵

一官如積薪，後來每居上。孰知詩亦然，從前盡無當。當時振筆書，意氣何奔放。蜃蚓雜蛟螭，軒然起波浪。

趙括好談兵，不可使爲將。惟庸將僨轅，不可用作相。陶鎔苦未醇，血氣徒矜壯。可憐野狐禪，未識天龍仗。繙閱卷未終，棄之令覆醬。拙鳩再營巢，殷勤引鳴吭。老馬漸知途，噴嘶異前狀。衰遲精力薄，敢與前人抗。知非年恰當，今是想亦妄。勉成一簣山，撤此千層障。

小齋

小齋且小住，形影自徘徊。故物烏皮几，新篘白墮杯。鼯驚緑樹上，雀門入窗來。妄作菟裘想，閑鷗莫浪猜。

花乳石私印歌

祖龍鞭山山流血，吴剛斫月月成屑。精液入土膏乳凝，中藏太古桃花雪。空山閑廢少人知，滄海桑田經飽閲。不脛難充艮嶽材，如泥疇把崑吾切。煮石山農親見之，鑿成私印誇奇絶。圓圭方璧黑蛟蟠，籀文斯篆紅泥涅。如刃截肪錐畫沙，匠心獨運藩籬撤。圖章自昔競相傳，鼓文欵識今澌滅。秦漢以還尚可稽，覆斗辟邪分紐結。嘯堂集録姜吴譜，大冶洪爐鑄銅鐵。琢磨璞玉鏇貞珉，鬼斧神工争巧拙。年湮代遠浩劫經，苔蘚斕斒釵股折。常山九字既莫辨，司馬雙章亦難别。東漢璽成觚不觚，北海碑憐缺處缺。天留此石待高人，石逢知己石應悦。憶昔殘元古逸民，烏牛白帽矜高節。詩情天馬空中行，畫意寒梅林外纈。寸箋尺幅世争珍，浮萍軒裏清芬擷。精心博古復證今，自出新意更前轍。剩水殘山五百年，流傳遂與尊彝埒。後人踵事各增新，壽山昌化紛傳説。匹夫懷璧賈居奇，搜羅竟欲空岩穴。故人贈我等球琳，棐几無塵日羅列。近逢妙手爲雕鑱，經營慘澹真修潔。鳥篆蟲書蝌蚪文，考訂邊旁辨波磔。蠻箋署尾見輪囷，猩血繞身更奇譎。嗟余亦是支離人，小技雕蟲遜前哲。歸途仗爾壓輕裝，明珠慧苡應防訐。

遠眺

魯王宫殿牘陂陀，遠眺蒼茫感逝波。水界泉漳杭一葦，山分文武旋雙螺。千帆徑渡昆耶國，一面曾當曳落河。人海滄桑太匆促，可憐逐日枉揮戈。

兀坐寡營偶拈出小雨東風春一半之句演成八首時花朝前二日也

其一

小雨東風春一半，空齋兀坐聳吟肩。新泥壁垩魚鱗屋，活火爐烹蟹眼泉。深院微涼石礎潤，屈指百花生日近。擊碎唾壺空自豪，敲殘銅斗無人問。

其二

小雨東風春一半，天涯伴侣音書斷。似夢非夢雁奴驚，欲晴不晴鳩婦唤。傒僮含笑報花開，强起攜笻步蘚苔。釀花天氣晨猶冷，誰送輕棉半臂來。

其三

小雨東風春一半，攤書且與古人親。下乘已墮辟支果，三食將成脉望神。結習未忘翻自笑，如許頭顱異年少。懷鉛握槧欲何爲，玉樓近日停徵召。

其四

小雨東風春一半，手汲清泉滌石硯。曾隨牛後製青詞，漫與羊欣書白練。右臂偏枯已十年，秋蛇春蚓負家傳。詩成自涴銀光紙，十二龍賓生碧煙。

其五

小雨東風春一半，睡鴨名香半炷焚。静中有動簷鳥噪，忙裏偷閑瓦雀馴。全家鷯寄荒江上，手版頭銜尚無恙。不堪回首故園春，聊復爾耳真無狀。

其六

小雨東風春一半，黏樽花蕊紛庭院。舊事紅塵付夢中，新篘緑醑浮缸面。扶頭呼我緑螺杯，酒星飛墮酒人懷。甕側何妨吏部卧，庭前不設太常齋。

其七

小雨東風春一半，種蕉半畝竹千竿。杜曲長鑱白木柄，休文短疏烏絲闌。佳人翠袖青鸞尾，倩影珊珊傍階戺。一雙翠羽去還來，十丈紅塵飛不起。

其八

小雨東風春一半，緑茵青罽鋪芳甸。麥浪掀翻餅餌香，銜泥又到尋常燕。鵝黄柳色蘸晴波，烏笠紅衫岸上過。豳風圖畫豐年景，譜入陽春白雪歌。

羅將軍歌并引

《七修類稿》載，羅良，字彦温，長汀人。至正四年，傾家募兵討漳賊李志甫，平之。屢立大功，威震閩粤。守漳二十年，累官至光禄大夫，進封晉國公。會陳友定擁兵跋扈，諸郡紛紛獻城。良卓然不屈，遺書責友定，有「將爲郭子儀，抑爲曹孟德」之語。友定怒，發兵攻漳。良使三千人操弩毒矢，伏險待之，戒聞警勿動。千夫長張石古等違良節制，友定遂渡。柳營江良迎戰馬岐山，敗績。友定進圍漳，城中乏食，良下令死守。幕下有盧善徵者，良曾以軍法斬其父，至是引賊入。城陷，良巷戰死。妻怡清夫人陳氏，殉夫死；弟萬户羅三，罵賊死；子安賓將兵救父，衆潰，自刎死。同死者百餘人。友定義良忠節，不掠其後鄉人，葬陳氏於緑江之濱，呼爲「烈媍」。冢元史不立傳，故特表揚之。

長汀〔一〕義士有羅良，謀如諸葛勇關張。起家艸莽致通顯，埽除巨寇如驅羊。有元衰季群盗起，篝火狐鳴紛陸梁。閩粵之交更蹂躪，勾連潮惠接泉漳。將軍傾家思報國，了無憑藉真剛强。前平吴仲海李志甫後陳國珍夏山虎，大小百戰一身當。摧枯拉朽用全力，如刃破竹雪沃湯。明溪驛卒病頭郎陳友定，黄土一戰官平章。燕只不花擁虚位，要君叛主何披猖。將爲子儀抑孟德，凛然大義激豺狼。江東一蹶賊氣揚，馬岐山下天無光。將違節制敗乃事，非戰之罪謀不臧。旆頭星高陣雲慘，孤城坐困軍無糧。陰霾苦霧韋長倩，羅禽握鼠張睢陽。殺賊無算巷戰死，體無完膚身不僵。怡清夫人殉節義，烈媍冢上土花香。有弟有子同時亡，田横客恥一人降。威震閩甌二十載，東南半壁資保障。太息長城一旦壞，養虎自衛翻自傷。大將乃落小卒手，後身或作靖南黄。梟獍猶知敬忠節，當年聲望安可量？維時紛紛獻城者，豈知人世有綱常？一代奇忠不立傳，史官譾陋多遺忘。武林郎氏七修稿，縷陳顛末言何詳？我來南紀考古迹，海氣昏錯山青蒼。傳語漳人宜報賽，歲時伏臘羅酒漿。强魂毅魄振頑懦，祀典應亦隆蒸嘗。猶勝土偶木居士，田元帥與太師楊閩人祀神，大約田元帥、楊太師、齊天大聖之流。

【校注】

〔一〕長汀：又名汀州，位於今福建省西部。在唐代開元年間置縣，始名長汀。長汀是著名的八閩汀州故地之一。

花朝前一日感懷

去年花朝白鹿洞，司馬張筵集賓從。酒龍譚虎更詩仙，白雲靉靆相迎送。一幢波光净似揩，半陰天氣春如夢。今年花朝停雲館，小院春深門畫掩。落花狼籍糁新苔，時鳥輈輈傍曲檻。今雨舊雨得書遲，長吟短吟拈韻險。飛星過漢葉隨波，堂堂歲月傷蹉跎。記曾鹿町追奔鹿，悔向柯山借斧柯。眼前近事亦何有，身騎土牛伴芻狗。千鈞之弩慎發機，紛紛鼷鼠來窺牖。我今鷯寄亦偶然，塵中那得逢偓佺？且酌新蒭缸面酒，猥以凡骨學神仙。

竹泉觀察以謝佩禾堃蘭言集見示并徵蕪詩備選賦長句寄贈佩禾即呈觀察

吾宗選樓君家墩，各有遺迹傳清門。争墩妄念初未涉，選樓今讓君稱尊。君住維揚占詩國，夢紅浴碧排丹閫。三千組練腕下走，八九雲夢胸中吞。春艸吟編久傳世，詩名藉藉騫鵬鯤。餘緒復輯蘭言選，狂搜月窟探天根。生平足迹半天下，酒龍詩虎歙篪塤。名篇傑作富收攬，手胝口沫忘朝昏。達官名宿未假借，鍊師閒士供删存。黄紙裝池各體備，南宗北派兼西崑。數百餘家數十載，燦列珠貝羅瑶琨。海風澒洞洩雲奔，羈人兀坐恬吟魂。節暑朝馳赫蹏至，琳琅下畀何温馨。更索蕪詞備採擇，卷施小草儕蘭蓀。葦籥竹籥聲嘽緩，轉愁笑倒康崑崙。枯腸卒遇五侯鯖，百花新釀傾芳樽。李仙杜聖目難給，烏蘭緑字手重捫。惆悵神交無半面，何由請益開懵惛。會當捉艇渡滄海，翦燭通宵細討論。

甄試書院黄生廷珪以素箑索書即事四首

其一

刻苦事鉛槧，春風桃李妍。未能忘結習，復此續前緣。往迹漫回首，些時蹔息肩。鏁廳蠶食葉，屈指卅餘年。

其二

却喜諸英彦，文章爛若霞。欵門争立雪，問字久停車。再滌塵奩鏡，重開老樹花。相期各努力，引手拔鯨牙。

其三

憶昔游山左，皋比坐百城。每慚燕下士，盡識魯諸生。歷下人文藪，膠西車笠盟。南來頻入夢，棖觸不勝情。

其四

茂才來晉謁，鄙吝廓然除。手握仰家扇，求爲穎士書。家風春有蚓，臂病墨成豬。意氣聯文字，鴻泥雪爪餘。

晨起漫興

白雲如絮雨如繩，樹上提壺唤欲膺。病臂難逢醫國手，冥心渾似寄包僧。坐花醉月春常在，縮地移山力未勝。雁燕去來天宇闊，故人書札總無憑。

贈鳳山僧曼雲

其一

方袍嗣法人，曹溪舊弟子。維摩千萬偈，朗誦如翻水。天花落滿身，貝葉書盈紙。小品設疑難，以指能喻指。乘風渡海來，驚濤生足底。羼提向檀那，檀那大歡喜。

其二

瞿那賓頭盧，教花周四部。世尊廣長舌，大力救諸苦。緊鳩摩羅什，十誦傳今古。開堂三瓣香，敬謹爲某某。嗤彼粥飯僧，迦文棄如土。師門衣鉢真，空林響法鼓。

其三

爾師吾故人，參寥亦文暢。香積辦筍蔬，爲我設供帳。一榻眠白雲，户外茶煙颺。粥鼓鐘魚聲，答我滄浪唱。語落箭鋒機，夢憶龍天仗。階下曼陀羅，年來可無恙。

其四

憶昔木蘭游，圖畫竹林七。借爾毘盧冠，艷我丹青筆。登樓樹齊肩，冒雨泥濺膝。詩册付收藏，聊同玉帶一。彈指四年間，駒光轉頭失。泚筆成短偈，勖哉待戒律。

漫興

其一

花香兼鳥語，節候近清明。薄暮煙光暝，微涼雨意成。三間茆屋下，萬里故鄉情。撥火瀹新茗，泠然詩思清。

其二

一枕夢初破，滿階花亂飛。年來青鬢改，事與素心違。揮手謝塵鞅，低頭羨布衣。謀生憐太拙，抱甕久忘機。

其三

小齋容我鄀，半炷爇茗香。苔髮緑當户，竹梢青過牆。裁詩操不律，呼酒説干將。性僻從人笑，空拳漫自張。

其四

復此聽衙鼓，匆匆又判年。布田花似錦，鋪徑草如氊。魚鹿悲生事，鵜鴂隔遠天。無須商去住，有酒且陶然。

其五

風風仍雨雨，隙地半弓斜。緑綻甘蕉葉，黄開苦藚花。蜂衙排小隊，蜨陣過鄰家。盡日科頭坐，鬖鬖感物華。

其六

全家依傳舍，五十嘆伶俜。蠣粉堊牆白，苔花緑樹青。舉頭空海市，戟手問山靈。真一新篘酒，中人未易醒。

寄贈雨航上人三十韻

古刹鬱巍峨，高僧久掛搭。全勢壓山城，曇雲紛匼匝。深殿寂無人，鈴鐸互相答。南宋玉勾斜，鎮以青石塔。游人不敢登，八面雕扉闔。平臺袤百丈，下有香魂姶。月明風定時，綽約曳珠趿。鐘樓踞東南，夜半聞靴鞳。彌陀丈六身，變相天人雜。碩腹見彭亨，慈容鎮蕭颯。端坐啟笑顏，千年口不合。住持分四院，清净無茸闒。上人今惠遠，寒暑一殘衲。苦海具法航，猛力看騰踏。何見亦何聞，天風翻布鴿。性僻愛詩人，與我深結納。憶昔假東廂，酣眠白木榻。人居僧俗間，許事且食蛤。師乃不吾嗔，盤桓歷伏臘。每開香積厨，羹湯供嘬嚃。曾書十六偈，籠壁争摹搨。回頭六七年，駒光驚駁遝。昨朝嗣法來，卷單拖草靸。贈我緑筠籠，可以當酒榼。普結瓣香緣，喜我朋簪盍。發願力羼提，於卦成噬嗑。會當再來游，解我青韎韐。黄昏蝙蝠飛，深夜蚊蚋噆。寂坐禪欲參，狂吟鬼可拉。徙倚小窗前，芭蕉卷緑蠟。

述書懷人詩寄莆陽門人陳選士遠孫茂才輝曾

昔爲郡從事，郡簡稀文牒。假館古名藍，朋儕時欵接。聯翩諸名士，登門事鼓篋。立雪繞階墀，游山隨步屧。桃李競敷榮，縹緗資涉獵。純粹魯諸生，鉛槧各分挾。雅不薄龕官，吟賞心意愜。陳子偕孫郎，高情最洽浹。清才冠曹偶，英氣横眉睫。選士今后山，瓣香心久協。敬爲曾南豐，曾吟薄命妾。并翦哀家梨，遜此筆鋒捷。軒然遇文陣，膽壯無所慴。餘事寫幽蘭，風枝雜雨葉。寸草報春暉，萱花榮翠萐。茂才最青年，謁我猶佩韘。文成若翻水，駿馬羞蹀躞。玉立見亭亭，輕衫曳白氎。贈以纈雲詞，蠻箋手自摺。玉樹倚蒹葭，霜髭思欲鑷。它日登蓬瀛，翔步看穩貼。相依四五年，冬爐復夏箑。同吊玉勾斜，共賞來禽帖。壺山撰笻枝，蘭水呼舟楫。放鶴憶林逋，雕龍望劉勰謂蓼懷子石雨山長。槃薄贊公房，酣嬉馮子鋏。揮麈詩屢成，填詞笛自擫。佛垂西國眉，花笑東鄰靨。月夕與花晨，佳會記重疊。北風吹我來，滄海寰裳涉。羈栖三寒暑，停雲勞挂頰。去秋于役過，短衣縛袴褶。舊雨冀重聯，欣喜忘疲薾。維時天半陰，小雨方霎霎。茂才最先至，握手語低謵。選士力疾來，行厨具枓楪。罄此別後懷，傖子空嚅囁。公令星火催，離雲暗城堞。此別秋又春，七度凋蓂莢。人生能幾何？歲月增愁慄。作詩遠寄將，夢影飛蝴蜨。

清明紀游上巳前一日

上除遲一日，蠟我沙棠屐。佳節值清明，山海同一碧。預儲膠牙餳，却少流觴客。呼僮挈偏提，彳亍行春陌。暘此踏青游，短衣挾短策。維時雨乍過，縷縷歸雲白。鳩啼陌上桑，雉雊丘中麥。畫裏來烏犍，林梢岸緑幘。㶁㶁聽飛泉，迢迢經孤驛。不見女如雲，空憐髯似戟。野哭遍荒阡，纍纍冢千百。紙錢蛺蝶陣，土穴狐狸宅。仄聞明魯藩，此地安窀穸。當門委芳蘭，作賦思修柏。沿塗詢父老，未能指遺迹。志乘况譾陋，何以供詮釋。芒羊土一抔，下有東平魄。翁仲君何足，埋没雞豚柵。滄海久桑田，雷椎斷龍脉。憑吊枉歔欷，孤余好古癖。行行入招提，金粉裝檐額。左轉得高阜，其上平如席。拂苔鋪短裀，箕踞聊自適。村僧瀹茗來，土語勞重譯。曠然寄遐思，清風生肘腋。舉頭矚遥山，煙靄分青赤。縱目觀滄海，乾坤見闔闢。浮白問青天，胡爲太局脊？群仙俱飛昇，我何無羽翮？餘子盡峥嶸，我何困騰擲？自哂還自嘲，彌勒悲而唶。我亦醉欲行，蒼茫日將夕。平疇返笠簑，行潦縱横積。到門群鴉噪，暝色昏窗隙。嗟我廿年來，碌碌勞行役。眼底障千層，襟上塵一尺。萍蓬少定居，鷦蟀驚頻易。清絶得茲游，旁人從笑劇。拉雜四百言，繭紙手親擘。明朝修禊晨，仍當盡一石。

上巳感懷十首

其一

寒食清明連上巳，佳晨三日興全孤。陰晴變幻忙鳩婦，花柳摧殘到鼠枯。枕上不來丹篆夢，腰間仍佩紫微壺。可憐曲水流觴節，獨坐荒齋自將鬚。

其二

花門臙支柳門腰，西池佳宴是今朝。人間幾歷紅塵劫，天上仍吹碧玉簫。可有飛瓊來綽約，久無曼倩共談嘲。提壺勸飲鵑催去，院静厨寒太寂寥。

其三

細雨斜風憶去年，頹唐司馬厰賓筵。回頭已有升沉感，判袂常留詩酒緣。山下蘼蕪歌采采，夢中蛺蝶舞翩翩。停雲賦罷添惆悵，何日重分玉版箋？

其四

駘宕韶光白袷衣，詩人於世久忘機。花風廿四從頭數，翠羽一雙背面飛。拈韻朝朝歌獨速，開樽緩緩酹芳菲。官厨櫻筍遥相憶，淮白登柈紫蕨肥。

其五

十八年前汗漫時，江南桑苧製新詞。緑波春水便游舫，白板岩扉露酒旗。此日閩風食蛤蜊，當年淮浦膾鯸鮧。譚龍詩虎今何處？我亦蕭蕭兩鬢絲。

其六

春明往事揔難論，衫袖猶餘舊酒痕。望杏共稽承澤録，看花争説畏吾村。海棠時節過蕭寺，芍藥春光出便門。一枕紅塵飛夢影，陶然亭下夕陽温。

其七

鵲華橋畔過清明，少日酣嬉載酒行。山左春風遲蹇步，濟南名士訂鷗盟。可憐燕國魚書杳，真箇龍山馬足輕。古歷亭中修禊日，新蒲細柳尚含情。

其八

七十二沽春水緑，紅橋廿四萬垂楊。招邀酒伴傾竹葉，勾當花魂到海棠。紫燕來巢思蕩子，黄魚入饌問厨孃。賣餳天氣簫聲暖，草草尊罍感異鄉。

其九

飲虹樓枕運租河，蝦葉魚苗壓市過。三日雨餘留客住，一篇賦就落花多。迂辛短李尋常見，碧落紅塵自在歌。最是啼鴂無賴甚，驚回鄉夢劇南柯。

其十

連朝細雨溼窗紗，蠻語參軍手自乂。圈柳未登荆楚記，射棚新藝免葵花。豪吟不分愁成國，久客全憑夢到家。秋水馬蹄多妙旨，挑燈且復誦南華。

剖瓠存稿卷十二　絜萍小草

丘文莊海忠介合集

文人精魄開鴻濛，儋耳何幸來蘇公。流風餘韻五百載，天矯幻出雙雲龍。賈捐之倡珠厓議，西漢以後猶蒙茸。由唐及宋三人耳（唐張九齡宋余靖崔與之），寂寞粤嶠如嚴冬。元符之世鸞皇集，蒸然絶徼回春風。食芋飲水樂其樂，門牆桃李皆蘢葱。黎生苻叟未通顯，澤流五世無終窮。有明正統逮嘉靖，文莊忠介迭起要。荒中配祀峨嵋，實無忝扶輿正氣。萬里聯西東，讜言彷彿金鑒録。曰偏曰隘徒相攻（明史稱文莊性褊隘忠介，以剛爲主，行事不能無偏處），亦如坡公論朝事，欲破邪膽揕其胸。衣鉢淵源知有自，平生小技嗤雕蟲。林行婆與翟夫子，載酒堂下或相逢。兩公合編傳世久，賈君（棠）焦子（映漢）黨令（維世）嗜好皆從同。更有南蘭程冢宰（景伊），偉論弁首言何工。我來南國借書讀，三復此集思文忠。下士荒陬嘆偃蹇，隔海未得尋遺蹤。試取長公遺文相印證，天邊高挂三長虹，雲端森立雙芙容。碧落清都有夢通，會當跨鶴來相從。

初度前一日獨酌

其一

憶昔少年日，江河勢欲吞。酒慚稍小户，賦不賣長門。華髮近如許，素心安可論。未能忘結習，鑿落手重捫。

其二

百年今過半，萬事已全非。夢想小茅店，痕留大布衣。魚書成斷絶，雁侶惜分飛。莫負黄壚約，厨寒煙火微。

其三

天意如薄醉，陰雲檻外多。爲花延性命，與客助吟哦。近事尚難料，高軒久未過。階除馴雀噪，滿引玉卷荷。

其四

鳩鵲營巢拙，鴟鳩唤雨頻。如何不羈客，仍作未歸人。漫詡直鈎釣，疇憐曲突薪。麴生舊知己，且與共酸辛。

移家鷺門呈竹泉觀察八首〔一〕

其一

全家居傳舍，半載兩番移。甕底已無酒，囊中賸有詩。世情多白眼，歸思在烏皮。八口洛城裏，來依韓退之。

其二

一葦杭碧海，鷗馴鷺不驚。蒼黄謀定所，漂泊感浮生。債已無臺避，身難與命争。蕭然載家具，日暮入山城。

其三

牝牡驪黄外，曾叨賞識殊。那知轅又僨，依舊牧求芻。下走負金埒，高風縶白駒。受恩慚太渥，俛其一長吁。

其四

九鼎一言重，緘書見孟郊。蜩螗思美蔭，橘柚愧包茅。受賜等圭瑁，憐才到斗筲。惟餘目前事，風雨劇函崤。

其五

憶昔重來日，欣然欲報恩。勤勞心自矢，掊搕念羞存。卒遇尋常燕，難争姓字墩。苦爲摒擋計，愧恧那堪論。

其六

愛日親庭暖，晨昏鳥雀喧。萬千餘道理，八十茂椿萱。近事鹿走險，前程鳥在樊。怕零垂老淚，未敢與明言。

其七

太息謀生拙，詩書竟誤人。短歌成獨速，長語更酸辛。自分卷施草，頻叨雨露仁。感恩言拉雜，惴惴懼遭嗔。

【校注】

〔一〕題爲八首，原稿存七首。

五十初度醉後放歌

天公怕我作詩嬾，故遣風輪常左轉。萬端坎壈纏其身，一縷心光透空展。天公厭我作詩多，漫以塵障相磨磋。羝羊觸藩魚卧轍，料無餘興躭吟哦。那知性僻齊得喪，豐固欣然嗇無恙。窮年矻矻手一編，濯纓濯足隨時唱。邇來俗事太攖人，沓還偏逢初度辰。舉家相對慘不樂，咨嗟爨下惜勞薪。勞薪自分留焦尾，差强敗葉隨樵子。儻遇知音一再彈，上有高山下流水。溺者必笑痛者呼，璅屑未足勞踟躕。解識人生行樂耳，秦聲梢琴胡爲乎？少時楮墨涉浮艷，投老方期詩境變。不堪聚鐵鑄六州，何日鎔金成百鍊？燈昏硯冷鎮無聊，插架連牀口日抄。要向古人丐真諦，手胝口沫敢辭勞。冥心却憶舊游處，簪毫曾獻長楊賦。當年下第哭劉蕡，此日題橋嗤相如去聲。崎嶇世路九迴腸，清都縹緲無津梁。詩竟一篇酒一斗，糟丘筆冢，是處足徜徉。

齒痛

一齒忽摇動，每食妨咀嚼。豈惟妨咀嚼，中夜痛如鑿。以指試捫之，欲落又不落。焦灼中如焚，莫名哀與樂。

憶昔少壯時，味不甘藜藿。大肉與硬餅，堅牢無畏却。鴞炙與駝峰，異味飽齦咢。捷過宋斤揮，銛于蕭斧斫。到口快迎刃，那用磨霍霍。每笑昌黎翁，吟詩涉諧謔。如何近年來，鋒鈍力亦弱。割烹愁彘肩，飲啜便羊酪。有如魚中勾，又若霜侵籜。寒熱時往來，難驅瘧鬼虐。况兼肺疾久，急痛到兩髆。故人畀奇方，綠葉纖而薄近得奇方，用薄荷葉貼之。再試乃無功，此病應勿藥。稽首謝天公，作劇幸不惡。肩舌尚未焦，頰輔亦未削。月夕花之辰，醇醪自斟酌。

三月十六日卸浯江篆賦示紳庶

其一

小住易爲別，匆匆冬復春。尋常無主燕，落拓不閑人。世路敢辭險，天涯漫結隣。題詩留雪爪，泥堊壁痕新。

其二

亦知難駐足，其奈太蒼黄。白鷺没孤影，青山戀夕陽。大樽空濩落，小劫亦滄桑。揮手自兹去，蕭然海氣涼。

其三

庭院有高樹，啼烏盡意啼。營巢成拙計，哺鷇感孤棲。止處尚餘屋，饑來羞啄泥。主人頭亦白，去去莫酸嘶。

其四

賴有投足地，欣然賦小還。孤雲白鹿洞，一髮玉屏山。煮茗僧堪共，聽琴鶴亦閑。况餘知己在，詩酒定開顔。

有鳥

有鳥綠其項，渡海乘南風。刷翎高樹上，覓食雜花叢。傒奴羅得之，貯以斑竹籠。每飲必清泉，每食必青蟲。飲啄得其所，無意思高翀。晨朝脱扃鑰，軒然去無蹤。日莫乃復來，仍墮機張中。了無驚弓意，匆抑太愚蒙。苦饑乃至此，令我心忡忡。開籠縱之去，海闊青天空。

齒落

昨作咒齒詩，齒痛乃如故。竊恐諧謔詞，或者觸其怒。侵晨起櫛沐，忽然離故處。簇簇時動摇，懸懸少依附。耆然遂脱落，快若起沈痾。從茲過屠門，大嚼無復顧。静坐轉自憐，此景即衰暮。相依五十年，一旦辭我去。舉一例其餘，慎勿群學步。

書箑贈楊立齋鎮軍

其一

閩海之江建樹多，須眉精悍氣冲和。榮名待錫巴圖魯，重鎮曾當曳落河。玉麈清譚饒幹濟，角巾私第慎風波公近築舟屋，顔以不繫。年逾五十真矍鑠，慷慨酣吟敕勒歌是日談兵事，中外形勢瞭如指掌。

其二

襟懷如月氣如雲，講罷韜鈐索典墳。久蓄奇謀資保障，不專好武是將軍。搴旗破砦當年事，緩帶輕裘大雅群。賤子識荆剛半載，一瓻可許共論文時向公借書。

玉屏山館有懷心香太史

其一

皋比舊坐積灰塵，襆被今來作近隣。白髮如期成毷氉，黄壚有約尚逡巡。依人猶自呼庚癸，齊物何須感巳辰。

記否桐陰最深處，前年賞雨買青春。

其二

泡影曇雲等幻真，浮生弱草息微塵。軒窗破碎留殘句，花木依稀識故人。蜨夢爲周今似昔，鴻泥留爪舊如新。那堪俗障紛紜集，仍是從前避債身。

其三

酒家大户兩情親，裂月撐霆舊主賓。老境輸君稱巨手，後生笑我作陳人。名言點鐵鏤心版，小技雕蟲舞爨薪。絮果萍因無定所，又教鵝鴨惱比隣。

其四

去秋君歿于吾手，含殮猶餘淚點新。竟死自應空一切，貪生都爲戀雙親。從今好句憑誰賞，何日甜鄉更結隣。好待笙媧摶土後，再來共坐守庚申。

移居三能閣用前韻

其一

浮生自笑涴緇塵，傳舍匆匆漫結隣。詩爲苦吟無一字，酒因多病怯三巡。鄉關迢遞家如寄，荆棘縱横命不辰。又徙琴樽向山閣，風光首夏似初春。

其二

大夢何須問假真，茫茫碧落與紅塵。那堪破帽疲驢客，又過青衣驄馬人。雲闇小窗知雨到，路妨很石悟居新。詩瓢酒盞兼茶具，卅載常隨落拓身。

其三

微官海國奉雙親，每自偷閑集衆賓。半粟向餘供客黍，兩番仍作賃春人寄寓鷺門，今兩度矣。愧無詩筆翻塵海，那更名場較積薪。却憶舊游增悵望，梅花萬樹卜吟隣。

其四

五十年來行萬里，皓然鬚髮鏡中新。不堪回首人琴感，忽漫相逢魚鳥親。老屋東頭蛛罥户，女牆西面海爲鄰。促裝又向銀同去，牙纛風前拜甫申時迎制軍。

易堂來書云詩酒非好相識尚斥絶之語甚可怪作此調之

詩能令人窮，酒能使人病。致富攝生尚未暇，賴此兩事陶情性。君昔嗜好與吾同，馬首胡爲竟欲東？豈其榮利念，雜還來胸中。抑或憤激語？調侃嗤愚蒙。因噎廢食乃如此，坐令賤子心忡忡。朗吟一篇引一斗，酒國詩城屬我有。它年幸勿假許田，技癢難搔失所守。

雨中漫興

三遷傳舍未安巢，恥學揚雄作解嘲。家釀開樽留客醉，新詩脱稿倩僧抄僧曼雲爲抄近作。愁城債帥營高壘，夢雨停雲憶舊交。太息軒車久寂寞，坐看檐溜浸堂坳。

題天女散花圖

其一

餘事味禪悦，心光得未曾。爲躭花似雨，寫就貌如僧。粉墨澹無迹，曼陀呼欲譍。蒲團趺坐處，島可與争能。

其二

紅雨紛紛落，曇花現此身。大乘證佛果，小劫隨風輪。揭鉢魔俱退，吞針咒亦神。全空諸色相，天女漫含顰。

晨起柬翁芥舟

濕雲如墨暗罘罳，塵事嬰人漸不支。舊雨相要季路諾，殘編恰讀孟郊詩。牽蘿補屋一無就，集腋爲裘百不宜。寄語西隣同調者，暫來盃酒話心期。

重午日游碧山岩題壁

冗士少定居，兩月鷺門島。端陽半晴雨，晨參事粗了。獨酌至半醺，冷淘便一飽。散此腰脚頑，信步探幽窈。嵯峨碧山崖，琳宫位置好。拄杖陟其巔，滄海一盃小。石洞繚而曲，鬼斧争天巧。寒風砭人肌，四面烟蘿繞。心地俱清涼，此境年來少。下界日方中，紅塵正紛擾。及此半日閑，題詩莫草草。

榕林小集以渡頭小舟卷入寒塘坳分韻得舟字

荆高意氣壯并幽，七尺昂藏漸白頭。早歲尊罍稱大户，中年絲竹負空侯。貧仍作掾隨風絮，老不饒人下水舟。差喜朋簪今乍盍，莓苔舊徑記重游。

妙真篇侯笠青孝廉屬作

萍因絮果愁無主，東風吹墮江之滸。幻作娉婷姹女身，眉黛含顰花解語。兒家生小本良家，浩劫嬰人入阱斜。芳名自具西來意，情波淘盡恒河沙。蜨友蜂媒日徵逐，露仙宮外朝雲緑。心如冰蘗臉如霞，纏頭一曲愁千斛。那惜長年善事人，鶯嗔燕妬可憐春。曼陀羅開佛桑落，皈依净土證前因。萬縷青絲歸一翦，心自匪石不可轉。嬾著黄絁作道裝，玉京仙子仙緣淺。先山蕭寺青燈青，學唪三千貝葉經。蓮花世界天風馥，鳩盤荼笑魔女迎。紅飛翠舞當年事，粉漬脂痕夢猶記。香口慵吟長恨歌平日愛誦長恨歌，蒲團穩坐空王地。門前曾泊孝廉船，綺語新留文字禪笠青爲作小傳。手攜第二泉邊月，來照雙修王嶽蓮。

南普陀小集次壁間韻

東望澎臺海勢臨，五仙人立白雲岑。落伽分派開初地，舍利傳燈證佛心。蝸篆有形苔疥壁，羊蔬無夢筍抽簪。科頭跣足瞢騰醉，肯把塵襟浣素襟。

送僧曼雲歸鳳山

其一

卷單别我去，水複更山重。細雨一枝艣，清風萬壑松。郇蔬臨澗洗，早稻帶雲舂。計日歸蘭若，齋厨聽午鐘。

其二

泉南近五載，我亦示歸期。蹤迹鴻留爪，生涯豹有皮。眠雲重埽榻，疥壁載吟詩。珍重臨分意，遄行報爾師。

讀後湘集寄姚石甫大令

其一

一代有宗匠，慚無半面緣。未醒隍鹿夢，空墮野狐禪。下國附庸小，長城壁壘堅。酸寒窮簿尉，可許丐真詮？

其二

飛甍高閣畔，昔者樹甘棠。政績循良傳，文章日月光。大樽嗟濩落，小劫閱滄桑。九卷後湘集，氤氳散古香。

處暑日小集清言霏屑之軒

其一

風送新涼溽暑清，晚蟬嘒嘒作秋聲。鄉關萬里刀環夢，湖海十年車笠盟。緑螘紅螺欺我老，鼠肝蟲臂任人争。不堪回首旗亭壁，尺五天南韋杜城。

其二

尊罍傾倒故人情，陡覺枯腸芒角生。鱸膾秋風空落拓，羊蔬客夢太分明。可憐身世無錐立，大好溪山荷鍤行。歸卧繩牀澄萬慮，吟蛩繞砌夜三更。

游南普陀用前韻

其一

揭來初地覺心清，坐聽蒲團落磬聲。豪客縱談青鳥術，海翁狎主白鷗盟。酒將成病終須戒，棋慣輸人不用争。三面風來高閣敞，斷雲障日過山城。

其二

粥鼓鐘魚世外情，好從石上證三生。雲連蜃氣天將暝，水掬龍泉眼倍明。更有僧求狂翰墨，苦無人和醉歌行。壁間舊句莓苔蝕，已覺滄桑小變更。

空王蕉詩并引

普陀巖有樹似蕉，斜葉對生，如裂破者。寺僧云此名「空王」，漳郡所産。余以其名有西來意，固宜梵宇藝之也。

側理斜紋誤翦裁，佳名肇錫佛如來。蓮花座上袈裟裂，迦葉門中缺陷開。天女夭斜鬟未整，山僧藍縷手親栽。誤它蕉鹿隍中夢，樹有菩提鏡有臺。

游白鹿洞

其一

千年白鹿洞，絶頂即清都。地扼澎臺吭，天開烟雨圖。滄桑經變幻，潮汐尚吞屠。欲覓仙人問，安期事有無。

其二

到此凉侵袂，軒窗面面開。僧雛供筍蕨，屐齒破莓苔。四座東南美，重陽風雨來。倚闌歌樂府，天外走輕雷。

其三

雨過山如沐，天容海色分。孤鴻遵遠渚，萬馬蹴歸雲。帆影魚麗陣，霞光錦繡紋。曠然懷往躅，寂歷已斜曛。

其四

客去溪聲送，肩輿渡石橋。疏花飛小蜨，灌莽咽寒蜩。後約期重踐，新吟苦未調。歸來涼夜静，風雨又瀟瀟。

重陽前一日獨酌放歌

颶風吹雨海雲立，鮫人十萬空中泣。來朝海國又重陽，預愁妨我登高集。手擘蠻箋製小詩，檐花滴瀝蕉窗濕。神龍夭矯作狡獪，染就橫圖流墨汁。羈人偃蹇卧蓬廬，不甘敗興來催租。青燈閃鑠銀盃小，燒春入口如醍醐。苧衫藤簟太蕭摵，海聲嵐氣從呑屠。天籟清泠人籟静，焉用鼓瑟吹笙竽。君不見，東籬客道旁，送酒人衣白。又不見，李義山，目窺東閣感前緣。古今一丘之貉耳，菀枯榮瘁都如此。莫將誰健計明年，大息流光同逝水。更闌酒盡夜何其，嚦嚦征鴻渡江沚。

重陽登高拈糕字韻

其一

雨雨風風海怒號，扶笻循例一登高。醫愁喜得三年艾，獵食新嘗五色糕。髩已星霜慵插菊，腹難孤負想持螯。振衣千仞岡頭立，山水芒羊送目勞。

其二

年來飲酒讀離騷，慷慨悲歌氣尚豪。萬事難圖空畫餅，五經無字强題糕。不須紅鵲開蕭寺，儘有花豬慰老饕。故國霜前征雁影，計程應已渡江皋。

其三

曾賦長楊奮彩毫，陶然亭上集同袍。有時秋興吟菰米，無分名場祀棗糕。千頃蘆花夕照晚，一牆薜荔古城高。

不堪回首紅塵夢，酒盡燈殘首重搔。

其四

故人摯意重綈袍，秋草黄時沐雨膏。既醉尚傾桑落酒，加餐更餉菊花糕。何年刻葉真成楮，自笑亡羊漫補牢。
商調試賡同谷什，檐端風雨鎮蕭騷。

寒露日再用前韻

其一

節當寒露冷蛩號，寥泬無邊雁影高。官閣細傾竹葉酒，家厨猶製紙旗糕。目光似罥蠨蛸網，世味如嘗蟛蠘螯。
五十重陽今又過，不堪魚鹿太勞勞。

其二

受粟今同北郭騷，士逢知己亦堪豪。名場曾飲槌牛酒，末秩羞貪食鹿糕。一帶葭蒼兼露白，連朝雨虐更風饕。
龍山已罷登高會，坐聽仙禽唳九皋。

其三

歲月消磨秃兔毫，秋風淅瀝典衣袍。不聞琴曲調攤飯，似有兒童唱喫糕。少海停雲仙路隔，長安舊夢蜃樓高。
奮飛無計心如石，兀坐蕭齋鬢獨搔。

其四

野興偏宜薜荔袍，鄉心空淬鷫鷞膏。故人幾輩分綾餅，好友盈柈餽繡糕。詩筆難開花頃刻，愁城直比玉堅牢。
莊生齊物垂名論，欲拓塵襟賦反騷。

九月廿四日邀同人游南普陀

海雲烘日魚尾頳，山雲觸石佛頭青。海雲山雲互交錯，寒風贔屭作秋聲。我攜勝友陟絶巘，盪胸決眥一身輕。遠帆如鳥樹如薺，滄波爲帶峰爲屏。曲徑通幽到僧舍，白頭老衲來相迎。鐘魚粥鼓開初地，叢蘭細菊堆前楹。頹唐滿座湖海客，佛前食肉緣非僧。半空靈果紛紛墮，閑鷗浩蕩幽鳥鳴。却憶年來羈禾異，虎溪鹿洞皆留名。此地曾塗雪色壁，墨光青赤莓苔生。秋風吹我將北上，黯然真有睽離情。征鴻來賓燕作客，蕭摵更有檐前鈴。舉白遍浮同調者，願與酣嬉荷鍤行。自古人生如寄耳，萍因絮果記吾曾。維時重陽風雨過，螺鬟乍沐鯨浪平。歸來肩輿夕陽下，長揖海若别山靈。

將返興安留别竹泉觀察四首

其一

萍絮漂零白鷺洲，春風轉眄又深秋。已叨工部千間厦，更拜香山大布裘。食葉如蠶眠欲起，啣環有雀願難酬。黯然竟作銷魂别，衰草寒花古渡頭。

其二

東南保障十春秋，聲望荆州又道州。自是蘇公曾惜路，非關王粲暫依劉。士逢知己應無恨，思到難銘轉自羞。淚灑臨岐重回首，輕裝欲促又句留。

其三

太息酸寒簿尉儔，全有萬里滯荒陬。晨昏且喜雙親健，魂夢難消兩地愁。枳棘叢中雲氣暖，卷施草上露華稠。

壯懷悵觸看形影，白髮蕭蕭漸滿頭。

其四

略分言情計去留，階前再拜獻新謳。溪山尚自圍三郡，部曲依然粲八騶。九面壺峰雲液合，一灣蘭水玉膏流。蓼紅葦白秋江上，目斷南天百尺樓。

寄呈瑞蓮石司馬

人生能幾何，五載不相見。薊北與閩南，兩地音書斷。小劫閲滄桑，大夢迷真幻。譬彼參與商，又如鴻與燕。暮雲春樹情，悵觸無昏旦。焉知萍水緣，合并一轉盻。出谷鶯喜遷，還飛鳥知倦。厦成雀欲賀，蔭美蟬思戀。計日東行縢，部下供驅遣。三堂無事酒，應醉三語掾。舊雨作新陰，略分容狂狷。酸寒深自慚，豬肝累一片。

張毖堂少尹招游大輪山題壁

名山如高人，聞聲欲相訪。名藍如隱士，匿迹逃塵網。嵯峨大輪山，五載勞夢想。當年陳元龍，高唱山谷響（午垣明府曾爲語游大輪山詩。）無緣遘山靈，一笑欣抵掌。秋風衰草黄，勝境今瞻仰。拾級共登臨，四顧神爲爽。舊雨具樽罍，槃薄危樓上。衰遲筋力疲，跬步須笻杖。回思少壯時，奔鹿力相仿。年來遇滕薛，未敢與爭長。賸此山水緣，題詩以自廣。

古陵道中見騎驢者

路有騎驢者，居然似故鄉。蘆花飛雪白，柏葉帶霜黄。十里排殘堡，一鞭破夕陽。勞人方草草，羡爾促輕裝。

楓亭驛

崢嶸羊腸路，灣環一綫通。寒花仍遍野，健鶻正盤空。地瘦少藷蕷，人勞感麴藭。停雲渺何處，天外唳孤鴻。

書兩當軒山谷詩孫銅印詩後次原韻

獻賦淀津入乙選，五十年後吾當師。兩當軒集久傳世，淋漓大筆何酣嬉。萍逢轉徙無定所，誠明金石橐中攜。山谷詩孫一銅印，不識狡獪誰所爲？未谷明經相持贈，臆斷或自西江遺。先生同姓居同里，兼之性僻躭吟詩。滄桑變幻無可考，鄱陽世系應存疑。通譜之風盛近代，攀藤附葛深恥之。古人遺物便可寶，何必强認私家私。不敢斥言不稱祖，各成一局如彈碁。云何泚筆乖體例，恐後見者涉微詞。斕斒古色絢紅緑，銀勾鐵畫珊瑚枝。收藏珍重故人意，似嗜麴蘗歠糟醨。元祐至今七百載，詩道不絕如懸絲。學古所貴得真諦，後有萬世將誰欺？即如君詩宗太白，涪翁且未窺藩籬。今觀此篇移故步，想逢大敵力不支。繩樞甕牖列盆盎，清廟明堂森鼎彝。物以地重以人重，白璧奚只傳滈池。料應一時信筆耳，不然胡乃多離披？賤子此事亦具癖，羞將疵累貽來茲。九原可作一相證，謂吾誕妄吾奚辭。

剖瓠存稿卷十三　倦還軒稿

重返莆陽小詩四首

其一

又來初地卸輕裝仍假館鳳山寺，倦鳥歸飛破夕陽。蕉鹿隍中迷客夢，醯雞甕裏笑人忙。壺峰鱗次停雲白，蘭水灣環落照黃。溪叟村童舊相識，居然風景似還鄉。

其二

銅斗敲成獨速歌，當筵一曲定風波。路曹自笑歸無計，崔尉疇憐句不磨。甚悔疏慵前日悮，敢云濩落古人多。未忘結習心猶壯，夢與群仙宴大羅。

其三

舊雨新陰感去留，駑駘隨地駐鳴騶。已叨齊相千鍾粟謂竹泉觀察暨實川心齋兩司馬，又御龍門萬斛舟。衰謝那堪才更絀，酸寒深恐願難酬。頭銜手版俱如故，黽勉從公敢自休。

其四

東塗西抹賸虛名，酒琖詩瓢續舊盟。經濟崢嶸唐進士謂陳春溟大令，文章純粹魯諸生謂門人陳虞之孝廉、陳蘭士選士、潘笑三副車、孫蘅皋茂才諸人。一龕蕭寺閑雲繞，十里梅花古月明。大好琴尊共槃薄，戲投瓜李報瑶瓊。

鳳山禪院夜坐

蒲牢聲與梵聲連，人住曼陀兜率天。百感紛紜聊復爾，五年風景故依然。從無白髮輕饒鬢，那有紅塵許息肩。贏得些時清浄福，一庭寒碧裊茶烟。

奉謝瑞蓮石别駕餽食

羔酒辱分餉，摯情敦古歡。君能供鼠腹，我自媿猪肝。置肉橐仍在，無魚鋏不彈。園蔬新入夢，努力爲加餐。

中夜不寐信筆有作

黄葉聲乾墮階戺，饑鼯偷上烏皮几。愁人酒醒萬感并，卧不成眠攬衣起。青燈一穗結繁花，冷風吹透窗櫺紗。四壁蕭然人籟静，狺狺一犬吠隣家。童子鼾眠呼不醒，擁鼻微吟形贈影。可憐塵事等摶沙，太息饑腸空畫餅。矯首南天眼欲穿，全家淹滯海之堧。板輿何日雙親到，輾轉空牀夜似年。

感懷四首

其一

轂城山色裏，復此解征鞍。蹤迹齊竽濫，生涯蜀道難。紙書千里隔，布被五更寒。晨起攤吟卷，爐中篆未殘。

其二

一夜廉纖雨，朝來漸有聲。天公慳乍破，人事歲將成。夢草通宵静，探梅計日晴。茶煙濕不颺，淅瀝雜鉼笙。

其三

自凭烏皮几，紛然萬慮來。扶頭呼酒到，輪指計春回。刻苦三年葉，荒涼半畝苔。忘機謝矰繳，鷗鷺漫相猜。

其四

破屋淋漓濕，愁人宛轉歌。新詩同束筍，小吏助牽蘿。自笑辟支果，曾當曳落河。衰遲筋力減，無夢到南柯。

望梅

我爲梅花來，梅花乃未吐。荒涼小院中，落葉戰風雨。傳舍挈家居，破屋牽蘿補。辛勤鵲愛巢，慚愧珠還浦。草草具樽罍，待與花作主。青鳥斷音書，玉妃遲步武。五載小滄桑，相望隔烟渚。胡爲尚逡巡，香夢不我與。蕭槭坐空齋，無絃琴自拊。棖觸嬾巡簷，寂寞將誰語？來朝撰笻枝，花下且凝佇。三十六湖灣，百面喧腰鼓。

重返黄石口號四首

其一

溪山如故似還家，五載蒼黄兩鬢華。依舊湖灣三十六，倒騎瘦蹇探梅花。

其二

水色山光畫意新，歸來猶膡苦唫身。廿年薄宦無長物，贏得江妃是部民。

其三

臆説荒唐無是公，穀城山色鬱青葱。橋邊進履非難事，誰是當年圮上翁？

其四

刻苦酣唫到夜分，風塵孰與共論文。一杯遥酹鍾山土，惆悵詩人陳白雲陳白雲，黄石詩人。客死金陵，葬鍾山下。

圬人用松皮作瓦以承檐溜戲爲作此

老松化龍鱗滿身，空山間廢樵爲薪。圬者取皮截作瓦，參差低覆檐之脣。千年澗底春如夢，大厦無緣作梁棟。雨雨風風藉蔽虧，爨材端合詩人用。苔花皺瘃蘚紋斑，藤簟蕉窗相對閑。巡檐也索梅花笑，陋它桑柘嗤茅菅。海風澒洞雷霆吼，謖謖寒聲亦何有？毛將安附皮尚存，作詩一慰支離叟。

海内

海内文章在，塵中髩髮蒼。浮雲依澗曲，止水汎坳堂。賦尚留三稿，詩曾貯一囊。梅花無恙否，計日好稱觴。

友人餽野鴨

我本射鴨人，朝來食指動。故人慰我饞，野味走相送。紅掌出纖波，緑頭帶積葑。丁沽春水生，影蔽天無縫。爛賤不論錢，壓市争喧鬨。北人嗜鄉味，留作食單供。廿載饜南烹，鼠蝠聊隨衆。者番快老饕，填塹香秔共。獨速敲銅斗，爛熳倒銀甕。無須顔我堂，傳舍春婆夢。差擬膾春鳩，東坡詩可諷。我有竹枝弓，控弦輒命中。更覓劃魚翁，水國炰龍鳳。

梅花漸放次望梅韻

昨作望梅詩，冰雪肝腸吐。天公乃鑒之，潤以瀟瀟雨。檐端翠羽翔，檻外白雲補。仙人蕚緑華，下降江妃浦。

十里御雲軿，來覓風騷主。蕭齋有故人，相去不數武。倦鳥乍飛還，彷彿鴻遵渚。香夢喜重聯，新篇成漫與。轉憶五年來，寂寞膺頻拊。緇塵涴素襟，負負將何語？閑愁貰酒澆，落月停琴佇。美滿未十分，再擊花奴鼓。

冬至日夜起述懷疊前韻

夜静寂無人，一毬燈花吐。窗隙透微涼，小院疑過雨。滿庭竹樹陰，缺處雲蘿補。梅遲嶺上枝，雁斷衡陽浦。羈人卧穹廬，悵觸中無主。五載海之濱，詩酒依嚴武。新陰感去留，舊夢空洲渚。髮秃齒盡摇，朱顔不再與。蠹簡尚食饕，焦桐罷播拊。當歌成五噫，作掾羞三語。鷦螟蠻觸場，逐隊時延佇。莫嗤吴市簫，不類漁陽鼓。

小葺書屋落成題壁

其一

依然斗室剛容膝，自補雲蘿薙草萊。竹葉漫招田父飲，梅花都爲故人開。北窗夢斷檐鳥起，南國冬殘塞雁來。暫息勞筋成小築，流光荏苒莫相催。

其二

爪印泥痕記我曾，烏皮几在尚堪凭。故交半作乘軒客，薄宦真成退院僧。竟有將軍憐醉尉，久叨大府恕聾丞。紙窗竹榻三杯後，夢入瓊樓十二層。

其三

偃仰棲遲綽有餘，且將傳舍作吾廬。夢紅浴碧消塵事，掃地焚香讀道書。未免頭銜淹部領，儘拚蹤迹溷樵漁。蕭騷髩髮慵看鏡，五十年來歲漸除。

其四

秋鴻社燕各天涯，望遠懷人道里賒。叱馭危途曾九折，忘羊歧路又三叉。何當進履來黄石，大好傳經問白沙。擁鼻酣吟無日夜，揮毫涴壁墨如鴉。

寄懷柯易堂大令一百韻

參商不相逢，雁燕每相避。人生苦乖違，大略都相類。天既慳其緣，地又淆其次。南北共羈棲，東西分位置。坐令雲樹情，兩地邱山積。鶴水與魚枝，孰實司厥事。飛夢到君前，惝怳迷真僞。逢人訊起居，傳説互同異。孤懷對形影，五夜叢愁思。刻楮難具陳，懷珠那堪記。低徊復低徊，手拓詩筒寄。却憶五年前，薜苫欣把臂。蕪詞辱激賞，慷慨聯昆季。榕畺復鷺門，詩壇亦酒幟。褒奬寓微詞，菊蘭漫相戲。君忽讀禮歸，天涯零涕淚。我亦屆瓜期，青冥悵垂翅。請爲縷言之，魂定心猶悸。微生罹屯邅，自拚溝壑棄。絶處忽逢生，冥想知所自。因君識叔度謂心齋，竟受廣厦庇。三更羊胛熟，一片猪肝累。鵻鷯借高枝，樾蔭叨覆被。幺麿乃披猖，海氛驚贔屭。長組縛大猾，有北將投畀。于役往復還，海國秋雲霽。遂蒙大府憐，再拜觀察賜。馮婦復下車，浯江看重蒞。發覆兼搜藏，功令促飛騎。清晨無暇食，静夜難成寐。叢脞費經營，計月剛過四。幸無隕越虞，代者忽踵至。集事用官錢，無錢事難濟。解組太倉卒，補苴嗟無計。乾没有常刑，厥辜待窮治。維時春事闌，落花紅滿地。假館玉屏山，一榻眠寒翠。詩仍刻苦吟，酒尚瞢騰醉。故交嬾致書，節署羞投刺。事急念轉平，命舛心無媿。金遲鮑叔分，律待鄒生吹。大懼厘親心，漏語防童稚。鱗鴻渡海來，尺一勞相責。落拓甚自慚，開緘空侘傺。答書未明言，寸衷方惴惴。那知星火催，盡日蜩螗沸。師中舊知己，集腋成佳惠。力盡監河侯，苦未足沾溉。兩番乞援兵，一戰愁城潰。古人重推解，高風猶未墜。而我果何修，遘此雷陳誼。緩急人時有，所喜親心慰。買絲合繡君，手寫平原字。倚杖望停雲，停雲渺天際。豈無珠與環，遠道無由致。即今倦羽還，破廨仍匏繫。晴湖卅六灣，梅萼芳侵鼻。牽蘿補茅屋，逍遥謀卒歲。寂寞小還齊，無人户常閉。饑烏噪庭柯，壞蘚鋪階砌。村釀每獨傾，新篇更誰詒？時逢陌路人，幸少催租吏。美人隔烟水，望遠勞決眥。嗟余筋力疲，頓減幽并氣。肺疴雖漸瘳，臂病將成痺。兩鬢已星霜，雙瞳苦昏翳。親在敢言衰，黽勉供滫瀡。君今宰名區，及鋒非小試。惠愛召祥和，平反慎留滯。埽除蝗虎祲，約束鷹鸇鷙。桃李列門牆，餘事談文藝。勿抛舊業荒，詩酒聊申契。張君乃端人，卜郎亦偉器。相助以爲理，縣譜看淳懿。行當署上考，花封羡蓊蔚。萲堂戲萊衣，寸草春暉麗。庭中奏塤篪，階下集蘭桂。舉室慶團欒，懽騰到奴隸。我本不羈人，久絶縱横志。飽經雲雨翻，慣見炎涼易。嬾興墨者悲，不灑楊朱淚。春明多舊雨，行馬郎君貴。棄我久如遺，疇復相牽曳。我亦恥營求，窮途任凋敝。一官厄黄楊，廿載酸寒尉。顛倒持手板，差池嚴臭味。白雪濫吹竽，青蠅慚附驥。挹君千頃波，宿願今番遂。愧亞兩難名，感嘆亦歔欷。我有總角交，金石曾磨礪。離群而索居，未得時聯袂。有弟力田園，辛苦營粗糲。寓書云欲來，掃榻陳姜被。兩人如見君，定快平生意。長言倒江河，晷盡焚膏繼。聲韻苦拘人，談鋒未豪肆。黄鐘何匉訇，瓦缶真微細。士爲知己伸，拉雜同呫囁。海上狎鷗群，嶺頭逢驛使。君如和此詩，瑶華幸遄示。

臘日食粥

村社争喧細腰鼓，春聲隔巷無停杵。雕胡菱芡棗栗榛，雜以米豆侵晨煮。西方浴佛人作會，七寳五味遺僧侣。一從鉢雨幢雲梵教興，此俗流傳盛中土。差擬菊花九日糕，又如菰葉端陽黍。老者含飴婦孺懽，餘惠分沾到園圃。一乞食來南陬，歲時無記稽荊楚。土風各異傳舍移，故鄉故事無人舉。今年全家值臘日，贈米欣逢指囷魯。更尋橡粟招狙公，數載佳晨藉粥補。轉思少日居長安，餞臘年年酹清醑。天涯落拓小滄桑，寂寞琴書羞甑釜。海風吹動三層茅，短調歌成五雜組。飽餐捫腹鎮逍遥，磬口黄梅異香吐。

臂痛

去年右臂疲，今年左臂痛。屈伸不自由，食指無端動。肌膚類受創，血脈疑凝凍。難扶綠竹筇，莫挽青絲鞚。勿乃酒之愆，或爲風所中。刀圭經屢投，針灸俱無用。吁嗟筋力衰，半世流光送。回思少壯日，五石弦能控。竟成折臂翁，尚抱忘機甕。捶牀三嘆息，覓我游仙夢。

股痛

五體股最勞，四肢股最賤。載我身以行，海角天涯遍。如何近年來，筋力俱疲倦。跬步似須扶，遇寒輒作顫。駭鹿走難追，渴驥奔徒羡。况兼時隱痛，痿痺斯其漸。世人誇捷足，意氣無坑塹。争先我未能，自分奔而殿。逡巡避長官，蹩躠行芳甸。有時御藍輿，門生尚可倩。

探梅二首擬倩畫者寫作圖邀同人題咏

其一

湖灣三十六陂陀，彈指滄桑小劫過。舊夢已空香雪海，新愁又繞白雲窩。兩行楓柏墟烟直，一幢林巒畫意多。我跨疲驢攜短策，夕陽影裏共婆娑。

其二

江妃墩外鷺鶯飛，一帶人家住翠微。地隔紅塵便小隱，門開白板納清暉。當年湯沐香成國，此日溪山雪打圍。

留與詩人作畫稿，華陽巾上插花歸。

臘月十七日夜夢中得句云健兒空賣哥舒翰豎子能圖斛律光蓋用火拔歸仁及劉桃枝事也醒後不知所謂因足成咏史一首

大節臨時争轉念，威名震主卒難防。健兒空賣哥舒翰，豎子能圖斛律光。劉闢偏能饒夢復，朝恩竟不嫉汾陽。英雄生死關時命，牙笏金牌姓字香。

以素箋索王野航大使燕乂畫用蔣心餘乞方竹樓畫雜花屏風韻

半生湖海游，性僻愛蕭散。薜苫多名流，往往垂青眼。新詩刻苦唫，不知才力短。山水漫勾留，書畫資消遣。棐几净無塵，時展故人卷。讀之當卧游，此興殊不淺。疲暮乃逢君，秋水雙瞳翦。仄聞工繪事，徐熙亦錢選。蟠桃共瑶席，痛飲爵無算。鄉里話葭莩，喜結天涯伴。蒼黄悵别離，海上音書斷。新歲又逼人，寂寞魚枝館。休假得餘閑，奔馳幸暫免。小屋剛容厀，頗類僧居褊。雜花貯膽瓶，盎然春意滿。香收么鳳翎，夢到羅浮蘚。垂簾嗅花氣，一笑孤懷展。轉愁手折枝，元精耗天産。頃刻落英飛，焦枯露不泫。煩君化工手，貌此生婉娩。春波墓宿草，此事精者鮮。手拓銀光牋，小詩代折簡。潤筆無雅物，未遑致不腆。能事忌促迫，焉敢拘程限。真迹倘肯留，五十日匪遠。後月百花朝，勝約期來踐。招此衆香魂，開我群芳宴。一曲紫雲回，對花傾百琖。

再柬王野航大使

君齋不可無我詩，我壁不可無君畫。將石易馬踐前言，報李投桃成佳話。君得我詩何所爲？春庚秋蟀，棖觸故園思。我求君畫亦奚用？花辰月夕，勾當紅塵夢。六千里外同鄉井，邂逅天涯聚萍梗。君自騫騰類駕鶩，我慚瑟縮同蛙黽。各餘結習未能忘，吟詩作畫遺流光。空鰲共嗤孟東野，没骨争羡王元章。東野元章相隔一千歲，生不同時居異地。而我與君斗升嫪戀，共羈閩江濱，香火因緣諒匪細。贈君浣花素絹之長歌，佇君調脂殺粉研青螺。緑端之研玉，卷荷膏乳津，津湅可呵。自展溪藤書，栗尾赫蹏，馳送白雲裏。詩去畫來，結此一重翰墨緣。爛漫開樽，共醉春風前。

對月

行年五十一，月圓七百遍。屈指近元宵，孟陬又過半。月色常不改，人事乃多變。少壯能幾時，瞥眼一昏旦。白髮不相饒，朱顔日以换。蹉跎復蹉跎，流光掣飛電。筋力敢言衰，堂上雙親健。當時誤歧途，落拓將誰憾？徘徊步庭除，對月興長嘆。尔月渾不知，照我光凌亂。中懷忽棖觸，呼月與之辯。朱門饜粱肉，市儈營計算。目翳心亦盲，對月如不見。惟有苦吟人，團缺隨時玩。狀之以元圭，留之以小院。邀之以樽罍，救之以詞翰。形影成三人，氣味聯一貫。胡爲少區分，一例清輝爛。華屋等邱墳，净室齊藩溷。天道有慘舒，人生别貴賤。尔爲天眼睛，乃竟無剖判。善惡兩磨稜，職汝開其漸。無怪蝦蟆精，吞噬如餐飯。問月月亦慚，西曬唧一線。挑燈書此詞，此詞近乎慢。勿令小儒觀，觀之輒手訕。却自省前愆，正坐多尤怨。舉世無黑白，平生見已慣。三光無私照，上帝司其鍵。彼月亦何辜，讕語若爲難。月落烏夜啼，擁衾卧蒲薦。彷佛聽霓裳，夢入廣寒殿。

新正八日招同陳虞之孝廉陳蘭士選士鄭碧山上舍孫衡皋茂才載酒游尊山寺有劉茂才青嶂者不速而來以禪房楹帖化書後學丹梯分韻得化字

五載别精藍，兩月居傳舍。薄言載酒游，趁此初休假。山僧識故人，開户欣相迓。净室無塵埃，棟牖晨光射。

瘦石三峰排，殘梅數枝亞。檻外曼陀羅，開傍枯藤架。壁上舊題詩，屋漏痕如瀉。彈指去來今，流光壐一貫。我客四五人，意氣多閑暇。瓣香兩后山，清才淩鮑謝。矍鑠南湖翁，行年六十化。孫郎美無度，譚言饒藴藉。劉生來不速，入座意謙下。佛前饜酒肉，棒喝狂不怕。老僧留墨禪，闔韻共驚咤。方袍嗣法人，跽進柑與蔗。給札令吟詩，斑管探懷借。法鼓響雲堂，闍黎午炊罷。信步繞迴廊，疏散頹肩卸。城山對面看，濃翠環亭榭。青鳥噪簷牙，白雲補窗罅。欲同彌勒龕，吁嗟累婚嫁。

石所三峰詩并引

尊山禪院有奇礓，三峰靈峭入古陸。萊臧司馬曾以「石所」顔其廊，復以「小江郎」、「碧雲」、「牟珠」名之，欲爲補圖，徵詩未果。余亦久別石君，相對如遇故人。因賦小詩三章，付寺僧藏之，他日與石所並傳，亦韻事也。

小江郎

壁立一萬仞，大斧劈岩竇。縮之三尺餘，苔蘚盡堅瘦。將毋長房術，或者曼陀咒。雖小亦江郎，夢筆應相授。

碧雲

雲本從山出，出即肖山色。惟石屹不動，葆此千年碧。雲石了不分，緑髓淪精魄。仙人跨之行，蓬島看咫尺。

牟珠

陽朔不值錢，牟珠亦有洞。何人割一拳，規作伽藍供。萬竅闢玲瓏，雲蘿補其縫。涓涓膏乳流，菖蒲正可種。

瑞香花詞

門繪稻花雞，壁貼芹泥燕。葦索桃符歲新换，故人侵曉送花來。吉語傳呼滿庭院，緑瓷盆裏淺含苞。白似丁香紫如楝，珊瑚木難品共珍。玻璃瑪瑙攢成瓣，疇錫佳名號瑞香。霞光雪色交璀璨，想當天孫織罷雲錦裳，閑情翦碎芙蓉片。不然八萬三千修月户，粉月成屑空中散。竇氣瑶精入此花，千頭簇簇擎一幹。我住香雪海中二十年，群芳按譜隨時看。曼陀羅謝小桃遲，樊弟梅兄俱不見。供兹小品傍南牕，緑酒青燈春爛漫。不須金鴨撥寒灰，艾納都梁侵鼻觀。此花未受古人憐，春去春來三萬遍。莫嗤瑣細不足科，爲賦新詩當佳傳。

歸雁寄書篇

紫蘆無芽沙未緑，斜風細雨織成縠。征鴻猶作故園聲，嘹唳遥空聽斷續。閩海方言不可曉，鄉音羡尔隨陽鳥。兜起天涯羈旅情，閑懷棖觸中如擣。大漠霜前朔氣催，南飛帶得新秋來。寒盡春生烟水闊，招呼伴侣行將回。揭來小住天南北，傳舍不知孰主客。差强游子滯一方，奮飛無計甘垂翼。雁兮雁兮且莫遠翱翔，聽予一一爲尔述祖德。後有郝大參，前有蘇屬國。金明池上上林園，兩度驚看足繫帛。尔能本與魚並稱，萬里傳書乃其職。我家舊在幽燕路，七十二沽沽上住。弟妹睽違親串疏，登樓枉作思鄉賦。關梁間隔赫蹄稀，倩尔歸塗寄書去。長淮高浪接天流，浮沈慎勿將人誤。君不見，淀津萬頃玻璃風，茭菰菱芡充牣乎其中。好待秋來穲稏黄雲擁，滿地稻粱酬尔功。

寄懷牛徵君荻垞

六年不見書一紙，雁斷魚沈乃如此。每欲因人問起居，荒陬無客同鄉里。甲申秋末得君書，蕪詞寄賀添丁喜。

經時不見報書來，未知得否塵琱几。尔後征鴻三度飛，渺如大石投深水。鄉關舊雨半凋零，惟我與君歷終始。兩年以長友兼師，五十同過將老矣。敝帚千金漫自誇，大樽五石空成累。可憐騏驥絲絡頭，太息英雄肉生髀。先時就枕輒夢君，歡若平生同卧起。頗怪年來夢亦無，冥思不自知其理。竊恐秋風蒲柳姿，元精耗散緇塵裏。却憶春明聯袂時，公然意氣輕餘子。君如孤鶴貌清癯，下筆千言馬可倚。我方獻賦明光宫，防風七日香留齒。旗亭畫壁忝齊名，放歌縱酒長安市。那知磨蝎坐命宫，落拓同聲嘆瑣尾。中眉君尚滯燕臺，俛首我今羈南紀。雙鳥天教兩地分，不使和鳴厭聒耳。嗟余海國携全家，十有八年窮不死。私逋未了負官錢，引手相援仗知己。每思投劾賦歸來，沈吟不決吁堪恥。停雲落月兩茫茫，何日相逢撰杖履？佇望遥頒尺一書，大嚼屠門庶有豸。

前詩意有未盡再用元韻足之

刻苦抄書一萬紙，薄宦生涯賴有此。太息無人共討論，十八年隔七千里。閉門覓句費苦思，此中何地著悲喜。更持手版事晨參，可憐貽笑烏皮几。朗誦髯翁浮玉篇，有田不歸如江水。閩南名勝首莆陽，簿尉吟詩自我始。薦士雖逢韓與歐，戀嫪斗升而已矣。况復滫瀡待循陔，尚平婚嫁仍相累。平生壯志半銷磨，酒盡燈殘自拊髀。疲暮逡巡射鴨回，中宵轉側聞雞起。年光有駟豈能追，心緒如絲那可理。廢然思返手一編，差强徵逐灰塵裏。有時十日不出門，冥心静對無言子。有時開樽邀月到，形影三人共徙倚。相憐欲殺鎮紛紜，螟蛉果蠃安足齒。思君偃蹇卧長安，駿骨千金猶未市。料應著作已等身，妄意微名附驥尾。幸及君身定我詩，編年日月差堪紀。拖青紆紫珥貂蟬，等是南柯一夢耳。我今敝帚時自珍，他日歸來倘未死。與君翦燭徹宵談，海外行藏罄知己。轉愁詩境戾宗風，野狐禪在伽楞恥。青紅蜃蛤雜蛟螭，王孟階前須納履。緘詩惴惴不自安，遮莫龍鸞笑蟲豸。

白桃花

其一

嫣然素質足清腴，較與寒梅恣態殊。王母淡妝窺玉鏡，劉郎皓首住元都。願招粉署尋春客，補繪天台踏雪圖。報尔瓊瑶成一笑，水晶枕上夢君謨。

其二

蟠根仙李共無言，杏雨梨雲閉小園。素髮未消息國恨，紅塵不到武陵源。傳杯酒泛珠千斛，頮面眉添月一痕。净洗鉛華謝紛擾，誤他崔護覓柴門。

其三

穠華真與素心違，肯使群芳妬著緋。浴碧恰添三月水，褪紅猶曳五銖衣。雪匙飽飫青精飯，露井横連白板扉。兩髩星霜詩客在，汪倫潭上折花歸。

剖瓠存稿卷十四　倦還軒稿

梅峰紀游

選勝共登臨，言陟梅峰麓。天氣幻晴陰，山容乍膏沐。嵯峨光孝寺，檻外白雲宿。全勢壓山城，蒼茫豁遠目。萬瓦疊魚鱗，炊煙羃輕縠。平田罣并方，線路勾同曲。山僧立客旁，碧眼形如鵠。往迹一相訊，譯語煩童僕。披榛得古井，斑駁苔花緑。旱久不生瀾，下有潛虬伏。徑轉步岩廊，龔黄尚遺躅東廊有前太守柴楨扁額。徘徊不忍去，落景啣山足。長揖别山靈，紅塵又徵逐。對面烏石山，松濤正謖謖。

題萊臧司馬西湖詩夢圖

西湖瀲灩波光緑，天與詩人作湯沐。詩人詩夢足清酣，朝朝暮暮湖之曲。名臣名士例西湖，六井雙堤白與蘇。千載湖山藉點綴，淋漓大筆相吞屠。澹沫濃妝好顔色，兩公别後猶相憶。遷移無定感前塵，今古難忘惟結習。玉屏山人今龍鸞，騁妍抽秘踞吟壇。曾留詩夢西湖上，艨艟寫作畫圖看。碧眼瞿曇擅能事，雲林法派無僧酸。揭來閩嶠風塵裏，餘事作詩猶未已。佳水佳山仗策游，未忘西湖一夢耳。名勝應難不脛走，安得西湖隨處有。那知更遇兩西湖，一在道山一莆口。徙倚移莳殷勤意，本爲閭閻謀樂利。曠世奇緣三度逢，咄咄旁觀驚異事。舊圖重展索新詩，咫尺萬頃青玻璃。扁舟一葉盪波去，載將詩夢欲何之公曾開佚官西湖，近來與安督修小西湖，行將歸濬閩縣東湖？

東巖紀游

名山與詩人，交誼訂杵臼。譬彼賈居奇，賤價不輕售。輕售亦何傷，恐爲識者訴。兹山昔曾游，五載負猿狖。今番攜杖來，知己况重覯。山靈寂無言，其意若相候。摳衣步蘚徑，側足窺岩竇。老樟與塔齊，怪石如人瘦。祠荒蹲病鴟，冢廢卧殘獸。摩厓見擘窠，仰視勞頸脰。山海界芒羊，陰晴錯昏晝。雙峰螺髻聳，萬瓦魚鱗覆。世界兜羅綿，松竹笙簧奏。瓣香兩后山，一行一居守。孫登亦未偕，長嘯無人又。歸路雨如絲，空翠沾衣袖。呼尊紀此游，拈韻四座鬬。更深酒面寒，思苦月脇透。黑雲尚催詩，瀟瀟響檐溜。

南山紀游

靈巖寺

破寺少殘僧，縱横卧斷礎。榱桷一半傾，彌勒皆露處。想當捨宅時，萬指興百堵。滄桑閲刧灰，興廢勞仰俯。壞道瀉飛湍，泠泠琴築語。山花自開落，寂歷春無主。

鄭南湖祠

荒祠晝閉門，呼僧啟扃鑰。瞻拜仰宗風，古貌清如鶴。海濱成鄒魯，草昧開濂洛。人如栗里陶，迹異林宗郭。至今絃誦聲，薪傳未寂寞。何當薦溪毛，福受西鄰礿。

黄文江祠

文江曠代姿，生世值衰季。歸隱鳳凰山，樵漁託高寄。山河破碎餘，名流多避地。誅茅復種秫，雞黍聊申契。居卜南湖鄰，詩竪晚唐幟。我來欵祠門，崖花落青翠。

歐陽四門墓

昌黎諛墓文，力盡柳州柳。如何鴛驥篇，不與銘身後。高行耐疵瑕，佳城占福壽。饑鷹樹杪蹲，翁仲陂前守。鬖髿苔髮長，坼裂石骨朽。科名藝艸人，誰奠一杯酒？

南宋宫人斜

黄壤埋香魂，夜静啼殀鳥。娟嬛碧血花，蕉萃紅心草。趙氏土一抔，斷送紅顔老。官家尚蒼黄，妾命合席藁。野燐燒寶衣，枯木卧華表。玉勾復素馨，美人幾壽考。

普門庵

攀蘿覓古迹，偶得如戰勝。浮圖隱山椒，雲外一聲磬。憩此腰膂疲，徒步探幽境。僧官曳俗衣，頭銜炫一命。小坐啜茗談，心地俱清浄。長揖謝曼陀，續我滄浪咏。

聞天樓

聞天有高樓，卓絶岩之麓。舍輿徒步行，線路不容足。三折陟危梯，雲山盪遠目。壺峰一髮青，蘭水雙灣緑。山城雉堞環，蔀屋魚鱗簇。何時謝塵鞅，襆被此中宿。

月峰寺

古刹踞山顛，一帶繚垣白。相傳古月峰，中有姮娥魄。危厓無路登，惆悵仙凡隔。暮色下山椒，僮奴理歸策。暫留尚平願，歸蠟阮孚屐。終當再來游，慰此煙霞癖。

花朝洞橋講舍第三集以碧山人來清酒深盃分韻得碧字酒字

其一

詩人遇佳晨，如見舊相識。況此百花朝，肯令成虛擲。折柬走伻招，三五同心客。信步入名園，磊砢森怪石。共登湖上樓，目盡東南碧。歸路白雲隨，薄言永今夕。

其二

濕雲壓洞橋，暮色將過酉。行厨具肥鮮，滿引鵝黄酒。分曹鬬七言，射覆餘三耦。冲懷怒客狂，吉語祝花壽。抽秘復騁妍，談空亦説有。此會倘紀年，何殊永和九。

二月十一日萊臧司馬招游陳僕射俊卿東坡廢園訪碑路出木蘭迂途至雙牌驛尋西淙瀑布不獲歸經永豐塘萬壽庵賦長句紀事

東坡之名始樂天，黄州隙地遂同傳。種麥十畝屋一廛，坐客欲刮龜毛氈。更有莆陽陳僕射，東坡廢圃埋荒煙。當年廷對識大體，龍鸞器宇如坡仙。正色立朝絶阿附，歸卧菟裘將老焉。城南五里傍山水，天然結構佳林泉。使君招來尋古迹，名勝入手各欣然。雷皴斧劈苔花鮮，擘窠大字貞珉鐫。紫陽夫子筆如椽，題名蒼野厓之顛。雲門日觀分篆隸，絶頂更紀淳熙年。滄桑變幻巍然在，文人精魄天所全。馮公隄與東坡連，木蘭春漲清且漣。揖別山靈欵祠廟，千秋俎豆李與錢。更覓西淙瀑布水晶簾，彳亍雙牌古驛邊。歸途十里平蕪緑，欲雨不雨春風妍。永豐之塘萬壽庵，舍輿徒步行平田。却望東坡石一拳，黑雲翻墨壓山遍。使君東坡舊有緣，蘇公白傅聲望一身兼。鯫生馳驟躓而顛，黄樓作賦慚秦髯。年來蠹簡費鑽研，百東坡語知非禪。兹游如啖蔗尾甜，疲暮洗足繩牀眠。夢中恍惚登岩巔，瞢騰漫賦紀游篇。

題赤嵌從軍圖

書生事戎行，仗此包身膽。況乃婆娑洋，東南天下險。設關鹿耳雄，占地牛皮翦。危樓矗紅毛，鐵甕圍赤嵌。鄭家索故物，石火電光閃。么麿飼鴨兒，秋籜隨風卷。林蔡競跳梁，天誅難倖免。陰霾釀殀氛，鬼哭驚鄰犬。蝸角鬬觸蠻，蟻垤尋戈戟。殺運每循環，天心劑舒慘。丁亥春夏交，鹿港紛蹂踐。番民生熟讐，主客左右袒。中港逮三灣，羽檄飛官笴。堂堂梁谿公，渡海神威展。贊府倚馬才，入幕膺首選。覆氈艸檄時，盾鼻墨花滿。蟒甲輕舸輕，貓鄰短童短。卓輪聲聒耳，奇馬妝驚眼。記室杜分司，諸生班定遠。丈夫四方志，桑蓬期自勉。況登李郭舟，前後無陂堰。風疑宗慤乘，名與終軍顯。歸來歌飲至，上賞榮華衮。却憶侍戎旃，連檣排戰艦。芒羊宿霧開，霙霴沈雲晻。頭銜喜非舊，髀肉近增感。幪幢繪此圖，紀實無裝點。賤子耳君名，三年嗟荏苒。昨登司馬堂，橫緘借流覽。風檣陣馬聲，顛米迂倪染。大風小海唱，巨製强弓挽。望洋悸心目，捉筆羞嘽緩。南山遜北征，此語古所鎮。

借萊臧司馬蘭士選士登穀城山

朝出城東門，山翠已在目。肩輿二十里，亂石森箭鏃。攝衣陟山腰，小憩崖邊屋。磴道架虛空，野花散幽馥。奇礓似獸蹲，老樹如僧禿。當年林艾軒，於茲成小築。紫陽亦曾游，峭壁留遺躅。擘窠喜尚存，摹搨勞僮僕。其下國清湖，煙水淒以綠。雙髻從東來，天馬躡其足。雲海界蒼茫，岡巒紛起伏。墟落上炊煙，田家飯初熟。下山欵僧房，滿引杯中淥。

萊臧司馬招同岵瞻比部游石室崖分體得七言古

卯飲已過午，乘輿出郭門。薄言欵石室，熟徑喜重捫。林巒晻暍不可畫，肩輿彳亍山邊村。村犬狂吠人，山靈舊識君。霽顏含笑似招客，兜羅世界開天閽。危岩千仞，磴道一萬級，浮圖破壞空王尊。攝衣碧落近，縱目白雲屯。山城如斗樹如薺，陰晴變幻無朝昏。却遵鳥道尋古迹，扶筇躡屐搜苔痕。智泉本山泉名泉水鳴潺湲，竹筧引出泉之源。曲水流觴得古篆，頗疑永和人物至今存。更遇虎頭龍舌蓮花之怪石，深夜恐有木客山魈蹲。僧房開講舍，弟子温而馨。招來與之語，奇字細討論。山禽亂澡，日脚漸西墜，歸途雲氣相屠吞。雛奴遮道，促赴絲竹讌。泉聲歌聲，拉雜淆心魂是夕，胡謹齋大令演劇，招飲。

次韻心齋大令見贈

堅卧僧寮自掩關，醉來白髮映朱顏。忝無雙譽經三載，得尺一書勝九還。舊雨僭隨韓孟後，新詩直厠應劉間。知君近有山川助，親渡黃河第幾灣。

上巳

薄冷微寒欲雨天，行厨供客起炊煙。開樽便擬千場醉，食肉仍參一指禪。人似永和臨曲水，詩如元祐鬬新篇。鳴鳩乳燕春無賴，海國風光憶去年。

三月十日與春溟大令游太平陂歸途遇雨宿泗洲寺曉題僧壁

委折穿溪澗，肩輿初地停。途危愁夜黑，雨冷逼燈青。群蛤草間吠，怒泉枕上聽。山僧爇新火，犯曉啟雲扃。

太平陂行 陂爲陳春溟大令重築

孟公好奇得奇氣，邀我出城觀水利。不辭肩輿入深山，亂流齧石鳴潺湲。半陰半晴半寒暖，栗留聲急提壺緩。一條白練束山腰，兩派銀潢破天塹。高者蜿蜒如游龍，下者嵌竇激飛瀑。分溉腴田一萬畝，秧針刺緑麥摇風。小憩農家崖屋裏，黄童白叟怡然喜。爲言食利近十年，鼓腹含飴遍鄰里。更覓源頭上岩麓，蒼松怪石鬱繁複。兩山夾澗瀉奔湍，巨靈斧劈山之腹。導流礧石費人謀，迤邐委折作長溝。憑高下視千萬丈，欲渡略彴令人愁。須臾四山滃雲氣，如絮如綿寒贔屭。豐隆挾輈嶺上行，大羊掉尾空中戲。歸途雨勢如追奔，線路衝泥天又昏。夜投古寺洗韡韈，胼胝往事得重論。倒牀大睡呼不醒，嵐翠溪光清夢影。詰朝更擬陟囊山，預約山僧瀹新茗。

與春溟大令游囊山〔一〕

百遍繞山行，山顛未一上。山靈應笑我，胡乃困塵瘴？今逢禽慶翁，令我清游暢。到門盡平田，仰視青一桁。拾級循磴道，雲海見奔放。摧頹古名藍，劫火空佛藏。賸有忘歸石，擘窠幸無恙。千仞辟支岩，雲梯未可傍。浩然感滄桑，變幻紛殊狀。客作蘇門歗，我續滄浪唱。信步入僧寮，石壁屹相向。山光雨後青，大幅開屏障。行厨共柈榼，相對倒村釀。平生癖烟霞，到此一神王。鶯啼鳩婦語，勸我窮幽曠。自笑筋力衰，呼童覓筇杖。

【校注】

〔一〕囊山：位於莆田市涵江區江口鎮境内，因其外形而得名。古稱「古囊峒巘」，是莆田二十四景之一。

靈岩碑銘二首并引

黄文江莆山靈岩寺碑，遍尋不得。有言瘞之田間者。百計搜出，僅碑尾一銘，乃文江載書者，而全碑竟不知沈湮何處矣。爲賦兩詩紀之。

其一

搜尋往迹破雲扃，天祐殘碑剩斷銘。古墨尚餘燐火碧，貞珉半蝕土花青。村農何意深藏匿，完璧仍須索窅冥。入手琳瑯百四十銘計百四十字，餅金曾此賄山靈。

其二

疑真疑贋總難憑，似此銀勾得未曾。較勝雲麾成斷礎，未隨繭紙入昭陵。折釵評去真無價，懷蘚捫來尚有稜。更與伽藍添掌故，重氈包裹付山僧石付僧曼雲藏之松隱精舍。

偶檢舊篋見柯易堂前年太平驛題壁詩疊韻奉懷

其一

蠅頭蝸與世人争，繭足偏從闊處行。舊雨聯吟忘夜永，故人入夢失天明。愁多静對無言子，才薄難成不朽名。舉白浮君君不見，何時歃血再尋盟？

其二

魚枝鶴水少人争，半醉吟成逼仄行。眼界已從天外盡，心花偏向暗中明。衰遲尚竊冗官禄，疲暮欣聞循吏名萊莊司馬極稱易堂官聲。待蠣阮孚雙屐去，三堂飲酒締新盟。

題松隱精舍壁疊韻二首

其一

雨餘院静嫩涼生，蠣粉牆垣緑箬棚。日射迴廊移塔影，人凭短几數鐘聲。茗甌酒榼便留客，燕語鳩呼聽滿城。稽首伽藍證佛果，近來詩思比僧清。

其二

天涯飄泊感浮生，瓦注年年賭射棚。皈佛緣空翻水偈，游仙夢斷步虛聲。不辭塵海凋雙鬢，大好僧寮坐百城。粥鼓鐘魚卓午静，心光一縷廓然清。

四月十六日與虞之蘭士拏舟載酒游木蘭陂分體得五言古

冗官羈海嶠，頗結山水緣。自别木蘭渚，于今五六年。重來又半載，龜坼盈平田。豈無赤壁興，難泛剡溪船。肩輿歷陂隴，溪山應囅然。决渠新降雨，樹杪挾飛泉。三蒿平古岸，萬派瀉清漣。遂作載酒游，趁此新晴天。瓣香雨后山，脱灑無拘牽。挈樽酌清酤，翦指調冰弦。風輕簾笠正，雲重箬篷偏。田家午炊罷，墟落裊殘烟。更逢橋上叟，來獻槎頭鯿。略申芹曝意，含笑不論錢（村人獻罾魚，酬以值，不受。）。銀鱗入翠釜，出膏以自煎。滿引爵無算，我歌客扣舷。郵童與溪女，指點疑神仙。半世困塵網，些時卸頳肩。舉酒屬二客，歲月悲流遷。盍此須臾景，宜留文字禪。人生如寄耳，何者爲蹄筌。返櫂覓歸路，白雲鋪絮綿。僧房更斟酌，分擘衍波箋。清游入我夢，溪瀨鳴潺湲。

話山廬詩爲萊藏司馬作

看山山在眼，話山山在口。取以顔吾廬，山盡爲我有。因心造幽境，拓地集賓友。茅看覆三重，書亦羅二酉。短牆恰齊肩，時過屠蘇酒。老榕正垂髯，對立支離叟。其南壺公拱，其東天馬走。其西石室厂，其北囊山阜。朝迎頳玉盤，午卓白雲帚。夕陽下來遲，暮色蒼然黝。檐低葉打門，窗虛月窺牖。解衣而槃薄，脱巾復戟手。半世湖海游，名山多蘚苔。未遂尚平願，空把禽慶負。即今坐此廬，局脊顔徒厚。勉賦話山詩，敬爲主人壽。

重午日

其一

榴紅艾緑感蹉跎，十八年來小劫磨。揩眼便呼中聖酒，拈毫細譜上耶歌。山光入牖琴書潤，海氣連天風雨多。滿院莓苔鋪翠毯，更無騎馬客來過。

其二

故人交誼總堪誇，千里傳郵餽筍茶。正與麴生酣竹葉，如逢驛使寄梅花。破衫露肘便捫蝨，積潦侵階欲産蛙。壁上桐孫蛇腹斷，贈君征雁落平沙。

哭竹泉觀察五十五韻

天道不可知，人事那能料。山頽梁木壞，使我中心悼。豈惟中心悼，肺腑如煎燎。熱淚灑衣襟，悸魄追風纛。孰實使之然，方寸自騰趠。哲人緊其萎，宇宙爲跳踔。而我受恩深，尚未涓埃報。奈何竟撒手，去赴玉樓召。悲哉復悲哉，呼天發長嘯。憶昔謁公時，榴火泉南燒。頭銜與手版，酸寒亦顛倒。循例拜階墀，大懼遭嗔誚。公乃眼獨青，霽色掀髯笑。憐才及斗筲，薦士等圭瑁。時開東閣筵，許受前席教。市骨首郭隗，空群遇伯樂。書頒擘窠工，技喜雕蟲妙重得公書最多。公每見蕪詩，擊節稱道，不絕口。全唐百卷詩，鉛槧虛心校去年承命選全唐詩。書成，大蒙獎許。下里雙聲詞，檀槽春意鬧拙製院本，公付之檀槽，招重同觀。堂皇競詩名，儕輩增光耀公校士玉屏書院，坐堂皇中，極稱拙詩。相依五六載，鬚髯驚毷毿。吁嗟褦襶子，急難更番蹈。供官假官錢，罷官負官鈔。縱殊乾没恥，立見身家耗。惟公覆載恩，日月無私照。解囊助將伯，援手出泥淖。涸轍魚得甦，枯苗雨新膏。生死而肉骨，堪與古人較。石爛亦海枯，難爲知音告重丙戌、己丑，兩攝金門篆，辦公賠累虧短官銀數千。公解囊飲助，並札致同人，代爲彌補。即今返舊巢，半載空徒鑿。引睇矚雲天，馳情歷海徼。北飛稀雁鴻，南翥滯鷦鷯。昨宵夢襜帷，後擁接前導。襹褷不舞鶴，道左迓旌旄。敬獻詩數篇，怡顏相慰勞。云將赴京華，入覲拜丹詔。示期九月還，再踐重陽約重午後一日，夢公騶從過莆，云將入覲，九月當還，踐重陽約。摳衣送清塵，卿雲尚繚繞。黃粱一炊許，斷夢忽驚覺。扶頭將卯飲，囈語費推敲。司馬馳書來，啟視心旌搖。南斗嫉文星，東海溺福曜。悲哉復悲哉，天閽安可叫。我公中年來，久黷聲色好。琴棋寄遐心，詩酒躭絕調。去秋嬰肺疾，不分參蓍療公染肺疾，久不愈。醫者用補劑，輒却之。將無入膏肓，二豎肆攻剽。空中甲馬臨，庭前玉棺到。杯酒遲黃壚，靈風裊丹旐。賤子歛驚魂，涕泣思顏貌。蒼黃爲位哭，沼沚薦新芼。行當具生芻，泥首依堂奥。更擬製蕪詞，墮淚書忠孝。峨峨鷺門山，虢虢壺公瀑。慘霧鎮迷漫，壞雲互籠罩。悲哉復悲哉，昊天胡不弔？

小茸寓齋虎伯爲署塔影寮詩以落之

其一

僧帽儒衣莫浪猜，椶鞋蕉扇小徘徊。蒲牢聲送閑雲去，舍利光隨返照來。偶倩沙彌延客入，微聞小豎報花開。

牆頭荔子纍纍熟，滿引燒春坐緑苔。

其二

萍因絮果去仍回，初地真成避債臺。半畝榕陰歸鳥集，一簾花雨故人來。恰宜冗士投閑足，難得山僧解愛才。妙墨無雙留素壁，紗籠往事漫輕猜。

將赴榕城留别四首

其一

似燕行爲客，如鳩尚戀巢。新枝思暫寄，舊蔭忍輕抛。略分感知己，論文漫解嘲。可憐舟一芥，汎汎去堂坳上官。

其二

倦羽飛還後，溪山盡有情。又隨蟣蝨隊，孤我鷺鷗盟。小劫滄桑慣，中年哀樂并。枳花明驛路，高唱踏莎行友人。

其三

敢詡栽桃李，風生四座春。酒懷同佗傺，詩夢正輪囷。暫别漫相憶，摯情聊復伸。藍輿從此去，莫笑涴緇塵門生。

其四

方外亦惜别，臨分淚眼紅。鐘聲猶入夢，塔影自淩空。塵任隨時積，紗真不可籠。稻粱秋向晚，翦燭待歸鴻緇流。

剖瓠存稿卷十五　絮萍續草

次韻方顏聞大令合蒂素心蘭花三首

其一

幽蘭呈異格，駢體鬬清才。夢綰同心結，天教十瓣開。迦陵惜毛羽，薝蔔愧輿臺。約略珊珊影，雙成月下來。

其二

天然兩美合，一蒂孕新涼。好伴幽閑侶，同參對待香。占應叶吉語，志不分孤芳。欲覓纖纖手，輕羅繡兩當。

其三

殷然啟行篋，槁矣類焦琴。七夕誇知己，雙聲覓賞音。奇花驚見罕，長語到更深。我亦曾紉佩，相看愜素心。

心齋司馬留住道山宮廨山光塔影之軒

其一

曾厠三堂坐，深孤一飯恩。新巢容暫寄，舊雨得重論。不佩蒯緱鋏，頻傾竹葉樽。尋詩繞曲檻，珍重護苔痕。

其二

山光斜入户，塔影正當窗。客有沙鷗一，新停蠟屐雙。愁中詩夢斷，病後酒兵降。池上夫容艷，攜笻度石矼。

染鬚戲作

髯翁云自欺，染鬚與膏面。我今老境來，勉强效其半。一掬隃麋屑，鹽茶糁以麪。居然絲改素，遑計指如炭。沾唇復入口，津唾未敢嚥。中宵暗自怵，作僞真顔汗。變白旋爲黑，孰實開其漸。知白能守黑，斯道未登岸。侵晨羞對鏡，笑倩僮僕看。

晚雨獨酌

秋雨已半月，晚涼能中人。不教塵夢續，且與酒杯親。螢火散千點，蛩聲接四鄰。何當共知己，翦燭話天真。

久雨初霽遲卜小塢游烏石山

久雨似人醉新晴，似人醒晴雨亦何。常耕刈願相等疏，林露未晞遠山妝。乍靚晨興扶杖立，愛此熹微景欲躡。沙棠屐共欵招提，境故人期不來庭。樹移階影脱我折，角巾倚闌自啜茗。

送別心齋司馬載官廈門

征鴻横天寥泬開，秋燕如客仍徘徊。山容澹冶不可畫，白蘋紅蓼江之隈。使君捧檄又南去，令我離緒羅中懷。自依廡下才浹月，重聯舊雨傾尊罍。蟬思美蔭飽風露，鵲戀新巢啄蘚苔。西窗共話巴山雨，東閣遲看水部梅。新詩束筍辱相示，清詞麗句紛瓊瑰。山水輸君得奇氣，斗筲媿我成凡材。吁嗟命宫坐磨蠍，風輪左轉誰爲推？涸轍之鱗鎩羽鳥，感恩啣結殊儔儕。黯然銷魂爲此別，停雲落月天一涯。轉愁微塵棲弱草，熯其乾矣中谷蓷。即今甘棠覆舊蔭，山翁谿女懽聲皆，逝將去我無遲回。異時襆被或重來，屈宋衙官何有哉？雲龍韓孟空相猜，我歌未竟西風吹。

題心齋司馬秋郊觀稼圖

工倕稱絶藝，不聞制農器。班揚博今古，不及修禾譜。賣刀買犢劍買牛，桑無附枝麥有秋。龔黄之政今再見，如雲穲稏盈平疇。琴鶴一雙風雨袖，山翁谿女相迎候。恰逢子久繪新圖圖爲黄明府樹本畫，題詩敬爲神君壽。

秋夜獨酌

滿引燒春坐夜深，羈人且自滌煩襟。守宫偷度虚窗隙，促織争喧古砌陰。百事尚餘窮未送，一生衹有夢難尋。倦奴觸壁孤檠暗，衙鼓鼕鼕漏點沈。

重陽前三日

又與重陽近，輕寒試袷衣。中年嗟落拓，久客念庭幃。遠憶黄花徑，應關白板扉。慈烏如解意，故傍短簷飛。

紀九月初五日事

禎虬夜與燭龍戰，竊得祝融赤羽箭。汰輈貫笠勢披猖，火雲如席燒人面。驚余酣夢起繩牀，十丈雲霞雙目眩。索韡徒步走且僵，烈焰然鬚泥没骭。故人十日綰銅章，徙薪曲突無庸諫。詎料板輿纔入門，無端傳舍將成炭。免冠泥首籲天公，默禱未終風已轉。鯫生旅食寄東軒，長鋏慵彈蒯緱斷。惟餘破篋貯殘書，木應絪載先奔竄。自子及寅勢漸消，驚定方知浹背汗。榑桑紅日上三竿，呼酒酹天還自嘸。紛紛坐客盛衣冠，頭亦未焦額未爛。

題畫芍藥

爛賤春光不計錢，輭紅塵裏壓頳肩。東華舊夢今零落，自別豐臺二十年。

九月二十四日萊莊司馬招同懷屺夢塘虎伯集園二泉游小西湖賦呈二十韻

侵曉出郭門，濕霧涼如雨。幪幢畫圖中，著我鬚眉古。灣環帶繞城，明浄珠還浦。萬頃玻瓈風，一雙翡翠羽。嵬峨忠定祠，金碧輝廊廡。入門拜遺像，英姿快先覩。安道已前來，脱帽閑揮麈。殘荷滿方池，藂菊開老圃。行看潛鱗游，坐聽幽禽語。須臾衆賓集，開尊酹清酤。蒸鴨糝香秔，晚菘出翠釜。射覆縱譚龍，拈韻鬬詩虎。盃柈漸狼籍，自辰巳過午。載登范公樓，意氣同軒舉。有鷗來尋盟，無鴻去遵渚。信步入招提，如雲見游女。龍門舟未登，文游會須補。兩月涴緇塵，兹游清肺腑。臨去百回頭，斜陽下平楚。如此好湖山，放翁宜作主。

洪山橋舟中

滿林霜葉綴朱殷，偷得晨參半日閑。舊雨有鷗盟白水，濕雲如絮裹青山。未忘結習詩成癖，不慣隨人語作蠻。卯飲未闌村飯塾，瓜皮艇子繫沙灣。

集園上舍邀同虎伯懷屺夢塘二泉萊莊彦聞游烏石山積翠寺〔一〕次虎伯韻

其一

城隅疊嶂壓西南，有客携尊約共探。自喜出籠蘇病鳥，噃憐作繭誤春蠶。紅茱黄菊參軍帽，烏柏丹楓般若庵。欲補龍山重九會，鬚髯氈毾每懷慚。

其二

盪胸決眥陟層臺，嵐悴林烟撲面來。破體詩篇慚擊鉢，交綏酒陣各銜枚。恰因柳絮評閨秀觀臨安女史沈湘佩詩畫，欲食楊梅問辨才。半晌解衣共槃薄，此身擬住小蓬萊。

其三

天光一綫露曦微，衡嶽雲開是也非。幕府秋風欣乍拂，使君逸興更遄飛。悲歌慷慨伊涼曲，雅謔清圓照夜璣。桐葉半黄橘尚緑，小春妍暖未綿衣。

其四

新陰舊雨一時兼，零露漙兮我又霑。酒虎談龍原不速，郊寒島瘦亦何嫌。境逾黄蘗逃禪苦，飰飫青精入夢甜。扶醉倚筇陟絶巘，浮圖黑白矗雙尖。

【校注】

〔一〕烏石山：我國有多處烏石山，此處特指位於福州城西南的烏石山，又稱烏山、閩山、道山，相傳是何氏兄弟九人登高射烏處。半山腰有積翠寺。積翠寺原爲靈鷲庵，是福州名勝之一。

題萊莊司馬書寮譚藝圖

文游臺上文章伯，暇日清言永朝夕。松間老屋静籟生，咳唾隨風墮瑶席。使君曠代龍鸞姿，大羅宴罷通仙籍。元精耿耿氣如虹，詩人結習書生癖。東南芒角燦文星，華簪朱履青雲客。閑揮玉麈坐堂皇，鬚眉掩映琅玕碧。石銚烹茶問短童，玉缸醑酒欹烏幘。人生蹤迹等浮雲，南去旋爲簡書迫。聚方甚樂散應思，留知無計別堪惜。尺幅生綃繪此圖，圖成轉悵關梁隔。紅樹青山旅雁呼，蒹葭蒼蒼白露白。停雲夢雨劇秋懷，烏龍江上風蕭摵。那期合浦見珠還，重爲西湖理歸策。前游載到更開樽，舊雨相逢爭倒屐。自憐簿尉鎮酸寒，末坐叨陪嘆逾格。回思旌節駐興安，酈注桑經供採摘春間，司馬編修《莆田水利志》，重副焉。話山廬裏歛吟魂，塔影寮中留醉魄。冗官溲落苦難容，涸鮒枯魚同望澤。雲龍上下僭追隨，泚筆題詩手加額。

緺雲篇爲查勤補鹺宰作

操蛇之神修月户，短衣手握吴剛斧。巨靈前導夸娥隨，丁丁斵石石如腐。插天萬竅鬪玲瓏，谽谺瘦削青夫容。朝烟暮靄紛變態，中有雲氣浮空濛。石耶雲耶了不辨，蝸篆縱横蘚花爛。荒陬寂寞少人知，飽閲滄桑三萬遍。由來奇物待奇人，孝廉一見驚前因。擘窠手勒緺雲字，昆吾鑱斷披麻皴。將軍更挾如虹氣，芥視一拳航海寄。移山漫笑愚公愚，縮地何嫌費叟費。物换星移二百年，流光過眼如飛烟。英雄名士俱消歇，巋然此石邀天全。我昔浙東避詩債，瞥見欣然爲下拜。彈鋏深孤一飯恩，膏車恨不千犢載。近逢嫡嗣話前塵，傳家故物謄石君。海氣昏錯山嶙峋，爲擘横牋書緺雲勤補乞書緺雲齋額。

新正六日萊莊司馬以封雪用聚星堂韻索和

閩南卉木無凋葉，不見繁霜不見雪。今年正月太陰凝，飛霙片片驚奇絶。風微似欲作花翻，力弱不堪壓竹折。紙窗布被嗤費詞，遑知鳥絶人蹤滅。正當桃放柳眉舒，却少雷犇電光掣。寒燠依時甘澍甘，陰晴不定纈雲纈。使君咳唾落九天，殷勤下畀瓊瑶屑。憶從冒雪走長安，二十年來眼一瞥。陶然亭下墮車眠，往事消沈那可説。即今呵凍染霜毫，十指無端僵似鐵。

再疊前韻

凍雨蕭騷響竹葉，中宵作霰晨爲雪。天公玉戲到南陬，細鏤冰花矜巧絶。吟梅句好夢痕留，貰酒人歸屐齒折。雲影千層斷復連，曦光一線明還滅。竹榻常虚遲客來，布簾不卷從風掣。遥想江頭獨釣翁，烏笠緑簑圖畫纈。嗟余僵卧類袁安，那更騎驢踏玉屑。對雪無聊搔白頭，半世年華感漂瞥。强將傲骨敵寒威，被酒縱横劍能説。落拓天涯去住難，一錯空孤六州鐵。

三疊前韻柬夢塘易堂

紙窗破碎芭蕉葉，前日晨興見飛雪。披裘躧履倚笻看，心肺寒僵詫清絶。捲簾陡覺指欲凍，掃徑無煩腰屢折。粉蜨翻空態未狂，金鴨無温香乍滅。今朝乾鵲噪檐牙，霧羃風帡向空掣。小院歸雲靉靆留，古牆壞蘚青紅纈。敲詩喜共沈休文，滿引留犁霏玉屑。却憶重陽對壁牋，六載蟾烏眼一瞥。銜泥又值故人來，覆翻世事從頭説。莫嗤薄尉太酸寒，尚有錚錚骨似鐵。

積翠寺小集

載入招提境，曇花雨後殘。苔衣青半染，風絮白成團。苦賈薺同煮，甘蕉竹欲彈。陳髯今病久，欣戚亦無端。

清明

細雨不成點，滿城飛亂雲。柳枝村嬾賣，榆火大官分。掃徑遲佳客，沽春成半醺。飽餐自捫腹，曾否負將軍邵總戎招飲？

邵鎮軍招飲城東陳氏園林

其一

東郊十里盡清暉，犯曉招攜入翠微。溪水碧添新荇藻，園花紅到野薔薇。鷗邊舊夢蟾烏換，竹裏行厨筍蕨肥。自識將軍寬禮數，不知此腹負耶非。

其二

休假餘閑快飲醇，六年蹤迹話萍因。故人健似雲中鵠，賤子勞于爨下薪。曾挽黄肩峨絳幘，又拖白袷送青春。百分大户酣嬉甚，五十昂藏八尺身謂座中黄秋江副戎。

其三

水亭風榭俯平田，略彴斜通小徑偏。似有夢回青雀舫，不知人是紫芝仙。簪裾雅集追元祐，水墨橫圖畫輞川。太息滄桑成浩劫，危樓控海只空傳園爲控海樓故址。

其四

谿水紆回之字流，高低陂堰護林丘。到來已覺塵緣隔，别去憑教夢境留。媿我田仍無二頃，多君誼已足千秋。提壺不住鵑催急，獨上肩輿掉白頭。

入夏

其一

入夏雨連曉，袷衣寒透肌。徑泥便不借，檐溜倒軍持。客嬾門常閉，奴頑飯每遲。燒春拚一醉，高咏餞花詞。

其二

園果嘗盧橘，盆花綻荔支。春光太匆促，好夢自扶持。塵障掃難盡，可人期尚遲。海天寒暖異，誰續竹枝詞？

初到五虎尉廨述懷八首

其一

破廨稱官小，山椒又水濱。地偏賓客少，別久弟兄親。蝦菜堪充饌，漁樵好結鄰。霜前征鷹影，嘹嚦下遥津。

其二

一水平如練，輕帆邪許來。洲邊蘆荻老，鏡裏畫圖開。身世蓬雙鬢，生涯酒一盃。忘機謝矰繳，鷗鷺漫相猜。

其三

居人多近水，小艇繫當門。柁娘晨炊早，魚苗晚市喧。刊山留戍砦，榷海此籬藩。自笑抱關者，蠅頭仔細論。

其四

傳舍過旬日，端居減送迎。琴樽懷舊雨，鷗鷺訂新盟。斷岸扶笻立，空廊負手行。勞筋期暫息，把酒話平生。

其五

海天晨氣暗，亭午見曦光。風起浪花白，潮來日脚黄。未除麴糵癖，合住水雲鄉。暑退猶衣葛，西風作嫩涼。

其六

廿載閩南寄，故鄉音問疏。即今思往事，每夜夢吾廬。恰值鴒原什，重聯雁字書。殷勤問閭里，風景近何如？

其七

門前無剝啄，晞髮午風清。書幌蜻蜓入，檐花鳥雀爭。官仍淹簿領，氣未減幽并。蟹簖漁莊裏，逍遥寄此生。

其八

小齋容我膝，兀坐擁烏皮。兒戲羅庭鳥，翁耶譜竹枝。詩緣窮更拙，性與嬾相宜。江上夫容訊，迢迢未可期。

題雪林笛唱圖爲許秋史茂才作

瑶光十里明如鏡，罨畫林巒淡妝靚。一聲入破玉玲瓏，漫空霙霴雲花凝。天開圖畫著詩人，解衣槃薄舒清興。無雙已見國士秦，三絶況逢廣文鄭。寫作雪林笛唱圖，畫書詩皆驚瘦硬。絲柳風輕駘宕天，忘年中酒渾賢聖。猶是江城五月聲，李花如雪飄無定。緑髩絁衫最少年，方寸纖埃湔已净。咳唾隨風落九天，銀雲玉屑交輝映。丏君分我半席春，我欲從之續新咏。

古重陽前一日夜雨感懷并引

秋雨入夜，新凉中人，酒甕已空，樵蘇亦斷。感今追昔，棖觸于懷。憶自三十年，感恩知己，歷歷可數。今則或罷官，或遠謫，或徑歸道山。逝者已矣，存者又復。舊雨蒼凉，停雲緬緲，能不興落月之悲、雪山陽之涕乎？漫賦長句，用志感焉。

海雲滃起四山雨，檐花滴瀝鏤冰縷。忽驚來日古重陽，感舊懷人心獨拊。一年在海曲，山城如斗多黃菊。主人好客具壺觴，孤奎山下閑雲宿謂楊魯生刺史。一年在京華，壽星畫見奇章家。璹瑁筵前霏玉屑，芙蓉亭上醉流霞謂牛次原學士。一年在鷺門，小清閟閣開芳樽。分題捻韻鬬奇險，驪歌一曲驚心魂謂倪竹泉觀察。萍蓬聚散泥鴻爪，飛花過眼真草草。避地仍簪費叟萸，延齡莫覓安期棗。輪蹏檣檝日匆忙，贏得蕭蕭兩髩霜。風塵落拓慚知己，去留無計空蒼黃。即今鵜寄閩江濱，蟹簖蝦城漫結鄰。儘拚綠綺能娛客，只恐青山解笑人。紙窗窸窣燈花落，舊雨停雲傷寂寞。晨星落落宿草荒，盃酒黃壚堅後約。

九日

其一

木葉蕭疏天未霜，江皋今日又重陽。公田種秫陶彭澤，異術簪萸費長房。千里音書空斷絶，一樽兄弟話滄桑。故園風景今何似，飛夢遄歸舊草堂。

其二

魚龍寂寞滿江秋，埽地焚香足卧游。窮士尚耽麴蘗癖，歸鴻各有稻粱謀。正冠忽漫懷工部，束帶疇能見督郵。回首陶然亭畔路，蘆花如雪滿滄洲。

其三

水葒花老白蘋稀，暑未全收尚葛衣。浪狎魚龍工作劇，人隨鷗鷺澹忘機。題糕落帽風俱渺，鄞縣涪江事總非。戲插黃花傾綠螘，酣嬉肯使古懽違。

其四

作賦長楊奮鼠鬚，半生落拓溷泥塗。樽前未減新蝦菜，壁上猶張舊畫圖。無分殊榮頒薏苡，端應歸思繫蒓鱸。登高無興攤書坐，自撥寒灰爇茗爐。

偕文都閫于役壺江夜歸口占

相逢半晌話滄桑，束炬登舟夜氣涼。村酒舌枯甘似醴，海舩風順穩于牀。千聲鼓角喧兵艦，一幀玻瓈碎月光。蟹舍蝦城魚火外，數行征雁下寒塘。

五虎門歌

臣靈手握如輪斧，驅丁鞭甲於開户。惟天設險地貢奇，仄卧横眠五彪虎。一虎左顧勢欲奔，銀濤雪浪胸中吞。一虎昂頭若長嘯，洌洌風聲號萬竅。左右兩虎背相摩，豎毛掉尾凌滄波。中間一虎面如紙，迴身内向眈眈視。震兑坎離排陣圖，中權主帥形睢盱。洪流到此勢先殺，何須三千强弩競喧呼？蹣跚更有龜形石，似與於菟供使役旁有南北二龜石。金牌一笏插波心，恍惚將軍號令出又有石名金牌。神禹刊山未到閩，庚辰亥豎空艱辛。想當愚叟移山後，夸娥竊負來江濱。餘威尚作食牛氣，强魂毅魄千年寄。嶽峙淵渟屹不移，獵獵秋風寒贔屓。

晨起

庭柯罥曙烟，晨起立階前。秋日澹如許，寒花瘦可憐。心光仍一縷，肺病已三年。望遠懷人意，臨風一灑然。

三月十六日陸萊莊司馬携樽見過即席賦詩次韻四首

其一

天氣半寒暖，微雲作晚陰。春隨花事盡，愁共酒盃深。四座聚知己，十年盟素心。琅然倡逸韻，爨下有焦琴。

其二

花風才轉信，蘿月未成陰。有客攜尊到，挑燈坐夜深。鄉關前夜夢，湖海壯時心。白雪疇能和，寥寥中散琴。

其三

地僻門常掩，檐低晝亦陰。頻年爲客慣，無計入山深。脱略半生累，輪囷一片心。知音難數覯，莫漫撫瑶琴。

其四

十年叨芘蔭，一葉亦濃陰。大瓠兩尊落，澄潭千尺深。米鹽傾娟篋，痛癢繫親心。賴有伯牙在，高山爲鼓琴。

郭仲和太史邀游寓舍小園賞雨四首

其一

冒雨入深巷，敲門憩小園。乍醒春草夢，先酹老梅魂。主客興不淺，烟霞癖尚存。浮生嘆牢落，相對各忘言。

其二

雨驟雲翻墨，相將倒濁醪。客情懷箘簬，花事盡櫻桃。迹異彈長鋏，心仍折大刀。衰遲筋力減，笠屐興偏豪。

其三

虚亭真爽豁，四面納陰雲。風信遞春去，檐花墮夜分。愁多成浩劫，病久怯微醺。恍入清凉界，泠然斷俗氛。

其四

意氣聯知己，澄懷纖翳空。萍蹤千里共，瓠落一樽同。鑄錯悔何及，求魚術未工。天涯聊聚首，静夜聽歸鴻。

感懷四首

其一

罷官仍作未歸人，前路茫茫底問津。無酒不愁知是病，有衣可典尚非貧。醫方肘後青囊敝，債帥臺前白眼新。詩草一緘香半炷，願招倉扁祝錢神。

其二

過河真箇泣枯魚，貧正難支病未除。猿鶴漫勞招隱賦，金蘭願廣絶交書。井憐短綆庸堪汲，地似長安不易居。拚得閉關常却埽，朱門無分曳輕裾。

其三

夢紅浴碧志全灰，潦倒無煩燕雀猜。亦有高人吟乞食，斷無傖子解憐才。半生自分名心死，一月難逢笑口開。獨上荒原攜短策，鷓鴣聲苦杜鵑哀。

其四

悔將世味別酸鹹，貝錦無端集謗讒。恩尚未酬留一劍，言知多敗慎三緘。還山何日飛芒屩，負米無顏曳苧衫。將母經春依老屋，梁間乳燕聽呢喃。

再用前韻

其一

臣今老矣不如人，回首鄉關析木津。七二沽遥空有夢，五千卷在未憂貧。通宵不住雨聲碎，半晌微晴風色新。

欲洗雙眸書細字，瓷罌貯水酹龍神。

其二

觀魚濠上我非魚，結習年來盡掃除。萬慮未空難仿佛，一春無事衹抄書。醉鄉大醉今知免時方止酒，名士虛名未敢居。剥啄無聲門晝掩，階前苔髮緑侵裾。

其三

海國偏隅歷劫灰，游魚見網每驚猜。二千石著經綸手，三百塵需會計才。幕府恩膏和雨沛，茅檐烟火逐雲開。可憐冗士塵生釜，坐聽嗷嗷旅雁哀感時事也。

其四

江潮味淡海波鹹，趣向分途底用讒。客有新交偏贈紵，書來遠道怕開緘。嬾求後日長安米，還我當年短袖衫。虛耗任教白晝見，漫勞巫覡咒喃喃。

感懷四首

其一

衰遲從懶拙，無計慰途窮。風雨圍愁國，江湖老寓公。故人殘夢裏，歸思亂雲中。何日飛芒屩，西沽理釣筒。

其二

久斷盃中物，沈疴尚未除。披衣親藥裹，篝火話鄉閭。瓶罄官倉米，門無顯者車。相知幸相念，不令食無魚。

其三

未得三年艾，空傳九節蒲。壯懷仍侘傺，塵事付盧胡。夢憶青精飰，愁磨紫玉膚。尚餘詩癖在，結習未全無。

其四

五十三重五，驚心白髮催。每隨梁燕到，苦被海鷗猜。詰曲還鄉路，崔嵬避債臺。鷓鴣行不得，聲比杜鵑哀。

羅漢竹筆筒歌

阿誰刎斷月氏頸，輪囷顱骨皈清浄。戢戢幻作籜龍兒，詰曲渾如木多癭。樵青黧面學崑崙，斫月截雲來鷲嶺。半體横陳玉版師，碩腹便便貯毛穎。西來大意象教傳，龕中彌勒寂無言。彭亨礧砢者誰子？乃結人間文字緣。曼陀羅紅貝多緑，千竿萬个森青玉。藝圃真成無當巵，禪林恥作不材木。管城萬户舊侯封，奔雷墜石挾霜風。長楊賦罷任閑廢，怕將喧鬨惱天公。坡仙晚年味禪悦，我亦低眉廣長舌。小劫滄桑已慣經，大尊濩落何須説。稽首空門試乞靈，羅漢尊者呼欲譍。摩挲萬遍手生稜，此君自具支離形。戲營高冢待名僧，泚筆親爲製短銘。

五日疊韻四首

其一

艾緑榴紅入眼新，苧衫蕉扇度佳辰。攝生底處求良藥，斷酒渾如別故人。髮不常梳叔夜嬾，錐無可立范丹貧。惟餘書籍羞捻賣，列几堆牀尚等身。

其二

白衣蒼狗幻形新，膠漆今同參與辰。渺爾齋中留飲客，依然廡下賃春人。學仙乏術空多病，諛墓無文正坐貧。只此便成終老計，底須料理苦吟身。

其三

雨洗空階碧蘚新，栟堆角黍餞芳辰。廿年難肋纔投箸，一片猪肝尚累人。自具褊心思避俗，每逢熱客恥言貧。亡羊歧路牢難補，大患由來在有身。

其四

五十三年白髮新，命宫磨蝎不逢辰。監河侯憫溝中瘠，春夢婆憐嶺外人。覓路每愁歸路遠，休官仍似在官貧。刀鐶一曲無消息，蜑雨蠻烟滯此身。

心齋司馬署齋種竹自顏曰此君亭爲賦此詩

主人耽詩復愛竹，繞砌稀疏嫌未足。長鑱短鍤斸青苔，補種千竿萬竿玉。擘窠自署此君亭，賞雨買春雲滿屋。書幌低連韉軨青，簾波倒浸琅玕緑。坐令虚堂生晝陰，頓教六月無三伏。跴履脱巾負手行，炎歊熱惱從人觸。此亭曾閲幾春秋，此君自昔甘幽獨。風流司馬捧檄來，涪翁家世青箱族。政餘心地俱清涼，勾當庭前閑草木。著手營成翡翠窠，憑空幻出篔簹谷。酒龍詩虎戲浮筠，蓬山仙侶饒清福。會當拄杖走敲門，據牀咒筍兼食肉。更倩洋川太守掃横圖，雲稍十丈摇風纛。

寓舍對雨

其一

小橋通板屋，帶水正當門。蘸月匿新魄，苔磯没舊痕。人烟隔遠市，風景似空郵。滴瀝檐花落，清涼入夢魂。

其二

晨起扶頭坐，微涼雨意成。泥妨沽酒路，市隱賣花聲。溆浦魚蝦賤，階除蛙黽生。料無騎馬客，束帶費將迎。

其三

蟻陣移高樹，蝸涎篆古牆。疏花盡零落，小竹亦蒼涼。鷗鷺凌晨出，鳲鳩鎮日藏。鐮衣杷有菌，何以望豐穰？

其四

细细冰分縷，瀟瀟客掩關。暗侵書幌濕，净滌蘚花斑。事已百不就，愁應一筆删。嫩涼生枕簟，堅卧夢刀鐶。

雨歇復作疊飛字韻二首

其一

雨歇簷仍滴，蜎蠉入坐飛。病拚閑酒具，涼欲著棉衣。未遇鄭餘慶，空懷東廣微。苦吟結習在，肯使素心違。

其二

瘦蝀僵還起，新螢濕不飛。奩昏雲母鏡，壁裂水田衣。比舍樵蘇斷，行厨烟火微。欵門無客到，惆悵古懽違。

喜晴四首

其一

鳥雀凌晨噪，歸雲不暫停。快如圍乍解，清似醉初醒。疋練界江白，萬山環郭青。鵓鴣聲不斷，簑笠滿郊坰。

其二

乍晴天色净，晨氣類初秋。绿水膏苔髮，青山沐佛頭。牛羊下陂隴，雁鶩满汀洲。穲稏黄雲擁，腰鐮計日收。

其三

城郭清暉裏，樓臺麗景多。斷雲低障日，積潦曲通河。陌上開紅蓼，船頭挂绿蓑。出游愁路滑，昨日尚滂沱。

其四

溽暑蒸濡甚，全收海氣寒。池開菡萏白，林綴荔支丹。破硯洗還潤，殘書晒易乾。最宜新月上，修竹影[illegible]欒。

重抄山左詩書後

岱宗崔嵬五嶽尊，齊魯未了留青痕。扶輿閑氣毓靈秀，力闢詩境開天閽。滄溟華泉導先路，光怪直射[illegible][illegible]瞰。浮雲變幻人代異，風采奕奕今猶存。入關聲教首漸被，勃興文運光乾坤。萊陽大風表東海，雲夢八九胸中吞。[illegible][illegible]衆山凌絕頂，龜蒙凫嶧皆兒孫。漁洋山人踞壇坫，唐賢三昧開法門。哲兄一代操觚手，細筋入骨蒼鷹蹲。清止歌行[illegible][illegible]艷，張王格調空籬藩。東癡野鶴兩高士，神仙隱逸各淵源。念東山薑唐濟武，伯氏仲氏吹篪塤。寒雅疏木追古澹，方山老子温而麐。修來詰屈多峭拔，浩氣直接顏平原。飴山逼仄大木侈，支分派別難同論。二曹雄健香城逸，後身歷下傳漁村。別才共推王蓼谷，咏史祇數張崑崙。簿尉能詩唐代例，後勁乃有高西園。其餘驪龍甲爪耳，神珠入手珍璵璠。雅雨草堂雅好古，南村遺澤滋蘭蓀。旁搜遠稽富收覽，招邀桑梓詩人魂。牛腰巨捆六十卷，中州體例嚴紛煩。賤子由博欲反約，烏絲手寫霜毫髡。饑人卒遇五侯鯖，七箸到手無停攀。窶子乍過五都市，瓊瑰照眼喜可捫。盡網珊瑚空海市，敢嗜羊棗却蒸肫。裒然成帙自繙閲，紙光墨色俱飛騫。廿年閩嶠住山水，短吟長歗如清猿。却思李杜舊游處，曾經跋馬蒼山根。斸詩絕壁紀游迹，莓苔剥蝕青珉昏。今展斯編恍重到，奇氣倒卷黃河奔。試上高原瞻嶽麓，蒼茫惟見白雲屯。

將赴温陵拈淵明乞食首句留别同人

其一

饑來驅我去，力疾促行裝。酒未攜三雅，詩仍貯一囊。雲山愁緬邈，風雨助淒涼。太息啣蘆雁，南飛爲稻粱。

其二

饑來驅我去，矯首白雲飛。病久苦無藥，官休胡不歸？移山空荷畚，抱甕久忘機。彳亍泉南路，肩輿下翠微。

其三

饑來驅我去，載到海之濱。鷗鷺如迎客，谿山解笑人。新陰宜可戀，舊雨若爲親。擬下參軍榻，清言滌俗塵謂朱韻松參軍。

其四

饑來驅我去，脈脈起離愁。客有經年别，恩無一飰酬。登門曾御李，橐筆又依劉。待到温陵驛，緘詩寄蹇修。

題秋湄十二憶圖

男兒隋地思慮起，夢游五嶽週八荒。空花幻影一彈指，馳情直到虛無鄉。洪厓之肩浮丘袖，清都紫府争相羊。不然塵事苦役役，黄牽蒼臂趨名場。菀枯榮瘁驚代嬗，雪泥鴻爪悲滄桑。人情事過每成憶，前塵歷歷勞思量。先生善憶似無憶，故園風景鬱相望。丹青十二開圖畫，眼前寓意何庸常？秋湄舊宅枕平岡，長橋如帶束滄浪。春來麴塵醮緑楊，秋到叢桂發幽香。金碧斜陽蕭寺晚，玻瓈片月澄潭涼。浮圖高聳井梧芳，莓苔剥蝕森碑幢。松楸蓊翳佳城在，茅廬手葺涇之陽。遠峰螺髻匀新黛，送青排闥親迎將。少壯釣游老扶杖，桑梓恭敬心難忘。皇皇巨篇自弁首，精采奕奕青琳琅。人生百歲等風狂，萬卷萬里誰低昂？但遂田園終老計，底用奔走空券張。

六月十九日晚宿方口

久雨晴無價，沙洲散錦紋。衝泥行細路，力疾惜勞筋。野水高于岸，炊烟滃作雲。擬招關巨手，蒼莽畫斜曛。

由方口至漁溪輿中斷句聯綴成篇

纔過大義潭，又度長思嶺。行路古來難，顧名暗自省。水深渟澄泓，山險勢威猛。線路轉山椒，浮圖没雲影。谿澗合衆流，秔稻浩萬頃。竹籬紅綴桃，李實青如杏。雛僧解送茶，村媍紛賣餅。草蟲聲止繁，野卉妝初靚。清時少亭障，戍砦挂笭箵。山川弄奇姿，餉我田園景。

興安留别陳蘭士孫蘅皋林少逸

社燕秋鴻迹，匆匆歲月侵。三年重握手，一夕又分襟。斷雨續前夢，停雲下遠岑。殷然訂後約，珍重此時心。

瀨溪道中

山坳叢灌莽，石屋兩三家。青蔓瓜蔞架，黄心枳殼花。奇峰迎面到，遠水抱城斜。役役無停足，南雲入望賒。

惠安縣旅店書壁

其一

境入惠安縣，泉漳此北門。怪禽鳴磔格，很石受鉗髡。略彴横沙嘴，人家枕石根。乾餱古有戒，疇令薄夫敦。

其二

載到泉南路，肩輿舊徑尋。蚊雷殷日暮，蜑雨翳天陰。詩酒半生癖，關山此夜心。雪泥鴻爪意，一笑付瑶琴。

抵温陵柬朱韻松參軍

其一

三載興安别，停雲鬱不開。恰逢新荔熟，重爲故人來。止酒興未減，言愁詩又裁。故園直北望，歸思尚徘徊。

其二

竟成橐筆計，人與墨相磨。不分秋風客，偏逢春夢婆。游魚依密藻，宿鳥立庭柯。我亦忘機者，思君賦蔦蘿。

其三

去住都無定，天涯滯冗官。微名慚驥尾，拙計累猪肝。漫譜思歸引，高歌行路難。相逢重握手，努力勸加餐。

其四

且住爲佳耳，浮生得蹔閑。經旬親藥物，入夢念家山。賤子已霜髩，參軍仍玉顔。從來敦古誼，末禮亦全刪。

剖瓠存稿卷十六　絮萍續草

獨坐

其一

雨後山光罨畫屏，自移竹榻坐前庭。蟬聲漸短日將落，蚊陣初喧風暫停。綠箬棚遮簾影黑，白衣雲挂樹梢青。羈人萬念消除盡，讀罷離騷感絮萍。

其二

靡有良朋念鵲鴒，檐牙噪雀静中聽。眼前事去雲無迹，肘後方多藥不靈。樹帶風聲猶窸窣，竹含雨氣更清泠。長鑱生計蕭條甚，嬾向深山斸茯苓。

六月二十七日夜检行篋得竹泉觀察舊題梅花書屋長句烏絲細楷墨色如新感愴于懷次韻一首

泠泠静籟生茅屋，九天咳唾紛縢六。吉光片羽落人間，大筆淋漓驅嶽瀆。我公建節來閩南，自隗也始思深沐。乖厓聲望髯翁姿，略分虚懷謙自牧。開樽酹酒罄瓶罍，傳箋索句勞僮僕。汲引官階眉氣黄，評量樂府燈花綠。國清湖頭卅六灣，萬樹梅花成小築。蘧廬天地寄閑身，生綃繪得圖一幅。熱客稀來黄葉村，羈人久占白雲谷。傳舍遷移去鷺門，捆載琴書携畫軸。丏公題句傳不朽，欣然命筆風雨速。黄庭細楷界烏絲，猗猗卄格淇園竹。清風論價正不貲，神珠入手真何福。梨雲夢雨意縱横，爐香茗椀餘芬馥。簿尉酸寒落拓身，雕蟲小技儕毉卜。放鶴深水魚高枝，坐令胥吏嗤庸碌。何當賞識出風塵，衆裏笙竽先刮目。公歸道山我罷官，光陰荏苒嗟髀肉。歸雲已暗點蒼山，倦禽亦別壺公麓。竹樹蕭騷夢不成，手把琅玕夜深讀。

齋中漫興

其一

捲簾延静籟，兀坐擁烏皮。瓜蔓牽牆直，桐陰繞檻移。遥青當户牖，净緑上罘罳。檐外片雲黑，瀟瀟散雨絲。

其二

此邦隣渤澥，節候異吾鄉。雨到立秋少，風因入伏涼。雞心丹荔美，鷹爪緑蘭香。風土閑來記，它年話夜長。

元祐黨籍碑

瞠目視日目不瞬，此兒枋國善類盡。君謨先見如子文，宗支譜系嚴除擯。臨川衣鉢遞相傳，沙門善神相後先。元長司空大護法，搏擊正士如鷹鸇。緊昔蜀洛分馳久，蘇程門人袒左右。入主出奴黨勢成，坐使豺狼得藉口。元祐諸公半死亡，死者削籍生投荒。鐫珉意欲傳不朽，三百九人姓字香。署名臣京左僕射，大書特書儕旂常。臨池絶藝自難掩，書名久竝蘇米黄。可惜鹿馬肆顛倒，枉以穢濁污琳琅。日星河嶽燦然列，亦有爝火分餘光。吾儕尚論貴忠厚，吹毛之見勿乃傖。漢代君宗唐牛李，東林復社皆如此。翻因禁錮得佳名，竟賴小人成君子。權奸末路亦可矜，子攸弟卞交相傾。北地紅顔空有淚，東明白月太無情。青布纏身家萬里，殀鶉索命夜三更。至今娼孺共唾棄，當時勢焰何峥嶸。仆碑殛佞頒明詔，地下安民應失笑。餘官裔孫知融州，真仙岩上重摹肖。荒陬片石閲滄桑，浯溪硯首同焜耀餘官沈千孫暐重摹於融州真仙岩上。

苦熱

炎歊當七月，火繖合重圍。水沸魚愁煮，林焦鳥怯飛。苧衫禁汗濕，蕉扇覺風微。夢入清涼界，泠然玉麈揮。

納涼

日落暑未退，解嘲説納涼。三間白板屋，八尺緑筠牀。熱焰助燈赤，火雲蒸月黃。通宵拚不睡，未暇夢羲皇。

七夕大風雨戲作短歌

雨雪風饕斷雲路，填橋烏鵲俱顛仆。銀潢波浪接天高，牛女逡巡不敢渡。雲錦七襄底處張，聘錢十萬將誰賂？兔魄曾遭蝦蟆蝕，龍宮疇觸蛟螭怒。浮楂莫覓支機石，飛潦欲濺凌波步。颶母披猖列缺驕，天吳跳踔冰夷妬。太息天公裂風景，可憐人世積霾霧。寂寞空孤一歲期，九閽密邇愁難訴。

洛陽橋

萬馬潮頭向東注，挾山抉石争奔赴。如此風波不可行，臨流共唱公無渡。伊誰跨海駕飛梁，長虹一帶束蒼茫。神工鬼斧斷鼇足，天吳效順豐隆降。皇祐五年迄嘉祐，魚鱗雁齒森成行。利涉可占川可濟，如矢如砥如康莊。亂流横截洪濤勢，平空劃斷魚龍戲。征帆葉葉下滄溟，斜陽人影紛如蟻。中間一島矗危亭，扼要曾回十萬兵。東南形勝此門户，襟山帶海伴長城。時平久不設亭障，杖履逍遥過橋上。厂中彌勒寂無言，道旁翁仲屹相向。豐碑半蝕蘚苔斑，很石猶存刻畫狀。銀勾太守擘窠書，緑字詩人小海唱。古人創置百靈趨，檄神封石事非誣。醉隸得字字曰醋，前蔡後蔡如同符。君不見，琳宫紺宇人間遍，輕擲金錢累千萬。束香似臂米成山，菩提尊者無人見。争如此橋利物復濟民，功德應同捍大患。八百年來時代移，路人嘖嘖其魚嘆。克紹前修待後賢，田海滄桑橋不變。

立秋日露坐

其一

欲眠且露坐，海國又新秋。静夜滌殘暑，孤懷動遠愁。年華生魄月，身世下灘舟。枕簟涼應到，陶然夢九州。

其二

蚊蠓霄轉劇，坐起小庭偏。月午桐陰直，風停竹露圓。罷官今半載，曰艾已三年。去住無長策，昂頭欲問天。

中元夜感懷

社鼓喧闐日又昏，披襟兀坐斂吟魂。螢光欲與燈分焰，竹影全隨月入門。孤枕怕添新夢境，荒陬未埽舊巢痕。天尊集福當年賦，往事消沈那可論三十年前曾以《天尊集福賦》，受知于吴健庵侍郎。

題師竹大令登山望海圖

豪情偶躡登高步，盪胸決眥排雲路。紫氣高擎瑪瑙盤，赬霞倒挂珊瑚樹。天公特爲鞭魚龍，憑空結撰蓬萊宫。十五仙籌盈海屋，一雙白鶴淩蒼穹。鏡面青銅光射眼，歷歷齊州煙九點。安期仙藥渺難求，徐市樓船去不返。雲中罨畫數家村，趁墟歸去掩柴門。緑柳斜拖翡翠縷，紅桃半綴胭支痕。曇花泡影迷真幻，風馬雲車遞隱現。八九雲夢等閑吞，萬千氣象須臾變。使君胸次滄溟寬，力能隻手迴狂瀾。放眼如箕閲今古，滄海桑田如是觀。一行作吏閩江沚，視隸若奴民若子。壯志軒然起大波，幪幢繪得圖一紙。鯫生與海結前緣，湄島浯洲二十年。海聲入夢夢不穩，爲賦登山望海篇。

雨中排悶

其一

海風颯颯雨淙淙，颶母披猖未肯降。竹亞斜枝遮小徑，桐凋病葉打虚窗。迢迢蘅杜思歌郢，采采夫容憶涉江。節過中元仍飫鬼，通宵鉦鼓聽摐撞。

其二

書生舊業未全抛，不學揚雲作解嘲。數定但憑天位置，吟成全仗夢推敲。青山迢遞鄉關路，白眼紛紜市道交。欲拓閑懷賡演雅，階前群蟻正營巢。

其三

虚庭四面納新涼，無價風來正可當。夜雨例能恬客夢，歸雲曾不礙熹光。命成磨蝎愁何益，技擅雕蟲病未妨。太息緹縈今短折，天涯難覓返魂香時有喪女之痛。

其四

年來生事太蕭條，小住泉山暮又朝。筍護貓頭成箘簬，鉏攜鴟嘴種芭蕉。笙詩尚待南陔補，樂府曾將北曲調。每擬出游愁路滑，心旌定處學承蜩。

哭女

其一

忽賷中年淚，真灰半世心。承歡能代我，佐母到如今。不弁篤天性，無違嫻女箴。夜臺撒手去，殘月正西沈。

其二

辭家才兩月，奔走爲饑驅。不意萱堂淚，重零掌上珠。孫枝肖爾寄，子舍賴相娛。試問山妻訊，慈親痛定無。

其三

二豎困余久，那禁心再傷。廢書成太息，回首獨凄涼。地下尋諸妹，牀頭泣阿嬛。更餘癡壻在，淚下不成行。

其四

是我身多戾，無爲但怨天。書方來弟處，愧已抱親前。阸運既如此，愁懷空黯然。阿羅今已死，詩稿付誰傳？

憶夢

其一

憶昔江湖夢，酣嬉與有餘。吟詩過白下，作賦擬黃初。酒國頻驚坐，侯門恥曳裾。即今長鋏在，每食嘆無魚。

其二

憶昔游仙夢，群真躧履迎。頭銜居上列，口訣受長生。飽飫青精飦，間調紫玉笙。罡風忽吹墮，猶記步虛聲。

其三

憶昔黃粱夢，滄桑一枕寬。雲泥頃刻事，歲月等閑看。語半近呫囈，沙知難控摶。憮然成笑粲，醒眼過邯鄲。

其四

憶昔紅塵夢，遨游翰墨場。相看天下士，盡識水曹郎。落拓滯儋耳，酸寒似溧陽。故園歸未得，海上咏滄浪。

中秋前三日感懷

其一

又見中秋月，羈人尚守株。雞蟲空作劇，牛馬任相呼。素魄耿長夜，新凉中病軀。天涯諸伴侣，今夕有詩無。

其二

亦有家書到，其如客思何？新愁牽薜荔，舊夢在陂陀。漂泊身如寄，蕭騷髩已皤。半年吟止酒，閑煞玉卷荷。

其三

蛸蟢飛暗牖，絡緯咽空階。病裏得閑趣，客中無好懷。大刀頭已折，明鏡面如揩。天上霓裳隊，珊珊墮玉釵。

其四

不識升仙路，姮娥未可期。待招修月匠，重製步虛詞。碧落雲開處，清都夢醒時。塵中已插脚，彳亍欲何之。

即事

鉛槧輕攜海上來，羈棲兩月意悠哉。秋瓜無架牆頭卧，怒筍穿階石縫開。點易虛窗馴鳥雀，尋詩小徑破莓苔。稻粱有雁行將到，珍重同歸莫見猜。

題開縣盛山〔一〕蒙泉

有山即有泉，山晦泉亦隱。不遇跌宕人，疇與發其蘊。此泉在盛山，萬古流寒瀋。每供樵牧浴，時見猿狖飲。一朝入詩眼，欣喜柏題品。淵源通學海，恰與鱣堂近。殷然立名字，義較廉讓謹。占象取諸蒙，養正標以準。浮青絢霞綺，净緑開雲錦。吉語勵人才，師弟應交凜。此泉藉以傳，此山同不泯。我賦蒙泉詩，以貺賢令尹。

【校注】

〔一〕盛山：重慶市開州區（原開縣）境内的一座山。山形如「盛」字，故名。

題朱韻松參軍邗江送別詩刻後

西風吹冷邗溝水，兩岸霜林綴紅紫。青簾白舫碧油幢，黯然銷魂別而已。緊昔朋簪四五人，詩酒不知冠蓋美。七十二沽春水邊，二十四橋秋月裏。前行詩虎後譚龍，左挈琴師右畫史。雅有襟期媲古人，公然意氣輕餘子。爲謀升斗就微官，捧檄南下閩江沚。乘風破浪去迢遥，岸草檣花共徙倚。故人惜別寫離悰，一幅横圖詩滿紙。八尺珊瑚徑寸珠，光焰照人難逼視。壓倒江鄉白紵詞，横陳錦里烏皮几。裝池巨軸許傳觀，僭綴蕪詞慚下里。環雞輪兔太匆忙，轉瞬年華過半紀。今秋橐筆客泉山，把臂殷勤話知己。手録閩中贈別詩，授我校讎將付梓。多君摯意重交游，蝨我其間成駢指。我滯南荒二十年，流光逝水都如此。翦燭西窗重賦詩，雪爪鴻泥庶有豸。

題聽泉圖

其一

萬古琴筑韻，空山瀑練飛。有人工繪水，此叟澹忘機。夢影紅塵隔，心光白雪霏。泠然太古静，日莫嬾言歸。

其二

玉宇無三伏，銀河落九天。此中空障翳，何處覓蹄筌。珮響珊珊到，珠跳的的圓。科頭坐石上，逸興自悠然。

其三

巨斧劈山裂，低垂白玉虹。雪飛幽澗冷，龍去古潭空。水味中泠似，聞根上界通。麗娟天外曲，縹緲度迴風。

其四

三峽開先勝，匡廬我舊游。殷勤展圖畫，荒忽夢滄洲。讀罷一簾静，吟成滿院秋。何當曳笻竹，竝坐小岩頭。

秋懷

秋懷兼旅思，坌集苦吟身。皓月自千古，清砧動四鄰。關山空緬緲，肝膽尚輪囷。鹿鹿魚魚裏，疇憐白髮新。

斗室

斗室棲遲夜又晨，新涼料峭欲中人。迎風竹作驚鴻舞，過雨雲如折帶皴。海國漫留無主燕，天涯偏滯不羈人。故交零落鄉書斷，獨立空階自岸巾。

秋宵

秋宵人不寐，坐起到平明。客少常扃户，奴新錯唤名。海風無日夜，天氣半陰晴。爽籟披襟得，泠然入骨清。

與友人談靖難事

入覲行中道，竟逃斧鉞誅。守文非闇主，僨事坐迂儒。藩邸方飛燕，詞垣正飼猪。秦淮嗚咽水，遺恨在留都。

雨夜漫成

静夜蕭條四壁空，伴人燈火尚微紅。夢回蟋蟀虛堂裏，秋在芭蕉細雨中。自笑有家偏作客，不堪多病漸成翁。吟詩無興攤書坐，太息年來任轉蓬。

得卜小隖來書却寄代簡

其一

殊方喜聽雁鴻音，淒切遥傳舊雨心。兩地緘愁同日寄，百年齎恨與秋深。小乘佞佛終何益，太藥回春底處尋。各有平生結習在，酒狂詩癖又書淫。

其二

年來老眼罥蠨蛸，夢影芒羊等幻泡。燕爲泥難慚入幕，鳩因卵破怕營巢。久無薦士昌黎伯，尚有分金鮑叔交。近事不堪供笑劇，須彌芥子泛堂坳。

其三

夢紅浴碧想從前，又值黄楊阨閏年。路到已窮應駐足，愁當難遣且由天。淒風苦雨新秋後，去燕來鴻夕照邊。矯首城南懷杜五，小兒造化太狂顛。

其四

無端歸思入滄洲，迢遞關山阻且修。客裏琴書都減色，病中枕簟易驚秋。心傾季子千金劍，目斷元龍百尺樓。何日輕裝攜敗篋？丁沽西畔放扁舟。

古重陽日感懷

其一

清源山下古重陽，肺病經秋罷舉觴。一枕羲皇尋舊夢，六時風雨送新凉。家園無恙頻回首，鴻雁不來空斷腸。
獨立高原間縱目，島雲岩樹鬱蒼蒼。

其二

舊雨芒羊化作烟，萍因絮果想從前。不堪回首山陽笛，那更驚心祖逖鞭。三疊何人調緑綺，六鈞無力挽黄肩。
長房仙術難重遘，底用茱萸插鬢邊。

大風

打窗撼壁一宵中，冷逼孤燈焰不紅。能使豬婆翻巨海，果然颶母是雌風。南荒島嶼摧檣檝，北地音書阻雁鴻。
安得銅弦與鐵板？倚聲高唱大江東。

自笑

自笑疏慵誤去留，芒羊人海泛虚舟。慚無大法能調象，浪説高人解飯牛。負郭苦無田可種，執鞭真覺富難求。
風風雨雨荒江上，夢影常隨浩蕩鷗。

重陽日擬登九日山未果

温陵九日山，名爲重陽設。半年勞夢想，况兹值九日。隔城緑雙鬟，跨海青一髪。極天見明净，沐雨更涓潔。

仄聞南宋末，官家此播越。嵯峨出米岩，上有神仙穴。滄桑幾度經，興廢安足説。我欲陟絶頂，芒羊望寥泬。佩我紫微壺，張我青油羃。禽慶不可逢，向平念空結。蹻屐渾無用，竹笻亦慵挈。酒懷既闌珊，詩興都消歇。俛首愧山靈，孤負茱萸節。嗒然卧繩牀，夢裏山凹凸。

重陽感舊

其一

五十三重九，依然故我身。愁懷空侘傺，病骨尚嶙峋。命薄靡蕪妾，塗窮蟣蝨臣。登高苦無伴，寂寞未歸人。

其二

萬里無家客，荒齋坐擁書。反騷牽薜荔，演雅注蟲魚。嗜古癖猶在，吟詩習未除。題糕餞佳節，揮灑墨成豬。

其三

心光穿月脅，夢境躡天梯。恥作枯魚泣，愁聽怪鳥啼。當年與朋好，攜手過招提。回首登臨處，銜山落日西。

其四

陶然亭上客，翦燭話前游。柳色稀疏翠，蘆花浩蕩秋。旅懷隨雁鶩，歸夢墮滄洲。廿載棲遲地，芒羊誤去留。

異樹詞并引

温陵郡廨西偏，有樹十餘。圍蔭二畝許乃樟榕兩樹，交合爲一，根株紐結，柯幹横逸。南樟北榕，枝葉判然。樹身穿一孔，孔外滑澤，似經物出入者。下有廟，祀樹神。

陰精入土蟄龍起，紐結雌雄背兩已。雙身幻作樹十圍，輪囷碩腹成連理。北枝榕葉南枝樟，各暢生機傍階戺。交柯百尺挂虬髯，流液千年化石髓。飽經浩劫孕蛟螭，妙合玄精聯臂指。不知孰是寄生枝，居然水乳交融矣。有孔如盎黝以深，傳聞靈物來棲止。一間瓦屋作神祠，槃匜燦列烏皮几。署名合竝石丈人，求福應同木居士。秋風凛冽日無光，秋露淒涼月初朏。幅巾短褐欵祠門，女蘿薜荔招山鬼。蕪詞爲製賽神歌，神之來兮跨赤鯉。

閏重陽前三日縱筆

往歲補重陽，登高攜勝友。今年閏九月，臥病斷盃酒。鴻雁不來烏夜啼，海風日作雷霆吼。蕭騷敗葉打虛窗，寂歷斜陽挂衰柳。清都碧落渺難期，黄菊紅茱亦何有？回首當年詩酒場，酣嬉那肯深藏手。即今衰謝漫依人，盡日撐腸噉牢九。相逢熱客每低眉，獨坐空齋自搔首。願求丹訣學神仙，高歌路上逢三叟。

齋中供菊花

其一

覓得黄花到，渾如遇故人。清癯丰格逸，冷澹性情真。九日今逢閏，三生舊結鄰。攜筇勤護惜，晚節若爲親。

其二

登高無伴侶，負此兩重陽。鬢向燈前白，花從雨後黄。懷人勞遠夢，斷酒澀空腸。令節天爲補，秋容引興長。

其三

洋種鴻銜至，新奇各異名。遲開霜降後，早訂歲寒盟。品憶人同澹，香知橘共清。憑君慰牢落，塵障漫相縈。

其四
有客岸烏幘，呼僮移瓦盆。隔簾篩月影，繞砌奠詩魂。寂寞青精飣，蕭條黄葉村。陶家籬畔路，清夢尚留痕。

閏重陽

其一
天留晚節駐山限，雨雨風風兩度催。鴻雁如賓欣載到，菊花有待故遲開。又欹烏帽尋詩去，疊見白衣送酒來。我似黄楊逢閏阨，不堪力疾屢登臺。

其二
猶是秋空寥泬天，山青氣爽故依然。人當曰艾開三歲，詩賦題糕第二篇。與客攜壺仍岸幘，呼僮買菊更攤錢。秋容無事丹青補，縮地神工問地仙。

其三
山名九日恰相宜，况復重逢九日期。一例新篘桑落酒，兩開叢菊杜陵詩。簪萸客醉懷前度，落帽風寒異昔時。冷艷幻成長十八，戲酬令節數花枝。

其四
雙聲疊唱惜秋華，猶自疏林噪晚鴉。南菊再逢爲客日，西風重到故人家。長房後約經旬踐，陶令前游逸興賒。曾幾何時人漸老，使君筵上泛流霞吴雲谷别駕招飲。

剖瓠存稿卷十七　絮萍續草

除日用章虎伯韻

其一

除日今年太寂寞，空孤半月柳梅春。打門儘有追逋客，餽歲曾無送酒人。賃廡爲家身似寄，祭詩循例句難新。海天陰翳蒸雲霧，界斷鄉關析木津。

其二

蝸廬鶵寄蠖難伸，猶是從前結客人。不分雕蟲成小技，疇將磨蠍問前因。驚濤正捲迴風雪，近事空談曲突薪。卧病經旬吟止酒，摩挲醒眼度今春。

元日再用前韻

其一

爆竹聲中飛細雨，接連殘臈逕江春。垂簾深護迎神燭，過巷遥聞響屐人。柳色三分將漏洩，梅花一曲最清新。休官暫作埋頭計，嬾向紅塵再問津。

其二

睡起繩牀一欠伸，怡然不作送窮人。歌傳少海知無譜，夢入鈞天似有因。渺渺六千餘里路，匆匆五十四年身。

豪情壯志都消歇，準擬還山自負薪。

人日三用前韻

其一

葦索桃符迎歲首，匆匆七日草堂春。甕頭酒盡難留客，瓶裏花開似笑人。入牖晨光奴睡美，乍晴天氣鳥聲新。故交書札無消息，望斷延平躍劍津。

其二

一卷殘編自引伸，才疏那得語驚人。辟支有果饒清課，剖瓠成樽感宿因。麥飯盂中晨薦韭，豆糜釜底夜然薪。年來腰脚衰無力，孤負郊原浩蕩春。

十二日四用前韻

其一

自從人日連朝雨，院静厨寒未覺春。鳥雀馴如識主客，米鹽忙煞典衣人。幽棲委巷朋簪少，净滌塵襟眼界新。刻楮三年成一笑，此中况味略知津。

其二

如冰布被足難伸，偃蹇真同卧雪人。地上風輪旋蟻磨，天涯絮果結萍因。微名自古成虚耗，薄宦從前誤積薪。二十一年閩海客，又搔白首過青春。

十三日五用前韻

其一

滿城煙雨元宵近，岸柳園桃減却春。海國正馳歸馬檄，天公偏阨試燈人。寒侵書幌牙籤潤，凍結檐花玉柱新。姜被通宵便夜話，了無征雁下前津。

其二

話别鄉閭意氣伸，可憐仍是未歸人。江湖落拓無家客，書劍漂零未了因。疇向轍中甦涸鮒，不妨爨下泣勞薪。無田破硯饑難食，卧病蕭條又一春。

上元日六用前韻

其一

粔籹盈柈酹令節，圍爐相對可憐春。燒燈欲補消寒會，騎馬從無欵户人。伏枕牀頭詩未就，洗兵海上令方新。晨星落落天涯各，何日雙魚下遠津。

其二

年來侘傺鬱難伸，甘作忘機抱甕人。擊鉢催詩欣有伴，緘書乞米媿無因。塵中髩髮驚垂艾，肘後醫方誤採薪。燈火萬家宵漏永，有人吹笛和陽春。

題五百尊羅漢拓本

法輪遞轉瞿曇降，四大禪林森寶仗。天台法嗣現全身，紺髮珠眉異形狀。閲浮世界恒河沙，妖魔魍魎棼如麻。

五百尊者稱善慧，隆顱削面浮金花。五衍之車八功水，氣茂三明竪一指。鴿王衣鉢自何年？鷲嶺威儀尚如此。雪山古德稱禪宗，天花亂墜青芙蓉。偏袒左肩赤兩脚，共依西土皈三空。涅槃演罷閑遨戲，妙相莊嚴傳密諦。阿羅七竅鑿渾沌，應駕三車載舍利。丹青一一爲傳神，毫添雙頰鐫貞珉。無遮袖出兜綿手，有願心縈卍字文。我本無緣味禪悦，對此心光俱朗澈。無著天親遍大千，巾瓶戒律留真訣。君不見，南海菩提化身億萬渡迷津，此區區者安足説。

雨中漫興四首

其一

匝月濃陰雨不休，半間老屋小於舟。久無客至常扃户，未到寒消已典裘。夢境蚤空香雪海，頭銜新褫醉鄉侯。即今衰病無聊賴，欲話前塵轉自羞。

其二

黑雲翻墨壓檐低，凍雀拳枝噤不啼。一榻白生虛室色，半簾紅濺落花泥。買薪路滑塵盈釜，叱犢人閑菌滿犁。鴻雁不來春寂寞，蕭然委巷嘆羈棲。

其三

檐溜淋漓静掩扉，天公作意殢芳菲。奴因怯冷朝慵起，友爲言愁夜懶歸。赤日如虹藏不見，白雲似絮溼還飛。寒髭凍指凝冰硯，譜就邊聲雪打圍。

其四

故園花木久榛蕪，舊業空餘税硯租。近事消冰慵按劍，全家話雨坐圍爐。經旬養拙閑鳩婦，計日争妍到鼠姑。預與詩人堅後約，踏青仍佩紫微壺。

雨晴偕小隖出西郭

手挈詩瓢溉酒罌，看山一路馬蹄輕。水牽荇葉新添漲，天爲桃花乍放晴。野寺沙彌嫺瀹茗，荒村布穀正催耕。城如環玦林如薺，不省身從畫裏行。

李公祠題壁忠定公綱

一身宗社繫存亡，往事何堪説靖康？賸有巍祠陳俎豆，欲鎔頑鐵鑄汪黄。階前碧水雙灣繞，檻外紅蓮四壁香。遺疏萬言光日月，入門瞻拜意徬徨。

褒功祠題壁范忠正公承謨

同官屈刴力難支，裂眥相看死不移。顔叚高名垂宇宙，山河正氣凛鬚眉。丹心剩有千頭荔，畫壁猶存一首詩。千載褒功存廟貌，草間狐兔亦何爲？

開化寺題壁

金碧精藍枕古原，一泓湖水滮靈源。諸天佛踞蓮花座，五月僧開荔子園。抱罋叟閑分菜把，落星石古翠苔痕。黄昏到寺蒲牢動，蝙蝠如鴉上下翻。

移家用山薑老人韻小隖以閒舍見假

南來苦無薄笨車，籃輿緉載且移家。罷官經歲奴僕散，小竪奔走如麏麚。故人摯意假閑舍，欲來送我未退衙。

山城久雨泥没骭，路入深巷穿雲斜。到門擁篲出予季，笑指竹外欹殘花。十年舊題猶在壁，墨色黯淡翔昏鵶壬午年，曾爲小隖書舊作《濟南八咏》於壁。今繭紙斷裂，墨色變青赤矣。一庭寒碧浸燈焰，夜話更鼓過三撾。倒牀大睡東方白，了無清夢追義媧。

將去温陵留題齋壁

猶是留錫撥火天，蕭然土銼起新煙。不寒不暖花無賴，忽雨忽晴春可憐。底事懷人當病後，劇憐飛夢到愁邊。促裝又向温陵去，山色溪光爲黯然。

渡烏龍江宿蘭坡嶺

小艇如梭左右拋，到來晚渡正喧呶。麥田層疊羅苔級，崖屋崔嵬接鵲巢。旅夢又隨寒雨斷，新詩且對短檠敲。年來逆旅渾經慣，未審何方是樂郊。

太平驛題壁

雨後常思嶺上行，依然線路與雲争五年前，與易堂冒雨過此題壁，有「線路與雲争」之句。不堪形影都成累，差喜溪山尚有情。轣轆風塵雙鬢短，漂零書劍一身輕。勻排斥堠斜陽下，獨坐肩輿數去程。

漁溪道上遇李青原自臺灣回立談而别

犯曉遄行舊徑諳，天教夜雨洗煙嵐。攢眉正抱河魚疾是日病瀉，握手欣逢海客談。近事浮雲消傀儡，故人衰態似瞿曇。秋鴻社燕匆匆别，寂寞汪倫百尺潭。

莆田阻雨楊映蘭少尉招同齊魯堂少府陳蘭士選士談讌竟夜

天涯握手一樽開，逝水流光抵死催。且喜雲龍佳會合，真成風雨故人來。凄涼孤館簾帷静，純粹諸生笑語陪。因病畏寒成小住，檐花滴瀝夢初回。

門人孫蘅皋茂才冒雨送行書箑贈之

成蹊桃李藴芳馨，翻水文瀾具性靈。深巷銜泥雙屐滑，小窗話雨一燈青。怕尋薊北還鄉夢，又阻城南送客亭。太息潭龍忘睡味，促裝幾度去還停。

梅嶺相傳梅妃歸葬處

九鯉仙鄉作近鄰，首邱往事僞耶真。千年荔子珍佳果，萬樹梅花葬美人。霧髩風鬟林下月，香南雪北夢中春。馬嵬自昔鐫長恨，羅韈微嫌尚涴塵。

惠安晤朱韻松時韻松引疾

雨餘山翠染波紋，路入山城日又曛。蟣蝨官微今已罷，鷓鴣聲苦不堪聞。酒因病肺杯慵把，詩爲嘔心韻懶分。五斗相抛同敝屣，淵明高義近推君。

解裝清源書院

杜鵑聲裏解行幐，歸去依然媿未能。社後客如識主燕，堂前人似掛單僧。愁添白髮三千丈，夢入瓊樓十二層。

麥飯村蔬同一飽，底須下箸憶何曾。

題徐星溪鎮軍春波洗硯圖

名將寶刀名士研，霜鍔晶瑩墨花爛。平生結習鎮難忘，著手摩挲日千遍。不專好武惟將軍，名將名士兼一身。殊榮舊拜黃金埒，餘事能書白練裙。鵝溪十丈墨三斗，眼大如箕筆似帚。颼□風雨壁間鳴，鬱律龍蛇腕下走。家近端溪最上巖，青花火捺開重緘。臨流自滌隃麋屑，波紋旋折黑蛟蟠。山城建斾迴鷹隼，幅巾裋褐書生蘊。將軍用筆如使戟，將軍洗硯如磨盾。舊與羲之作比鄰，山陰道士籠鵝群。即今墨瀋流香建溪上，故事重添躍劍津建寧鎮曾任紹興□，能作擘窠竟丈大書。

穀雨日移居廨西頭小屋署以客燕齋賦詩五首

其一

穀雨風兼雨，移居半畝寬。萍蹤從轉徙，花事漸凋殘。小屋黃泥壁，方池白石欄。嫩涼晨氣潤，著我鹿皮冠。

其二

往歲浯江上，曾題客燕齋。即今仍舊額，聊以寄閑懷。畫友夢千里，詩人天一涯。静中含動意，門雀墮空階。

其三

方池便小立，倚杖佇清暉。水面萍鋪罽，牆腰蘚裂衣。鶴魚從易地，鷗鷺共忘機。風雨遣春去，緑稠紅漸稀。

其四

庭院伯勞叫，薰風時自南。荔花香似棗，桑椹小於蠶。户繞千章木，門臨百頃潭。倒牀卧寒碧，午枕夢初酣。

其五

亂吠牢牢犬，嬌啼恰恰鶯。軒楹無客到，枕簟又詩成。海國消兵燹，天公幻雨晴。蕭然形對影，合與白鷗盟。

春草

其一

野燒回春蚤，尋芳屐不停。罽鋪三徑翠，路界一條青。風雨催何急，池塘夢乍醒。玉花窗馬去，目斷夕陽亭。

其二

畫出東風意，茸茸一色新。青歸寒食雨，綠染大隄春。賸迹空金埒，閑愁劇錦茵。王孫歸未得，惆悵曲江濱。

其三

隨意年年綠，山椒又水涯。歌傳金縷曲，香老玉勾斜。有伴蘇青眼，無緣駐翠華。酒帘搖颺處，偏近野人家。

其四

小劫東風裏，青青儼畫圖。踏來黏屐齒，燒不斷根株。蛺蝶全身活，鷺花舊夢無。飛蓬謝膏沐，小雨漫如酥。

其五

又過清明節，天涯客未歸。鳥啼花漸落，紅瘦綠新肥。蘸碧塗黃犢，分青到翠微。荒齋無剉薦，何以報春暉？

其六

斜映青袍色，平鋪白打場。也曾沾雨露，莫便牧牛羊。南浦波新漲，東皋事已荒。鷓鴣聲不斷，有客正思鄉。

其七

風風兼雨雨，原上得春多。短綬看垂藕，閑行唱踏莎。陌頭迷客路，河畔誤魚簑。欲續蕪城賦，才疏可奈何。

其八

雅稱沙棠屐，還宜苧布衫。緑牆接苔蘚，引蔓上松杉。簾箔青從入，階除緑不芟。最憐斜照外，翠影半窗銜。

其九

榮枯一轉眄，葱蒨有誰看？入畫皴來細，如愁鏟去難。紅心春寂寂，青冢路漫漫。莫漫鳴鶗鴂，芳情恰未闌。

其十

天地此間物，無知也向榮。隴頭游子夢，山下故夫情。芳訊留蘭津，離筵慘渭城。古原扶杖立，一帶緑雲平。

杜宇篇 清源書院寓齋杜宇日夜鳴樹上遂作此詩

我聞上古蜀帝名杜宇。其相鼈靈遍之，使野處西山。淹滯不得歸，化爲怨鳥。啼聲苦，亦有别號曰：「秭歸」。巫山巫峽鳴且飛，雨宵叫破緑窗夢。血淚染就青楓枝，餘妍分漬閑花草，映山紅滿山之陲。羈人遷客不可聽，聽之涕泗沾裳衣。西川東川雲安涪萬，或無亦或有。杜陵野老，再拜爲賦詩。我思叢蠶魚服相距近萬里，七閩之疆胡有此？勿乃鶘鵲徑渡河，不然鸜鴿真逾濟。雙雙生子百鳥巢，應有群鴉侍早朝。已見名登博物志，慎毋飛上天津橋。南來寒暑廿一度，不如歸去歸無路。寓齋環列樹千章，聽爾哀哀啼日莫。杜宇來前聽我言，今何愬摯昔何孱？萬年情未忘兒女，離鄉去國猶拳拳。我謂海堧畢竟非邦族，不如斂翼歸巴蜀。浮屍殀焰，歷劫已消。沉峨眉，月白岷江緑。

古玉杯歌 杯作胡盧半形土花斑駁雕工古樸洵非近時物

土花滿身貌龐醜，金盌玉魚同不朽。何人著手事雕劖？製成酒器殊尊卣。依樣胡盧衹半形，圓花細蔓紛結紐。兩瓢聯體中細腰，腹笥便便受一斗。醉鄉曾悟小乘禪，得此摩挲難去手。半生濩落無所客，長柄東吴亦何有？即今肺病泠壺觴，擯除白墮疏紅友。因噎廢食見乃傖，聞者微微掩笑口。醒眼閑繙草木經，還丹會遇煙霞叟。擲向三山採藥行，坐令二豎曳兵走。維時紫豆新花瓜蔓長，啟我大瓶自呼媪。攜君糟邱臺上共遨嬉，戲取漢書來下酒。

雙耳古玉椀詩

椀大容三升厚一指旁有兩耳輪廓麄具斧斲痕宛然似琢而未成者拭視之遍體縈細紋紅斑隱約玉質瑩浄外爲土花所蝕無缺不識何代物購而藏之以俟博物者

太璞原不鑿，鑿之戾天巧。似此輪囷姿，雕劖殊草草。曾經閱劫灰，電斧雷椎繞。石爛滄海枯，本質尚完好。古樸具形模，大拙非恅愺。皸瘃土花斑，碎裂泥痕爪。猩血隱模糊，牛毛細環繚。如甘未受和，似畫初成稾。抔飲與窪樽，淳風緬羲皞。棄置市廛中，游人觀者少。我本支離人，一見相傾倒。解囊購以歸，洗滌光逾皎。吟可當詩瓢，游便酌行潦。一日三摩挲，疇如爾壽考。

沈如山明經索觀拙集賦詩見贈作此報之

年來去住無一可，作繭春蠶自縛裹。平生結習苦難忘，長吟短咏誰知我？那期疲暮忽逢君，半面神交氣味親。屋漏懸河共傾吐，喙長三尺旁無人。我詩主氣君主格，李唐趙宋嚴決擇。擊鉢家風敝帚存，彈蕉逸韻天花落。天涯一例感浮萍，鏡裏相看白髮生。仆鼓敝旗三舍退，海濱新築受降城。

秋七月假館興安郡廨下榻徐香坨太守讀書屋感賦四首

其一

萍蓬成薢苫，小住亦前緣。微雨緑榕徑，嫩涼白露天。樹深便雀噪，花瘦可人憐。太守風流韻，消沉已五年。

其二
好似吴興守，曾留墨妙亭。只今虚室白，仍對遠山青。斷夢與誰續，歸雲難久停。窗前蕉竹影，破碎補疏櫺。
其三
昔者聯吟處，荒庭半草萊。滄桑如隔世，風雨又銜杯。賤子且須住，先生歸去來。金臺臨易水，延望獨徘徊。
其四
勉作依人計，勞勞負此生。愁多鄉夢短，病久壯心平。嬾唱懊儂曲，高吟逼仄行。知音渺何許，西北暮雲横。

移寓塔影寮用前韻贈雨航開士

其一
無限升沉感，殷勤續舊緣。相逢同病客，况值仲秋天。魚鶴竟如此，雞蟲真可憐。精藍重下榻，小別已三年。
其二
客似秋來燕，勞勞到處亭。髩添今日白，眼爲故人青。香火緣仍在，萍蓬迹暫停。荔奴三兩樾，依舊蔽窗櫺。
其三
計日三山去，披衣效老萊。丐師無量偈，佐我北堂杯。古驛穿雲去，精藍遺夢來。浮圖天外影，倚杖獨徘徊。
其四
天花飛作雨，談笑説無生。塊磊消來盡，鋒鋩鏟欲平。不堪追日去，何計御風行。縱目壺山麓，雲根一桁横。

哭門人陳虞之孝廉

其一

竟赴修文召，長安況異鄉。音書誤疑似，風雨助淒涼。淚盡懷人夜，心灰選佛場。可憐撒手去，身世兩茫茫。

其二

懷刺尚未滅，半生空蹇連。奇文原憎命，大患漫尤天。別已過三載，書難到九泉。金臺斜照裏，北望一潸然。

其三

一日曾叨長，相依塔影寮（三年前，余寓鳳山寺。虞之亦授徒僧舍。）。雲曾追賈孟，鉢每擊江蕭。香火緣非淺，琴樽興最饒。無端成永訣，旅況更無聊。

其四

斯人今竟死，造物亦何心？愧乏生芻奠，空餘擁鼻吟。黃壚堅後約，白日看西沉。蛛網懸精舍，遺蹤未忍尋。

中秋夜塔影寮對月

精廬又對月淒然，暫與空花結淨緣。夢斷六千餘里外，身經五十四回圓。曇雲縹緲渾無迹，塔影高寒欲化煙。人籟希微天籟靜，吟蟲時與致纏綿。

太平馹阻雨

其一

涷雨橫風不可行，銜泥細路讓人爭。舉頭正對煙嵐色，入夢頻添逆旅情。半世江湖題咏遍，一肩行李去來輕。

科頭兀坐吟魂歛，滴瀝檐花照眼明。

其二

屈指歸途兩日程，遮留風雨太多情。山頭遠樹似人立，砌下流泉作澗聲。欲扶乖龍歸海國，自拖芒屩入山城。書生未解曼陀咒，耳畔瀟瀟咽到明。

旅夜聽雨

水馹棲遲地，羈愁與夜長。澗聲經雨壯，嵐氣入秋涼。敗砌一蛩語，孤檠四壁光。來朝晴霽否？有客促輕裝。

藍步嶺

高嶺俯平田，溝水環如帶。遥指烏龍江，榜人艤舟待。野花不識名，點綴深秋景。雨過雲半開，斜陽澹人影。

題憶石圖石爲萬曆御史桐鄉顧爾行舊山園物裔孫秋槎繪憶石圖索詩

崔嵬美人峰，絶世而獨立。飽閲滄桑三百年，嫣然不受風霜蝕。憶昔位置舊山園，珍愛渾如加諸厀。兵燹相仍歷歲時，石也應爲知己泣。丰裁眉嫵骨嶙峋，內藴堅凝冰玉質。跨鼇恥受祖龍鞭，成羊詎聽方平叱。屹立千秋不變遷，奇貞介節嗟難及。秋槎先生湖海游，堂構箕裘守勿失。殷然繪作憶石圖，家傳故物宜什襲。丈夫守義媍守貞，護持况有先靈集。清腴堅瘦貌通神，真形焜耀丹青筆。整冠再拜賦此詩，石不能言點頭必。

剖瓠存稿卷十八　建溪游草

洪山橋

驛路到橋盡，挐舟向困關。橘官形齟齬，柁娘語綿蠻。沙汭散雲錦，溪流鳴珮環。水程第一日，清夢繞三山。

竹崎關

戍砦列遥岸，榷關此竹崎。水寒魚避網，米貴稻連皮。未弛官鹽禁，新停羽檄馳。艤舟傍頹岸，諫果正垂枝。

水口道中

其一

舟子推篷語，喧嘈攪夢醒。橘垂千樹緑，雲截半山青。短笠迎風側，長篙帶水腥。曦光明一線，鷗鷺起沙汀。

其二

浮雲蹤不定，去去路迢遥。斜日閩清塔，西風水口橋。未逢修月匠，欲續上灘謠。晚飯依篷底，溪聲破寂寥。

其三

鼓枻向西去，西風却倒吹。困關二百里，三日峭帆遲。齧岸灘聲壯，穿雲綫路危。榜枝摇處澀，筋力盡篙師。

其四

兩岸樹如薺，萬峰高插天。舟行明鏡裏，人立白鷗前。净緑尚可剌，浮青欲化煙。箬篷逼仄甚，慚愧米家船。

上灘謡

上灘復上灘，湍流亂、石盤渦。盤舟行之字，圓折裏邪許，長年呼不已。短桅五尺引纜長，九人曳纜山之岡。猱升蟻聚緣線路，高下每與船低昂。船尾危檣立白叟，過險無言但揮手。椶絙捩篙篙有聲，船亦隨篙相左右。前灘纔過後灘開，篙師力盡顔如灰。由來行路難如此，胡不長歌歸去來。

灘行

巨靈操巨蛇，大斧劈巖麓。谽谺贔怪石，萬劫形皺瘃。舟人變色驚，磊砢枕回洑。或如象渡河，或如輿脱輻。或如虎磨牙，或如牛没腹。或聚若群羊，或散若駭鹿。或布若碁枰，或森若箭鏃。扁舟蜿蜒來，旁行不敢觸。趨避儼多方，篙師瘁手足。王道本蕩平，胡爲此詰曲？

三都口晚泊

扁舟晚泊向沙隈，紅樹斜陽畫幛開。名姓料無村女識，謳吟時被榜人猜。山家飯熟鴉争集，水國秋深雁未來。屈指建溪三百里，灘聲一路響如雷。

灘行小詩

其一

傾欹舟似瓢，徒跣人如鷺。湍急不受篙，鄰船來相助。

其二

人家深箐裏，鳥語白雲隈。輕舟載山色，緩緩過灘來。

其三

岸闊引縴長，石很偪船側。驚起白鷗群，點破青山色。

其四

風起縠紋生，舟行正清快。亂石忽當前，疑是江豚拜。

晨起

晨霧壓船重，沙禽不住啼。轉檣避危石，洗盞傍迴溪。板屋三層峻，蘆花兩岸齊。船頭僧乞米，絶磴有招提。

羅漢溪

野水秋更緑，平沙界遠空。人家翠微裏，檣櫓畫圖中。浦外鳥雙去，林間葉半紅。更誰高岸上，添築梵王宫。

摺紙灘

海船險在深，灘船險在淺。今過摺紙灘，水面紋如翦。栗尾不堪書，溪籐誰所染。峰頂卓高樓，倪黄畫幅展。

過九里灘

衆水争一門，怒浪排空下。扁舟衝波來，飛沫相激射。欲前故旁行，將進佯退舍。一聲齊著力，天塹竟飛跨。

偶觸水入艙，木屑補其罅。竹戽巧設機，吸水聲咿啞。回思犯險時，卵石吁可怕。篙師渾見慣，笑語甚閑暇。

九日舟中

滿擬重陽節，擎杯對故人。舟行已七日，猶自滯江濱。雁影孤無侶，灘聲颶不馴。何當招費叟，縮地過延津。

金沙駬

白石鄰粼繞岸斜，翠微高處有人家。殘僧戴笠攜鵶觜，古縣分疆錯犬牙。十里疏煙籠柏葉，一溪晴日曬蘆花。登高勝約空孤負，欲貫仙人貫月槎。

金沙灘

劫灰燒不盡，很石卧縱横。水淺人争涉，沙深草不生。秋林千樹暗，斜照半樓明。此去建溪路，郵籤更幾程？

茶陽駬用雁門集中韻

梯雲結屋牢，懸溜齧山裂。水咽晴時雷，沙明太古雪。劍氣化白龍，蜿蜒上天闕。空留萬丈潭，瀲灧涵秋月。

舟山即事

其一

睡起篷窗半榻斜，灘聲竟夜走雷車。舟人野飰聚沙觜，風動一灘紅蓼花。

其二

樹隱精藍露粉牆，天然岩壑小排當。舟行漸近午鐘罷，僧拓白雲開竹房。

其三

舟人身手狖猥輕，亂石森森挽縴行。欸乃聲中回午夢，坐聽蠻語話灘名。

其四

臨流一曲浣溪沙，兩岸疏林噪晚鴉。淡冶秋山明浄水，榜人也插滿頭花。

蛇灘行

有灘作蛇形，蜿蜒具首尾。尾入山寺首枕溪，骨節轔轔五六里。米艘萬斛盪波來，每到灘頭無全理。僧徒得米白尾間，隴蜀之見從兹起。丁丁斤斧鑿其竅，事與渾沌同一笑。雷椎殛孽復懲貪，首碎灘前尾不掉。此蛇攫米據要津，匆乃米盜之後身。舟人傳説趙宋事，事無可據語不倫。我今鼓枻泝流絶冰齦，尚與波濤齧多年。壞蘚蝕山根斑駁，猶疑舊時血。

抵延平

平沙無岸路迂迴，暮色蒼然畫角哀。一桁山城臨水築，人家高出女牆來。

延平小泊

兩山壓城肩，一山擁城背。塔影矗雙尖，溪流環一帶。沙平岸有痕，水淺舟無礙。小泊立船頭，心目爲之快。

西北見合流，東南此分派。山城亦水國，形勝斯爲最。頗聞近年來，閭閻苦凋瘵。海外况用兵，元戎迴大斾。誅求到雞犬，甚矣官民憊。空餘躍劍津，千載供佳語。

大錯灘

列缺煽爐，豐隆鼓槖。鎔六州鐵，鑄成此錯。

黯澹灘

九十九灘中，茲灘名黯澹。水光激澹瀩，石色翳黕黯。晨霧氣慘悽，頹雲勢淩亂。怒浪憑高來，銀潢瀉天半。匉訇萬馬聲，力與檣桅戰。溯流石罅中，飛沫濺滿面。前行若猱升，後進類魚貫。百折仗雙篙，千鈞託一纜。出險得安流，快若登彼岸。崖上擘窠書，年深迹漫漶。曾閱幾劫灰，滄桑常不變。

灘平

灘平舟漸穩，風景似江鄉。水齧山根白，沙迷日脚黃。新霜楓葉綠，夕照荻花蒼。遥想調琴令，塵中爲底忙。

夜雨

猶是重陽雨，瀟瀟滯客程。蛩聲兩岸碎，漁火一星明。斷梗漂何處？浮蹤老此生。攬衣問僮僕，夜色可三更。

晨起

雨晴風未定，晨氣冷侵衣。樹色浮青靄，墟煙上翠微。山樵緣鳥道，野飯傍魚磯。聞道建溪上，秋來澤瀉肥。

灘船賽神詞

賽神復賽神，拜禱不虔神所嗔。岸上神祠鬧鉦鼓，舟人不敢高聲語。箬篷旁挂小神龕，老瓦盆中爇楮錢。豆糜魚鮓堆滿案，冷淘一盂貯銀線。長年戟手語喃喃，願神永保無危顛。祭餘臠肉各一飽，裸體神前齊睡倒。齊睡倒、夢不驚，九十九灘神有靈，萬斛舟似鷗鳧輕。

將抵建寧〔一〕

欸乃聲中上瀨時，繂繩長似紙鳶絲。丹楓林外烏啼早，紅蓼花前燕去遲。衰病未瘳拚斷酒，故人將近轉無詩。千家板屋斜暉裏，欲繪横圖覓畫師。

【校注】

〔一〕建寧：古代地名，有多處，此處指福建建寧。清代，建寧府治建安、甌寧，轄建安、甌寧、建陽、崇安、浦城、政和、松溪。一九一三年，廢建寧府。

晨起漫成簡易堂大令秋史茂才

連朝舊雨續新緣，話到家山轉黯然。道遠苦無縮地術，秋深翻似釀花天。名心未死蠶成繭，綺語全除汞出鉛。喜見少微星朗澈，抽毫欲續擷雲篇。

澤瀉花

藥籠中物慰朝饑，彷彿江鄉筍蕨肥。小草劇難酬遠志，雙魚疇復寄當歸。涎垂蒟醬名空在，話到蒓羹夢轉非。

生菜脆添衰疾減，底須重問故山薇。

題許笛溪明經小照

微之玉皇香案吏，坡翁峨眉無戒僧。神仙小謫落人世，宿根浄業遥相承。况乃弧矢方未設，早有異夢來萱庭。垂髫童子貌如玉，三五遨戲呼可膺。紫蘭茁芽丹桂實，絲桐入耳神爲凝。安絃操縵得未有，高山流水記吾曾。慈顔忻喜顧而笑，從前夢境今有徵。五音並奏鸞凰下，將雛一曲和且平。承懽共仰烹雞日，養志常殷負米情。無端風木皋魚泣，三年以後未成聲。即今十載音容渺，前塵回首心怦怦。四十初度寫此照，自拈栗尾書吴綾。匡坐思親還自警，堂堂歲月嗟頻增。援琴忽作游仙夢，春暉寸草思填膺。我試爲君作轉語，清都紫府幻難憑。人生忠孝即仙境，仙班豈必仙人升？君身俛仰無愧怍，况有玉樹森階楹。纈雲五色絢鸞鶯，曼茀直與偓佺并。堂構箕裘一綫託，焜耀上界婻星明。請君却坐彈此曲，應有青童下聽髮鬅鬙。

題謝蓬生少府冒雪出京圖

凍雲黕黯凝如墨，六出飛霙費雕刻。兜羅錦裹大羅天，金銀宫闕玻瓈色。有人捧檄出都門，刮面嚴風正蕭瑟。中懷浩氣薄雲霄，冒雪衝寒攜短策。華陽之巾短後衣，道旁錯認尋梅客。瘦騾彳亍短僮疲，自有錚錚骨似鐵。

題梅隱圖

昔年綰綬梅花下，梅花老幹當窗亞。今年寄寓梅仙山，梅花相對一開顔。先生本是神仙尉，頻年吏隱真游戲。每擷寒香悟後身，自鋤明月無閑地。憶我莆陽卅六灣，梅花書屋生茅菅。與君三弄江城笛，一曲梅花天地閑。

題文信拓本琴圖爲秋史茂才作

河山破碎孤臣死，忠魂萬古悲柴市。黄絁未製籜皮冠，緑綺空留藤角紙。當年召號走東南，大厦一木支難起。零丁洋過記鴻泥，正氣歌成付絃指。冰絲迸斷焦尾焦，陣馬風檣亂宫徵。此琴年記景炎初，霜降鐘鳴天地否。壯懷侘傺感君恩，寂寞青原殘寺裏。器冷絃調一再彈，纖塵不動烏皮几。鳳叫龍吟大蟹行，湛然方寸盟秋水。七條絃背寫七言，倒薤懸針含妙旨。有客雙勾搨硬黄，廉折清剛世無比。懸之壁上太陰生，零雨淒風撼階戺。遥想軍書旁午時，錦囊深貯同遷徙。炎午前行皋羽隨，一時參佐皆名士。桐君相伴玉帶生，草檄餘閑賴有此。一從弔古過白溝，廣陵散痛將絶矣。蒲壽庚輩本亂民，留夢炎徒亦豎子。草閑偷活能幾時?淟涊應爲琴所恥。紙上淋漓古墨斑，斷紋蛇腹成連理。魯公之劍侍中衣，忠貞遺物同符耳。

書晞髮集後

匡山波浪掀天起，乖龍喋血食龍子。三忠接武攀髯升，文山之客悲流徙。當年仗劍謁開府，忼慨談兵氣如虎。土崩瓦解事已非，慟哭西臺淚如雨。江湖汗漫白髮生，晞髮陽阿隱姓名。夢懷遁迹王炎午，恥作簽名謝道清。孤憤書成心膽壯，新詩格調俱遒上。山下靡蕪劇有情，首陽薇蕨知無恙。同時亦有謝疊山，北上徵車去不還。先生幸免遭羅織，遺墨常留天地間。

客燕齋詩

浯江客燕齋，舊雨嗟蓬梗。温陵客燕齋，池上荷香冷。莆陽客燕齋，蕭寺森塔影。故人假舍在三山，繞齋萬箇青琅玕。年年似燕常爲客，慚愧花豬一片肝。今年五溪尋我友，吟榻高懸相待久。飽食三秋澤瀉花，空孤九日茱萸酒時方止酒。一椽老屋纇塵霾，琴樽幾研費安排。息偃在牀塵夢醒，泚筆重書客燕齋。

題河橋話别圖

古懽曾賦别，衰柳暗橋頭。明月耿長在，詩人去不留。高歌渺雲冰，小立話滄洲。揮手自兹遠，音書問蹇修。

十月十八日秋史約同静溪小集移庵觀文董陳唐書畫古銅器汪秀峰印譜歸賦長句簡秋史並假晚香堂帖

客燕齋中話良夜，山城更漏過三下。彈罷瑶琴玉屑霏，寒燈一穗花枝亞。臨行預約過高齋，新規吟室净無霾。筆債纏人三日後，肩輿力疾出長街。到來簷馬琤瑽響，主人倒屐欣抵掌。菊蘭似是羅含宅，書畫渾疑米顛舫。一桁湘簾踠地垂，琴尊位置鎮相宜。壁上三年舊題句，案頭一卷故人詩。呼童倒篋出鴻秘，古香繞屋清風細。唐陳山水文董書，前賢似有精靈寄。乖龍拏雲雨氣昏，輪囷古物銅花膩。尊無丁乙文，鼎缺雲雷字。扣作革木聲，疑爲夏殷器。摩挲未已，酒漿羅玉槃。古月升煙蘿，把琖縱談斯籀篆，挑燈細玩珊瑚柯。恍入五都之肆珍觸目，况對萬竿之竹人免俗。仰橋俛梓授圖書，更有華宗清似玉。斯人斯物，品格適相當。胡不置諸清都紫府仙人鄉？饞眼羈人願已償，歸來襟袖貯餘芳。詰朝更作臨池想，一瓻蹔借晚香堂。

落葉

其一

摇落秋心不自持，衰顔無分占高枝。山中薜荔行將老，江上芙蓉未可期。欹户因風栖蹔穩，打窗如雨聽還疑。

蕭騷白髮天涯客，擁絮孤眠有所思。

其二

樂府曾歌烏夜啼，不堪落拓感羈棲。升天已墮紅塵劫，委地空沾雪爪泥。棄妾出門仍轉盼，故人聚首又分攜。
漂零莫問君平卜，小立荒原自杖藜。

其三

零金斷碧墮空階，冷霧迷漫翠羽埋。天若有情消浩劫，樹猶如此劇秋懷。淒涼旅客青油幕，散亂佳人緑玉釵。
回首故園松菊徑，蛟龍波浪阻長淮。

其四

手擷江蘺曳蔦蘿，當筵莫唱懊儂歌。魂隨北雁歸青冢，夢與西風捲白波。敗紙窗櫺敲欲破，無人院落聚偏多。
一爐活火烹新茗，冷竈同燒碧玉柯。

其五

無分烏柏與丹楓，一様浮沉大夢中。繞屋劇憐千樹禿，登樓瞥見衆山童。流澌冷汎瓜皮艇，凍指慵調爨尾桐。
散步尋詩黏屐齒，掃除小徑喚奚僮。

其六

夕陽影裏受風摶，到眼渾疑蝶作團。曲突新煙飄共遠，紇干凍雀救應難。纔穿密竹鋪空砌，又逐流萍下急灘。
寂歷深山驚歲晚，荷樵舊路屐聲乾。

其七

舞蹴飛雲賦簡兮，疏林漏月冷淒淒。非花也被封姨妬，有恨曾經怨女題。自分年華逢代嬗，那堪蹤迹辱塗泥。

會當青雨蘇塵夢，有客尋芳上大隄。

其八

衰草寒煙冒翠微，籜冠野服閉柴扉。身羈絶域蓬孤轉，夢想長安雪打圍。漫對秋容傷落寞，更留詩眼佇芳菲。
却愁嫩緑成陰後，阻滯南天未得歸。

朱海谷觀察得文信國公瓦硯於延平節署自銘其背爲賦此詩

信國延平舊開府，滄桑劫過無堂宇。此瓦沉埋數百年，一掬猶存趙家土。與堂作瓦凈無瑕，與人作硯楕而窪。正氣輪囷亘千古，焜耀瓦礫皆光華。君不見，青原寺，瑶琴題句忠魂寄。又不見，玉帶生竹垞，老子製新銘。物以人傳物不朽，萬里真能不脛走。香姜銅雀安足言，疊山卜硯應同看。拓本題詩一展視，銀勾鐵畫琅玕字。觸我滄茫弔古情，擊碎西臺竹如意。

次韻秋史移庵不免更深居四首

其一

移庵不免更深居，莫笑林泉癖未除。三徑人閑宜地僻，萬竿竹密補花疏。書傳碧海飛青鳥，夢擷紅蓮跨赤魚。
自是大羅天上客，未應嬾漫慕樵漁。

其二

移庵不免更深居，欲把塵緣盡汰除。小院陰晴雲澹沱，秋林紅翠畫稀疏。調琴每嘆龍生蝨，覓句深慚獺祭魚。
筆陣峥嶸羅萬象，無邊風月受侵魚。

其三

移庵不免更深居，醉笑禪因未懺除。窗納玉蟾雙髩冷，篆凝金鴨半簾疏。烏衣省識丁橋燕，黄閣空傳丙穴魚。欲拓溪山入圖畫，不妨遠岸坐秋魚。

其四

移庵不免更深居，那有纖埃費滌除。訪戴歸遲風戻奥，和陶吟罷樹扶疏。寒汀此夕逢秋雁，大壑它年縱巨魚。我亦欲歸營負郭，丁沽煙水尚堪漁。

光孝寺紀游

其一

侵曉出城去，雲呑遠近山。寒溪横野渡，深樹隱禪關。石磴莓苔滑，僧寮日月閑。况攜佳客到，詩酒定開顔。

其二

幽尋便杖履，散步繞廜廯。蕉葉半横裂，樫條都倒垂。劫灰昏妙相，壞蘚疥殘碑。欲問伽藍事，還尋退院師。

其三

丈室開華宴，南山誦有臺。頹唐裙屐合，槃薄畫圖開。衰柳大垂手，寒泉小忽雷。聯吟詩未就，檐外雨聲催。

其四

罷樽歸去晚，散誕似閑鷗。景度書無恙，坡翁帶已留。風寒蘆絮渚，雨溼木棉裘。燈影摇深碧，芒羊紀此游。

題王倩甫廣文篷窗話雨圖爲秋史作次韻

其一

舊雨復今雨，詩緣亦畫緣。河干前度别，蓬背早春天。山色半匀黛，澗雲全化煙。通宵縱長話，形影鎮相憐。

其二

萬古銷魂事，相逢袂又分。未孤橋上月，難駐隴頭雲。鴻爪君留迹，詩名我舊聞。莫嗤題句贅，蕉竹寄彈文。

許穉仙明經以名荈椶拂蠟梅見餉賦此以報並簡秋史

坡翁乞茶詩，謂茶出近世。武夸諸名種，入口消煩滯。故人潤我喉，包裹走伻致。開緘香滿室，烏龍兼茉莉茶兩種，一烏龍，一小茉莉。副以羽士拂，佐以水仙婢。膽瓶貯水清，麈尾摇風細。呼僮潑活火，蟹眼湯初沸。麈氛歸一埽，清馥互相媚。嗟余藜莧腸，世味空肥膩。花下汝官瓷，壁間王謝器。棐几與湘簾，並作清冷意。啜茗挹寒香，敝帚真拚棄。

易堂手折梅花見贈詩以報之

檠紆拗折虬龍紐，清癯澹澂支離叟。老樹著花枝不醜，晨朝脱贈詩人手。火㨂官窑舊膽瓶，雪液雲漿貯一斗。斜插横簪幾研間，蠟婢紅兒掩面走瓶中舊插蠟梅紅豆。冷篆無煙燈焰殘，心肺寒僵相對久。繩牀布被起廉隅，獨抱幽香夢我友。

後逐鴞篇

空齋夜静寒侵帽，老烏未啼雞未叫。何物鵂鶹作鬼聲，先似號跳後如笑。燈光變緑炭消紅，心旌㒟㒟風中纛。

鴻雁不來青鳥遲，爾乃偷乘鬼車到。憑依枯樹占高枝，惡聲入耳心爲悼。軒然欲事非種鋤，么麿小醜安足道。有劍三尺貫蝮蛇，有弩千鈞嗤鼠盜。未值軒楹縱黑鷹，不堪爪觜煩黃鷂。戲捉霜毫製短章，寒芒作作然犀照。斥爾潛蹤返故林，晝伏宵行覓同調。

客燕齋消寒詩九首

几氊

半生留得舊青氊，漫比鋪牀欲破穿。黃卷攤來平似席，烏絲界處軟如棉。染藍原爲琴尊設，束筆曾邀翰墨緣。禦臘一番全仗汝，未應摺疊棄欄邊。

燈檠

不分紅焰照華妝，不吐青蓮現佛光。愛伴羈人詩夢短，難禁寒夜漏聲長。聞雞意氣搔衰髮，嚼蠟心情劇異鄉。一檠繁花空結蕊，不堪重問舊黃粱。

膽瓶

挈瓶小智可憐生，守口能容水一泓。自有長頭便插貯，漫將碩腹笑彭亨。塵緣島佛溪流净，古色柴窑雨過晴。近與梅花成主客，虛窗斜壓數枝橫。

私印

範銅切玉費工夫，新意元章變法摹。紺雪膩鎔白石髓，緋桃凍裂紫雲膚。辟邪紐卓觚稜樣，蝌蚪文開篆籀圖。可惜紅泥新凝結，銀光箋上印模糊。

書篋

孔方交絶賸殘書，行李蕭然賴有渠。舊稿新編心血在，零金斷碧劫灰餘。江南共載瓜皮艇，薊北同馱禿尾驢。結習未忘頻啟視，此中積蓄我親儲。

石硯

端州紫玉歙紅絲，半橢微凹聚墨宜。石不能言人自擾，筆堪代舌硯何知。消磨歲月龍賓屑，勾當窮愁鳳味詩。欲壓歸裝壯行色，漫藏恐有苡珠疑。

水盂

盂水方圓約略同，每偕花盞伴詩筒。波翻墨海雙行下，潤到文瀾一滴中。細璺縱横冰碎裂，小匙挹注玉玲瓏。不隨盆盎論升斗，方寸能涵造化功。

筆架

名字曾傳一桁山，縮來徑寸几筵間。支撐筆陣每森立，揮洒文瀾却蹔閑。玉色凝脂仍潔白，墨花餘瀋尚斕斒。中書君日躭高枕，插架蕪詞嬾未删。

茶具

清風使者下清都，贈我雲膏與雪腴。詞客自珍常父椀，閩人争貴孟臣壺。地鄰北苑烘茶竈，夢憶東坡調水符。石銚烹成魚蟹眼，呼僮文火爇風爐。

晨起

布被生稜體欲僵，扶頭强起立前廊。千山霧隱雙鬟翠，萬瓦銀鋪一夜霜。竹葉無緣尋舊約，梅花索笑靚新妝。

紇干凍雀拳枝上，嬾向階除覓稻粱。

丁香果

其一

諫果此佳種，丁香味可兼。稱名饒嫵媚，植品自清嚴。未合蓮心苦，不知蔗尾甜。回甘留舌本，酸澀亦何嫌。

其二

么小餘甘子，清名艷不嫌。品原屈草比，味與美人兼。高士半茹蘗，小兒方嗜甜。伴卿惟苦茗，香界悟華嚴。

題柳柳州碑拓本

峒谿瘴鄉魑魅叢，筆鋸劓之如斷葱。文人千載精魄寄，至今光氣猶熊熊。儂智高亂石入井，寒芒倒射蜚廉影。神人神物難久藏，抉丁鞭甲牽長綆。石崩一角字缺四，氈椎萬遍苔花碎。驅瘧應同吏部詩，辟邪自署龍城字。噫歒，邪可辟、瘧可驅，讒吻難禁相涅污。勿乃人黠鬼較愚，謫星墮地大如斗。猶向蠻荒制九醜，融州更嵌黨籍碑。遺臭流芳誰不朽？

許笛溪明經以卯畜見餉

臘酒醲釃臘粥馨，有客餽我東郭鵔。褐衣賤者血沾臆，蒙茸尚帶雪霜痕。我餍南烹二十載，故園食品聊心存。花豬果狸伴刀几，樹雞竹鼠供炮燔。寒雨打窗風入户，闖然斯首登盤飧。一笑忘蹄恣大嚼，玉樓凍解足爲温。却憶少年游俠日，臂鷹牽犬獵平原。耳後生風鼻出火，擊鮮逐肉無朝昏。驚沙撲面面黧黑，雪花如掌開罍樽。即今壯氣都消歇，劇談往事猶輪囷。一鸞敬謝故人惠，更擷筆材勘典墳。

大雪簡易堂

天公玉戲來閩嶠，鏤刻雲花門精巧。留犁世界湛清華，罨畫林巒變衰老。開窗珠屑散紛綸，蕉葉竹梢半壓倒。登樓銀海眩芒羊，玉線生綃冪城堡。我滯南陬二十年，如此飛霙所見少。細嚼拚教心肺僵，相看恰稱鬚髯皓。詩人相約探梅花，病足逡巡增懊惱秋史邀貞元閣探梅未赴。即簡三堂無事人，連敞冰筵及未埽。

雪竟日再用前韻

縞袂仙人下壺嶠，花開頃刻争天巧。河山裹入兜羅綿，江梅一樹垂垂老。凍雀紇干入户藏，枯枝墮折壓牆倒。城樓縱目失遠山，驛路無人剩空堡。毘陵詞客爲淹留，一曲陽春和應少毘陵劉孝廉五山小住一日。空傳瑞麥兆三白，欲採瓊芝招四皓。天教玉女散瑤華，特與羈人消[日辱]惱。料應佳士冒寒來，尋詩小徑呼僮埽。

除日二首

其一

除日瀟瀟雨，荒園叫竹雞。老梅剛破蕊，新柳未生稊。歲月逝難挽，升沉理亦齊。客中仍作客，爪迹印鴻泥。

其二

晨雞寒亦禁，爆竹溼無聲。冷積千山雪，春無兩日晴。栖遲多病客，寂寞孔方兄。賸有詩堪祭，天涯空復情。

剖瓠存稿卷十九　建溪游草

擬昌黎石鼓歌

字青石赤神禹碑，年深漫漶人難窺。岐陽獵碣拓紙本，拗折詰曲蟠蛟螭。成周去古尚未遠，臣下頌禱陳風詩。南山白石五丁鑿，製成十鼓形模奇。表神聖功傳不朽，史籀大篆書其詞。波磔變法出新意，蒼頡遺風猶可追。屋漏痕兼釵股折，輪囷古朴非人爲。周宣中興盛功業，千城牙爪瞻英姿。方叔召虎仲山甫，再拜稽首當墀墀。載戢干戈櫜弓矢，高懸戰鼓韜旌旗。修文偃武繼祖訓，謨烈丕丕千年基。父丁祖乙同此意，纍纍排列無差池。滄桑變换人代嬗，陵谷高下隨遷移。苔斑蘚駁風雨蝕，飽閱刦火經雷椎。秦碑漢碣紛在眼，泰山之麓燕然陲。三代以還計功利，薄德徒爲觀者嗤。此鼓流傳億萬世，應與造物同盈虧。即今輦致置太學，度越夏鼎超商彝。

擬眉山石鼓歌

宣王中興繼大武，鑿山取石作石鼓。文詞無殊雅頌篇，波磔似是龍蛇舞。原野散棄閱滄桑，兵燹消殘委塵土。年湮代遠數已虧，鄭前向後缺能補。糢糊鳥迹碎雷霆，斷裂蟲書窮脈縷。昌黎不辨隸與科，珊瑚碧樹相推許。維時時代紀元和，數百年前已無譜。冥測究恐蹈虛空，臆斷終嫌太莽鹵。四百十字幸完全，億萬千刦難僂數。九牧之鼎峋嶁碑，何事氊椎共摹撫。從來神物神護持，天公下視挾雷雨。秦漢以還所見稀，夏殷之後無其伍。作歌亦有韋蘇州，逶迤糾錯抒毫楮。云是史臣史籀作，之罘碣石難同語。岐陽鐘鼓念周京，山川間氣鬱吞吐。置之太學伴瞽宗，春秋祀享偕千羽。古器唯餘碩果存，諸生快覩典型古。斕斒古色半凋殘，尚有精芒射廊廡。

人日

其一

人日雨連曉，階除没蘚苔。草痕薰未覺，梅萼冷遲開。寂寞池塘夢，稀疏官閣盃。晨朝坐斗室，意緒亦荒哉。

其二

雨共不速客，相攜日日來。養疴親藥餌，止酒罷樽罍。檐溜斷還續，雲花凝不開。偷閑常早起，隨意覓詩裁。

雨晴向秋史索梅花

十日天如醉，今朝似乍醒。添來虚室白，洗出遠山青。庭鳥聲俱樂，歸雲去不停。梅花開也未，犯曉滌空缾。

秋史送盆梅

堅卧爲之起，梅花欵户來。斜枝卷石倚，古幹瓦盆栽。臉暈疑中酒，皮皴半蝕苔。蕭齋静相對，索笑日千回。

望梅仙山二首

其一

梅仙遺蜕去，空賸梅仙山。一髮碧雲外，有時白鶴還。樵歌仍鳥道，丹竈尚人間。直上幾千仞，危梯未可攀。

其二

隱者飛昇處，憑軒盪目勞。送青排闥近，疊翠壓城高。簿尉乃如此，神仙讓爾曹。何當縮地去，東國伴盧敖。

紅梅花

麻姑酒暈光浮頰，萼緑仙人凍雙靨。幻作濃妝絶代姝，不是紅顔薄命妾。朱靈遥將地脉通，勾芒遠與祝融接。榑桑初日擁彤雲，赬虬掉尾揚朱鬣。青鳥飛銜絳樹枝，紅兒笑譜霓裳疊。留春官閣錦屏張，入破江城玉篴擪。認桃辨杏空紛紜，傅粉塗脂没交涉。三十六灣舊主人，白髮相逢思欲鑷。楂枒老幹共支離，對花不飲慚衰苶。芟除綺語賦新詩，槃薄寒香夢蝴蜨。

塵夢

塵夢通宵破窅冥，樹頭簷角帶殘星。炊烟低罥梨花白，草色遥連薺菜青。卧病久疏賢聖酒，懷人空憶短長亭。堦禽唤客且須住，小院留春盡日扃。

向許穉仙乞竹藝牆下

名花與美人，丰格成儕偶。修竹與詞客，意氣聊杵臼。濃妝艷冶春，澹似烟霞叟。春半花事闌，紅兒下堦走。無計欵清風，覓我素心友。渭川遠莫致，淇隩緣何有？醫俗苦未能，兕笱空開口。故人丁卯橋，萬個雲如帚。及此夜雨餘，折簡驛伻取。綑載遣傭來，長鑱各在手。牆陰斸莓苔，堦下分畦畝。須臾青琅玕，森立當窗牖。羈人得清福，欲報無瓊玖。瀟湘渺夢魂，寂寞懷人久。何以伴此君，叢蘭間梅柳。更藝小芭蕉，彈文無恙否？

雨夜對酒聽李清原談臺灣事

風饕雨虐雷車轉，急電射目金光閃。酒緑燈青白髮短，坐聽海客談兵燹。曾經兩月困孤城，言之怒髮衝冠纓。滿引一斗氣縱横，腰間寶玦寒芒生，雨聲猶作戰場聲。

初度

雨挾殷雷咽不平，轉頭十日過清明。夜因海客縱談短，天爲詩人初度晴。愁裏攤書心緒惡，病中作字眼花生。青山帶笑鳥聲樂，半老春光尚有情。

穀雨後五日柯奕園邀同祝子九許秋史重游光孝寺訪詩僧少仙彈琴以禪房花木深分韻得木字

溪山雨過天如沐，白雲出岫相追逐。攜朋載作招提游，錦繡晴光盪雙目。到門深樹緑陰繁，乳鵲拳枝柚花馥。舊游人到徑還迷，前度僧迎客不速。瓷罌尚貯酒三升，粉壁仍黏詩一幅。萍因絮果記前塵，寒盡春生如轉轂。我今重到亦夙緣，同調況兼僧與俗。吟詩作畫理絲桐，太古空山餘静穆。栗留聲裏倒壺觴，蹔與曼陀丐清福。却憶去年冒雨歸，寒鴉點點集疏木。

種蕉

種竹春分前，種蕉穀雨後。天氣幻陰晴，年光燮節候。挹彼君子風，攬此佳人袖。葉弱不禁彈，筍老勿庸咒。紅塵迴隔絶，翠影判肥瘦。舞罷鴻自驚，夢回鹿難覆。迹憐共畦畛，意莫分新舊。空齋太古静，美蔭森清晝。

種芙蓉

拱把芙蓉樹，移來傍曲欄。居然經雨活，且作拒霜看。高士夢應斷，美人衣尚單。冥猜秋意思，風露孕清寒。

雨中漫成

其一

客燕齋中客，棲遲到處家。緑摇君子竹，紅綻女兒花。蘚暈映書幌，蝸涎侵畫乂。連綿一月雨，晴景鎮難賒。

其二

薄日不到地，斷雲仍障天。雷聲四壁動，電影一輪圓。瘦婕渾無賴，饑烏似乞憐。夜來屋漏遍，轉徙不成眠。

其三

山水氣昏錯，陰晴迴不眸。烏聲仍結夏，蛩語若驚秋。未蠟阮孚屐，空登王粲樓。鄉關直北望，心折大刀頭。

其四

入夏已兩月，瀟瀟不肯晴。沈烟翳户暗，積潦與堦平。乳雀俱瑟縮，雛花半死生。坐聽蕉竹上，淅瀝作繁聲。

其五

陰翳積不散，空齋五月涼。水簾千縷挂，雲幕六時張。小几列書卷，行厨羅酒漿。故人隔山岳，飛夢渡漁梁。

其六

羈人少歡趣，兀坐擁烏皮。蕉已夢中誤，竹從醉日移。故交不可見，今雨漫相疑。斷句無倫次，緘愁寄所思。

寄懷張念哉大令

其一

自與文潛别，於今三十年。沾雲槖筆共，嶽麓對牀眠。鎩羽悲雙鳥，分飛各一天。思君君憶我，蹤迹兩茫然。

其二

浙水檄重捧，閩山路不遐。故人滯天末，高嶺界仙霞。循吏名仍在，鯫生鬢已華。却思少年日，玉樹倚蒹葭。

其三

山城知訟簡，匡坐自鳴琴。强項應如昔，空囊直到今。官閒詩句好，院静屋廬深。何日歸裝具？攜笻試一尋。

其四

嗟我罷官後，三年猶未歸。硯田餘舊業，草夢戀春暉。乞食顔徒厚，依人事總非。短歌成獨速，回首素心違。

苦雨

支祈斷鏁挾輈走，飛龍衙衙踵其後。倒捲銀潢瀉漏天，浮拍江湖浸岡阜。天門嗔目立禺强，雲軿霧幕紛開張。元黄血戰義和敗，青紅線斷虹霓藏。平原出水禾苗死，况仍下隰沈泥滓。杷頭出菌鎌生衣，蔀屋饑荒從此始。罷夫亮老争籲天，嗸嗸鴻雁哀中田。郡吏祈晴偕縣吏，磔雞祠狗尋常例。

樟

夭矯二千尺，輪囷四十圍。皮皴經劫火，腹凸裂苔衣。障日天如暝，無風葉自飛。蔦蘿纏縛處，支蔓得憑依。

桐

拱把梧桐樹，孤生灌莽中。柯如裝碧玉，根自蝕青銅。獨抱秋心古，拚將爨尾同。料無幺鳳到，留葉待西風。

馬纓

請纓虛壯志，愁對馬纓花。樹頂浮紅縷，林梢罥紫霞。絲鞭春艷冶，珠勒影交加。記得停驂處，柴扉第幾家。

柳

手折毿毿柳，欄邊種一枝。微風掠蟬鬢，澹月畫娥眉。舊夢大提曲，新陰神女祠。小蠻年尚穉，未解鬭腰支。

槐

蟻少難成國，官閑早放衙。流枝紛綴蕋，忙月尚無花。南紀不多見，東牆莫漫遮。羈人起鄉思，對此夢京華。

竹

此君昔未至，俗瘴鎮難消。憶自戊辰月，移從丁卯橋。生朝詩爲祝，醉日酒仍澆。戢戢籜龍坼，浮筠上碧霄。

蕉

無鹿亦無夢，種蕉環碧疏。青遮三伏日，緑卷一牀書。仄影微風後，清聲夜雨餘。不須裁繭紙，滑膩轉愁余。

鳳仙

嫵媚閑花草，佳名署鳳仙。丹山留翠羽，紫府墮珠鈿。弄玉返真日，文簫下嫁年。麻姑長甲爪，疇爲染紅鮮。

老少年

豈有還丹訣，秋風駐好顔。幻形渾老少，著色太斕斒。幾片誤紅葉，一生避翠鬟。可憐抱奇質，叢雜侶榛菅。

盆梅

老梅紛緑葉，古幹尚虬蟠。迹似見捐扇，閑如已罷官。何人頻灌溉，隨例倚欄干。不遇真霜霰，平心待歲寒。

盆蘭

風枝兼雨葉，幽意發心香。彼美懷湘女，何人識楚狂。疏烟籠斷夢，澹月照孤芳。自藴清泠氣，炎歊亦不妨。

雞冠

似與曦光鬭，峨冠報曉籌。荆柴方岸幘，風雨各昂頭。露濕五更夢，蟲争一院秋。紅黄兼衆色，鴨脚爾同儔。

洪武鐵礮歌

滄桑劫過霹靂死，頑鐵輪囷卧荒壘。雨蝕霜侵閲歲時，高陵下谷隨遷徙。朱家巷裏王者興，明溪驛卒方縱横。東甌大將秉節鉞，蝸角觸蠻紛戰争。洪爐大冶鎔鑌鐵，鑄成火器釁以血。半壁河山指顧收，電埽風馳空蟻穴。功成留鎮東南州，埋没荒塍春復秋。駭浪如山鬣山裂，闖然地底騰潛虬。村農走報驚奇異，抉甲鞭丁争輦致。土花繡澀苔滿身，猶賸模糊洪武字。當年一發萬人僵，巧製神機效佛狼。朱衣絳旗打一桶，故物通靈難久藏。姑蘇城外奔鯨吼，鄱陽舟中難星走。張顛陳蹶殘元殂，焚林烈焰燔枯朽。皇來兒出天地昏，空響虛傳彰義門。祖宗雄武子孫僡，火牛燧象徒紛紛。即今久享承平福，七鬯不驚山水緑。銅駝荆棘弔前朝，不數長平殘箭簇。

弘光鐵礮歌

南朝賸有福王一，河山破碎留荒域。恅慞規模説中興，邊臣一例防邊急。建州形勢控西江，帶水襟山作保障。篝火洪爐完戰備，將軍一面看獨當。中原瓦裂金甌缺，半壁東南日流血。元凶有耳闖無門，二鼷七煞成杌隉（時或書聯于馬士英堂，中有闖賊無門元凶有耳語。又書長安門柱有「二鼷翻世界，七煞捲東林」語。一指馬阮，一指澤清孔昭也。出南略。）福州艸創立唐藩，隆武天興又改元（改福州爲天興府。）大鄭（芝龍）二鄭（鴻逵）議戰守，數十萬衆如雲屯。雨昏夜黑青燐走，斷鏃殘戈隨地有。此礮沈埋五溪曲，匆乃山靈煩鬼守。田海滄桑二百年，時平戰地生苔錢。奔流齧出輪囷鐵，斷虹七尺卧荒阡。弘光元年張準造，軍門官閥俱完好。國史未聞書姓名，或亦同簽迎立表。噫歔欷，偏隅再造勢蒼黄，一星熸火餘微光。卧薪嘗膽尚不足，賣官助餉何其傖。浦城不守贛州去，枉勞神器鎮巖疆。即今頑鐵依然在，弔古吾將罪真宰。胡不移置仙霞絶頂助雷霆，碎擊人間阮圓海。

黄華山歌（韓靳王討范汝爲屯兵於此）

芒角殀星射江滸，蚩尤旗現如白羽。錦衣驄馬背嵬軍，黄華山頭鳴戰鼓。蟻賊跳梁竄鼷鼠，發機小試千鈞弩。熊豹輕揮耀日戈，螳螂敢奮當車斧。如湯沃雪火消膏，編户創痍待摩撫。罔治脅從殪首虜，大義恪遵故相語。至今村郭賸遺黎，歲時伏臘猶歌舞。中興名將富奇功，手縶苗劉奠鐘簴。黄天蕩裏蹴殀氛，旌旗粉黛饒眉嫵。群盜縱横盡掃除，曹成王善難僂數。三字獄成天地翻，明哲保身棄簪組。噫歔欷，巍山石屬將和詩歌，黄華山居民懷部伍。低首埋名西子湖，同心飲恨黄龍府。韓岳勛名一抔土，空與游人供弔古。劫灰閲歷幾滄桑，山勢嶙峋尚雄武。

練夫人全城歌

練夫人，浦城章仔鈞妻。仔鈞仕閩，爲行軍招討使，屯兵縣之西巖。南唐兵來，仔鈞遣小校邊鎬、王建封請師于州，失期，將斬之。夫人曰：「時方未靖，奈何殺壯士？」仔鈞置不問。二校逸入南唐，皆爲大將。保大三年，南唐安撫使查文徽伐閩，鎬爲招討，建封爲先鋒，破建州，將屠其城。時仔鈞已歿，二校持金帛並白旗授夫人，曰：「以此自别，可免。」夫人遽返其金帛與旗曰：「君幸念舊恩，願全此城。必欲屠之，吾家與衆俱死耳。」二校感其言，遂止，曰：「夫人之仁，使鬼爲人。」城賴以全。鄉人感其德，立廟祀之。至今子孫蕃衍，人以爲全城之報。

强鄰萬騎蹴山倒，女牆夜半啼烏少。熊豹能酬不殺恩，裙釵竟使孤城保。夫人俊眼識英雄，手提兩虎出籠中。只爲軍前張大義，誰知日後收奇功？先鋒招討兵威壯，昔日纍俘今上將。破竹之勢不可當，建州仔鈞已死疇能抗？雌霓無焰愁雲積，嫠也羞爲瓦全計。白旗不受義凜然，區區金帛空勞遺。漏刀壯士感前恩，請爲夫人活此民。夫人能使鬼爲人，名將胸襟女子身。嵬嵬功德留桑梓，將軍旗鼓建溪山名羞嶙峋。君不見，東甌洗保鄣，嶺海功難掩。又不見，石砫秦轉戰，夔巫勇絶倫。彼饒智略此仁術，巾幗勛名堪鼎足。羅浮巀嶪峨眉高，武夷螺黛千年緑。何人爲立報功祠？古蓋寒香薦秋菊。

讀温飛卿集

其一

瑕眥指摘不從輕，都爲才奇誤一生。能使英雄俱氣短，世間何物是科名。

其二

情酣北里心原蕩，事出南華語亦狂。坐使傖夫得藉口，有誰破格賞驪黄。

其三

玉條脱語荷榮褒，名滿長安亦足豪。漫倚奇章容杜牧，人間尚有令狐綯。

其四

文章日後斗山齊，茅店雞聲競品題。痛哭憐才驚座客，當時只有趙顓妻。

題姚箋昌谷集後

其一

心光錯采游青靄，綺思上天成白雲。会得古人真意旨，何勞箋注太紛紛。

其二

錦囊嘔血寸心知，索解何人强綴詞。魚樂依然非我樂，濠梁未悟莫論詩。

題普蘭崖鎮軍詩稿

宇宙有至文，雲霞吐光怪。性情有真諦，心光發天籟。風水忽相遭，環中涵象外。語言文字間，動與天倪會。詩者心之聲，治化關興廢。風雅降離騷，詞源闢草昧。漢魏尚邶鄘，齊梁等曹鄶。三唐作者興，體例嚴宗派。下逮宋元明，流風方未艾。熙朝雅頌聲，群仙鳴劍佩。北宋與南施，聲望雙峰對。新城亦秀水，衣鉢千年在。繼起百餘家，嶷嶷超前代。將軍起長白，氣挾幽并大。忠孝本家傳，堂構承提誨。縹緗守詒謀，詩禮饒沾溉。餘事作詩人，浩氣乾坤隘。峒谿古瘴鄉，中年建旌旆。龍城駐飛將，鷹隼迴軒蓋。異類忽跳梁，仗劍臨邊砦。高咏從軍行，紅旗擁前隊。掃穴空螻蟻，焚林净蜂蠆。功成榮上賞，翠羽峨冠戴。皇皇紀恩什，忠藎矢匪懈。部曲荷帡幪，閭閻劑凋瘵。專閫蒞芝城，桂海留遺愛。卓然儒將風，下士意謙退。半生戎馬中，未改書生態。晝戟晝凝香，輕裘而緩帶。授我一編詩，摯意屬刪汰。觚生散誕人，讀之輒下拜。山川助氣勢，笳鼓增豪邁。中有古性靈，外洗凡鉛黛。人人所難言，言之無窒礙。人人所欲言，言之見清快。真精契古人，妙語驚時輩。南山北征篇，韓杜無分界。劍南長慶集，白陸聲一概。從茲學士圖，竝入凌烟畫。

八月一日晨起感懷

去年在莆陽，瘦蝀依衰草。今年在建州，寒蟬鳴翠篠。莆陽與建州，蹤迹泥鴻爪。瘦蝀與寒蟬，奄忽催人老。身世一楸枰，到死局方了。饑寒定底物，書卷亦何好。盡日苦鑽研，不解謀溫飽。愁多境蹇連，病久容枯槁。何當覓九還，振策游三島。

剖瓠存稿卷二十　建溪游草

有樹花葉似桂而無香戲作此詩

客燕齋之北，有樹高連屋。繁花綻碎黄，密葉醮深緑。居然連蜷姿，偃蹇在空谷。手折貯膽瓶，浸以江中渌。孰知味差池，三嗅無芬馥。如士盜虚聲，外雅中則俗。如嫫塗膏澤，貌清神乃濁。魚目混明珠，燕石淆美玉。造物亦何心，生此不材木。同抽碧玉簪，竊彼黄金粟。皎月下庭階，姮娥應捧腹。

晨起

激電焦雷咽不平，秋來溽暑未全清。酒瓢束閣塵常滿，詩筆查牙筍怒生。黑蜧不成今夜雨，黄鶯猶作曩時聲。三年肺病晨興早，百遍虚廊負手行。

驅蛇篇

木葉未落蟲未蟄，灌莽叢篁地低濕。有蛇屈曲夜溪來，不識懷珠與銜筆。傒奴欻見嚇然驚，迴廊曲徑斷人行。吐氣蒸烟引其類，公然蟉尾蟠簷楹。三間老屋繚垣壞，老鴟樹上啼聲怪。陰霾黮黯陽氣微，縱有蝍蛆不甘帶。我行拔劍又徬徨，區區未足污干將。撥以馬鞭斥之去，古藤有蔓好深藏。爾名僭與龍相竝，爾毒乃與蝎同性。胡爲乎依草附木到人前，頎而長兮貌可憎。風雷脱骨爾豈能，明珠不報吾何病。贈爾一篇宛轉歌，楮風墨雨從寬政。

秋鶯曲

鴻雁來賓燕作客，烏啼月落霜華白。金衣公子胡不歸，淹滯東城又南陌。時來庭樹引圓吭，猶是陽春舊丰格。老樟陰密桐葉疏，占斷秋林作安宅。商飆一例變和風，未許吟蟲相促迫。偶作樽前變徵聲，噍殺鵾絃如裂帛。美人遲暮感年華，旅客淒涼傷落魄。草长江南緑滿陂，嫣紅姹紫竟何之？睍睆綿蠻仍未歇，好音竊恐非其時。君不聞，樹上老鴟作鬼語，惡聲欲亂宫商譜。狂呼大叫將余侮，坐使琵琶怨腰鼓。

感張金蟾事

《郡志》載，後漢三山人張垓，坐化於大王峰半壁石室中。相傳解化時，其母追呼之，首因轉盼崖下，故遺蜕猶作左顧狀。坐旁石上有金蟾昂首向蜕，因號「張金蟾」。

神仙不可爲而可爲，丹藥爐中焚敝帚。神仙可爲而不可爲，白髮巖前泣老母。老母生兒願相守，焚香告天乞兒壽。兒成仙人母何有，賸得懸厓一回首。至今遺蜕對金蟾，徒向儔人誇不朽。烈士有母在，不以身許友。三春暉欲報，百里米可負。先親而死尚非孝，矧乃鍊形成木偶。遂使澆風後世傳，凶勃胡寅不畏天胡寅，建人，性凶勃，不爲母持服。寄言白晝飛昇者，枉誦道德五千言。天下豈有無母之神仙？

中秋無月戲作短歌

我生人阨非天窮，偶有所求天輒許。登高可展餞秋期，投詩能降決渠雨。前身與月更有緣，相隨萬里成賓主。

客中作客又中秋，滿擬清光照廊廡。夢魂飛繞廣寒宮，心光上叩清虚府。那期風雨黑如磐，玉兔銀蟾俱退處。山河没入黑甜鄉，雲師竟與殀蟆伍。此區區者不余畀，匆乃天公厭求取。不然特地變常格，索我新詩備歌舞。我今才盡筆蔓花，况復沈疴入腰膂。拈毫萬景驕莫隨，力疾猶思一傾吐。丐天今夜埽浮雲，前度清懽尚可補。

秋草用蘊素閣韻

其一

疇向湘沅唱竹枝，秋風秋雨萎芳姿。青留屐齒荒三徑，緑到群腰彼一時。楚些無聲空掩抑，王孫欲去尚淹遲。晉安自古懷人地，旅客言愁合有詩。

其二

涓涓涼露凛蕭辰，衰謝渾如落拓人。原野燒痕遲後劫，池塘夢影憶前身。不堪華髪年年短，漫詡青袍簇簇新。扶病倚筇閑縱目，斜陽古戍最傷神。

其三

芳訊迢迢滯蹇修，天涯底物劇離愁。看花記踏東南陌，望遠誰登西北樓。青海路遥書未到，白蘋江冷客重游。美人遲暮夫容老，何日春回杜若洲？

其四

無分河畔與城邊，一種消魂各黯然。若有人兮悲落葉，客胡爲者墜絲鞭。肥添夜氣猶含露，瘦入秋心欲化烟。只有東籬餘冷翠，孤芳不與世争妍。

梅仙山

安期戰國一策士，梅福漢代一抱關。仙人不合住塵世，暴秦新莽驅之還。阜鄉避地蹈東海，如瓜大棗駐童顏。子真上書棄官去，小臣無分龍髯攀。吴市門卒不終隱，埋名來隱建溪灣。寶璽一擲漢祚裂，佞臣頭與石同頑。漸臺高高魏闕比，美新諛語出清班。有身恥作揚雄死，手携藥鼎辭人寰。丹成鸞鶴下接引，蓬萊絶境緣非慳。安期時代去不遠，上界仙牒或同頒。我生好古覓奇迹，婚嫁未了顛毛斑。東走未窺安期島，南游喜遇梅仙山。

北苑行

荔支譜出茶經繼，君謨士人爲此事。已聞清議發歐陽，况乃遺縱嗣丁謂。先春采采携筠籠，春衫競逐春旗紅。大小龍團出手製，箬葉茜綾包裹工。表曰臣襄泥首上，餘惠分沾到卿相。至今北苑成市闤，修貢高亭尚無恙。茶星夜半森精芒，勢與房駟争農祥。只爲君王奉口體，誰知閭井留痍創。罨畫溪山變利藪，高貲大賈争趨走。收將紫筍復青旗，忙煞黄童與白叟。君不見，開山種茶斷山脈，山無寸膚田無額。四方游隋聚成群，藉草編茅作安宅。茶場一罷茶肆空，此輩公然作盗賊。流民勢衆居民孤，何以散此無家客。噫歔欷，書生作用胡如此，五鬼之徒無責耳。作法於貪弊若何，朱勔花石從此起。

古重陽日夜坐述懷用十四鹽全韻

客燕齋中歲月淹，昌歜羊棗性所忺。茹蘗非苦蔗非甜，烟霞痼疾無針砭。泡幻夢影忘危阽，嗤其似者猴與鮎。騎牛緑竹從嘲佔，寒熱不受人間痁。讀書稽古日詀詀，心光每逐曦光暹。春秋佳日間眺瞻，青山齾齾水湉湉。會逢好客搴惟幨，湖海豪氣一掀髯。德雖未厚行不磏，憶從束髮授芸籤。玉葉金環麄解拈，食多務得思無厭。收斂浮藻歸虛恬，波浪不爲海所漸。文陣首尾常山蚒，交綏百戰勍敵殲。五花雜組黑白縿，唐突西子畫無鹽。淋漓墨瀋相漬霎，不從中媜調鳴鶼。不貪異味噉蜚蠊，不隨饑鼠搬薑蘼。不羡華衮拖襦襳，上林賦罷聲價添。烏絲闌上筆鋒銛，防風口嚼舌爲磆。天孫雲錦擘雙縑，薄植無分儕梗枬。元關何人爲引枯，奇榮未遇脱韡閹。祝融呵噓不相炎，斗升之禄欣微霑。前陂後堰枯鱗噞，東海來觀比目鰜。魚書未到空瀸瀸，炎歊灼灼沸湯燖。秋日洌洌清霜嚴，土風頑獷同烏黏。升木教猱衆議僉，雉媒蔽身巧在籢。蠅頭覓利細而纖，鞭笞不貸黎與黔。包苴不遺餅與飴，逢人假面作撝謙。安知懦立頑夫廉，有不然者同輩嫌。我行遘此口如箝，低眉未敢言噡噡。寸田荒蕪手自薪，風木悲深卧塊苫。終天抱恨氣已熸，三載縞素垂衣襜。抛棄雞肋心久懕，萱堂愛日駐高檐。百里負米攜瓶罏，建州作客積烏蟾。秋來白露冷蒼蒹，古重陽夜月如鐮。姮娥妝鏡啟半奩，老屋三間下短簾。芙蓉岩桂列屏簷，手撥寒灰火一杴。青燈對影髮鬑鬑，須髩如絲不可撏。老鴟樹上鳴且覘，惡聲似是憸人憸。欺我衰病景將崦，藥爐鎮日煎苓蘞。我今止酒學陶潛，夢中不復尋青帘。黄粱可炊韭可醃，故人不來歌不詹。羌無餘暇窮韜鈐，矧乃閑情玩夢占。惟有詩句鬥乂尖，餘勇可賈膽力兼。掀車出淖如藥鍼，封禪作歌續禮瀸。長吟改罷喜沾沾，欲作畫圖無二閻。

重陽對雨

病久倦登臨，重陽恰風雨。天公如有意，爲我息腰膂。空齋對雨坐，檐溜懸冰縷。黄花遲不開，緑螺慵共舉。四山滃白雲，大幕遮岩户。故人渺天末，道遠音書阻。淒其弔形影，侘傺難傾吐。却憶八載前，浯江繪圖補。溪山助豪岩，風月成賓主。年來筋力衰，二豎將余侮。大藥不可求，焦枯愁肺腑。惟留詩興在，餘勇尚堪賈。哀蟬與落葉，竝入秋聲譜。

脈望歌

雨粟樓中鬼嗚咽，白蟫蝕字成夾雪。入史出經現化身，卷髮無端圓似月。十萬么麿利齒牙，曹倉鄴架營巢穴。盤踞緗帙據縹緗，那從屬饜求真訣。脱骨風蟬竟有緣，一朝幻境悟蹄筌。嚼字齩文竟得力，食古而化天所憐。君不見，書生矻矻窮經義，載籍便便貯腹笥。循行數墨自拘攣，可曾三食神仙字。

古墓

石馬缺左耳，翁仲卧荒陂。牧豎横眠緑蘚磴，老鴟夜歗青棠枝。生前富貴人争羡，泡影曇花逐飛電。玉魚金椀出人間，飽閲滄桑三萬遍。

古井

石闌干斷苔花冷，下有潛虬眠未醒。轆轤不轉水無聲，陰精上薄朝曦影。小國曾聞茅絰哭，南朝倖免臙支辱。清涼甘苦只自知，一滴重泉藴寒渌。

古宫

不識何王建何代，蒼鼯竄瓦螭墀壞。零金斷碧閲劫灰，白髮宫人安在哉？當日曲房貯歌舞，美人轉盼成黄土。銅駝銅狄尚沈淪，長楊五柞安足云。

古壘

此古戰場也，天陰聞鬼哭。猿鶴蟲沙不計年，野燐焰作苔花緑。黄狸黑孤夜開宴，髑髏爲椀羅羹飯。長平箭鏃血留斑，牧兒拾得人傳看。

古寺

金碧凋殘欄檻破，彌勒龕中尚趺坐。蕭條棟宇自齊梁，十丈臱碑草間卧。白頭老衲炷殘香，蝙蝠如鴉繞曲廊。游人試問僧年數，無言笑指階前樹。

留别詩

人生如寄耳，去住鎮無常。自來建州恰一載，饑驅又復促行裝。詩稿半牀書兩簏，蕭然行李一肩足。似燕還尋舊日巢，瞻烏爰止誰之屋。世路崎嶇已飽經，褒斜隴首康莊平。人情冷暖亦習慣，方穿圓鑿先機見。一擊不中倏千里，戀嫪依違宿所恥。杜陵高唱莫相疑，落落天涯幾知己。刻楮雕蟲仍故態，無用文章底處賣。漸覺胸懷堆阜空，尚留香火因緣在。西風吹我賦南征，黯然重起别離情。夕陽斥堠短長亭，溪山罨畫向人青。鷓鴣勸住鵾催去，亂耳秋聲不可聽。

五溪歸櫂吟

其一

來鴻去燕太匆匆，又促輕裝卧短篷。一夜灘聲人語雜，滿船燈火月明中。

其二
客燕齋中倚瘦筇，手搴薜荔擷芙蓉。重陽彈指兼旬過，罨畫溪山盡改容。
其三
泚筆曾吟贈別詩，艤舟半日故淹遲。榜人睡足歌聲起，也算江干聽竹枝。
其四
臨江闌外泊船初，衰草寒烟畫意疏。蓼渚微紅蘋渚白，鯉魚風裏坐秋漁。
其五
四山蒼翠夕陽低，遠樹參差緑不齊。雲水有情留客住，畫眉啼罷鷓鴣啼。
其六
低牀矮几費安排，兀坐吟詩亦自佳。很石奇礓見無數，不知身坐米家齋。
其七
太平驛上山崔嵬，南雅口下水瀠洄。舟師高唱溪女笑，賽罷水神歸去來。
其八
幻影曇花現法輪，孤松鬱律塔嶙峋。溪山莫笑羼提苦，我亦如僧托鉢人。
其九
宿霧濛濛散一川，葦花荻絮帶寒烟。溯流每羨沿流樂，今日真乘下水舩。
其十
峥嶸傑閣俯驚濤，百丈危梯結構牢。草草勞人孤令節，欲招勝侶補登高。

其十一

司天白帝駐秋光，蕎麥如銀晚稻黄。粉蝶翩翾赤卒舞，節過霜降未嚴霜。

其十二

短驛長亭管送迎，迴峰斷嶺勢縱横。溪流委折舟隨轉，都向兩山合處行。

其十三

西風獵獵塔層層，如掌平川露石棱。古寺凋零頽岸側，長年留米飯殘僧。

其十四

茶陵驛前水倒流，雁門高咏足千秋。灰寒穲稏秋容老，燕子多情爲少留。

其十五

無邊秋色到蒼蒹，瀑練懸空挂水簾。兩日遄行三百里，不須津吏報郵籤。

剖瓠存稿　樂府

行路難

行路難，山重水複路漫漫。丈夫氣概隘一世，萬里只作庭户看。酒酣拔劍起歌舞，上淩閶闔排雲端。摧枯拉朽視世事，逐日捉月如彈丸。歧路亡羊寓言耳，誰云鳥道愁攀援。掉頭奮臂去不顧，旁人大笑嗤我頑。上有插天之高山，下有澈地之深淵。豺狼鯨鰐不可以數紀，磨牙吮血相窺覘。夸娥力盡巨靈死，同律計窮古冶還。爾乃冒然犯險不量力，將毋羸角而觸藩。我行聽此安敢干，嗒然自喪足不前。無端荆棘相縈牽，千頭萬結糾復纏。如鳥在羅魚在筌，行路難，摧肺肝。

公無渡河

公無渡河，孟門嵯峨。争舟之指掬未盡，化爲罔象揚洪波。公無渡河，微雨惡沱。麥飯豆粥不得食，層冰裂骭新鬼多。桑乾河邊送行哭，無定河邊夢裏骨。老親在堂妻在帷，魂兮歸來家莫知。有田可畊屋可廬，何須萬里作征夫。銅山金谷俱黄土，以身殉利奚爲乎。功名富貴草頭露，歲噩龍蛇嗟已暮。不用高歌行路難，相逢但唱公無渡。

六禽言

提胡盧

提胡盧，勸客沽。妖姬貌如花，含笑獨當爐。不辭沉醉爲君死，酒中怕浸相思子。

泥滑滑

泥滑滑，步顛蹶。征馬四蹄淹，農夫兩骭没。行路欲晴畊欲雨，道途歡笑田家苦。平心與爾較重輕，去去休歌奈何許。

不如歸去

不如歸去，愁雲苦霧。峻板斷人行，河深不可渡。安得似汝生羽翰，萬里關山庭户看。胡爲日夜啼摧我心與肝。

脱破袴

脱却破袴，年豐時裕。丘中有麻機有絲，棄故開新莫相誤。農夫歲晚愁餓死，麄繒敢羨輕紈子。敬謝林間布穀兒，著我破袴耕前陂。

鬼谷子

有鳥晝雙眉，聲呼鬼谷子。爾不見君王，何須慕高士。爾今有舌不自捫，嗟爾豈是蘇張魂。

行不得哥哥

逼仄復逼仄，哥哥行不得。古之兄死妹殉身，化爲異鳥鳴悽惻。雨昏花落愁雲苦，長淮浪怒蛟龍舞。白骨沉淪可奈何，泣血勸公無渡河。

悲落葉

其一

悲落葉，雨瀟瀟，風獵獵。水泠泠，山疊疊。瘞流螢，舞乾蜨。美人遲，莫傷秋箑，雁傳霜信烏啼月。籬邊秋老苧蘿村，江干目斷沙棠楫。楓橋漁火洞庭波，與世浮沉可奈何？顛狂莫作隨風絮，會逐剛風天上去。

其二

悲落葉，舞迴風。鬼蜨翻飛小院中，懷人江上泠丹楓。悲落葉，凋蒼翠紅黃，璀璨珊瑚地，紈扇漂零琥珀墜。勞人思婦心怦怦，烏啼月落寒蛩鳴。紙窗蕭撼青燈青，長夜漫漫不肯明。

其三

悲落葉，落葉飛。帝子北渚，高人東籬。蘭有秀兮菊有芳，秋山瘦兮秋雲黃。疲驢破帽江南鄉，旅館蕭條旅夢涼。濁酒一澆塊壘腸，淒其凍雨打寒窗。

其四

悲落葉，悲從中來無斷絶。坐破子敬氈，禿盡蘇卿節。長安舊雨傷别離，匡牀詩思空騷屑。樹猶如此人一轍，夢裏年華嘆飄瞥。

凍雀行

紇干山頭一尺雪，羅山宮外人蹤絶。野戈山虞白日藏，空城無復艾如張。老梅枝上縱橫卧，一足典拳時欲墮。堦除得食聚成群，飽則颺去饑乃馴。若輩紛紛不知數，蘭苕翡翠歸何處。

吠犬行

吠犬韓盧之子孫，晝卧堦下夜守門。狺狺吠客遭客嗔，客嗔主人犬不顧。苦爲主人逐客去，殘杯冷炙報爾功，口甘臭腐尾摇風。客謂犬兮莫余侮，他日不知孰爾主。

假虎行

虎在深山百獸恐，爾乃假之類雕蛹。卞莊馮媍裴將軍，褫其皮毛撻以梃。逃威不敢據嵯峨，曳尾低頭反舊窠。反舊窠，仍故態。鼪鼯前行狸後隊，兒不敢啼行人戒。吁嗟乎，久假不歸可奈何，會須相逢真白額。

病鴟行

病鴟病鴟毛羽殘，飼以魚肉飲以泉。一朝病愈軒然起，掉頭不顧昌黎子。爾負爾心我何有，婦人之仁我之咎。好生惡殺，性情之正。我不爾援，爾將復病。挾彈少年畢爾命。

黠鼠行

青燈熒熒夜將午，牀頭窸窣來黠鼠。倉黄四顧目如椒，傾欹茶具翻詩瓢。么麽小族類如此，晝伏夜動畏人耳。殘膏敗胔任爾偷，飲水河干滿腹止。慎勿强結識字緣，架上公然齧書史。

悲哉行

北風其涼，水流湯湯。入盡高艑，我獨褰裳。巘巘遥山，迢迢長路。人盡籃輿，我獨徒步。綏綏雄狐，趯趯毚兔。我後我前，人立而語。截緣身兮，釜生塵兮。命不辰兮，蠖難伸兮。

烏夜啼

其一

烏夜啼，夜未央。羈人起坐心徬徨，銀蟾黯淡天無光。嚴風透户侵衣裳，儘拚一枕夢黄粱。布被如冰體欲僵，對此安得忘家鄉。

其二

烏夜啼，夜將半。思娘樓中起長嘆，白紵征衣遠寄將。歲云暮矣音書斷，欲卜燈花燈不焰。褰帷出户明星爛，獨宿空牀淚如霰。

其三

烏夜啼，啼征戍。暮婚晨别太匆匆，墮指嚴寒青海路。束薪流水咽悲風，征衣裏夢家何處。夜半驚烏飛繞樹，聲聲似勸公無渡。

其四

烏夜啼，啼估舶。洞庭波兮木葉落，輕離别兮浮梁客。賽神廟兮祭神鴉，霜刀臠肉空中擲。曉古風信夜持籌，坐聽啼烏手加額。

其五

烏夜啼，啼古原。白楊敗葉如雨墮，野棠枯樹隨風翻。道旁翁仲寂無言，人生百年會有盡。死者速朽辭籠樊，啼烏啼烏爾莫喧。

其六

烏夜啼，啼戰場。驚沙漠漠秋草黃，野火熠熠寒雲蒼。舊鬼新鬼氣不揚，歲時伏臘無蒸嘗。碧血入土蝕刀鎗，爾烏曾此啄人腸。

其七

烏夜啼，啼荒村。縣吏催租夜打門，狺狺病犬吠籬根。鬼燐明滅月黄昏，腷膊雞聲遠近聞。戴星三五趁墟人，板橋履迹留霜痕。

其八

烏夜啼，啼空城。城上擊柝天未明，院静夜寒玉宇清。鴻雁不來之子行，令人聽此心怦怦。丘中有麥倉有粟，爾烏胡作不平鳴。

後六禽言

婆餅焦

婆餅焦，兒心苦。餅焦婆見嗔。心苦兒無主。兒母化爲石，兒心變成土。兒行隨母且覓父，婆餅再焦時，知兒在何處。

姑惡

姑惡，姑惡。姑雖惡，媳亦拙。不能事姑逢姑怒，化作冤禽啼日暮。獨不見，樹上慈烏能返哺。

得過且過

得過且過，不恤寒餓。得過且過，自甘慵惰。五世昌，千仞翔，我不如鳳凰。歷坎坷，安尾瑣，鳳凰不如我。

得過且過，無災無禍。

布穀

布穀，布穀。巢我樹，上我屋，花冠斑臆錦衣服。穀雨已過將清明，爾宜處處催人耕，胡爲向我作繁聲？爾曠爾職農事廢，打門愁殺催租吏。

剥啄

剥啄剥啄啄枯木，蠹穿枯木空其腹。蠹食木心，爾食蠹肉。蠹常苦飽爾苦饑，食蠹未盡樹無皮。剥啄剥啄驚我睡，門前疑有故人至。

呢喃

呢喃，呢喃。泥不難，春雨慳。井上轆轤停不轉，芹泥龜圻芹芽短。不如海外涉風濤，嗛魚作窩形如瓢。高艑賈胡居奇貨，涎涎燕燕空勞勞。

郭公曲

郭公鳴當夏，五史文闕鳥名補。花冠戴勝好顔色，或是春秋附庸國。偶隨蠹簡入秦坑，化作好鳥催春耕。催春耕，啼不住，禹甸畇畇玉改步。其畝東南已非故，舊時丘隴知何處。惟應學作子規鳴，一聲聲不如歸去。

桃蟲曲

幺麽小桃蟲，形如棗之核。高舉僅過牆，低飛不逾尺。翻身上下度林梢，倒從葉底尋蠨蛸。忽來花間作細聲，渾如枝上懸金鈴。若將族系問少昊，瓦雀當日留雲礽。吁嗟乎，鵾鵬何大爾何小，同是天公附翼鳥。倘令少見短中長，置諸蠻觸之國蟭螟鄉。

白頭翁歌

有鳥有鳥白頭翁，雙飛雙宿成雌雄。世人愛少不愛老，皓首相依叢薄中。叢薄卑棲亦何有，前有夭桃後楊柳。圓吭不敢學栗留，低喚僅堪同鳩媍。合集牆邊老少年，曾供壽意丹青手。白頭翁，爾莫悲，丈人抱甕已忘機，嗛蟲哺子任爾肥。白頭翁，爾莫樂，空城尚有紇干雀，深樹宵宵叫姑惡。願長保此百年期，一生不識鵕鸃之冠丹鳳閣。君不見，黄頭郎，前魚泣後空悲涼。又不見，緑幘子，金彈枉成花下死。當年黑髮招人妬，此日朱顔已非故。翁乎翁乎，輪爾一道冰頭銜，不是許行好冠素。

紅鸚䳇歌

緑鸚䳇出西川，紅鸚䳇出海南。翩翻好毛羽，儇巧工語言。西川萬里蠶叢險，駿馬馱來愁堎坂。不知海南諸國一帆風，紛紛羽族來自祝融宫。小者梅花大孔翠，相思倒挂分儔類。修翎朱鳥裹紅雲，背掛金印稱將軍背有黄毛者，名曰掛印。買向高艑乘舴艋，番錢脱手堆銀餅。曲房小院上晨光，大叫狂呼驚夢醒。緊我鵂鶹寄閩南，疋無他好惟擘箋。傒奴購得珍禽至，聊結天涯魚鳥緣。鸚䳇來前吾語汝，莫倚聰明能學語。世間口舌兆危機，架上繁言莫輕吐。下有雪貍，眈眈目注形如虎。

艾如張

艾如張，徒空張，青鳥不來翠羽翔。金烏浴日迎榑桑，鴻雁無心謀稻粱。前飛駕鵝後鵞鴒，野田黄雀紛避藏。

艾如張，徒空張。

東飛伯勞歌

東飛柳絮西飛花，翻掀蝶陣鬧蜂衙。妖姬十五態天斜，翠幰朱輪油壁車，低吟緩緩妾歸家。馬上誰家貴公子？點漆雙瞳翦秋水。幼與憨跳忘其齒，秋胡有金羅敷恥。匆匆覿面各天涯，歧路相逢偶然耳。

白紵詞

其一

白紵舞，白紵歌。新鶯恰恰春風和，美人啟齒迴秋波。聲偷激楚翻陽阿，霓裳中序傳姮娥。無愁曲子曼聲多，轉喉入破顔半酡。主人高居安樂窩，絲竹陶情奈老何。

其二

白紵歌，白紵舞。百面春雷鬧羯鼓，蛺蜨翩翩輕袂舉。反腰貼地蓮花吐，天花錯落紛如雨。下上差池飛燕語，迴雪驚鴻安足數。主人金樽酣醁醑，水流花謝春無主。

行路難

其一

四座且勿喧，聽歌行路難。丈夫四方志，安能老儒冠。翻然大笑出門去，意氣直欲排雲端。扣門致詞挾短策，槖筆獻賦居長安。長安米貴居不易，寂寞猪肝更馬肝。十丈紅塵一枕夢，疲驢破帽過邯鄲。

其二

閑居意不愜，乃涉太山巔。舊游亦可續，更渡黃河灣。泰山高高黃河深，途窮日暮無知音。仄徑千盤浪九曲，無端雲雨驚翻覆。敝車羸馬犯霜雪，太息謀生空自拙。路逢三老向我言，公無渡河無登山。

其三

毛椎誤人乃如此，揶揄時逢路旁鬼。五千一字不救饑，靦顏曳足朱門裏。嗟來炙冷杯亦殘，縱有長鋏不敢彈。乃知孟嘗真長者，不以無厭之請嗔馮讙。君不見，世風今古有同異，近日文章曾不一錢值。

其四

瓣香叔孫通，何如拜灌夫。心折逢掖子，争如交狗屠。豪傑作事貴快意，拘文牽義胡爲乎？君不見，田蚡座上雙眥血，朱亥袖中册觔鐵。禍福成敗安足言，其人其事難磨滅。

其五

蜉蝣衣裳羨楚楚，蝴蝶夢魂飛栩栩。疇將東閣座中樽，去酹北邙山下土。門前車馬屯如雲，峨冠朱履聚紛紛。一朝勢去賓客散，買絲誰繡平原君。賸有臧獲與婢僕，墓門相伴翁仲君何足。

其六

君不見，海中商賈能作賊，霜刀霍霍蠻雲黑。咈嚫哂夷遭颶風，附舟内渡來粤中。老萬山洋華夷界，一夜奸商奮長鍛。五十人鬬十四人，漏刀泅浪一人在。席卷歸來匿故鄉，官吏縛之如縛羊。藁街駢首紛就戮，鷹鸇啄肉烏銜腸。吁爾頑獷不可教，山川戾氣成凶暴。愍不畏死敢戕生，登岸爲民下船盜此紀夷人被戕事。

其七

諺云有路莫登舟，况乃滄溟萬丈之洪流。有人奉檄來于役，蜃怒鯨嗔三老泣。涂月廿有七，公令星火急。運粟貯厫倉，愆期虞譴謫。東南颶起片帆開，一夜澒洞聲如雷。篷摧柁折船亦碎，不是孟賁焉能避。闖然一命付波臣，幸免魚腹留全身。縱非襄陽統制尚帶箭，已與汨羅大夫同招魂。吁嗟乎，胡不負郭謀二頃，戀此區區類竈黽。破産營官官已沉，嗟爾微官宜猛省此紀祁少尉覆舟事。

其八

不唱丁考護，但唱公無渡。公無渡，不自由，古來征戍覓封侯。侯未封，沉海中，三百餘鬼隨蛟龍。哭聲震倒冰精宮，宮中部曲應垂淚。我與若曹亦同類，不死疆場死王事。天吴胡不神，陽侯胡不仁。坐視殘膏敗胔，一任魚蝦吞。可憐瓜代得歸家，屈指三朝度歲華。想當泅浪翻波日，婦孺相望卜燈花此紀戍兵沉溺事。

其九

拉雜長言無紀律，半寫牢愁半紀實。天地局脊可奈何，遣興賴有金叵羅。有目不識金銀氣，有口不説魚鹽利。磨蝎由他坐命宮，浮蛆聊復成酣肆。呼我李青蓮，招我劉白墮。九天珠玉紛咳唾，舉杯一歌行路難，漫空今古愁雲破。

香鼠詞

閩中有鼠，無目而長喙，銜尾游行，腥臭不可近。土人謂之「香鼠」。

香鼠，香鼠。相爾皮，色如土。相爾體，目乃瞽。嬾搬薑，貪食黍，鋭頭長喙形齟齬。曾竊太倉粟，性自甘紅腐。曾食郊廟犧，臭已貽樽俎。鼪鼯之族羞與伍，啾啾唧唧作人語。掉舌摇脣亦何補？君不見，器難投，厠可處，發機不值千鈞弩。咄哉鼠子漫披猖，我有貍奴猛如虎。

蟲豸小樂府并引

閉門却埽，闃寂無聊賴。中夜雨侵破壁，洒面如菽。復以養痾止酒，倍難爲懷。惟槃薄於敗書堆中，拈禿管作雕蟲技耳。因戲取蟲豸十八題，用樂府體咏之，以消長夜，以遣羈愁。抑亦《爾雅》之箋，小言之賦也。改罷長吟，雨聲拉雜，漏四下矣。道光辛卯四月廿五日。

截緣衣

截緣衣，解衣走。少遲回，肌膚受。短毛五色鑽如帚，簇簇針芒利於口。肥身蠕動相牝牡，盡日依榆復傍柳。咄爾么麿真小醜，投畀炎火空林藪。

劍驅蠅

寒芒三尺光如練，要斬青蠅爲萬段。先生赫怒同雷電，貝錦讒，古已多。蠅營者，今則那驅不勝驅可奈何。人亦有言千鈞弩，不肯發機爲鼷鼠。

蠆尾毒

鴆鳥毒，令人死。蠆尾毒，令人痛。死者長已矣，痛者且甚病。深山大澤戾氣成，竟與杞檜同性情。伏窗緑壁任横行，不辨溼生與卵生。

磔蛙篇

彼月而微，蛙則蝕之。我有寸刃，以蛙磔之一解。有蛙有蛙，黽然鼁醜。結文字緣，小名科斗二解。官乎私乎，茫然莫辨。彭亨其腹，皺瘃其面三解。積潦黄泥，池塘青草。柳州南烹，我今稍稍四解。

顛當曲

顛當顛當，蠨蛸之族。羅網繞身，經綸滿腹。織天衣之無縫，罥罘罳而如縠。繭絲耶？保障耶？冀網開夫一面，任蜂蜨之徵逐。

蠻觸戰

蝸牛角，兩國都。争地戰，競喧呼。霜刀雪刃相吞屠，横屍遍野血模糊。語小莫破如斯乎，當時若遇槐安國，元蚼，乃是長狄之僑如。

蛣蜣丸

長安小兒逐彈丸，逐臭之夫非饑寒，人誠有之物亦然。蛣蜣丸，九十九。功未成，誓相守。一朝羽化若登仙，高吟吸露露珠圓。回頭下視轉丸處，今何神奇昔臭腐。

蝍蛆謡

蝍蛆能甘帶，大小實不侔。巧與中要害，勇者不能力，智者不能謀。抉眸子帶也，死物相制類如此。蝍蛆蝍蛆莫遠走，更有蝦蟆伺其後。

螳螂臂

蟋蟀善愁，螳螂善怒。愁者令人憐，怒者令人懼。大車轔轔周道行，挺身奮臂前與争，拚將螽粉博雄名。不膚撓，不目逃。北宫黝，爾其曹。

脈望神

神仙竟以蠹食得，子雲識字應投閣。杯酒一澆脈望神，零金斷碧勤收拾。篇章割裂卷軸殘，幻形乃是環無端。環無端，能益智，中有神仙掌中戲。陽羨書生定爾師，鵝籠原不貯文詞。

叩頭蟲

叩頭蟲，叩不已。子胡然，性所喜。先屈膝，後泥首，暮暮朝朝五體投。恭而無禮忘其醜，受者倦矣顔無忸。螳螂何傲爾何諂，南園更有籬邊犬。蟣蝨叢中衣缽新，折腰不肯者何人。

鬼蝴蝶

玉腰奴，病且死。魂歸來，化爲鬼。被褐曳紵積塵埃，無復花衣勝翦裁，翻如敗葉點蒼苔。舊時伴侣棄不顧，結隊成群入花去。斂翅低眉傍短垣，自慚形穢不敢前。寄言伴侣莫相慢，夢醒羅浮再相見。

負勞歌

負勞負勞爾何勞？低飛款款求其曹。攫蛟而食策勳高，尾拖榆錢頭峨弁。紅蓼之洲白蘋岸，娟娟蛺蝶同閒漫。埋頭五日爾何辜，貪夫欲爾青珍珠。

孑孓行

孑孓蛣蟩轉音異，么麿醜類真微細。一朝幻花付翼飛，令人遍體叢芒刺。饑如柳絮飽櫻桃，纍纍滿樹鬼烏號。聚而成雷散成霧，血食人間乃爾曹。

蝝蝮蚼

蝝蝮蚼，蝗之蛹。耐冬寒，喜春暖。戢戢出土多於蠶，亂流可渡塹可填，不留寸草髡爾田。夫男秉把媍持梃，擊鼓鳴鉦賽劉猛。何人下策用火攻，循吏能令不入境。

蟈蟈鳴

蟈蟈鳴，聲聒耳。豆棚邊，瓠葉底。月光瑣碎天如水，碩腹彭亨緑玉髓。湘竹編籠瓜作餌，促織不鳴蟬已斷，草堂賴爾供清玩。胡盧依樣藏身便，半鞍馱得玻璃片。

丹良來

丹良來，宵深候。光熒熒，緑如豆。疏簾巧入曲檻通，密竹斜穿瑑窗透。夜行以燭古所遵，夜游秉燭爾何人？照人夜讀合策勳，丹墀册爾爲良臣。

嬾婦驚

嬾婦驚，驚嬾婦。寒將來，衣露肘。織縑織素纖纖手，篝火無光月窺牖。軋軋機聲亦何有？銀河絡角秋露清。千家萬户擣衣聲，瑟縮空牀夢不成。

還珠吟爲黄心齋司馬作

兔絲依蓬麻，雛花妬風雨。慈鴉羡高枝，燕燕身無主。　小家有女掌上珠，背約别求善價沽，不念羅敷自有夫。　有士覓小星，那計珠成斛。飛舸載阿嬌，歸將貯金屋。　阿翁攫金，阿夫首官。已拚鏡破，敢望珠還？　賢侯聞之痛疾首，澆風未化吾之咎。驅遣吏胥河上走，唤回阿嬌並阿母，堂皇立斷成匹耦。　使君賢，書生俠。揮金助婚嫁，義色盈眉睫。還卿荆布家風，不是靡蕪棄妾。　異政驚愚，奇聞駭衆。宜調樂府檀槽，譜就神君歌咏。

撫孤吟爲王芮川刺史太夫人作

葱鬱澗裏松，葳蕤岩下草。不爲蔦與蘿，那得常相保。　乳鵲攢孤雛，墮巢委塵十。丹山來鳳凰，覆翼成毛羽。　傷哉馬氏兒，三月背父母。呱呱襁褓中，葭莩亦何有？豈惟葭莩俱烏有，蕭然四壁如空缶。　夫人掩淚曰：「是吾責也，吾鞠之。猶吾子也吾育之。」　顧我復我，恩逾所生。抓梨覓棗，居然長成。結以婚媾，就乃功名。苦心摯意，歷久愈堅貞。庶幾告無媿於同年夫婦在天上之靈。　香山大布裘，工部千間厦。鬚眉所見稀，况乃閨壼著。　蔦蘿施修柯，喬松壽千年。鳷鵲得安枝，鳳凰翔九天。萊衣子，舍春風，妍繪成撫孤圖。高風萬口傳，令人敦崇道義心油然，薰沐爲賡獨行篇。

典衣行

典衣復典衣，此事堪絶倒。典時欲其多，贖時欲其少。　典裘贖葛，典葛贖裘。贖葛馬注坡，贖裘水逆流。　寒往暑來，四時遞嬗。裘去葛來，尚有餘羨。　餘羨在手，儼然富翁。且沽良醞，送我五窮。　取之中府，藏之外府。囊橐蕭然，夜不閉户。　瑶臺瓊室，不過容膝。丘糟池酒，不過適口。彼金穴與銅山，曾與余兮何有。

守歲詞

守歲守歲，年殘夜闌。去日苦多，來日大難。　修蛇赴壑，坡馬下注。挽之不回，牽之不住。　粔籹一器，蠟梅幾朵。樺燭高燒，舉家團坐。　舉家團坐，戒勿揚聲。雲車風馬，神兮上升。　神兮上升，疏奏玉帝。飼神棗糕，神能覆被。　直出門，迎喜神。反掩袂，背太歲。趨吉避凶各有道，神荼鬱壘掀髯笑。　鏡聽鏡聽，鏡不可聽。古人云：「昭昭不如夢夢。」　有酒在樽，有肴在厨。今我不飲，日月其徂。仰天長歎，盡此一壺。不知今夕何夕兮，歲除兮未除。

讀史小樂府

文文山

文文山，留夢炎。南宋末，兩狀元。召號天下讒一言，臣忠君義竟徒然。周是修，楊士奇。一篇傳，後人嗤。

約死不死心狐疑，可憐更有飼猪兒。科名到此真埽地，千古忠魂一掬淚。

鵂鶹聲

臨川子王雱，元長子蔡攸。秦檜子秦熺，分宜子東樓。一鸞當道鳳齊鳴，鸞鳳都作鵂鶹聲。不惟誤國將叛父，覆巢之卵歸何處？天潢亦有豺狼兒，狗齩一家血肉飛，身入銅缸悔莫追。

南人相

介甫本學人，介溪亦名士。不爲宰輔作詞臣，文章豈居蘇黃次。依草附木，希旨望風。奴顔婢膝，竟誤而翁。而翁究竟非英雄，受人諂者占終凶。孰謂南人不宜相？同叔師弟青雲上。

黨人碑

宋有黨人碑，明有東林籍。翻因禁錮得佳名，豈無魚目與燕石？權奸用心亦可憐，欺人直欲欺萬年。倒行逆施塞人口，不知唾罵踵其後。元長錫爵可同傳，童貫後身沈一貫。千秋直道屬安民，萬古奇寃悲鄭鄤。

中官亂

中官亂綱紀，歷代難屈指。有明大閹勢峥嶸，王振獨以先生稱，不知宰輔當何名。茄花滿地紅，委鬼當頭坐，劉瑾汪直餘兩箇。更有杜家秩與勳，彰義門開曹化淳。一時碩果看僅存，王安之後王承恩。

閒田獄

北地閒田起喧鬨，前有督亢後河套。至今大漠捲黃沙，鬼燐明滅狐狸嘯。當年扼要勢必爭，太平無事居人耕，令人弔古心怦怦。風吹筑，易水別。雨淋頭，西市血。

對山救我

對山救我，對山曰可。躡屐豪門，失足一墮。一鸞困公，百鸞惟嵩。報恩激烈，駢首從容。朋友君臣根至性，不留轉念情之正。武功容城，裀有重輕。見義勇爲意則一。辱身殺身，一生事畢。

書生誤

書生誤人國，齊泰黃子澄。既無戡亂才，又乏知人明。莛戳虎鼻虎咆哮，李九江來逆藩笑，諱敗乃同賈似道。讀書種子亦無奇，皋門應此此何時。因子間父謀尤謬，燕子飛來外蛇鬬。斷頭不草詔一紙，甘與十族同日死，猶勝雙雙遁江沚。

虛耗行

大耗耗國，中耗耗人，小耗耗其身。安得終南進士役鬼雄，攫而食之如斷葱。生飲其血抉其目，飽來自坦彭亨腹，槐笏挂鼻雙瞳緑。

剖瓠存稿　左傳樂府

題　詞

詠左新詞八十篇，筆端垂露舌生蓮。解頤匡鼎談詩日，折角朱雲講易年。
説經自昔苦支離，雙例編成詠史詩。正似天孫織雲錦，新花樣簇舊機絲。
長吟短咏費心裁，二百餘年事迹該。論世知人俱第一，不須博議羡東萊。
依經立傳才無兩，即史成詩意更新。左氏有知應把臂，千秋絶業得傳人。
官舍蕭閒一事無，苦吟鎮日似窮儒。忽驚薄宦囊偏富，爲得驪龍頷下珠。
平生元愷躭盲史，百代群推注解優。何似詩人兼左癖，藝林更兩擅風流。
秘書撰出力都疲，字句全搜造化奇。祇恐六丁收攝去，朝來雷雨繞簾帷。
一夜西風桂殿開，白雲回首望燕臺。金門著作何人事，不信微官老史才。
落拓江湖十載餘，一編經史媿菑畬。春風引入嫏嬛地，又讀人間未見書。
荆州舊曲花争艷，樂府新詞玉有香。似此金針全度我，不應顛倒繡鴛鴦。
道光乙酉相月，受業陳天儀。

潁谷人

君臣侈口呼姜氏，目中蚤已無倫紀。原繁祭仲盡逢君，誰與諫者一封人。小人有母常食肉，嘗君之羹萬事足。黄泉有誓淚盈襟，大隧春回寸草心。

營兔裘

賊臣但爲富貴計，媒孽人家兄與弟。萬古千秋不白寃，弟被惡名兄暴骴。不殺羽父反優容，仁柔不決非英雄。坐使竪儒恣論斷，斧聲燭影成疑案。

殺雍糾

人生有父一而已，婦婦夫夫胡可比？母女問答作奇談，周氏汪前雍糾死。公載以出但長吁，謀及婦人宜至此。君不見，慶舍臨祭慶姜知，千秋僥倖盧蒲癸。

戰長勺

布衣慷慨談兵法，錐脱囊中劍出匣。盛氣已開游説風，豪情肯被威嚴懾。肉食者鄙無遠謀，先生掉臂爲運籌。齊人三鼓鼓聲絶，大國從今不難測。

金僕姑

腰繫玉鹿盧，手拈金僕姑。南宫彪虎不可當，神矢一發如縛羊。始吾敬子今已矣，可憐謔語成瑕疵。射則臧子美目清，豺狼掃除即日平。

繩息嬀

蔡侯欲遂復讐志，閑把阿姨作游戲。桃花重現此花身，陽城下蔡胭脂膩。楚君好色兼信讒，以食人饗來無端。由來美色亡人國，草長宜男露未乾。

陳敬仲

大風洋洋表東海，風兮飛來弄光采。韶濩常留太古音，有嬀一綫千年在。懿氏曾占五世昌，周史周易照天光。故國衰殘他有耀，田氏終移姜姓廟。

二五耦

外嬖梁五東關五，二五訛言晉啟土。宫中老狐正跳梁，本根葛藟遭斧戕。士蔿謀去群公子，三載而還家難起。城蒲城屈嘆蒙茸，天道循環例如此。

未亡人

故宫蕭撼孤鸞泣，獨掩殘妝背燈立。宫旁振萬達宫中，先君戎備今誰習？吾一婦人事二夫，無言桃李紅糢糊。令尹不爲軍國計，未亡人側奚爲乎？

神降莘

神仙之説本杳茫，上田下畀尤荒唐。虢公敗戎日驕縱，輕以誕怪招巫陽。有莘之神實妖孽，懼而修政猶可禳。安有聰明正直而壹者，來興涼德之國作禎祥？

割臂盟

君有萬斛愁，妾惟一點血。割臂試盟君，死生冀同穴。鴟鴞鴟鴞取我子，碧血斕斑變青紫。重揮血淚哭先君，此恨深於汶陽水。

鶴乘軒

此君殊有高人致，品隲仙禽列爵位。朱纓翠葆大夫車，鶴鶴白鳥閑游戲。一朝城下旌頭見，棄甲投戈不肯戰。不肯戰，自捐生，安能跨鶴游太清，路遇千年徐佐卿。

寺人貂

自古閹人亂綱紀，斷自青齊竪貂始。已見多魚漏國師，旋看群吏供刀匕。如夫人六煽威權，雍巫開方兩竪子。古來佞倖傾國家，伯者齊桓尚如此。

蕩舟曲

君上木蘭舟，妾理沙棠楫。兒家生長近江鄉，潮落潮生占利涉。反腰貼水戲波瀾，小舟一葉相掀翻。君侯變色美人笑，驅遺歸家懲憨跳。誰知一舸溯流絕，更上別船弄明月。

驪姬曲

銀燭搖搖繡幃暖，宮漏沈沈良夜短。梨花一樹淚闌干，殘妝委墮烏雲綰。曠世梟雄暱美人，摧殘骨肉殪良臣。奮揚能免太子建，可惜狐突申生未及見。

新城巫

無端忽共冤魂語，夢耶真耶在何許？夷吾無禮敝於韓，新城有巫將告汝。鬼神之事何離奇？秦人祀我究非宜。狐突殊有大臣度，倉卒猶存故君慕。

次睢社

不禽二毛不重傷，次睢之社乃視鄫子如牛羊。殺人而祭已不祥，矧茲一國君竟以充蒸嘗。欲以屬東夷，東夷應笑君猖狂。淫昏之鬼何跳梁，戾虐之誅來荆湘，門官殲焉足不良。吁嗟乎！求伯之宋襄。

梁伯曲

無戎而城讐必保，梁伯年年事營造。某寇將至秦將來，溝宮民潰堪絕倒。酒色作直都殺人，師心自用亦戕身。人生慎勿有偏好，亡國何必在凶暴。

齊姜怨

新婦不爲牀笫戀，鬓眉巾幗人争羡。懷安者敗古名言，香口如生空繾綣。狄人季隗尚待君，秦女懷嬴又沃盥。魚軒寂寞淚闌干，靡笄山下腸應斷。

歸季隗

當年故劍求難得，明鏡團欒來異國。二十五年就木人，重理新妝弄顔色。塵沙撲面歷關山，白紵青衫淚點斑。樂府歌成中媍艷，碧玲瓏曲唱刀環。

綿上謡

四座且勿囂，聽歌綿上謡。綿上有人偕母去，至今草木爲枯焦。匹夫負人人不齒，國君負人人必死。死生細故安足云，嗟爾區區綿上人。

倉葛呼

王章未墮南陽啟，倉葛一呼悲風起。請隧問鼎同一心，譎而不正從兹始。隰郕攢茅曾畀鄭，維時伯主尚未定。五邑經今賜晉人，東周牒籍悲懸罄。

介葛盧

牛鳴於窌應黄鐘，伶倫嶰谷截筠筒。誰知其言猶可譯？三犧皆用號悲風。雄雞斷尾懼登俎，人犧實難已何與？

同時倘遇公冶長，會使兼通禽獸語。

柩有聲

羽衛煌煌唱蒿里，絳縣西行尺有咫。牛鳴於窌聲震天，細聽却自柩中起。大夫卜偃多權詞，柩前再拜言西師。毅魄彊魂死不没，淒涼萬古肴函月。

冀缺耨

郎薙隴頭雲，妾踏溪邊月。爲郎汲水炊雕胡，村疏采得南山蕨。夫畊婦饁閱年華，簑笠叢中禮數加。唱隨自得天然樂，不羨人間軒冕客。

江芊怒

不結江芊歡，願逢江芊怒。豺聲蜂目梟獍心，竟行大事無瞻顧。春秋之世疑無天，斯事曾經兩度傳。造物無知乃如此，楚莊猶是克家子。

妾織蒲

臧孫婢媵無紅顔，十指凍皴手不纖。夫壻乘軒妾拮据，織席細屨如茅檐。毫末相争到細民，矯情節儉意非真。此亦當時僞君子，不仁者三聖人指。

背先蔑

謀國以權事貴斷，立君大事烏容漫。吁嗟趙盾亦庸才，覥顔竟與秦人戰。夫人嫡嗣今俱存，立長乃欲外求君。一錯鑄成六州鐵，忍負初心背先蔑。

命宣伯

子駒門外鄋瞞首，骨格非常大如斗。奇功命子耀宗邦，名與僑如俱不朽。虺也豹也亦同意，猛氣常思戰場利。他年奉幣過耏門，一弔緣斯異地魂。

申池游

怨毒於人甚矣哉，申池流水湔餘哀。刖尸奪妻夫巳氏，一朝頸血涴蒼苔。邴歜閻職二豎子，報讐能令君侯死？伐曹侵魯不畏天，修竹叢中泣杜鵑。

城者謳

纔受御人累，又來城者笑。羊則有肉牛有皮，牛羊可爲華元弔。華元在宋即長城，城者何須意未平。夫其口衆而我寡，嘵嘵置辯胡爲者。

問鼎對

在德不在鼎，義正而詞嚴。一語褫盡楚人魄，敢以法物窺周官。九牧之金九河水，支祈牢鎖防風死。塗山玉帛萬國來，岣嶁之碑何崔巍。吞若雲夢者八九，神物肯爲荆尸有？

徵蘭曲

幽蘭美人花，香草佳兒兆。采采不盈襜，含情善窈窕。夢中天遣司花神，持贈椒房望幸人。余爲伯儵余而祖，蘭有國香人媚汝。儻令生子命以蘭，它年七穆仙根蟠。

食指動

異味將嘗食指動，奇兆相傳公子宋。飲食細故起殺機，至今溱洧潸餘痛。仁而不武甘自污，歸生歸生何其愚？擬以趙盾討賊例，直筆千秋繼董狐。

獲秦諜

兩間奇事無不有，殺而復蘇六日後。回生之藥返魂香，後人臆説多荒唐。此時尚無李少君，勿抑相逢秦越人。不然當日乃佯死，范睢折脅逃鄉里。

少西氏

肅肅鴇羽集株林，君爲獸兮臣爲禽。穢德彰聞衵服戲，廄中之箭焉能避？楚人愛土兼愛色，豈爲大義平陳國。連尹既亡子反怒，巫臣笑竊佳人去。

茅經曲

河魚腹疾可奈何？山窮麥麴今無多。陣上相逢作隱語，茅絰哭井吾援汝。吾宗弱小鄰荒夷，僻陋難當挾纊師。不能事大翻招怒，目於眉井嗟何暮。

亢杜回

結草亢杜回，杜回躓而顛。傴僂一老人，鬢髮何蒼然。杜回之勇猛於虎，魏顆之材遜於父。力士竟成禽，奇功高萬古。先人治命喜相從，九原報恩來鬼雄。

笑于房

晉國躄大夫，乃貽婦人笑。如此粲者何，所不涉河爲此報。其君是惡民何罪，盡東其畝戎車利。華不注下陣雲開，血流及屨胡爲哉。乃知小嫌成大怨，致賂何須用紀甗。

請繁纓

小人覬覦希光寵，尺寸之功輒妄請。服飾不衷身之災，敢以私惠淆差等。何物賤者新築人，貔虎叢中救大臣。有勞宜賞惟所欲，繁纓朝罷曲縣曲。沐猴而冠何足言？獸被文繡禽乘軒。

七奔命

勾吴獲與諸姬齒，推原皆自巫臣始。讒慝貪惏復殺人，吾將使之奔命死。當年秪爲一人怨，釀就東南數百戰。

伍員又欲反私讐，雲夢澤中碧血流。

操南音

嶧陽之桐七絃琴，南冠而縶操南音。薰風解慍堪披襟，洞庭張樂天愔愔。湘夫人來墮玉簪，大蟹郭索蒼龍吟。杳矣山高而水深，雲夢澤中夜氣沈，手揮目送回鄉心。

夢大厲

宮漏沈沈魚鑰閉，披髮搏膺來大厲。怒眦欲裂不可當，距躍曲踊强魂强。桑田巫者言如夢，不食新矣君疾病。昨宵二竪據膏肓，名醫雖緩將安用。甫殺桑田巫，旋復厠中陷。負公以登天，君臣夢俱驗。

誓施氏

蔦蘿依松柏，兔絲附蓬麻。引蔓多詰曲，疇能辨根芽。古人婚媾身如寄，忽嫁忽奪等兒戲。外弟外妹皆創聞，母女遭逢如一致。黄河流水碧淪漣，多年破鏡喜重圓。雙雛奄忽隨流没，含嗔泣訴天邊月。

好直言

曲如鈎，封公侯。直如絃，死道邊。今古茫茫一邱貉，惡直醜正薄俗薄。盗憎主人，民惡其上。子好直言，妄非所望。伯宗在晉稱良臣，卓識終輸一婦人。

問公年

即位九年年十二，君生憶在沙隨歲。禮數黿嫻仗大臣，季孫爲相昂然對。晉君宛有弟兄情，一星既終冠禮行。黍苗弱小仰膏雨，願臨河水尋前盟。

智伯怒

智伯怒，智伯何怒？不怒諸侯師，不怒偪陽固，衹怒荀偃士匄將師誤。見事風生兩少年，遇難而退何其孱。無剛之勇兵家忌，投之以几出其間，偪陽偪陽城不堅。

師曹歌

歌詩欲激權臣怒，師曹自薦無瞻顧。居河之麋彼何人？目中早已無其君。目中無君目已眇，無拳無勇安足道。射鴻於囿大疏狂，三罪無以易定姜。

朝無人

朝無人，我輩來，若猶有人焉用哉？從知殿陛生蒿萊，君卿諧，淳于謾，優孟悲，宋玉辨。淫樂之矇卓有見，他年補入滑稽傳。

寶玉篇

貪夫死懷寶，名得而實喪。得寶翻成喪寶人，名言千古何精當。唐侯之馬蔡侯裘，貪惏黷貨夙所羞。不若人各寶其寶，共池奔走徒紛擾。

孫蒯田

禰襠短後挾弧矢，逐肉捉生大隧裏。登車顧盼氣揚揚，掉頭不恤瓶罍恥。乃父逐君已爲厲，爾今何樂耽遨戲。道旁過者笑頷頤，此是河干孫氏兒。

逐瘈狗

國狗之瘈無不噬，國人群逐華臣悸。蒼黃忽作喪家奔，凶人猘犬同一例。有罪不討國無刑，左師含忍但沽名。藏頭畏尾吁可恥，真小人託僞君子。

梗楊巫

賊臣若不獲奇報，千古奸雄地下笑。雷霆無焰鬼無靈，世人何必談忠孝。强魂毅魄仗琱戈，枉將白璧投黃河。梗楊之巫衋言耳，黷武興兵豈救死。老奴心喪復病狂，面視不含頭生瘍。

召外盗

上有盗行，下多盗獄。外盗邀寵榮，內盗羅桎梏。刑賞混淆盗未服，將欲詰之手自束。臧孫父子多名言，紇也論事勾其元。他日季孫仍患盗，草偃風行聖人告。

爲勇爵

暴主多愛材，勇夫例耽酒。殖綽郭最寡人雄，滿庭動色甘俯首。誰與健者晉亡人，平陰之役冠三軍。兩矢夾脰誓天日，雄風卓犖雌風馴。丈夫拚命報知己，崔氏門前痛飲爲君死。

三泣臣

登車涕泣告其子，楚君用心可知矣。吁嗟棄疾乃愚人，何不痛哭免父死。古來大義回君親，忠孝雙全照青史。不忠不孝恨終天，溝瀆自經匹夫耳。

欒盈誅

天不可仇君不校，豈謂同官肆凶暴。信讒范匄逐欒盈，切齒深讐固當報。可惜白晝入絳都，魏舒七輿非丈夫。督戎存亡亦細事，固宮不破真天意。欒欒已死欒魴傷，曲沃城頭暮靄蒼。

敝廬在

靡笄山下酸風冷，離鸞寡鵠添悲哽。且於門外洩雲高，沙蟲猿鶴爭號陶。死而無罪死何傷，留得千秋戰骨香。猶有先人敝廬在，君既胡爲辱郊外。

樹楹歌

不念株林羞，不念姑荂辱。拊楹但唱朝飛曲，崔子有冠可賜人。崔子有婦正含顰，歌聲未歇殺聲動。陪臣干掫無二命，嫠也由來最不祥，夏姬之後又棠姜。

君夫人

有女赤而毛，少小棄隄下。宮中攜養貌如花，明珠美玉真無價。椒房明慧獨承恩，宜嗔宜笑工温存。未經告廟身猶賤，夫人之稱勿乃僭。左師有意陷儲君，誰爲夫人胡不聞。

滅崔氏

狼狽互相依，狐兔又相害。黠哉盧蒲嫳，權詐斯爲最。成彊私事生嫌隙，崔杼老悖天奪魄。引虎作衛反自傷，困於蒺藜據於石。早知報復有鬼神，悔却當時謀國人。

絳縣人

四百四十五甲子，臣生之歲堪屈指。于役甘爲垂老別，負版築城去鄉里。所悲骨髓乾，幸復存牙齒。歸來簞食拜慈恩，可憐窮老無兒孫。敢期高位榮衰朽，願得常爲絳縣人。

伯姬誄

譆譆出出宋太廟，鳥鳴亳社妖人叫。伯姬待母甘自焚，貞魂閃爍風中纛。女而不媍漫相譏，此女能以禮自持。何人爲設蘋蘩祭，一間茅屋露筋祠。

庚宗詞

豎牛母，庚宗婦，無端野合鴛鴦偶。朝飛一曲毋將雛，夢天壓己牛助余。牛助余，夢未醒。逐仲壬，殺孟丙，不食而死堪悲哽。穆叔一生無敗行，可憐一夢誤平生。

盜有寵

楚國諫臣剛不茹，前有鬻拳後無宇。讜論昌言立大廷，數典何嘗忘其祖。暴君雖暴氣亦平，語言諧妙逸趣生。寡人甘受盜之名，取爾臣，勿饒舌，盜有寵，未可得。

泉邱夢

郎攀楊柳枝，妾啟葳蕤鎖。春風入羅幃，吹夢郎前墮。泉邱有女貌如花，一雙紫燕臨風斜。夢中不辨來時路，記得依稀孟氏家。

祈招詩

堂堂祈招詩，作自祭謨父。倚相未讀書，安能知其處。臣請爲君誦此詞，穆王心肆詩止之。式我王度如金玉，敢以醉飽盈其欲。如湯沃雪冰消溽，廢然思返揖而入。

國夜駭

投龜詬天氣何壯，化爲厲鬼應神王。子干子皙本庸奴，當璧猶在奚爲乎？國人夜駭呼王入，君家司馬新爲戮。

杯弓蛇影遽戕身，觀從乃是見機人。

鮒也能

鮒也多機變，用之當其才。人各有能有不能，果然知弟莫若兄。惠伯未欺中行子，叔魚乃誑季孫氏。除館於西河，不歸將奈何？故作報恩勢，涕泗雙滂沱。大國之人多用詐，其智究出小邦下。

蔡速飛

彩禽好毛羽，飲啄得其所。鴟梟乃間之，軒然遂遠翥。讒人能以讒自飾，蔡爲鳥兮吴爲翼。吴也在蔡蔡速飛，王雖信之咎安歸。宛然似爲國家計，弄君掌上如兒戲。大詐似信，大奸似忠。棄疾庸主，墮其術中。

客容猛

祭容敬，軍容猛，客今易之殆兵警。陸渾之戎久背盟，南風不競多死聲。假塗滅虢仍故智，伊川夜半煙塵生。君不見，古來西師事攻剽，大都不出周人料。

莒嫠紡

紀鄣城内績聲苦，紀鄣城外闐然鼓。嫠也堅持精衛心，死將綿力讐君父。山頭有石可望夫，淒風冷雨孤燈孤。地老天荒此恨在，夜深短綆投城外。古來切齒報仇人，人定勝天天不嗔。

宗魯嘆

匹夫慕義足傾倒，宗魯雖賢未聞道。直將忠義分兩途，及肩斷臂血糢糊。一心欲作奇男子，友受惡名主彊死。當時若肯謀兩全，死之日兮生之年。

萑苻盜

庸人侈口談經濟，多尚仁柔芺嚴厲。畏威者易感恩難，水火之論莫輕看。一意用寬不忍猛，墮綱壞紀生頑梗。狂夫翫視圃柳樊，萑苻之盜安足言。

如臯笑

翠禽逐鵶飛，十里九回顧。天壞之間賈大夫，三年怨耦將人誤。臂上兩石弓，腰間大羽箭。强顔御如臯，馴雉眼中見。離披五色車前墮，渦旋雙頰愁顔破。不須重唱雉朝飛，春風旖旎褰羅幃。

負季芊

封豕長蛇肆無狀，君王奔走妾魂喪。妾魂已喪足不前，倉皇之際且從權。蔦蘿擇所倚，弱小猶知禮。女子遠丈夫，鍾建負我矣。睢鳩欣古鳳凰巢，弄玉臺前吹碧簫。

日盡腫

弟愛狡童狂，兄耽子都美。各自暱其暱，相安未相抵。白馬一朝起禍端，相持慟哭酸風酸。生離如死别，掩抑摧心肝。他年右師堂上鐘聲絶，記否斯時目中血。

孺子牛

父作牛，兒爲牧，牽來堂下看觳觫。當日景公何舐犢，誰知身後遭屠戮。愛之適以厚其毒，幼而有寵非爲福。君不見，萊門獻馬陽生復，悲風獵獵號殳目。

白公曲

殺人報讐任俠子，大事不成酬以死。如卵之謔何可當，不意鄭人今在此。千金寶劍淬寒鋩，刎血相看令尹狂。賴有葉公平禍亂，子西地下徒蒙面。

璧焉往

活我與汝璧，哀鳴竟何益？殺汝璧焉往，快語殊不爽。昆吾之墟妖夢踐，呂姜之髢佳人怨。翦戎逐石召災殃，區區一璧安足獻。

剖瓠存稿　莆陽樂府

自述

莆陽稱文獻之邦。蘭水壺山，毓奇鍾異，較閩中諸山川爲獨秀。以故歷代以來，多磊落嶔岑之士，而文章甲第冠八閩焉。余曾捃摭舊事，作莆口紀聞一册，多邑乘所不載。秘之枕中，以備他日夜譚之助，未敢以示人也。今秋株守空齋，日與楮墨相狎。因仿展成先生《明史·樂府》之例，擬作數十章。語質而意淺，聊以紀其事迹，非敢寓褒貶也。若云竊比前人，則敬謝不敏。道光甲申閏七月。

三先生

南湖三先生，白眉推恩叟。中郎别駕斲輪手，如驂之靳相左右。辭徵辟，甘沉淪。陳太府，唐逸民。晉處士，陶徵君，海隅倡學終其身。云何清籟編？乃以冠唐賢。夷齊之節高弗傳，《元史》乃傳元遺山。

陳太府卿鄭露，字恩叟，偕弟中郎將莊、别駕淑，入莆倡學。人稱「南湖三先生」。

樓東怨

梅妃生長梅花村，玉爲肌骨冰作魂。力士導入上陽門，驚鴻舞罷工温存。玉環一入長生殿，君王日夜耽荒譙。美人寂寞感前魚，賦罷樓東淚如霰。一斛明珠萬斛愁，湘簾懶上珊瑚鈎。竹鹽不設慵梳洗，烏鵲無聲怨女牛。當日空存茂陵手，青蓮子美才八斗。長門不肯破千金，淪落宮中嘆白首。

江采蘋，莆田江東鄉人，高力士選入上陽東宮。楊妃入宮，失寵，作《東樓賦》以自傷。

豈汝礪

韋皋去，劉闢叛，狼子野心不可諫。推官慷慨攖其鋒，霜刀三尺風雲變。風雲變，甘喋血，殺則殺耳心如鐵，礪復礪兮頸匪石。司農笏，巢父首，真卿劍，昌黎口。生死雖殊途，堅貞同不朽。吁嗟乎，豎子跋扈空自焚，將軍新拜高崇文。

劉闢之叛，推官林蘊力諫。闢怒欲斬之，而陰戒行刑者勿殺，但數礪刃於其頸，欲屈服而赦之。蘊叱曰：「殺即殺，吾頭豈汝礪石耶！」闢曰：「忠義士也。」乃黜之。

駑驥吟

咫尺視九州，黄金高山丘。楚人山雞宋燕石，騏驥争及駑駘優。昌黎公，同心子，柳柳州外屈一指。崔群李觀安可比？鄉園登第第三人，薛林以後才絶倫，伯樂一顧空其群。低頭不見高城闉，停雲零雨空酸辛。

曹能始云：「昌黎之交游，如崔群、李觀輩，著作不少概見。又如孟郊、賈島、張籍、李賀有著作矣，而調未必合。當時分曹而立者，其柳柳州乎？而步趨不失尺寸者，其歐陽行周乎？觀二公之《駑驥吟》，相須固甚殷也。」《蘭陔詩話》云：「昌黎謂：『閩人舉進士自歐陽詹始。』唐史因之。不知貞元七年莆人林藻已先及第，其前更有福安薛令之，神龍二年進士。」又云：「行周至性孝友，見稱於昌黎。其人品已足信矣。霧居子乃有太原函髻之謗，陳振孫已辯之。至其指高城已不見，况復城中人之句？爲證香草美人，風人之旨。况此詩並無艷語，安知非停雲零雨之章耶？」

霧居子

霧居子，山中卧。白板門，黄巢過。見豎儒，賊所唾。此儒家也殺弗利，捲旗滅炬紛然避。逢掖之衣竟得計，兩石不及一丁字。名士録，今不傳。詰屈支離持論偏，函髻曾謗歐陽詹。

霧居子，黄璞别號也。黄巢克建州日，軍中謡曰：「逢儒則辱，師必覆。」及過璞家，令曰：「此儒家也，滅炬弗焚。」璞著《閩中名士録》，今不傳。

呼徐潭

不必呼徐潭，青山皆我有。何用苦相侵，今昔一回首。萬斛之舟丈尺水，幡然拂袖歸鄉里。延壽溪頭老釣磯，夢逐西風泛蘋芒。哀哉劉後村，也被梅花累。世事已滄桑，先生且休矣。

徐寅，字昭夢，登第後，值中原多故，歸依王審知。後禮貌少衰，嘆曰：「丈尺之水，前陂後堰，安能容萬斛之舟乎？」拂衣而歸，隱於延壽溪上。人稱其地爲「徐潭」。劉後村嘗有詩云：「門外青山皆我有，從今不必呼徐潭。」夜夢寅拊其背曰：「我昔勝君昔，君今勝我今。有隆還有替，何必苦相侵？」

稱族弟

小人未得志，强顔攀族系。龍圖學士本文人，肯以非類污彝倫。通譜之風見前史，石孫侯李難屈指。彼以名閥附小人，此乃小人附君子。它年炙手可熱競披猖，拜見人更大父行。

君謨、元長本非一族。《宋史本傳》云：「蔡京與同郡而晚出，欲附名閥，自稱爲族弟。」石璞附石勒，侯瑱附侯景，李揆附輔國，孫弼附孫秀，皆以名閥附小人者。

二處士

西湖二處士，和靖與徐復。萬松嶺上冲晦居，白雲盡日封岩麓。通陰陽，精音律。禽星卦象胸中熟，忘年共唱滄浪曲。妻梅子鶴艷逋仙，更有高人澹如菊。

徐復隱居西湖，賜號「冲晦處士」。精音律，兼通天地陰陽遁甲占射諸家之學。與林和靖爲忘年之交，往來唱和。冲晦居萬松嶺，和靖居孤山，夾湖相望，人羡爲神仙。

蘒湖曲

蘒湖里許薌林山，夾漈著書於其間。四圍巒翠交回環，樵夫牧豎相登攀。路逢童子曬書還，爲道先生正午眠。《通志略》，二十編。《海上書》，龍垂涎。攫之七日歸南泉，歸南泉，今烏有。墓門松柏嗟枯朽，鼠牙雀角君知否？

林登名《莆輿紀勝》云：「去蘒湖里許，鄉林山上舊有草堂，爲夾漈著書處。今風雨之夕，取薪山上者，時見先生讀書堂中。雨晴日出，輒見二童子曬書於舊址。迫視之，忽不見。」先生尚有未刻書三十餘種。莆人鄭南泉載以渡海，沉於水中，七日復湧出。南泉有詩紀其事，今不知流落誰手。

文武魁

兩狀元，分文武。兩進士，本同譜。弟聯兄，孫繩祖，昭夢九原笑且舞。同里薛生應武舉，鷹揚宴，與瓊林。

伍魁天下羨英雄，科名遂甲八閩中。亦有一科五魁揚英風，壺山蘭水流無窮。

徐鐸與兄銳同登進士，昭夢之孫也。時有「龍虎榜中孫嗣祖，鳳皇池上弟聯兄」之稱。是年，里人薛弈應武舉，亦中狀元。神宗大喜，賜詩曰：「一方文武魁天下，四海英雄入彀中。」

咏梅詞

考功郎，善趙鼎，賊檜嫉之投南嶺。梅花一闋多悲哽，蠻煙瘴雨愁孤影。好近事，眼兒媚。五羊城下臙支淚，等閒抛却雙翡翠。斷腸從此各西東，何日相逢滄海中。

黃公度官考功員外郎，與丞相趙鼎善。秦檜忌之，泉幕任滿，赴調。知不見容，過分水嶺題詩云：「嗚咽流泉萬仞峰，斷腸從此各西東。誰知不作多時別，依舊相逢滄海中。」時趙丞相已謫潮陽，讒者摭拾此詩，以爲謂趙與己不久當偕還都中也。檜益怒，遂以嶺南荒惡地處之。公作《咏梅詞》以自況。師憲有二姬，曰倩倩，曰盼盼，皆殊色。洪丞相适作《眼兒媚》詞贈之。公有《好近事》，詞云：「莫把歌裙舞扇，等閑別却。」蓋指二姬也。

巍石山

巍石山下陣雲深，巍石山上將軍吟。將軍百載頭未白，繞梁裂石賡唐音。我從將軍叨末座，黃鐘曾許巴人和。

將軍好武復好文，雅歌投壺意倍親。奇冤三字莫須有，藏刀歸作田園叟。重過舊地思將軍，摩挲故墨血三斗。吁嗟乎，杞國之人枉憂天，當年悔不作施全。

劉政，字牧之，建炎中登武科，年十七。在兵間，大小三十餘戰皆捷，從岳武穆破曹成，平楊么。暇日登臨賦詩，相與唱和，嘗同游巍石山龍居寺。武穆有詩，政依韻和之。及武穆遇害，政遨游山水間。一日過其地，慘然有懷，又依韻賦詩曰：「重來舊游處，觸目景添幽。故墨留餘迹，忠臣已斷頭。疏鐘號暮雨，枯木響殘秋。欲訴愁人意，頻添杞國憂。」

梅花累

放翁曾抱南園恥，後村又爲秋壑起。文人失足入豪門，開花野草都成累。當年四木勢峥嶸，落梅一曲風波生。不附成大附似道，晚年勿乃急功名。何如柳桃兩不識，田園散誕便簑笠。門外青山牀上書，江城自弄梅花笛。

劉後村令建陽日，咏落梅云：「東君謬掌花權柄，却忌孤高不主張。」梁成大以爲怨望，由此閒廢十年。後有訪梅詩云：「夢得因桃却左遷，長源爲柳忤當權。幸然不識桃兼柳，也被梅花累十年。」後村晚年爲賈似道起。

竹生莿

樹南枝，竹生莿。西湖邊，兩奇事。英靈姿，忠憤氣，武穆忠肅同一致。夢裏貽書來，首爲交代計。前身與後身，其理多荒異。朱仙鎮上奸謀濟，興化城中叛臣棄。死爲宋鬼生宋臣，手製兩旗狥戰地。分屍檜，木棉庵。草木有幸有不幸，忠奸各以其人傳。鄭彝白，哭欲死。蒲壽庚，竪子耳。

南宋太學爲武穆故第，相傳土神乃岳侯也。陳忠肅文龍在太學時，夢岳侯請代，自謂必死，悒悒不樂。後登第，貴顯，不復記憶。及在興化募兵，忽夢岳侯貽書，首言交代，甚駭愕。未幾，叛將巘城，被俘北去，即不飲食。將至杭，杭人夢兩街驌從甚盛，傳岳侯代者至，視之，則公也。既至，拘於太學，是夕卒。葬於智果寺旁，墓即生竹，竹皆生莿。人謂公爲武穆後身。參軍鄭鉞記忠肅事，詞甚憤激，又哭以詩，結句云：「孤臣萬死原無恨，獨怪山翁總不知。」蓋刺蒲壽庚也。

纈雲詞

陳旅文，世無比。馬祖常，何愛士。相看傾倒贈新詞，一登龍門聲價起。閩山高兮閩江深，布衣何幸遇知音？吁嗟乎，世間不乏青雲客，婁蹁紅塵傷落拓。愛才不逢馬使君，自著皮履行南陌。

馬祖常使閩，見陳旅文而奇之，作《纈雲詞》贈之，云：「纈雲織波射金水，郎君水西著皮履。南陌紫塵十丈高，將鬢買酒意氣豪。萬里將書憑好鳥，茘支千顆團團小。天津不隔少微星，閶闔門開夜光曉。」力勸其游京師，與虞伯生交譽之。名遂大著。

雪庵戮

洪武胡監獄，長陵革除刑。是父生是子，千年碧血腥。齊黄之輩固足誅，鐵景諸人忘其軀。罪加一身祇大辟，剥皮入鼎奚爲乎？亦有莆口忠魂陳雪庵，死持大義死亦甘。殺其身，剐其肉。揚其灰，碎其骨。瓜蔓之抄傾其族，當時待士何其酷。三百年來國事感，豺狼汋酒嘗福禄。

鄭蘭陔云：「燕王殺戮革除諸臣，偕極慘毒。景清之剥皮，鐵鉉之油鼎，司中之鐵帚刷骨，其它割舌、截鼻、斷手足者，難更僕數。」莆人陳繼之，字雪庵，遭碎骨揚灰之慘。嗚呼，酷矣！

争狀元

君百問，臣百對。彼狀元，恐不逮。請再試，決勝敗，如此狂生吁可怪。憑軒策之勿介介，雲臺名將聖門賢，一一條答如湧泉。此才不用宰相過，坐以誕妄投荒煙。吁嗟乎，才有餘，器不足，年少長沙空賦鵩。當日林絅齋，亦嗤臺閣俗，放歌縱酒南山麓。

莆人陳實與林環争狀元，上言曰：「臣百問百對，林環祇一問一對耳。」上使學士解縉策之，以「孔門七十二賢，賢賢何德？雲臺二十八將，將將何功？」爲問。實操筆而就，條對詳明。時林環亦能對，實坐狂妄戍邊。朱竹垞云：「林絅齋未第之先，縱酒自放。雖在玉堂，無臺閣氣。」

彼耄矣

彼耄矣，吾方壯。奪其禄，將安養。命中磨蝎將誰謗？似此斗升宜相讓。鄒魯鄉中設絳帳，歲月蕭閑無得喪。忠厚心，任俠骨。古君子，情孤潔。莊生齊物心地平，顔子之年德行成。

黄魯齋洙司訓麗水日，年方三十二。有同官耄甚，注考者誤署魯齋耄，罷之。或勸其入都自白，可復官。黄笑曰：「我幸方壯，教授里中，差可自給。彼耄矣，奪其俸將安給？」遂不辯而歸。

學士柏

學士手植兩株柏，柯如青銅根如石。霜皮黛色閲滄桑，至今香葉涵空碧。茶陵一代著作才，掞天之筆何崔嵬。瓣香會爲竹岩爇，樹底一朝行百回。坡公栝，萊公竹，召伯甘棠清陰覆。君不見，才士汲引難，樹木之計必十年。

翰林院堂後柏二株，柯學士潛手植也。李長沙館選受業於柯。後李教習庶常，以學士柏爲題，汪吉士俊有「一日百回行樹底」之句。李悵然有感，衍爲長歌，倡和成卷，以貽學士子，使藏焉。蓋學士汲引後進，孜孜如不及。三百年來樹猶勿翦勿伐。至今令人想其風流文采焉。

天門開

天門開，狀元來，旌旗驂騎空中排。鬼手入，朱書滛，山魈木魅窗前泣。亦有匠人猝遇壺公山，雲軿縹緲山之顛。先生文章自不朽，何必誕怪驚人寰。前有鄭漁仲，後有柯竹岩，奇蹤異迹疑神仙。他年補入堅瓠志，一代文人多異事。

《拙庵管見》云：「竹岩登第之年，有觀橋陳姓者，於上元夜分方就寢。聞犬吠聲，疑盗也，出見群犬狺然於檐下。仰視之，天門頓開，燈燭輝煌。有袍笏而騎者，則公也。駭而入，告其妻曰：『今年狀元必柯潛也。』後公屬纊之辰，有匠人遇於壺山南，車騎甚盛，告之曰：『我錢若干，將償汝值。在某篋中，可令舍人取之。』匠曰：『諾。』趨至其家，則聞哭聲。訝之，謂方遇公於壺山，言及錢事。索之果然。又莆中相傳，竹岩少時讀書山中。夜深有手從窗入，竹岩取朱筆署大字於其掌，怪手頓大不得出，哀號求免。爲抹去朱書，乃得脱。」與山東王恭靖事頗相類。

慶雲現

三神人，啟名閥。五歲兒，吞皓月，三十登朝厲風骨。抑奸閹，批妖僧。逆藩靖，蜀寇平，一身與國爲重輕。好賢若渴，樂善不倦。景星慶雲，光華復旦，井上龍蛇時隱現。騎鯨而去淩長風，定評乃有文襄公。

林貞肅俊，傳聞將誕之夕，母黄夫人夢三神人以一卷授之，生有異光。五歲，外祖母食以乳餅。餅團如月，試命對，曰：「直如吞皓月。」應聲曰：「何不挂青天？」識者奇之。立朝後，批妖僧，抑奸璫，按道藩，平蜀寇，天下望之如景星慶雲。愛才如命，所薦拔多知名士。歿時，所居井中有霧氣如龍，蛇蜒上下。少頃大雨，飛騰而去。楊文襄稱公忠如張方平，任如范希文、陳敬輿，文如韓退之、歐陽永叔，詩如黄魯直、陳無己。蓋定評也。

一字師

岳正倒好，祇是大胆。易其一字，吁嗟誰敢。林諸生，具卓識。隱如無，青似滴。戒工人，慎勿刻。太守聞之惶然思，命駕親詣固問之，爽然若失頷其頤。束帛敬謝一字師，虚懷若谷嗟何奇。

岳蒙泉太守作小西湖成，賦詩刻石，有「林巒青似滴，城郭隱如無」之句。諸生林炤，戒石工留似字勿刻。石工以告蒙泉，即命駕親詣問故。炤遜謝良久，徐曰：「似字與如字合掌，易以欲字何如？」蒙泉稱善曰：「真一字之師也。」贈以束帛。

宰相器

宸濠居南昌，乃學吳王濞。密招死士置宫中，心嫉鄭公宰相器。鄭公秉臬復開藩，陰裁顯沮濠難堪。遂嗾言官肆誣陷，銀鐺收繫罷官還。此時同年李獻吉，陽春書院方操筆。豈惟對山不救我，井中下石謀方密。他年倘遇武功康，開樽聽演中山狼。

宸濠未叛時，莆人鄭岳，字汝華，秉臬江西，力振風紀。濠心害其能。及見岳所爲詩云：「十雨五風調燮地，春來花鳥不知功。」大驚曰：「此宰相器也！」益忌之。尋轉布政使，知濠有異志，顯沮陰裁。濠不能堪，嗾言官誣之。收繫年餘，始得罷歸。嘗作游俠詩刺宸濠，比之吴王濞。汝華之繫逮，或曰：「同年李獻吉構之也。」李曾爲宸濠作《陽春書院記》、《小蓬萊詩》。

採珠行

守處州，平湖寇。制兩廣，平蠻寇。旌旗所指不可當，斬刈梟渠靖跳梁。抗疏曾罷採珠議，廉人感嘆爲流涕。文孫五馬到廉州，故老蒼涼説故侯。故侯惠澤傳來久，廟貌巍峨同不朽。昔年採珠婦無襦，今年合浦又還珠。但使有珠長不採，留得千年明月在。歡呼爲誦採珠行，潢污行潦秋風生。

林省吾富爲處州太守時，平湖寇。總制兩廣時，降恩田叛蠻七萬衆。嘗疏罷採珠。廉人德之，建祠以祀。其孫兆珂爲廉州太守，薦藻祠下作《採珠行》以述祖德。廉人至今傳爲美談。

誅江彬

明皇有禄山，武宗有江彬。召禍雖有重輕異，養狼之患實等倫。導君荒淫罪當死，主上南巡彬是倚。抗疏乞斬佞臣頭，碎裂朝衣杖血流。杖血流，死不恨。五日間，三度訊。晝日陰霾天地震，玉河橋邊成巨浸。吁嗟乎，當日九重胡不聞，自稱威武大將軍。

江彬擅權，中外側目。莆人黄鞏首抗疏争南巡，及請誅江彬。疏入，彬大恨。逮繫詔獄，五日三訊，杖百餘。同時被杖者舒芬、林大輅等百有七人，死杖下者陸震、何遵等十有一人。於是京師連日陰晦，玉河水溢，高橋七鐵柱同時折。天怒亦可畏矣！

鐵夫人

望夫化爲石，從夫鍊成鐵。陰陽爲炭造化爐，鑄就骨頭三百節。焚香本欲緩夫刑，讐口無端相陷傾。銀鐺逮下偕入獄，鍜鍊豈肯留餘生。况復有身難自保，世間何必生男好？生男生女總由天，此身拚却桁楊老。鐵夫人，仰天呼，天旋地轉貫其辜。夫妻跛踦相將扶，杖痕斑駁嚳無膚，鐵夫人隨鐵丈夫。

林二山大輅拜杖入獄。黄夫人留邸舍，日夕焚香籲天冀皇輿不出，夫得生還。鄰人衛尉修夙怨，誣咀呪。並逮入獄鞫訊，備極楚毒，不肯承。時夫人有身，産一男於獄中，不育。居五月，得釋。夫婦偕出獄，都人聚觀，稱爲「鐵夫人」。

叔敖兒

孫叔敖，相楚國。兒負薪，不得食。優孟見之爲心惻，滑稽遂動楚王色。鄭御史，宰姑蘇，善製錦，歌無糯。亂兵陷城城已屠，兒奔上海居民呼：「此故叔敖兒！」涕泣不勝悲。衣爲解兮食爲推，買田置屋奉爾祠。廉吏可爲不可爲，此語耐人三日思。

鄭御史洛書，曾宰上海，多惠政。殁後三十年，其子避兵走上海。上海人環泣曰：「此故孫叔敖兒也。」酢金置田百畝，令歲收所入，以奉祭祀。

拜杖年

鄭抑齋，疏百抗。年三十，再拜杖。髾無膚，命無恙。歸來埋名建溪上，布袍桐帽寒儒狀。何物鄉人掇一巾，纔三十耳來驕人。先生見之抑然下，昂昂意氣何爲者？長揖戒容慎勿喧，此是鯫生拜杖年。

鄭一鵬，字抑齋，弗角登第。在諫垣四年，上百餘疏，皆中體要。兩罹詔獄，再杖闕廷。髾肉削盡，幸得生還。貧婁無以爲養，授徒建溪上。敝衣布袍，恂恂如寒士。主人亦不知其爲前諫官也。有新補弟子員者入公塾中，甚有矜色。詢其年，傲然曰：「纔三十耳。」公笑曰：「此僕拜杖之年也。」主人詢公姓字，乃大駭謝之。

編宋史

宋遼元金四代史，潦草拉雜而已矣。其中宋史尤拘牽，一代正統宜重編。柯希齋，班馬手。眼如箕，筆如帚，發凡起例得未有。升瀛國，列叛臣。示儆戒，重人倫，道學循吏後先分。紫陽之亞温公比，衣鉢相傳習鑿齒。夾漈先生二十略，後生不爲前賢縛。

朱竹垞曰：「宋遼金元四史，潦草牽率，豈金匱石室所宜儲？柯希齋《宋史新編》，會宋遼金三史爲一，以宋爲正統，遼金附焉。升瀛國公、益衛二王於帝紀，以存正統。正亡國諸叛臣以明倫，列道學於循吏之前以尊儒。歷二十年而書成，可謂有志之士矣。」按希齋名維騏，嘉靖癸未進士，官南京户部主事。

拙官對

君不見，巧如燕，故壘年年换。君不見，拙如鳩，新巢何處求？康礪峰，拙官對，剖爾瓠，學爲簣。世情鑿枘動相礙，薄宦年來少宦情。斗升之外無所營，空齋偃蹇秋風清。倒持手版謁公卿，曰歸曰歸困愁城。且住且住懶逢迎，故國桑麻樂太平。胡爲萬里空倒綳，吁嗟愧我康先生！

康大和，字礪峰，在翰苑二十年，閉户著書，屏迹權門。人譏其拙，因作《拙官對》以述志。與王槐野齊名，人稱「康王」。致仕時值莆中倭亂，寓禾中四年始歸。其詩有：「白髮多情催我老，青山無地是吾家。庭堆白骨人煙少，鬼哭荒村日色昏。燕子不知舊壘破，呢喃猶向故園飛。」情景可見。

具橐饘

一鸞困，百鸞死。獄吏曲希奸臣旨，椒山性命須臾耳。誰仗大義主事邱，橐饘頻具藥餌投。奇冤暫遲紙糊口，慘禍幸免雪埋頭。風吹枷鎖滿城香，憤惋相看淚數行。奮然投劾歸田里，長安日色翳無光。吁嗟乎，風馬牛，張經獄，粔敉誰賡薤露曲？三年碧血酬高風，應生之外惟邱公。

椒山下獄，嚴嵩諭西曹郎折辱之。争希旨求媚。莆人邱州峰名秉文者，時爲主事，獨不阿附，時具橐饘於楊。遇楊病，佯爲己病，合藥與之。後爲嚴世蕃罷歸。

白雲先生

轂城山下梅花月，幻出詩人花作骨。骨清月冷净塵氛，曠世奇窮陳白雲。攜妻子，走豫章。入西川，返荆襄。剩水殘山雙眼眶，高天厚地一詩囊。却入金陵市，溷迹學韓康。杖頭無錢春無糧，蕭然四壁秋風涼。今雨不來舊雨荒，窮鬼揶揄大頭郎。鍾阜山前墓草黄，一掬秋蘋吊北邙。

詩人陳白雲，名昂。朱竹垞亟稱之。有《白雲先生集》。故轂城山下黄石鄉人也，少舉弟子員，迂拙寡合，有「陳大頭」之誚。後值倭亂，攜家走豫章，已而入蜀。後流寓公安巴陵間，最後賣卜金陵，遂以窮死。鄉人朱此玉輯其遺稿以傳。

捕羅嚴

樹德務滋，除惡務盡。偉哉念堂，鋤奸自任。嚴與羅，已遣戍。私歸家，如脱兔。御史聞之赫然怒，乘傳星馳九江渡，飛廉海隅逃無路。狼子野心不可馴，肯令欵段出都門。張經之獄覆轍在，以倭陷入終身害。快人心，順天理，西市舉觴都人士，嘖嘖應羡豸冠子。

林潤，字念堂，上嚴、羅逆狀，二人皆遣戍。已復亡至家，念堂馳至九江，捕送京師。

憂危竑議

上寵鄭貴妃，大臣多憂疑。母愛子抱古有之，申生之禍由驪姬。閣臣調護諫臣諫，早定元良乃已亂。憂危竑議何人書？捃摭歷代戒前車。戚黨疑出御史手，二衡聯翩海上走。抗疏不用去遐荒，廉州桃李春風香。他日藩車空内府，北望孤臣淚如雨。

神宗晚寵鄭貴妃，儲位未定。吏科給事中戴士衡上疏請早定元良，以安宮闈。時有爰引歷代謫庶廢立之事，著爲一書，名曰《憂危竑議》。戚黨疑出自公手，鄭承恩劾之，與全某令樊玉衡目爲「二衡」。上怒，謫戍廉海。葺舍授徒十餘年。

畏天堂

委鬼當頭坐，忠臣有幾箇。太學之内祀刑餘，乾兒義子交章賀。碩果存，林文簡，捋虎鬚，身如膽。請公書，公意懶。矯召下，命題扁。九千歲，不畏天。屐爲倒，席爲前。進湯餅，供粥饘。小璫長跪設几筵，投箸而起風蕭然。畏天堂，奉敕筆。雷霆聲，春秋律，依然文定書箴日。一章《咏炭》疾抽身，見機而作古哲人。

林文簡公名堯俞，工書。魏忠賢敦求不與。忠賢矯詔命公題扁，公大書「畏天堂」三字，題曰：「禮部尚書某奉旨書。」時忠賢出餅啗公，云出手製。公以南人不慣食麵辭。忠賢方銜之，公遽請歸里。有《咏炭》詩，刺忠賢也。

魏公行

匹夫仗義捍鄉里，嚼鐵齩金繼以死。海濱健者惟魏公，召號貔虎揚英風。山東魏勝畢再遇，彊魂重見金沙渡。椽橦技擊得真傳，驍騰不數肉飛仙。日斃三虎萬人羡，鳥過身輕掣飛電。摧鋒還仗虎頭兒，捉生慣用狼牙箭。任俠輕利誓死生，林翁雷郭志成城。興泉兩郡倚屏障，數載不聞匕箸驚。清源城下蟻賊滿，烏合萬衆紛羊犬。以十敵一更翻休，卵石之勢空扼腕。折槊奪刀氣莽蒼，賊退城完負重傷，將軍竟以九日亡。廟貌巍峨大道旁，居民伏臘薦馨香。仄聞父老話滄桑，痛飲爲作《將軍行》。

魏公者，名昇，字大臨，金沙人也。父廣淵，散千金聽其結客。學技擊，年十六，嘗日斃三虎。弘正間，流寇蜂起，奉檄剿捕，大小二十餘戰，皆捷。興泉二郡賴之。正德丁丑，寇犯清源，將軍李子瑞周及壯士林德泰、翁汝達、雷法英、郭懷志等十餘人進援。賊覘其少，蹴之城西半里許。將軍挺槊犯陣，格殺數百人，孤立無援。瑞周、德泰等俱戰死。將軍身被十餘創，忍死力鬭，槊折，復奪賊刀，殺酋長數人。賊披靡而去，城獲完。竟以傷重越九日而歿。土人立廟祀之，並祀同死諸人焉。

不立傳

郡官不立相公傳，御史聞之怫然憾，罷斥而歸由懶慢。介溪事迹久昭垂，傳之應亦多微詞。固宜置諸不議列，免令穢史污清潔。坐此無端來謗讟，一手將遮天下目。李日宣，文華續，鷹犬豪門受其嗾，他年還我窮秀才。冰山百丈空崔嵬，依草附木何爲哉？此時林下黄吟舫，擊節長歌歸去來。自題挽句傾樽罍，奸臣墓上生蒿萊。

黄鳴喬，字吟舫，古循吏也。守袁州修志，不爲介溪立傳。忤李日宣意，竟中以疏懶罷歸。結社吟詩，唱酬自樂。嘗自題挽句云：「一官每惹風波，骨不媚人，纔得早閑十畝；七衰儘邀造物，生如作客，何須占住多年？」

荆州夢

虎癡將軍少落魄，掉臂游行俗眼白。閑情時作曲中游，誰與夢者劉荆州。鳶肩燕頷本將軍，化爲虪虎卧當門。

大夢驚回香汗溼，白晢郎君面前立。紅妝俊眼識英雄，碧玉佳期縛袴褶。一朝仗劍遠從征，醫方莫覓炙鶬鶊。妬婦磯邊水嗚咽，望夫石上淚縱橫。古來名將多悍婦，戚南塘與黃斌卿。

黃斌卿號虎癡，封肅國公，殉難謚忠襄。少落魄有大志，人多笑之。及在戎間，屢殲巨寇，威名大著。未遇時，有妓劉荊州晝寢，夢卧虎在門，驚寤。而公適至，遂定情，奔與偕歸。既復遠出，夫人迫嫁之，誓死不易，自投於水。虎癡既貴，謚曰慧烈。余爲譜傳奇十折。

周舍人

周家舍人人中虎，短衣帕首霜刀舞。飛騰類沈光，家世如周處。從胤岡，倡義旅，官軍城下闐然鼓。先登陷陣驚風雨，磔石以投勇可賈。一朝兵敗城亦屠，積屍重疊血模糊。誓以齏粉報君父，貞魂强毅歸來乎。九原却笑金川卒，城門一慟何區區。

朱胤岡之起兵也，周霑從之。霑字慕存，如槃子，廕授中書舍人。有膂力，精刀槊，每先登陷陣。及師潰，慕存首裹五色帕，擁盾執戈突圍而出。官軍千人追之，慕存手格殺百餘人，且戰且走。至數十里，追者不釋。忽帕首紬鬆纏其面，目無所見，遂寸臠之。

林布衣

林布衣，真奇士。斬竿能靖陳涉呼，報國獨堅魯連志。椎牛平亂民，上馬倡忠義。手擊流賊若螻蟻，汝南制府咨奇計。憑將數萬免死牌，收回四郡中原地。辭官不受賞，飄然遂長往。慨然焚券棄千金，任俠高風衆所仰。歸來終老舊山林，酒酣高唱《隴頭吟》。夢中却憶《孤兒賦》，哀鴻嘹嚦秋風深。

林布衣幼藻者，名質，少孤。年十二，作《孤兒賦》。先輩稱之。避地汝南時，歲凶，民相聚爲亂。幼藻椎牛結壯士三千人討平之。大司馬盧象昇聞其名，辟爲參軍。短衣帕首，率壯士擊賊，戰無不克。盧公欲官之，辭歸。會汝南盜起，制府問計。幼藻曰：「破賊易易，但需免死牌數萬耳。」許之。遂軍騎至賊營諭降。賊帥憚其威名，就撫者萬人。盡貰其罪，使還攻嵯岈山平頭垛。獲巨盜郭三海，降其衆萬餘人。旬日之中，聶舞汝泌諸盜悉平。巡撫李仙風辟爲參謀，不就。因置酒會父老，焚數千金貸券，飄然歸莆。與周嬰等結社吟詩，優游以老。

夢華録

六朝金粉工描畫，彩筆才人垂倒薤。穠脂膩粉譜名花，桃根桃葉留佳話。絶世風流余澹心，品隲青樓傳美人。午篆微縈青玉案，丁簾深護鬱金裙。自比《東京夢華録》，鵝黄柳色回新緑。板橋一帶殢春風，衣香鬢影餘芬馥。舊游重憶感滄桑，不見巫山窈窕孃。青蛾罷唱黄鶯曲，白蝠偷棲紫燕梁。青蛾白蝠俱黄土，往事傷心淚如雨。偶來江上泛輕舟，夢中猶聽琵琶語。

余澹心作《板橋雜記》。述曲中事甚悉，自比《夢華録》。

賦石鼓

才人倘不逢知己，百賦千詩徒爲爾。翊霄未遇曹司成，都人誰識方先生？一經品題聲價重，欻忽寒鴉變鳴鳳。賦石鼓，筆如風，墨如雨，韓蘇奇文在故府。更有韋蘇州，詰屈多高古。果否譚龍遇詩虎，抑或寸莛當巨杵。盛名之下群相許。吁嗟乎，古今賦手豈獨一方鴻，可惜世無峨嵋翁。

方鴻，字翊霄，以選士入都雍試賦石鼓。爲大司成曹峨嵋所賞，名動京師。公卿大夫争識其面。徙邸舍索賦石鼓方先生者，履相錯也。

鄭節婦

鄭節婦，諸生偶。夫已亡，姑相守。石爲心，蓬爲首。撫藐孤，操井臼。族中子，實豺狼。挑不從，語謾狂。筆之書，玷孤芳。兩具訟，再割耳。正其罪，遷庭徙。金石之操照天壤，一朝兩耳看重長。回生豈必仗仙方，駭俗不聞覺額癢。乃知血誠貫注可通天，似此奇貞古未傳。

鄭節婦，諸生林國奎妻也。夫亡，姑婦相倚，守節撫孤。族中有無賴子挑之，徙宅避去。無賴子作謾書誣之。婦大憲，自割左耳。姑與宗老訴於令，令勿顧。婦憤極，復割右耳。宗人復訴令，勿顧如初。巡撫下公廉知之，擒無賴子，杖三十，論戍邊。事白，後兩耳復生。

青衣曲

莆陽居士游，青衣有范鹿。吾宗奴子擅清才，衣鉢傳來閩江曲。作書作畫貌如仙，紫雲不但精歌絃。水到巴江流作字，佳句往往争相傳。復有清詞紛數子，緑髩蒼頭艷無比。君家小阮亦多情，更得瓊枝媲雙美。噫戲欷，我僕物化已三秋，風雨瀟瀟蘆荻洲。

青衣能詩者，莆人多有。游山人宗謙家青衣范鹿，美姿容，工書畫，能詩，有「水到巴江作字流」之句，一時傳頌。時南海歐大任青衣李英，亦能詩。徐文長有詩云：「南海大夫歐，莆陽處士游。泥巾雙緑髩，詩伴兩蒼頭。」尚有陳香初、鄭蘭子、陳竹逸諸人。宗謙族姪廣廈，亦有青衣謝允典能詩。

太師青

青衣裹屍遂成讖，奸臣末路同灰燼。父子兄弟互陷傾，泰山冰山兩難問。黨人之碑何爲哉？長繩曳倒埋青苔。數百妖鶉齊索命，三夫人去不一回。自古賊臣得奇報，木棉庵下堪同弔。倖免頭顱萬里行，已供唾罵千年笑。可惜東明原上月，不照忠魂照奸骨。清源溪畔水湯湯，至今人恥説同鄉。

《蘭陔詩話》云：「蔡京與弟卞俱有文采，使稍知自愛，亦不失爲名士。乃貪戀富貴，變亂紀綱，父子兄弟自相傾軋。遂至名列六賊，竄死東明，青衣裹屍，藁葬道左，竟符太師青之讖。千載而下，見其遺迹，無不唾棄。人亦何樂而爲小人哉？」

崔夫人

匹夫匹婦能爲厲，病痁夢囈來索祭。喧呼繞舍拜夫人，雞豚社酒循常例。霧髩風鬟尚儼然，明璫翠羽疑瓊仙。茅屋一間傍禪寺，觀音大士隔牆看。來如雲，去如雨，風慘澹、煙吞吐。白日無光小魃舞，蓮花世界能容汝？我昔招魂製短章，從諫如流莫余侮。今年海上正迎神，濡墨爲歌新樂府。

海濱有崔夫人者，縊鬼也。時出爲居民祟，有死者。戊寅春，余于役其鄉，鄉人遮道訴其爲祟之狀。其廟在觀音院傍，余入視之，神采如生，投以詩云：「翠羽明璫艷絶倫，相應姹女是前身。蓮花世界酸風少，好借曼雲去轉輪。」祝而焚之，遂不爲祟。近日鄉人祈禱，著靈迹焉。

飯鬼曲

青燐碧血埋秋草，寒原日落啼妖鳥，三百年來戰骨槁。道旁鬼哭行人少，沙蟲猿鶴求一飽。宣佛曲，諷道經。

纏菰葉，裹香秔。槌羯鼓，戛銅鉦。村歌啁哳難爲聽，大衆喧呼和鬼聲。紙錢堆垛如丘陵，草焦木爛煙飛騰。萬鬼叫號歸青冥，蕭蕭落葉響荒塍。

嘉靖中，倭入莆城，殺戮甚慘。今郡城東北門外，田塍中土阜如山，皆被殺之人也。故下元菁度最盛。

迎神曲

迎神來，蘭旗桂幕空中排。逢逢鼉鼓争喧豗，大巫彳亍小巫跳。萬衆屏息不敢笑，跨文貍兮驂赤豹，幢幡閃爍風中纛。束香如炬人如山，崩角稽首相争先。小兒襁褓華髮顛，銀鐺枷杻城之闉，擊壤群祈大有年。迎神來，送神去。來如雲，去如霧。萬鬼奔走宵無路，靈雨霏霏不知處。

莆陽迎神之風最盛，災祥豐歉，莫不祈之。水南楊太師，每三月請神筊示期，名曰「出游」。儀衞之盛，甲於通莆。送神之夜，必有靈雨。是夜，居人閉户不敢出，云有鬼夜行也。

龍船行

爬龍船，鬧競渡。蜿蜒舟似百足蟲，徒跣人排兩行鷺。鑼聲急促鼓聲喧，勝負雌雄判眼前。萬衆號呼齊著力，壯士挺身來赴敵。錦標赤幟立船頭，勝者昂昂敗者羞。敗者羞，衆莫笑。秉把持梃相攻剽，纖介微嫌拚命報。檳榔莫救赴公庭，大鄉小鄉讐隙生。

五月競渡，土諸謂之「爬龍船」。以後先爲勝負，往往有鬥者。

海漁嘆

海潮生，逆風行。海潮滿，群就淺。海潮退，魚盈簣。盡日狎波濤，泥痕没半腰。小罾三尺手自操，長繩一丈隨流漂。魚如針，蝦如綫。去如凫，來如雁。日暮歸家，魚蝦爲飦，腥風十里侵鼻觀。魚蠻子，泣髯蘇，僥倖不逢桑大夫。嗟爾海漁困泥塗，典妻鬻子仍把官錢輸。

海濱瀨者，乘潮上下，千百爲群。以魚蝦雜蕃薯爲食，病方食米。

附　録

蕭重生平事略

蕭重的生活時代，在以前的研究中是比較模糊的，只能通過關於他活動時間的零星記載，推測他主要的生活年代。之前有學人誤以爲蕭重參加召試是在康熙二十七年。那麼他的主要活動時間應該在康熙年間。但是在《清人詩文集總目提要》中，根據相關史料及《剖瓠存稿》中作序、題詞的時間和文中友人的生活時期，考證蕭重參加召試是在嘉慶十三年。因此他的主要生活時代可能會處於乾隆至道光時期的某個時段。包括這上述兩者在内的所有研究成果，都未勾勒出他的大體生活時間線。

現結合《剖瓠存稿》文本内容、蕭重友人的文集和《金門縣志》、《静海縣志》等地方史料，在再次確定蕭重參加召試時間爲嘉慶十三年的基礎上，試作其生平事略。根據相關資料，可知蕭重生於一七七九年。但遺憾的是，就目前掌握的史料，仍無法確定蕭重去世和一些重要人生節點的確切時間。姑將其生平之事簡單列出，期待新史料的出現，并就教於方家。

一八〇八年　戊辰　清嘉慶十三年　三十歲

蕭重參加召試，中二等，充文穎館謄録官，接辦《天禄琳瑯》《全唐文》等書。

一八一二年　壬申　清嘉慶十七年　三十四歲

蕭重赴福建擔任興化府莆田縣凌洋司巡檢。

蕭重司户黄石鄉，問得「三十六灣」今無主，遂向郡中乞之，建「三十六灣梅花書屋」。

一八一八年　戊寅　清嘉慶二十三年　四十歲

蕭重將父母、妻女接來任所。

一八二四年　甲申　清道光四年　四十六歲

蕭重爲《莆陽樂府》作《自序》。

一八二五年　乙酉　清道光五年　四十七歲

蕭重一家因廨宇朽蠹，移居郡城。

一八二六年　丙戌　清道光六年　四十八歲

蕭重攝金門篆。

一八二八年　戊子　清道光八年　五十歲

蕭重一家返回修葺後的舊居。

一八二九年　己丑　清道光九年　五十一歲

蕭重再攝金門篆。

一八三一年　辛卯　清道光十一年　五十三歲

蕭重罷官。

一八三二年　壬辰　清道光十二年　五十四歲

蕭重爲《剖瓠存稿》作《自序》。

一八三二年　壬辰　清道光十二年　五十四歲

蕭重携家赴温陵。

圖書在版編目(CIP)數據

蕭重集 / (清) 蕭重著; 魏淑贇整理. -- 北京:
社會科學文獻出版社, 2020.9
(天津歷代文集叢刊 / 閆立飛, 羅海燕主編)
ISBN 978-7-5201-6434-4

Ⅰ. ①蕭… Ⅱ. ①蕭… ②魏… Ⅲ. ①中國文學-古
典文學-作品綜合集-清代 Ⅳ. ①I214.92

中國版本圖書館CIP數據核字(2020)第049733號

天津歷代文集叢刊
蕭重集

著　　者 / (清) 蕭　重
整　　理 / 魏淑贇

出 版 人 / 謝壽光
責任編輯 / 杜文婕

出　　版 / 社會科學文獻出版社
地址: 北京市北三環中路甲29號院華龍大厦　郵編: 100029
網址: www.ssap.com.cn
發　　行 / 市場營銷中心 (010) 59367081　59367083
印　　裝 / 天津千鶴文化传播有限公司

規　　格 / 開　本: 787mm×1092mm　1/16
印　張: 29.5　字　數: 443千字
版　　次 / 2020年9月第1版　2020年9月第1次印刷
書　　號 / ISBN 978-7-5201-6434-4
定　　價 / 158.00圓